母と娘の十五年の争い

まわりを巻き込んで

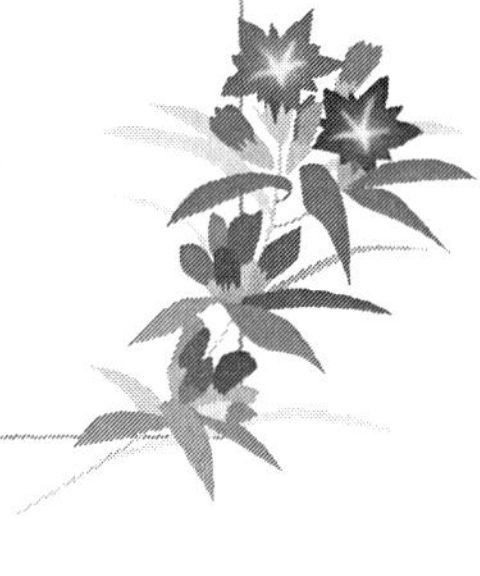

郷邨 清湖
SATOMURA Sugako

文芸社

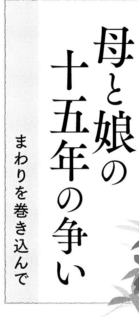

はじめに

これは母と娘の十五年に及ぶ争いである。そして、娘達、弟、近所を巻き込んでの日記である。人の思いや感じかたは、人それぞれに違う！

生まれ、育ち、周りの環境、そして、もっとも大きいのは、時代の流れと思う！　時代について行ける人、ついて行けない人とが有る。いかにしても、この流れの激流を超えることは出来ない。

私と母の争いの中で、太平洋戦争を挟んで、時代の流れによる考え方の違いはどうすることも出来ない。生まれ持った性格や育ちもあるが……

母は時代に取り残されたのである。そして、今、私もまた現役で働いている娘たちに取り残される。一番身近なことで感じるのはパソコンだ。小学生の孫達がパソコンでズーム、ズームして太平洋側の我が家の居間で、これ、田舎のバーちゃんチ。これハリウッド。これ……と、画面に出したとき、あ～あ。私も置いてきぼりくったと実感した。

昭和を五十年生きた私は、平成の声とともに生まれた孫たちと、並ぶことは一生ない！

平成二十五年二月

母が逝って十年。五月二十九日に「今日はお母さんの誕生日ね。百二歳かぁ……そっちでお父さんと仲良くしている？　叔父さん達とも、たまには会うの？」と、遺影に。

その夜から三晩続けて母の夢を見た。先ず、母の夢を見ない私が、である。

「貴女は、とうとう、私を書かないで終わるのかねー　小学校の時も中学でもおじいちゃんの事を作文に書いた。オッカ様の肖像画を書いたわね！　この私を一度も書かない。私は母親ダデネ。何処までいっても私を蔑ろにする。情けなくて毎日、泣いているよ……」と。

こういう夢は、正夢が私には今までに三回有った。婚家での三十五年の間に。夢で続けて見た場面が、二、三ヵ月後にそっくりそのまま、再現される。

私も旅立つ時が迫ったのだろうか？　母が亡くなるまでの五年位は「私を書かない」と言って、怒っていた。

家の中の事を人に話すべきではない。と、話さなかった。が、裁判後は人に話し、書いている。下手な文章で、恥を掻きながら……母の要望通りにこれを書いて最後となるか？

令和三年十月

郷郁　清湖

目次

母と娘の十五年の争い

まわりを巻き込んで

平成十年

暮れなずむ師走の小さな田舎町の駅に降り立った。

雁木伝いにロータリーの右側を回って、駅前通りを歩く。

私がこの町に居た頃、この通りはこの時期、人にぶつからずに……と、気を付けて歩いたものだが今は走られる。本町通りを通り越して真っ直ぐに歩く。青田川にぶつかって、橋を渡らずに桜堤を右に歩いて次の橋を渡る。右にカーブした道を十メートルと行かずに左へ入る路地がある。路地を八十メートルも行けば十八号線に突き当たる。

路地の入り口、左は家政女学校だったが今は老人施設である。右の角は、私が中学生の時の教頭先生のお宅で今も変わらない佇まい。代は代わったが表札は変わっていない。ここを見るとアア……帰って来た。と、ホッとする。このお宅の後ろの家は私が高校で一緒だったクラスメートの家。彼女も教員になって嫁いだ。

教頭のお宅の前の二軒は父の同級生で、二人とも学校長だった。父の後を追うように二人共、一、二年で逝かれた。三人で俺がお前の葬式を出すから先に逝けと、言っていた。

お二人が逝かれた跡は家が無くなって今は広い幼稚園になっている。

このお二人の家の前をカーブした路地に入る。真っ直ぐ行けば司令部通りに出る。

路地に入って三軒目は父の教員仲間だった人の家で長女は私の高校のクラスメート。彼女も教員になって嫁いだ。卒業して以来会っていない。何年かに一度、近くのスーパーでおばさんに声を掛けられてびっくりして、しばらくお喋りする事が有った。

畑を挟んで足軽長屋が有った。市の重要文化財だから、建て替えも改築も出来ないとぼやいていたけれど、昭和の終わりには近代的なステキな家が四軒建っていた。その二軒目の前の二十センチそこその塀をまたいで母の家の裏庭に入って玄関に廻る。

平成十年十二月十一日

六時過ぎに母の家に入った。

「今晩は！　こんばんは！　お邪魔します。入りますよ～。いませんか？　入りまあ～す」

入って襖をあけたら母が立っていた。

「いたの？　なんで電気も点けないの。許可も得ずに入りました……」

「アラッ、貴女かね。さっ、遠慮なく入ンなさい。早く入んなさい」

「ありがとう御座います。もう、入っているけどね。今晩、厄介になります」

入って仏壇に手を合わせて振り返り、玄関側の入り口へさがって、いつもどおりの挨拶をしようとしたら、母が部屋の入り口近くで、平伏していた。

「暫くでした。ご無沙汰致しました。今晩、お世話になります。よろしくお願いします。さてっと、挨拶はこれくらいで……元気だったぁ？」

「申し訳なかったわね！」

「えっ？　なにが？」

「貴女、婚家を出たンだってね〜」

「はい！」

「マ〜ァ、申し訳なかったね〜。あんなに嫌だ、イヤだって言っていたのに……おじいちゃんてばさぁ、無理にやっちゃって。私も散々、反対したンだわ〜。いわば家の犠牲になったンだわ〜。私は今日ビの人間（戦後に財を成した人）の所へはやりたくなかったンだわ〜。でも、あんまり、反対出来んくて。一人でも一日も早く、片付けんといけンかったからね〜。男の子二人は何としても、私の命に替えても大学を出さなければならンかったし、貴女は二十三にもなっていたし……それに昔からの家で弁護士、検事、判事を探したけど、中々、見つからんクテ……有っても歳がね〜。それに、それに、そういう家なら、嫁入り仕度もちゃんとしなければならんのもあったしね〜。あそこなら碌な仕度もしなくてよかったし……今日ビの人間ならこっちがくれてやるンだから、だから、だから、私が折れたンだわ〜。ま〜、マー悪かったね〜。申し訳なかったわ〜。私が反対したのに無理におじい……」

「お母さん！　止めて下さい。何で謝るの？　謝る必要がどこにあるの？　お父さんの責任でも、お母さんの責任でも無いの。手を上げてくださいい、手を上げてください」

「おじいちゃんがちゃんと、貴女の仕度を用意して置きなさったら、分相応の所へやれたものを……それな……」

「お母さんー、いい加減にシテッ。手を上げて下さい。決定したのは私！　私の責任。責任を問うならばね。私が最後に決めたの。どうしても承知できなければ、親子の縁を切って姿をくらませば済むことでしょ！　それをしないで承知したのは私。だから誰の犠牲にもなっていない。そんな考え、捨ててください。旦那と喧嘩して飛び出した！　それだけ！　もう終わり。ああ～お腹空いた。なんかない？　台所あさっていいですか？」

「今、取ってやるわね。ちょっと待ってね」と、立った。

「取ったら食べません。量ばかし多くて、たいして美味しくもない。ご飯とお母さんの漬物があれば十分。あるンでしょ？」

「ふん。沢山、あるわね」

「じゃぁ、それで食べさせてください。あ～、自分でするから、いいです」

「なに言っているね。お客さまにそんなこと、させられるかね！」

「私は客じゃない。この家の娘よー」と、さっさと持ってきて座った。

「そんなところに座るもんじゃないでね。そこは客の座る場所じゃないでね。こっちにきなさいね……」

「だから、私は客じゃない。どこへ座ろうといいでしょ！　好きな所へ座らせてください」

「よくないわね！　一度、家を出た者はこの家の者じゃないわね。勘違いするなね！」

「分かった、わかりました」と、面倒になって上座に移動する。私はこの上座なるものが嫌いなのである。というのも、仏壇のまん前で仏壇にお尻を向けるからである。床の間ならまだしも。……仕方ない。

青海（義父の末妹）で話したようには詳しく話さなかったが、嫁に行ったとき、すでに女があった。今回が九人目。今までの女は家に飲みに来ていても、私に気兼ねしていた。だから、私も気づかぬ振りをしていた。したがって、夫にも女達のことは一言も触れなかった。今回の女はあばずれ！　家へきて二人で飲みながら、私に給仕をさせ、子供の前でベタベタする。得意先の部長が来て、食事をしていてもおかまいなし！　会社の中は引っ掻き回す。社員が乱暴な口をきいた、礼儀をちゃんとしない。と怒鳴り、喚き出す。奥さんのブスの顔を見たくないから事務所に出すな。と言われるようになって、事務所に出なくなった。客や銀行さんが来ると内線で呼び出しがきて、事務所におりた。

そこまで二年半は我慢した。そのあと、女の一言で暴力を振るうようになった。意気地なし！　奥さんを一つもぶんなぐれない弱虫。タマには半殺しにぶん殴れ。それも出来無いのか。って、大笑いされた。てめえのせいで俺は笑い者にされた。って、殴り始めた。

段々と酷くなって何回か脳震盪を起こした。桃（三女）が介抱してくれた。それを見て二人で、なんの芝居をしているンだ。と笑っていた。その少し前から私は、口答えを始めていた。口答えすると益々、足払いをくわされたり、殴られるのが分かっていたけど、口から言葉が飛び出した。私を殴るのを見て、女はタバコをふかしながら薄笑いしていた。

私はどんなに殴られても、突き飛ばされても手は出さなかった。手を後ろで組んで口答えした。絶対に手は出さないと決めていた。だから出るときに彼奴に勝ったと思った。女は何処でも誰にでも殴り掛かる。下着の洗い方が悪いって言って、姑を怒鳴って殴り飛ばした。それからチャンと洗うようになった。って、自分で言って笑っていた。

嫁に行く前からいた女が敗血症で死んだ。嫁に行って二十年後のことだった。死ぬ二ヶ月ほどの間、夜中に病院から帰って来て、何回も首を絞められた。あいつの代わりに死んでくれ、あいつを助けてくれ、な〜、あいつの代わりに死ね！　と、泣いた。さっさと殺せば?!　貴方の手が後ろへ回るわよ！　と、むせながら言った。回ってもいい。俺は死刑になっても、磔になってもいい。あいつが助かるなら。この世で一番、大事な、大事な、お袋だって殺す！　と、それが答えだった。その女の葬儀を、家から夫の女房として出す。って言って、私と喧嘩になった。その時は姑が割り込んできて、うちからの葬儀は止めさせてくれた。私ってなに？　女房じゃないの？　結婚詐欺って言ったら、俺達の間にてめえが割り込んで来やがったンだッて。でも、割り込んだってなに？　私は断ったし、そっちでもらいに来たンだし、お父さんだって、それを知っていれば冗談じゃないと、断ったはず。そのときは、お姑さんがすごい剣幕で怒って、出させなかった。その後、三年くらいは女房の葬儀をここから出させなかったと、愚痴られた。この女は横須賀の米兵相手の女で夫よりも十三歳上。体を壊して二年の病院生活後、姑の従姉の鰻屋で住み込みの皿洗いや掃除をしていた時に舅の女になった。

自由が丘のアパートに住まわせた。その時、夫が高二の時、女の手がついた。女の抱き方を教えてあげるって。舅に見つかって叩かれて女は百二十万の金を与えられて、この区に二度と入るな。と、言われて追い払われた。その後、夫はネオン街が住処のようになった。長男が死んだ後、女から連絡が来て焼け木杭《ぼっくい》に。区の外、境界線際にいた。会社から車で二十分。夕食が終わると毎日行った。死ぬまで続いた。その間も、夫も女も常につまみ食いをしていた。嫁に行って、五年目位に姑に女がいるようだと思い切って言った。そうしたらそういう事を言われた。この女が追い払われてからは、誰の子とも分からない男の子を連れたバーの女が来てここに二百万有ります。これをご両親に上げますから夫の子として認知してください。何でもして働きますから夫の嫁としてここにいれてください、ってきた。夫が二十三の時で、舅がすごい剣幕で怒って追い返した。それから金の草鞋で嫁を探し回った。その網に引っ掛かったのがアンタよ。男の女遊びは男の甲斐性。文句を言って騒ぐようなみっともない事はするんじゃないわよ。って、言われた。

「婚家を出たときに会社が出来た時から台帳を見てくれていた大きな事務所のオーナーのおばあちゃま先生から夫のその頃からの行状をもっと詳しく聞いた。あそこはね、舅サン（この先生は舅をはじめ、この事務所で見ている会社の全ての方を名前で呼んでおられた）以外は、姑さんをはじめ、皆、考え方が可笑しいんですヨ。法律を中心の常識は常識外れになるんです。とおっしゃった。貴女がこの三十五年、どうしてきたか、私は、知っています。その上で貴女の気持ちを知りたいから呼び出したのよ。と、おっしゃった。

その女も今の女も、女房として連れて歩いていた。会社へ来ない人たちはそちらが女房で、私が弟の嫁で、弟が死んだから子供を育てる為に会社において、手伝わして、面倒みてやっていることになっていた。我慢にも限界がある！　女房としての私の面子は丸つぶれ！　あそこまでやられて、あの奥さんバカじゃないの。と、近所の人達は笑っていた。お前は俺の女房じゃない。会社の奥さんだ。家の嫁だ。社員の管理者として会社のことをし、お袋の面倒を見、世話をするのがお前の義務であり、責任だ。分かったかぁ。奴は俺の大事な、大事な恋女房だ。そのぐらいの物の道理をわきまえろ。って、怒鳴られて突き飛ばされた。それが私には理解出来ない。女房だから睡眠を削っても会社のことをし、腹に据えかねる家のことも黙ってしてきた。女房でなければする必要はない。この家にとって、私はただ使える使用人と思ったとき、出ようと決めたの。……アア……誰の許可を得てガキを三人も四人も産みやがった？　勝手にゴロゴロ産んで俺に育てさせやがった。ガキどもを働かせて養育費を返させろ。って、大学を受かるたびに言われた。自分の子を育てて教育するのが当然でしょ。彼奴の子が欲しかったが、知り合った時にもう、産めない体になっていたって。最愛の奴の子が出来ない俺達の苦しみが手前に分かるか？　手前の苦しみなんて目じゃない。って、怒鳴られた。女の抱き方を教えてあげるって言われたのが高校二年の時。女子大出の会計士のおばあちゃまは、出て正解。あそこにいたら貴女はただ使える家政婦でしかないっておっしゃった。お母さんより年上の女性よ」

と、かいつまんで話した。

「出るのに、長男（名前）は散々反対したのに、貴女、強引に出たンだってね～」

「冗談でしょ！　あの子が姉さん、もういいよ。何時まで女中のようにこき使われているンだ。さっさと出ろよって、言ったのよ！　次男（名前）が兄貴、姉貴を焚き付けるようなこと言うなよ。出る、出ないを決めるのは、姉貴だ。俺達じゃあない。姉貴の生き方の問題だ。あそこにいて泣いて暮らして名を取るか。そんなものくそっ食らえで、何処か他所で笑ってのんびり、暮らすかだ。人の噂も七十五日。姉貴のことなんか、覚えている人なんか居なくなるよ。って、言った。長男は出ろって、言ったけど、一言だって反対なんかしなかったわよ。そんなことを言うために、まだ、お袋に言うな。俺が行って、ちゃんと説明するから、俺がいいと言うまで待てって言ったわけ？」

「でも、この間来て、そう言って行ったわね。あれは姉さんが悪いンだ。姉さんが朝から晩まで、義兄さんが大学を出てないって、責め立てていた。男にとって大学を出てないって、言われるのが、我慢の出来ない屈辱だってね。だから、義兄さんがああなったってね。東京（長男）が来てそう言ったわねー」

「そんなこと一言も言ってない。東大の理工科を出て押し売りを仕事にして、皆に嫌われているのもいる。かつて、うちにいた子で、日曜にアルバイトで行っていたラーメン屋が本職になって、都内に八軒も持って、弟や従弟をそれぞれの店に店長でおき、外車を乗り回している。お寿司屋を何軒も持っているの。ダンプを二十台も持って、運送業で儲けている子、皆中学卒！　小学校卒で一国の宰相になったのもいる。学歴じゃない！　私は東大出も中学卒も対等に付き合う。だから辞めて何年もするのに、奥さん元気？　と、顔を見せてくれる。威張りたい人には、私はへりくだらないから味噌くそだけど。だから、大学云々はない。じゃ～、私が行ったとき、すでにいた女はどう説明するの？」

「そんな理屈は分からんよ。でも東京がそう言った、でね」

「嘘よ！　そんなの」

「あの子が、嘘言ったってのかね？　あの子は嘘言わん。総領息子ダデネ。嘘を言うわけがない。悪いことは言わんよ。帰りなさい。夫さん、待っていなさるよ。一人で帰れないなら一緒に行ってやるよ～。お姑さんに殴られても、夫さんに蹴られても、私、かまわないよ！　貴女のために土下座して謝ってやるよ。あの子も、それがいいってね。そうすべきだって言ったデネ。ヨメさんもそうすべきだって言ったデネ。そうしようね！」

「何で？　なんで私が謝るの？」

「女でしょー」

「私がどんな悪いことしたの？」

「悪いことなんて何もしていないわね！　あちらに散々尽くしてきたわね！　女中のように働いたわねー」

「じゃあ～、なんで私が謝るの？」

「悪いのは夫さんだわね！　少しも諌めない、お姑さんも悪いわね」

「それが分かっているなら謝れなんて言わないで！　帰らないわよ。帰るくらいなら出ないわよ！いやよ」

「貴女は女の道を、通さない積もりかね？」

「女の道ってなに？　そんな時代じゃないの。悪いこともしないのに謝るのが女の道？」

「ふんー」

「だったら……そんな道、私は通さない！　道理の知らない人間で結構！　いやよ」

「そんなこと言わんと。一緒に行ってやるよ。長男夫婦も帰るべきだって言ったでね……」

　で、延々と押し問答が続いた。

「ミーちゃん（母の女学校の同級生）の旦那さん（教師、故人）がおじいちゃんの通夜で色々と夫さんと話したンだってね。俺はあの男、面白いから好きだけど姉ちゃんとは合わない。姉ちゃんは苦労して、苦労して、泣いているわって、言いなったわ」

「ふぅ～ん。お母さん、何て答えたの？」

「そんなことありません。優しいいい人ですわ。娘は大事にされて幸せものですわ。ここへ来てもママ、ママって言いなさいます。うちのおじいちゃんとは大違いですわって、言ったよ。あの人、なにを思っているンだか？　そうですかね～。俺は姉ちゃんが苦労して泣いているように見えたンだが……話していておもしろい人だわ。でも、相当に金を使って遊びまくっている人だ。家の中、火の車と違いますかね～。ねえちゃんの苦労が見える気がするがね～。それに、もう少し、あの男、勉強して知的にならんと駄目だわね。

　下品な話しか出来ないからな～って、言いなさったわ。なにを勘違いしてなさるンだか。誰だったか忘れたけど、如月ちゃん（長女）の結婚式の写真を見て、同じことを言った先生がいたわ……ナカガワ校長さんだわ。碁を打ちに来ていてね。そのとき、この人、なに馬鹿、言っているのだねって、思ったわ～。もう一人いたわ。その人も覚えていないけど、姉ちゃんとは不釣合い。姉ちゃん泣いているって。いいえ、お似合いの夫婦ですわ。って、言ったのは分かるけど……人って、人の幸せを妬んで色んなこと言うモンだね～と、思ったよ～。やっぱり、やるンじゃなかったわ。何回も断ったのをね～。おじいちゃんがその気になって、無理にやったモンね～。私が最後まで頑張って反対すればよかったわ。でも、あのときは、一日も早く片付けたくてね～。苦労させたね～。悪かったわね～」

「だから、お父さんもお母さんも謝ることじゃないって、言っているでしょ。私が承知したの……」

「おじいちゃんも死になさる十年位は心配してなさったわ。あのお姑さんの考え方じゃ～キユが苦労していると思う！　何かあったら裸で追い出される。夫さんは、お舅さんとは違う。上辺だけで心の冷たい人だ。お姑さんと同じ人だ。亡くなったお舅さんは表面は冷たそうに見えるけど、すごく深く物を考える優しい、温かい人だ。それを上手く表現出来ないだけでケジメのしっかりした、礼儀と人の誠を知っている人だって、言いなさったわ。

そのとおりになったね。おじいちゃん、そんなこと言って、さっさと逝ってしまって。

逝ってしまう前にちゃんとして逝きなされぱいいのに。何もしないで私に押し付けてさ。東京がきて、色んなことを言って行ったわ。姉さん、女中扱いだッテネ。それ以下だって。奴隷だってね。行く度に、腹を立てて帰ったって言ったわ」

「何それ。さっきの話と違うじゃないの！　出ることは賛成。でも出られて頼られるのは御免だから出るな。それに出戻りの姉がいては不名誉ってことね！」

「だって、居ればあの会社がそっくり、貴女のものになるンだって、言っていたわね。

そのために、あの苦労をして馬鹿にされてきたのに、今、出たら何にも無いってね。十億位の物をむざむざ捨てるのかってね」

「はぁん。そういうこと！　帰ってヨメさんに言われたってわけね。それを私が手にしたら自分も何かの利益になるって思ったのね！　さ～すがぁ！　でも、甘いわ。私の所には、雀の涙の退職金も出るかどうかよ。お姑さんが口癖に言っていらっしゃった。ここは、私とおとうさんで、作り上げた会社。おとうさんが亡くなったンだから全部、私のもの。他人のアンタには一銭も行かない。娘達三人の物。次男も死んでいるンだから、息子が死んだら娘だけ。自分が食べていけるように、今からなんかの仕事を考えておくことね、だった。法律では遺留分があるけど……今の間違った法律なんか私が正す、とも口癖。だから、今、お舅さんが付けてくださった年金がすごく有り難い。おとうさんはあんたがお気に入りで、給料を出した。私なら嫁なんかに給料は一銭も出さない。嫁は無償で婚家のために骨身を削って命がけで働くのが当然。それをおとうさんが出したのを遠慮もしないで、当然と受け取っているから呆れて開いた口が塞がらない、も口癖。昭和五十年にお舅さんがくださったときの六万の給料がそのままだから、年金も微々たる物。お舅さんが亡くなって、ボーナスも、日曜手当も無くなった。でも少ない年金がある。それであの一族と争わないで済む。お母さんの遺族年金、月十六万何千よね。私の年金は八万一千に欠ける。

中野の義従叔父さんの妹のご主人、東大病院の先生だった。子供はなかった。ご主人が亡くなられて、妹さんの知らない親戚が次々に出てきて財産をよこせ、あんたは他人。で、何年か裁判で争った。その間に妹さん、うつ病になっておじさんたち苦労した。

お姑さんには法律や世間一般の常識なんて関係ないの。自分が法律であり常識なの。自分の感情だけで何処ででも押し通す。それだけよ。正直な人よ。決して、自分を隠そうとしないから、付き合いやすい人よ。お母さんと違ってね！」

母と言い合って三時になってしまった。

私には、夫は合わないと言ったのは、東京の婿をいれて、これで四人だ。


父が交通事故にあって入院していた。二回目の見舞いに帰郷していた。病院から帰って、母と昼を食べながらの話。

三回断って四回目に承知したのも、母との喧嘩で腹立ち紛れに承知したのだ。

父がもう一度、考えてみないか？　と言ったのは、舅の人柄について、だと思う。二人とも明治最後の人間で、何処か通じる物が有ったのだろう。二人が最後にあった時に感じた。お互いを買っていた事は分かっていた。病室で最期の時、十五分くらい、お互いの目を見たまま、一言も話さなかった。この時に交わしたのは、初めと終わりの挨拶だけ。が、父が帰ったあと、「おとうさんに会えて良かった。話が出来た。有難い！」と、目頭を押さえた。この姿を見られたくないからと見舞客を全て断っていた。自分の弟妹も。病室に入れたのは自分のすぐ下の弟の坊さんだけだ。その舅が、である。ああ……明治の男どもは分かんないや～……目で、お互いに話していたンだ、と思った。

平成十一年

平成十一年一月

防寒用ショートブーツを送った礼の電話がきた。親戚、友達、近所の話を聞かされた後、

「その後、どう話が進んだね？　夫さん迎えに来なさったでしょ？」

「ゼンゼン！」

「朝晩、一日も早く帰れるようにしてくださいって、おじいちゃんの責任なンだからって頼んでいるのにかね？……おじいちゃん無責任だね〜。近いうちに、私、東京へ行って来るわ。夫さんとお姑さんに土下座して謝って来てやるわ〜。だから、強情はらずに素直になって帰ンなさいね。今度は、はい、はいって、言うことを聞いて命に替えて尽くしなさいね。そうしないと……」

「なんで謝るの？　私は何一つ悪いことしていない！　謝らないし帰らない！　余計なことしないでよ！」

「だって長男夫婦は……」

「あの子が何を言おうと関係ない！　あの子の世話にはならないから口出すなって、言ってよ！　一生懸命、夢中で働いた三十五年！　一回り以上も下の義妹にまで怒鳴られて命令されて使われた。夫の女達にまで、給仕をさせられても黙ってして来た。それでも足りないの？　自分のやりたいこと

いっぱいあったけど、ただ働いた。それが悪いことなの？　子供達にもしてやりたいこと、沢山あった。でも、何もしてやれなかった。お金は義弟妹、伯父（姑の兄）、女達に消えた。口答えなんか、出る半年前まではしていない。それでも、尽くし足りないの？　私、どんな悪いことしたの？　教えてよ～」

「ううん。貴女、悪くないわね～。悪いのは夫さんだわね。お姑さんだわね。それはわかっているわね。でも、女でねぇかね……」

「女だから、悪くないのに謝るの？」

「ふぅン、でも良い悪いじゃないわね。しょうがないねぇかね。貴女、女だもの……女と……」

「イヤよ！　悪くもないのに謝らないわよ！」

「貴女を可哀相と思うわね。涙が出てくるわね。行ったときから女で泣かされていたって聞いたよ。私も毎日、可哀相だっておじいちゃんに言って、泣いてやっているンダデネ……」

「泣く必要ない。私は泣いてなんかいない！　サバサバしているわよ！」

「そんなこと言うもンじゃないでね。貴女は女、一日も早く謝って帰ンなさいね。女の……」

「いやよ！　絶対に謝らない！」

「私が行って両手を付いて謝ってやるわね。夫さんに十も殴られ、蹴られても我慢してやるわね。覚悟してやるわね。帰れるようにして来てやるわね。でないと、出戻り娘になるでね。出戻り娘が出たら、私がご先祖様に申し開きが出来ンでね。悪いことは言わないよ。戻してもらいなさいね。いいね。

分かったね？　ヨメさんもそれが一番いいからそうし……」

「冗談じゃない！　余計なことしないでよ！　謝るのは向こう。私じゃないっ。私が三十五年どういう生活して来たか、お母さんは知らない。表面の良い事しかね。いいわよ。お母さんがしたければ、土下座でも、なンでもしてくればいい。でも、私は帰らないし、そこへも二度と行かないからね。覚えといて！　この話は二度としないで！　これから、保育園へ迎えに行く時間だから切るわよ。今、言ったこと忘れないでよ！」

　この言い合いが、これから十五年続くことになる。

平成十一年六月八日
「今日は夫さんの誕生日でしょ？」

「ああ〜、そうだったわね……」

「おめでとうございますって電話したかね？」

「なんで？」

「何でって……それが礼儀だよ。お祝いの電話一本しないってどういうことが〜。ちゃんとお祝いと手紙を添えて送りなさいよ。遅れた詫びと。いいね、私の言うことは聞くものだよ。悪いことは言わんよ。常に正しいンダデネ。そう、すべきだよ」

「どうして、そんなことする必要あるの？　いやよー」

「そっかね。強情だね〜。じゃ〜、貴女の名で私が送っておくわね」

「余計なことしないで！　なんで、そんな、機嫌取りするの？」

「そうしておいたら、夫さんの心も開いて迎えに来てくださるわね」

「冗談！　来るくらいなら、とっくに電話の一本も来ている。来るわけない！」

「そうしたら、何時までも戻れないでね〜かね。許してもらえンでね！」

「許してもらうことなんて、何一つ無いッ。余計なお世話」

「だって、貴女、女でね〜かね。女というものは婚家で、焼き殺されても泣きながら、我慢するものダデネ。それが女の鏡って言うものだよ！」

「鏡になんかなるのはまっぴら。冗談じゃないわ。お母さんは、私が焼き殺されて鏡になったら、そんなに嬉しいの？　焼き殺されてから泣けるかってのよ〜」

「嬉しくなんかないわね。哀しいよ。毎日、泣いて暮らすよ。でも、それが女の道、筋ってモンダデネ。強情はらずに、夫さんの気持ちを少しでも和らげて、帰れるようにしないと、出戻り娘……」

「誕生日で思い出したわ。世田谷にいたとき、昼に電話が来て、誕生日だから早く帰る。ガキどもと一ヶ月ぶりに飯、食ってやるから、旨い物を作っておけって。それからあわてて買い物に行ってきて用意した。待テド暮せド、帰らない。子供はお腹空いた。で、待ちきれずに九時近く食べさせて寝せた。帰ってきたのは午前二時。それも、タクシーで乗り付けてきて、車のドアを開けっぱなしで、女とチューチューやっていた。ドアが開いていれば車内灯が付いている。中は丸見え。二階の窓を閉めようとしたところへ、タクシーが来たから見ていた。見ていたのは私だけじゃない。近所の人も見ていた。二、三日前の夜、旦那さん、タクシーで帰って来たわよね。あのとき、一緒だったおばさんが本妻さんだってね。この辺のスナックではそれで通っているわよ。奥さんはお妾《めかけ》さん、なんだってねーって言われたわ。何時、私が妾になった？　教えてよ。今の女も女房としてあちこち連れて歩いていた。私を知っている所へは秘書として連れていった。社員旅行でも女と二人の部屋を取っている。私が行ったときは、お姑さんと事務の人と一緒の部屋、でないと女を連れ込めないからね。所帯持ちの社員は夫婦で一部屋。お得意さんの親睦旅行でも、男ばかり三十数名なのに連れて行って、一部屋とって、やっかみ半分にひんしゅくかっている。初めから私は眼中にないの、無視されていたの。それなのに、なんでいまさら機嫌取りしなければならないの？」

「ま〜、どういうことがァ？　都庁の園遊会（ある人が、私が浜離宮の中を見たい、と言っていたので夫の名をあげておいたと言っていた）だってお姑さんと、行ったって言うでねえかね。それもどうかしてるわ〜」

「誰に聞いたの？」

「お姑さんだわ。私と息子に招待状が来た。って、言いなさったわ。そういうのは夫婦で来るもンでねえかね？」

「そうよ。令夫人様で来たわよ。あそこで、令夫人様はお姑さんなの。だから、招待状を見て、あら、私にも来たのね。って、嬉しそうにされたら、いいえ、私です。とは、言えないでしょう？　どの着物がいい？　帯は？　と、言われた。それに一緒に行って、文句ばかり言われるのも嫌だし、……」

「それも、おかしなことだわ。本人の隣に令夫人ときたら妻に決まっているわね」

「客が来たから、切るね。こういう状態だから絶対に余計なことはしないでよ」

「でも……」

「デモも糸瓜もない。何もしないでよ。したら縁切るからね！　じゃ～」

　無性に腹が立った！　女だから我慢して忍べ？　誠心誠意尽くしてお仕えしなさい？　と、会う度に、電話に、手紙の度に、呪文のように言われて来て、意地で婚家のやり方に添うように努めてきた。その結果だ。子供の頃から、母に反発しながら、結局は母の物の考え方の中から根本的に出ることが出来なかった。と、今は思う！　母自身は父に従ってなどいなかったくせに……いつも最後は父が折れた。

　なにを、考えているの？　馬鹿、言わないで。と、母を怒鳴りつけたくなり、客と称して切った。

平成十一年八月二十四日
　親戚の愚痴を聞かされたあと、姑に中元を贈ったら、会社から中元がきた。会社からいままで来たことなかったから、びっくりして、あわててビールを三ケース、送っておいたと言う。バカヤロ～、あれ程、何もするなと言ったのに……
「お中元なんか、なんで贈るの？　お母さんはそれで、悦にいっているか知らないけど、向こうにとっては、嫌味以外の何ものでもない。だから、会社の名で来た。癪だから、なんか贈っておけ。って、事務所に言ったから、事務所で送った。それを、また送り返すって、益々、向こうを怒らせることになる。お母さんは……ま、いいわ。向こうが、腹を立てれば立てるほど、私はおもしろく、高みの見物だけど。まあ〜、したければ、梨やりんご、お歳暮、すれば？　お金をドブに捨てているのと同じヨ。好きにしなさいよ。ただし、私は関係ない。私を巻き込まないで！　いい加減にして……」

「そうは出来んよ」

「なんで？」

「貴女のためだわ。貴女が帰ったときのためだわ。貴女のために一生懸命、尽くして、尽くして、尽くしてるンだわ。命がけだよ。折を見て、夫さんのところへ、謝りに行って来てあげるからね。殺されたっていいよ。殺されたら向こうも折れて戻してくンなさるわ」

「お母さんがどうなろうと知ったことですかっ。私は帰らない！」

「だって、そうしないと、このまま、帰れなくなるでしょ。出戻りのままでしょ。夫さんが、女に走ったのは長男と次男のせいだわね！」

「ええーっ！　なんでよ？」

「おじいちゃんの葬式のときね。全て、夫さんにお伺いを立ててすればいいのに、二人でドンドン決めて進めたでしょ。だからだわね。私さえ、のけ者だったでしょ。帳面付けも二人でやってしまった。その、仕返しだわ」

「何処から、そんな発想生まれるの？　二人がやって当たり前じゃない。ウチは夫の家じゃない。ごっちゃにしないでよ。じゃあね、嫁に行ったときにいた女は？　お父さんがなくなる前の何人もの女は、どう説明するの？」

「そんなことないわね。おじいちゃんが死になさる前に、女なんか居なかったわね。東京がそう言っていたわね。東京の嫁はお義姉さんが悪いンだって言ったわね。だから、お義兄さんが女をつくったンだってね。ヨメさんが夫さんから聞いたってね。これからは、全て夫さんを中心にお伺いを立てますから、と、謝って約……」

「ちょっ、ちょっと、ちょっと！　待ってよ。馬鹿言うのもそのくらいで止めてヨッ。なんで夫を中心にお伺い立てなきゃいけないの？　夫の家じゃない。東京は小さくても一城の主、千葉（次男）は大銀行の常務、自分の父親の葬儀くらい出せる。それほど、お母さんは息子達を信じられない子だと思っているわけ？　ということは、私なんか眼中に無いわけだ。そんなに夫が信用出来るンなら、向こうへ行きなさい。夫を中心にして、全てをお伺いたてていたら、あの二人の面子はどうなるの？面目丸つぶれ。銀行からも、偉い人が来ているのよ。東京の取引先のエライ人も来ているのよ。分かっているの？」

「そんなにポンポン言ったって……なに言っているンだか分かんないよ。私は貴女のため……」

「わかった。ありがとう御座います。とにかく、あの人の女癖は今に始まったことじゃない。二人のせいだなんて、馬鹿なことは絶対に言わないで！　とんでもないこと！　謝りになんか行ったら、親子の縁を切るわよ！」

「貴女は向こうのお姑さんに似てきたね～。人の気持ちを無視して、自分の都合よくダケを押し通す。女はね、一歩下がって常に男の影の存在であるべきだよ。だから私は金を出して、名前は全て長男にしたンだよ。それ……」

「お母さんが勝手にしたンでしょ。お父さんが息を引き取ったときから、お母さんは隠居の身。あんまり、古いこと言わないの！」

「古くなんかないわね。こっちは今でも私と皆同じだわね。墓だっておじいちゃんの、残しなすった金で私が建てたンダデネ。東京は一銭も出さないでいて、自分でしたような顔して威張っているデネ～かね。女の名は出すもンじゃないから、私の名は何処にも入っていないでしょ。東京の孫は女の子だから嫁に行ってしまって家の者じゃないし、千葉は男の子だからウチの墓を守るわ」

「分からんわよ。学校を卒業して職に就くまでは……国内に居るかどうかも分からない。どんどん、外国に出て行っている。誰だっけ？　女学校時代の友達、お子さんがお腹に居るうちに兵隊にとられて戦死した人。たった一人の男の子、苦労して東大の医科を卒業させて、医者にしてほっとしたら、アフリカに行ってしまって、向こうで結婚して帰らない。土人にくれてやるために医者にしたのではないって、泣き喚いていたって、お母さん、随分前に言っていたよね。今は個人なの。男も女も家も関係ない。その子自身の考えかた一つ。桃が学生のとき、ウィッキー先生……アフリカからきた先生。よく研究室へ、遊びに行っていた。そのとき、お子さん達がみなアメリカへ行って医者になってしまって、先生、寂しくないですかって聞いたら、僕もアフリカにママや兄弟を置いて来た。僕の奥さんは日本人。奥さんと二人の墓は富士山麓に作ってある。子供はアメリカでも、その子はヨーロッパへ、そしてアフリカへ行くかもしれない。その次にはまたここ、日本に帰ってくるかもしれない。そう考えたら寂しくないし楽しいだろ。って、おっしゃったと、帰ってきて言っていたわ。そのとおりよ。今、私が東京へ出てきたときより、もっと簡単にアメリカでもフランスでも、何処へでも行けるの。墓だの、家を継ぐだのと言っている時代じゃない。その子を縛っちゃだめ。墓を守るって、そういうことでしょ？」

「うん。でもね、千葉の孫達は三人とも優しいよ。だから、ちゃんと守ってくれるよ。東京は嫁の言いなりだから駄目だけど……すぐ落ち込んでしまうから駄目だけど。この間もね、嫁にあんまり甘やかすなって怒鳴りつけられたよ。嫁が困るンだってね。だから、村へ連れて行ってもらった帰り、小遣いやらンで帰したわ。そしたら淋しそうで、淋しそうでたまんなかったようぉ。涙が出て止まンなかったわ～」

「ばっか、ばかしい！　ア～ァ！　男も女もないからね。男ども二人じゃなく、東京が二人、千葉が二人の四人で決めてよ。お母さんは隠居の身、引っ込んでいるの。私は里邨《さとむら》に戻ったけど、ここの人間じゃないからね！」

「ヨメさんが貴女に文句言ったンだね。あん……」

「違う！　何も、言われていない。そんなこと言ってない。どうして、そうなるの？　勝手な独断で決め付けないで」

「千葉の嫁はおっとりしているから、言うわけないし、言えば動かなきゃいけなくなるから、言わないわ～。それに私に何でも言う子だし、東……」

「私がそう、思っているって、何度、言ったらいいの？」

「貴女はそんなこと言って、出しゃばる子じゃないわね。いつもダンマリだわ」

「何回、同じことを言わせたら気が済むの？　婚家での三十五年、全てを姑とすぐ下の妹で決めてきた。夫はそれを承認するだけ。その中に妾が入っても、私は外、雑用をするだけ。だから言うことが出来るの。一回りも下の末の義妹にも指図されて、怒鳴られて来たの。だから言うの。そんな思いを嫁達にさせたくない。里郁の家の同じ人間として扱って欲しいのよ。私の願いよ。それを勝手なこと言って決めつけないで！」

「嫁を貴女はかばっているンだわ。いつも嫁の味方ばかりして私に盾突く……」

「違うって言っているでしょ」

「それからね。どんなことがあっても嫁を路頭に迷わすことは許さん。貴方に万一のことがあっても大丈夫なようにしておけ。それが私の遺言だって言ったわー」

「そんな心配いらないわよ。あの嫁はしっかりしている。どんな状態でも切り抜ける人よ。生きて行ける力を持っている。千葉は自分に何かあっても親子四人生きて行けるようにしていると思う。余計な心配するのは止めなさい。向こうは大きなお世話って思うわよ～」

「だからね、ウチは女が出しゃばるような低い家柄じゃあないわね。貴女ンとこのお姑さん、人の家のことでも前面に出て采配を振るわないと、気が済マンでしょ。家の法事のときも嫁がカンカンに怒ってごたごたしたでね」

「ああ~あれね。初めはね。雨、降っていたでしょ。向こうの長女も睦月（次女）も、乳飲み子だった。ハイハイしていたかな？　経が終わって、料理屋に出かけるとき、お姑さんが、アンタ、なにぐずぐずしているの。このバカッ、さっさと着替えなさい。雨のシミは取れないの、分かっているの？愚図！　まったくバカだからどうしようもない。って……、私を叱ったの。伯母さんがね、私の袂をひっぱって、キユさん、着替えたら駄目。どんな高い着物でも駄目。着物の二枚や三枚、捨ててもいい。今は法事であって、お色直しはするものじゃありません。着替えは御法度。と、言ったの。だから、そのまま出た。食事が終わって、挨拶しているときにお姑さんが何かヨメ（名前で）さんに言っていた。二人とも凄い顔していたのは目にしていた。お父さんが最後の挨拶をしようとしたとき、お姑さんの差し金で夫が走って行って、お父さんの横に座った。お父さんが何？　という顔で横を向いた。夫が今日は有難う御座います。……と、締めの挨拶をした。お父さんは村人たちと最後だから、言いたいことが色々と有ったはず。でも、言いそびれた。黙って最後に頭を下げただけ。伯母さんはそれを全て横で見ていた。出口近くで伯母さんがスーっと寄って来て、ここは五百子《いおこ》サン（母）の法事。五百子サンのやり方があります。五百子サンが何も言わないのです。ヨメさんは五百子サンの所の嫁。他人様の出るところじゃ、御座いませんわ。それから、キユさん。貴女は何事にも口を出さぬこと。成功したら嫁サンの手柄。失敗して笑われるのも嫁さん。念のため。って、言った。まっすぐ前を向いたまま、にこやかな顔して、おっとり、穏やかに低く。で、足早に離れて、伯父さんだったかと話し始めていた。あれは、伯母さんだったから出来たことよ。伊達にあの大屋根を被って維持して来たわけじゃないってこと！　そのときから伯母さんの話を注意して聞くようになったけど、一、二回しか会っていないし、子供で落ち着いてなかったし、……」

「姉はそんなこと言わないわね。自分はいい子になっていて、人に言わせる腹黒い人だ。でね……姉……」

「かもしれない。でも、その場を一瞬にして見てしまうンだと思う。言いたいこと、今いわなきゃ言う機会ない。二度と会うこともない相手と、見て取ってのことだと思う。事実、あれが最初で最後だった。その辺の見極め、すごいと思った。お姑さんは、すごい顔して睨ンだけど、伯母さんは涼しい顔して、伯父さんたちと話していた。お姑さんの差し金。あんな失礼なことない」

「姉の気持ち分かるわ。ほんとにそうだもの。わざと聞こえよがしに言ったンだね。姉らしいわ」

「それに、伯母さんは越《こし》の長女であり、江戸の昔から十代も続いた地主の主、相手は山の中に二軒しかなかった炭焼きの娘、という頭もあったンでしょうね。今はそんなこと関係ないけど、四十年代半ばのこと。まだまだ、そういう意識のあった時代だもの！　早くに主に逝かれて、若いときから、一人であの大家根を背負ってきた人。おっとり微笑したまま言う。周りは気づきもしないでしょうけど、言葉の内容はすごいわよ！」

「場所柄を考えなさらんで、自分の考えを、押し通しなさるものね。桃ちゃん（三女）の結婚式のときも、口から泡でお舅さんの悪口を初めから終わりまで言ってなさった。アーいう席で言うことじゃぁないでしょ。千葉の挨拶も聞きたかったけど、聞きとれンかったよ。冬子（婿家の次女）さんとしゃべってなさって、全然、分からんかったわ。そしたら、紅葉子《もみじこ》（婿家の長女）さんが気付きなさって、袖を引っ張って止めさせなさったわ。でも、もう終わりころだったわ」

「それは違うわよ。如《きさらぎ》（長女）が、父親に自分の母親と妹でしょ。挨拶のときくらいは黙らせなさい。それくらい出来るでしょ。と言ったのよ。冬子さんが気付いて袖を引いたのよ」

「そうじゃないわね。貴女、忙しいから分からんのだわ。紅葉子さんだわね。やっぱり長女だわ。しっかりしてなさるわ」

「なに言っているの。紅葉子さんは東京や仙台（義弟）や千葉達と一緒のテーブルの一番上座。あのテーブルの人達がチラチラ、こっちを見ていたのに如が気づいたのよ。で、隣の私に言ったから、大きなテーブル越しに？　それとも、立ってテーブルを回って、こっちのテーブルに来たの？　左右分かっているけど、放っときなって言ったら、私を間にして父親に言ったの。夫がお袋、お袋と、何回か言ったけど、聞こえなかったみたいなの。夫が怒鳴り出して冬子さんが、気がついた。私が貴方の声の方がうるさい。と、言ったのと一緒。冬子さん、私の顔をチラッと見た。私がいたテーブルは如月一家、睦月、姑、冬子さん、お母さん、夫の十人よ。だから他のテーブルは分からなくても、お母さんのいたテーブルは全て見ているわよ。嘘だと思ったら、如夫婦に聞いてみたら？　私の言うことに聞く耳持たなくても、如の言うことは聞くでしょ？」

「ふ〜ん。分からんわ〜。でも、紅葉子さんだわね。私、お姑さんの隣にいたンだよ。貴女のために何か手伝おうとしたンだけど、こっちの隣に座っていた千葉が座っていろ、おとなしく座っていろ。って、うるさくて何もしてやれなくて、切なかったわ。悪かったね」

「それで、私は助かったわ。千葉にありがとうだワ。でも、お母さんの隣に次男がいたのは披露宴じゃなくて、式が始まる前の控え室よ。お母さんに動かれては混乱する……」

「どういうことだね？　私は貴女の……」

「そう……私のためよね。有難くて、涙がチョチョギレルワ〜」

「なに言っているね。貴女のために必死なのに、そんな言い方ってあるかね。貴女が悪いンだわ。あーして、こーして、と、指図してくれたらよかったのに、な〜ンにも言わないからこうなったンだわ。なんで手伝わしてくれなかったね？　私には何にも出来ないばかって、のかね。手伝わなくて悪かったたって言っているでしょ。謝ってやっているデネ。それを……」

「帝国ホテルの式場でみなしてくれる。こっちのすることなんてないの。したら、式場の人の邪魔になるわよ。昔、自分の家でした結婚式とは違うのよ。悪かったなんて言うことないのよ。気持ちは有難いけど、お母さんの一人よがりで動かれては失敗する。座っていてくれた方が私は助かる。こっちのすることとなんて全然ないの……」

「どういう意味だね？　私は貴女のために必死なンだよ。一生懸命にやっているのに迷惑だなんて言われるとは、思いもよらなかったわ~情けないよ~。一生懸命、尽くして、尽くして来たのに……まだ尽くし足りないって言うンかぁ~」と、怒鳴り出した。

「誰もそんなこと、一言も言ってない。かってに曲げて決め付けないで。じゃ~、時効だから言うけどね。如の結婚式のとき、お母さんは向こうのお姑さんと席の名を入れ替えて座ったでしょ。余計なことするンじゃない。と、注意したとき、式場の人が来たからそのままになった。お母さんは向こうのお姑さんの上座ではまずい。と、思ってしたンでしょうけど、逆よ。案の定、帰ってから散々、怒鳴り付けられたわよ。アンタのお母さんはなに考えているの、私にお父さんの世話をしろ。って言うの、ウチの式であってアンタンとこの式じゃない。本人の血縁関係の順序も解らないのかっ。ああいう大馬鹿な親だもの、アンタも大馬鹿なわけだ。ってね。お母さんは自分が下座なら、譲って奥ゆかしいと、思うのかもしれないけど、時と場合によって違ってくるの、そういうこと数々よ。私のため、私のためって、してくれる気持ちは有難い。でも、逆のことをしているのよ。お母さんの気持ちは分かっているから、今まで、何も言わなかった」

「じゃぁ、その席のままでいいって言うべきでしょ」

「言ったわよ。二回も三回も。お母さんはここで、結構でございます。どうぞ、そちらへおあがりください。って、座ってしまった。そこへ人がきたので離れたって言ったでしょ」

「丸いテーブルだから上も下もないわね……」

「あるわよ。じゃあ、なんで席を入れ替えたの? あるからしたンでしょ。お上がりくださいって、言ったンでしょ」

「分からんわ～。私はただ、おじいちゃんにくっ付いて行っただけだもの。おじいちゃんのしなさるとおりにしただけだわ～。それが間違っているなら、おじいちゃんが悪いンだわね。それを貴女は、私を責めるンかね？　貴女のためだけに、命掛けてして来たのに、尽くして来たのに、まだ足りないって……」

「また、そうなるの？　ついでだから、もう一つ、同じようなこと言う。鎌倉でのことよ。お母さんは向こうのお姑さんにくっついて歩いていた。離れて、と、言ったか、後ろに下がってと、言ったかした。お母さん、うんうんと返事だけ。あのときは忙しいから一回しか言ってなかった。バスで帰って食事だからね。支払いを済ませて坊さんに挨拶して出たら、石段のところで写真を撮っていた。一ヶ月ほどして、そのときの写真を持って東京の家へ行った。ヨメさん、写真を見たとたん、あら～これ……お義姉さん、向こうのお姑さんにすごい剣幕で叱られたでしょ。って、言われた。分かる？って、言ったら、分かるわよ。ウチのお姑さんのいる席じゃないもの。ウチの法事じゃなく、夫さんとこの法事よね。って。その写真の前列中心にお母さんがいるのよ。お母さんの両隣に姑と夫がいた。叱られるのは当たり前。私のため、私のためが癖だけど、結果的には逆ばかりしているの。気が付いて一度、二度はいう。お母さんはうんとか、貴女のためだから、これが道だわ。とか言う。口論したくないから、私があとで、怒鳴り付けられて終わりでいいやーになる。お母さんが一生懸命なのは分かっているし……」

「だったら、貴女が私に付いていて、こうして、これは駄目って言えばいいでしょ。それもしないでねえかね〜。私はおじいちゃんに付いていていただけダデネ。おじいちゃんの隣にいたわね。文句言うならおじい……」

「嘘。お父さんは、ずっと後ろの真ん中辺にいたわよ」

「貴女がちゃんと私に付いて……」

「私がお母さんに付いていられると思う？　でも、気にして、一、二回は言っているわよ。でも、聞かないじゃない。貴女の言うことは世の中、通らんでね、も、口癖でしょ。鎌倉でのときは、あとで外に出たから最後列で顔が半分しか、入っていない。走ってきて、やっと入ったの……」

「じゃあ、嫁がお姑さん、こっちって言うべきだわ。そね……」

「ヨメさんは行ってないから、言うもいわないもない。人のせいに、しないで……」

「行ってたわね。貴女が忙しいなら、嫁がそばにいて言うべきだわね、それをいわ……」

「行ってない。千葉も来てない。招待状を書いたのは私よ。ホントはヨメさんも呼びたかったけどね。夫が怒ったから名を書かなかったのよ」

「行ってたわね。私はちゃんと、覚えてるもの。貴女は大勢いたから、覚えていないンだわ〜。この私は忘れるわけ無いわね。貴女が気付いてないだけだわ」

「招待状の人だけしか行っていないの。写真を出して見なさい。そっちにもいっているはず……」

「じゃあ、貴女が悪いンだわね。貴女が一番悪いンだわ。ちゃんと私に付いて……」

「言ったでしょ。私は社務所へ行って、色々していたって。忘れ物がないか、会場を見回ったり、坊さんに挨拶したり。支払いをしていた。事務手続きをね。だから、あとで駆け込んだって言ったばかりでしょ?」

「貴女がちゃんと付いていて言えば……」

「だから、私は社務所だって……」

「私は貴女のためだけに一生懸命、必死でやって……」

「分かっている。私のために命掛けているンでしょ。だけどね、時と場合によっては引っ込んでいなきゃならないの……」

「私はでしゃばりじゃないでね。いつでも、何処でも、常に人の後ろに一歩下がって、周りの人を立てて、人の言いなりになってきた人生だったのに、今になって、でしゃばりだのお節介だのと、言われるとは思ってもみなかった。貴女に命がけで尽くして、尽くして来たのに。私の人生は何だったンだね? 情けないよぉ〜私が悪いってかぁ〜」

と、泣き出した。

「何でもかんでも謙《へりくだ》ればいいってもんじゃない。お母さんのハ、謙ってあげる。やってやる。面倒見てやっている。でしょ。それなのに文句言われる。心外よね。でも、それが、周りの人の神経を逆なでするの!」

「この前、おじいちゃんが生きていなさるとき……」

「あっ、ごめん。雨が降ってきた。雷も……洗濯物を入れて、子供を迎えに行くから留守になる。電話しても出ないわよ。急ぐから」で、切ってしまった。

ふ〜、まったく〜。腹が立ったらありゃしない。どうしてこう、話がちぐはぐになるの？　何でもかんでも貴女のため、一生懸命、命掛けて尽している。と、言えば喜ぶと思っているわけ？　いつも、いつも、経のように唱えれば感激すると思っているの？　鼻に付くのよ。うんざりヨ。話の方向も、どうして、とんでもない方に行ってしまうの？　大嫌いよ！

向こうのお姑さんは正直よ。人のために尽くしてなんて哀れっぽくは、絶対に言わない。人は従わせるもの、屈服させるもの、舐められてたまるか、こっちが舐め尽くすのよ。区役所や町会のピーチクパーチクの大馬鹿どもが、と、公然とおっしゃる。いまの間違いだらけの法律は私が正す。私が本当の法律ヨ。ともね。それだけ正直、付き合いやすい。こっちも正直でいられる。ぐちゃぐちゃ、考えなくていい。ただ、周りの人に陰で味噌くそに言われるけど「バカどもの遠吠えよ」と、意に介さない。尽くして言いなり？　冗談でしょ。何時だって我を通しているのはそっちじゃない！　常に人を見下しているくせに！　もっと素直に、正直になれよ！

雷だけで、雨は降らないが、雷サマサマだ。

多分、今夜は私の言ったことでくよくよ、考えて眠れなかった。と、言って歩くのだ。

結婚式のことも、鎌倉のことも、言うつもりは無かったのだが、腹立ちまぎれに言ってしまった。こういうことが、しょっちゅうなのである。

平成十二年

平成十二年三月二十八日

母から、何で、姪の皐月《さつき》の結婚式に出なかった？　と、お小言の電話が来た。結婚式をしたのも知らなかったのだ。

「それは知らないことだけど……一週間前に蓼科で式をあげた。雪がちらついていて、すごく素的だった。さつきさん（東京の長女）もすごくきれいだったという、ヨメさんからの留守電を聞いただけ。嘘じゃないわよ。婿がお姑さん、義叔母さんから留守電が入っています。と、もう一度再生してくれたのよ。婿が皐月さんて、義叔母さんの娘でしょう？　と、にやっともしたのよ。あげる前に一言、言ってくれたら祝電くらい打ったのに。あっちこっち荷物を移動するのは大変だから新居の茅ヶ崎へ送って、一緒に住んでいるって話は二子（フジ子、次男の妻）さんから聞いたわ。東京達三人で次男の所に、挨拶に行ったときに話したんだって……私には、前にも言ったけど、結婚することになった。はっきり、決まったら連絡する。それっきり、音沙汰なし。婚家を出たら、私は利用価値が無くなった。それどころか、何か頼まれやしないかと心配なンでしょ。だからなるたけ離れていようということでしょ。三月十二日にも弟から電話がきて話したけど、娘のことは一言も話にでなかったわ。みんな元気？　うん、元気。それだけよ。だから、私も触れなかった。二月の中ごろ、ヨメさんと長子《ながこ》ちゃん（東京の次女）が遊びに来たときも、式のことも、住まいのことも、全然だった。決まったら話します。だけ。二子さんの話だと、十二月には決まっていて、挨拶に行っていると言うじゃない。あの子達は利用されるうちは出来るだけする。出来なければ近づきもしたくない。ということよ。高円寺の義従叔父さんが大会社の技術部長だったときは顔を出していた。でも、定年退職して、何年か後で入院した。見舞いも行かなかった。何でいく必要がある？　仕事を辞めて遊び歩いているんだろ。関係無いよ。だったわ」

「そんなはずないよ。息子と嫁がちゃんと挨拶に行っている。と、嫁が言っていたンだわ。貴女の勘違いだわ。貴女、間違っているわ～」

「じゃ～、そうでしょー」

「そうだと思ったわ～。ちゃんとそういう事は……」

ムカムカしてきた。子供のときからいつもいつも、本当のことを言っているのに私が間違っているになる。だからこういう、言い合いは覚えている。先のことは全然、読めないけど起こったことは覚えている。あまり言わないが忘れない。千葉の二子さんから聞いたとき、わざわざ来る必要はないが電話の一本も寄こせよーと思ったのである。二月に来たときはその話で来たと思ったのだが……波風立てないように、そうねで、済ませる習慣になって、馬鹿にされるようになったのだ。だから遊びには来る。私も金つかって歓待する。と言っても、出来る範囲だが……何かあれば無視される。私自身の力の無さだろうけれど……力が無くても一寸の虫である！　そして人への不信は募るばかり。五月の初めに披露宴を開く。そのとき、母は行けないと言ったら、弟がすごい剣幕で怒り出した。調子がよければ行く。と、言ったが俺ンとこはこられないのか。女房の顔も見たくないってのか。って、怒ってさ、と、母は半泣きだった。その披露宴の話も知らなかった。知らせたくないなら、それはそれで、私はかまわない。それだけの付き合いをこっちもするだけのことだ。

「皐月の披露宴にも私の籍が婚家にあるのだから夫と一緒に出席するべきだ。お姑さんと夫さんにも招待状を出すように東京に言ってあるから、来なさると思う。その積もりで貴女もちゃんとした挨拶をして、帰れるようにしなさい。いいね。分かったね。長男も分かっている。その積もりだって言ったデネ。貴女より、よほど素直で常識があるでね」

「常識なしで結構！　向こうへ出したなら、この後、私のとこへ招待が来ても、私は欠席する。なんでそんなこと言うの？　義弟の葬儀に如と行った。そのとき、言われたわ。よくもしゃーしゃーと来られたもンだって。一周忌は知らなかった。夜になって事務所の人からと義叔父さんから電話で、なんで来なかった。と、言われて初めて知った。紅葉子さんの姑の葬儀に香典を送った。貴女からはもらえません。と、突っ返された。品川の義叔父さんの香典を送って、義叔母さんは後で礼の電話をくれたけど、お姑さんには、どういう積もりだ。なんの嫌がらせだ。と、文句を言われた。そんなところにこっちから、呼ぶ必要どこにあるの？　何回、同じこと言ったら分かるの？　お願いだから、もう何もしないで！　言わないで！　私のためなんかじゃない。お母さんの虚栄のためよ！　私の困ることばかり、しているじゃない。勝手な思い込みしないで！」

「だって、籍があるデネ。東京もね、このまま姉さんもおとなしく……」

「言ったでしょ。前に。私の手に財産なんて、ビタ一文来ないって……」

「女が下手に出ないと本当に帰れなくナ……」

「じゃ～、勝手にして。お母さんと東京たちにまかせるわ。いいようにして。ただし、私は放っといて！　私は行かないわよ。じゃ～ね」で切ってしまった。その後、二回ほど掛かってきたが出かけた、と孫に言ってもらって出なかった。母も弟夫婦も、私のためなんかじゃない。自分の利益のため。損得と見栄だ！

平成十二年四月十三日

七日に山菜を送った。の留守電を聞いた。八日に留守伝票が入っていた。電話して持ってきてもらう。処理してまた飛び出した。留守電は今日、聞いた。礼の電話。

「青山（私の三女）は野菜が好き、毎日、山のように食べている。だから、送ってあげて……でも、ここは留守が多い。ついでに言うけどね。気を悪くしないでね。こっちに送ってくれるときは前もって言ってね。山菜って蒸れて溶けるでしょ。留守だと持って帰るでしょ。留守電はそのままになる。何日も。私が居ないとポストからあふれている。如は手紙類を見ようともしない。学校の書類、何時出すンだって、子供が騒ぎ出してそんなの来ていた？ってことが度々よ。だから、山菜は大事に使いたいからね。腐らせたら勿体無いでしょ。今日も九時から四日ばかり留守にする。今回は出かける前に着いたから処理出来たの。文句言っているンじゃないのよ。留守が多いから頼んでいるのよ。気を悪くしないでね」

その後、皐月ちゃんの話を始めた。

「黙っていなさい。余計なこと言わないのよ。確かに私には何の連絡も無かったわ。式の一週間前に弟と話したけど一言も無かった。元気？　うん。それだけ。ああ、私には知らせたくないのだ。と、思ったから聞かなかった。それで、祝電も打ってない。金を使わずに済んだ。それでいいでしょ。如はね、結婚や出産や其の他の知らせが来ると、地獄の便りが来たって言うわよ。だから、無ければ無いでいいのよ。それだけの付き合いをするだけ。怒ることない。ヨメさんや皐月ちゃんには、ヨメさんや皐月チャン、じゃなかった。サンの思惑があるの。お母さんとは時代の差だからね。大正時代のお姫様の考えとはゼンゼン違うのよ。だから、黙っているのよ」

「黙っているわね。何も言わないよ。私みたいに黙っている姑は世の中にいないよ。だからクニさん（小三からの友）やミーちゃん（女学校の友）、カネさん（小一からの友）たちね。貴女、食べさせて貰っているわけじゃなし、それどころか、小遣いやっているじゃない、世話にもなっていないで、一人でやっているのに、なんで、そんなに小さくなって嫁の機嫌取りするの？　どんどん言いなさいって言われるよ。何にも言わないから馬鹿にされ、嫁がのさばるのよ。貴女が悪いの。今まで、何にも言わないで、機嫌取りしていたからよ。私は嫁をのさばらせてないわよ。だから、ウチの嫁はよくやっているわ。ってね。でもね、私が一言いうとヨメさん、顔色変えて怒鳴りだすから、何にも言えないよ。それに息子までワンワン言って怒鳴るもの。怖くて。夜、布団かむって明け方まで泣いているよ。オッカさまのときは、おじいちゃんがいなさって慰めてくンなさったわ。今は嫁に苛められても一人ダデネ。貴女はすぐ、時代が違うだの考え方が違うだの言って嫁の味方をするし。時代じゃないわね。生まれだわね。育ちだわね。私は義理を無視した育てられかたしなかったわ〜。いつも義理を重んじ、礼儀正しく、周りのためばかし、考えて、人の気持ちを考えて、正しい道を生きて来たわね。牧野様（内務大臣、長岡の殿さま）にいたとき、お上や奥方様に叱られると、とりあえず平伏して、申し訳御座いません。と謝る。二、三日して、貴女じゃないのは分かっている。気の毒したね。上の者はとりあえず、そこにいる者を叱る。でも、ちゃんと見ているからね。って、おっしゃった。そのとき、口答えや言い訳をする人は、それだけ奥行きも深みも無く、軽薄な人と見るからねーって言われて躾けられたわね。だから、育ちだわ。生まれだわ。嫁の子供時代は食うや食わずの生活して来たンだよ。中学が終わらないうちに女工に出たから、行儀も礼儀も知らないンだよ。だから、自分の娘を他人に話すのにサンを付けで言ったり、亭主がまだ飲んでいるのにテーブルの横に、ごろっと寝転んだり、気持ちが殺伐として……」

「お母さん！　止めなさい。それは言ってはいけないの。それより、十四、五から働き始め、親を助け、高校（通信教育）まで自分の力で出た。立派じゃない。偉いじゃない。と考えなさい！　生まれや育ちはあの人の責任じゃあるまいし……」

「生まれだわね！　だから今、ある程度になると鬼の首でも取ったような気でいるンだわ。向こうのお姑さんもそうだわ！　自分と自分の子が世の中で一番、偉いような言い方、なさるンだわ〜。自分の子にサンや、先生を付けて言って、私の前で貴女を呼び捨てになさる。お舅さんの弟妹を面と向かって呼び捨てになさる。嫁と同じだよ！　そういうふうに言葉ひとつ、知らないで威張っているンだわ。言葉の使い……」
「お母さん！　分かった。お母さんの言うとおりね。お母さんは大越のお嬢様なのに、よく我慢するね。大変ね。私、時間が無いの。また今度、聞くわ。じゃー」

平成十二年四月二十五日
一時に家を出て墓参りに。隣に中学の一、二年をすごしたときの校長の墓が出来ていた。
父が亡くなったとき、墓を村からこっちに移した。そのとき、弟の建立にして名をいれた。弟の小学校のときの担任が、アイツ何時、死んだ。と、笑われたそうだ。死者は黒字、生者は赤字が決まりだから、先生は承知で言われたのだろう。墓を移したときは鬱蒼とした杉林だったのに今は跡形もない。開けたと言えばそれまでだが、品がない。墓があるのみ。本願寺の別院だが、切り売りしないと成り立たないのか。本堂も建て替えられてコンクリになって様式も変わり、外で見ると、まるでモスクである。私にとってはやはり、本坊だ。本坊は県の門徒宗を束ねる寺だけのことはある。
いつものコースでモロゾフに、そうしていつもの流れ。目をきょろきょろさせて周りばかりを気にして話もろくに聞いてない。早く食べて、出よてね、だ。だったら、入るなよ、と思うが母は私をもてなそうと一生懸命なのだが、こっちは落ち着いて食べられない。飲めない。

「気を悪くしてもいい」立ってレジへ。また、母はあの子が残してしまって申し訳ありません。と謝っていた。一人ひとりに……大変お世話になりました。まだ言っているよ。何時までそんなこと言っている気？　と、怒りたくなったのをかろうじて抑え、黙って見ていた。彼女達はうなずきもしない。当然だ！　お代をもらえばそれでいいのだ。

地下へ降りてから、女の子たち、人が挨拶しているのに返事もしなかった。長居したからだわ。もう一度行って、もっと、丁寧に謝ってこようという。どうぞ。でも、私は行かない。と、買い物を始めた。

母は紅茶とショートケーキ、私は珈琲と珈琲ゼリーだ。家に帰ると、汗暮らしくて（気ぜわしくて）、何を飲んだか食べたか分からん、という。汗暮らしいのは、そっちだろうが……と、思うけど、「そうね」だけ。

地下で土産にビールを婿に、酒を娘にと言い出されて、じゃ、雪明りと柿の種を母からと、買ってもらう。一番大きい箱というのを強引に小箱にしてもらう。

「遠慮はしていない。好きで頼まれたけど、一回に、十四、五枚食べて後は食べない。だから、一回分あればいい」他へ移動しながら……

「ま～悪かったね～。遠慮しなくていいのに。悪かったね～」

「何で謝るの？　私は遠慮なんかしていない。正直に今の状態を言っては駄目なの？」

「貴女は薄情だね～。東京の長い暮らしで、そういう風に自分中心になってしまったのかも知れないけど、ここはやっぱり、昔どおりに周りに神経を使って生きているデネ。貴女みたいに殺伐としてギスギスしてないわね。貴女ね～、一ちゃん（一番上の孫）たちを育てていくうえで豊かな心に育てないといけないのに、そんなギスギスしていては……」と、お説教が続く。

一区切りして、

「分かった。お母さんの言う通りよね。もっと神経使わないとね。心配かけてごめんなさい。申し訳ありません。これからは、お母さんのお教え通りにします……」

「ふんー」と満足そう。馬鹿やろう。だ。暫くしてまた、孫たちを育てていくうえで……と、始まったが聞いていなかった。婿へ、家の近くの酒屋から、持って行くのが嫌なら送るという。

「婿は酒を飲まない。だから、いらない」

「日本男児ダデネ。日本男子が酒を飲まないってことあるかね。飲むわね。貴女は……」

とまたお説教。ま、いいか……婿は飲まなくても、娘はザルだ。そして、婿の母に何を送る？　いらない。貴女が婿に世話になっているンだからこの私が知らん顔は出来ないと……

「お母さんがしたら、向こうはすごく気を使うから止めて……」

「婿家のお姑さんは……」

「婚家と婿の実家は違う。一緒にしないで。するときは私がする。余計なことは止めて。三十何年も色んな儀式を行うところで働いていた人。常識的で今の世の中を知っている人。お母さんがしたら、迷惑――」でまたもめて、結局、土産として小さい蒲鉾三本を送る手配をした。送り状は私が書かせられたので私の名を書いた。母は自分がした気でいる。

「新宿で眼科を開業している甥（母の上から二番目の兄の長男）の所へこの土地のワインを二本送った。甥（すぐ上の兄の長男）がワイン工場の一番上にいるからね。大和から送ったンだわ。割れていてね、開けたら流れ出してジュウタンを汚したって、大和へ文句が来たンだわ。この前行ったとき、呼び止められて、怒られた。気を付けて包装したから割れることはないと思ったンですがね。それで送り直したってね。ま～申し訳ありません。ご迷惑をおかけしました。って、謝って、代金を払おうとしたら、半分しか取ンなさらンかったよ。いい人だわ。優しいね～。近所の酒屋さんは威張ってトンなさるよ。大和ともなると違うね～」

「何、馬鹿言っているの～。割れたのは運送やの責任。ちゃんと保険が掛かっている。大和が運送会社に言う。それで済むの。運送会社が弁償するのよ。大和はデパートでしょ。それを半額取ったと言うのは、その店員が自分のポッポに入れたのよ。従兄はジュウタンを汚されたのだから文句言うのは当たり前よ。絨毯も弁償してもらいたいでしょ。お母さんだって文句を言っても謝ることじゃない。大和が請求書出した？　出してないでしょ。領収書はもらった？　もらってないよね？　何で払うのよ？」

「それだって、甥が怒ることないわね。割れていました、だけでいいね～かね」

「そんなの、分からんでしょ。お気をつけください、だけか、怒鳴ったか、そこにいて聞いたの？

そうですか、だけでいいのよ」

「甥は医者だから威張っているンだわ。だから怒ったに違いないわ〜」

「医者でなくても文句言うわよ。それに損したのは保険会社。大和は損していない」

「ポッポに入れたなんて言いナさらンかったよ」

「当たり前！　そんなの大和の上の人に知れたら、どういうことになると思うのよ。取るべき金じゃない。請求書も領収書もない。向こうが迷惑かけました。と、謝って当然。ましてや、代金を払うなんて大馬鹿よ。足元見られて猫なで声出されて、この次も誤魔化されるといいわ」

「誤魔化すような人じゃないわね。優しい、いい人だったわね……」

「ほら、もう、誤魔化されているじゃない。その店員、馬鹿、間抜けって笑っているわよ。あんまり、人のいいのもいい加減にしてよ。私が正直すぎて、大馬鹿って笑われてきた。その私が呆れるンだから……まったく」

「そんなこと言っているから婚家のお姑さんに追い出され……」

「追い出されていない。追ン出たのよ」と、声を荒げてしまって謝り、黙って延々と、お説教をされるはめになった。

　懐石料理、半分も食べられなかった。食べろ、遠慮するな、の連発で、また、怒ってしまった。私のためを連発するのはいいとしても、無理強いするなよ。私はどこでも、遠慮なんかしない。美味しくもない料理を美味しい、美味しいと誉めて。

祖母が死んだのは終戦の年の二十七年九月十五日ときかない。亀鑑を持ってきて見せる。

「ほら、終戦は二十年の八月十五日、千葉が生まれたのは三月二日、男の子だからと一時間だか二時間だか戻して二日にした。九月十五日にお祖母ちゃんが亡くなった」

が、亀鑑が間違っている。私の日記にちゃんと書いてある。の一点張り。北陸三県の亀鑑が間違いだと言われては、もう仕方ない。私も馬鹿だな〜。そんなの、どうでもいいのに〜。試験の答案じゃなし……

「そうだね。私の間違いね。お母さん偉いね、よく覚えていらっしゃる」

「間違うナネ。キイ付けなさい」

とお説教。また、お産の手伝いで駅まで歩かされたに始まってトンチンカンを言っているが、ただ、苦労かけたね、ごめんなさいね。母は親ダもの当たり前だわ。それだけ貴女のために尽くして、尽くしているンダデネ。と、満足そう――

「父が生きていたら貴女が夫さんの所に戻れるようにしてくれたよ。早稲田の法学部の第一期生で大隈さんに可愛がられたし、判事、検事、弁護士の資格を持っていたからね。父が今ごろは貴女を婚家に戻していたわ〜」と泣き出してしまった。

六十年も前の人の事を言ってもはじまらない。祖父は、私の三歳のときに亡くなっている。一しきり祖父の自慢ばなし。越の伯父さんは一高で終わっているが母は早稲田を出たという。千葉はこの伯父に腹が立つという。高校時代に要点を押さえる勉強の仕方を教えてくれた。俺が大学時代、故郷に教師が多いけど、俺の質問に瞬時に答えてくれるのはあの、伯父さんだけだ。銀行に入っても、あれだけの頭脳を持っている人は二、三人ほどだ。あの頭脳を朽ちさせて遊び歩くから腹が立つそうだ。母の自慢？　思い出話（？）が続く……

平成十二年六月三日（土曜日）　晴れ

誕生祝、母の日の分に手紙を添えて贈った、礼の電話が来た。

「私の事は心配しなくていいよ。何とか一人でやっているわ～。それに、貴女が来て一緒に生活し始めたら、おもしろくなくて角を出す女がいるからね。この土地も家も自分の物だって思っているからね、貴女……」

「ちょっと。待ってよ。私がそこへ行くなんて、一言も言ってないわよ。書いてない。私が行ってお母さんの面倒を見るべきって、友さんや中野の従叔母さんは言う。でも、私にその気はないわよ。私はお母さんより孫の面倒を見たいからね。筋も道理もくそっ食らえ。私は自分のしたいようにするだけよ。婚家を出てからは、したいようにするだけって、言っているよね？」

「だから、私のことはいいわね。それより、如月ちゃんに一生懸命、命がけで尽くして、尽くしなさいよ。いいね。私の言うことに間違いはないよ。だか……」

「死水も葬式もいらない！　婚家にいたとき一人で自分の葬式をした。だからもう、いい」

「何、言っているね。そんなこと言うと如月ちゃんに嫌われるデネ。行くとこないでね。首くるンかね？」

「私は、首くくりはしない！　生きるために婚家を出たの。上がもうじき中学、その二年後には下が中学、中学を出たら、そしたら出る。ここはあくまで雨宿り。ちょっと長くなってしまったけど……」

「とんでもないこと言うナネ。婿さんはいい人だよ。貴女を追い出しなさランワ。如月ちゃんは尚更だし……とんでもない我儘、言うのも程ほどにしなさい。いいね。分かったね。そこにいて、如月ちゃんのために必死で尽くすのが親ダデネ。それを貴女という子は……」

「今はね。でも、私が動けなくなったら邪魔になるの。そのころは金も無くなる」

「しょうがないわね。それが親ってモンだわ～。女の道だよ～。金を持っているンなら、全部、如月ちゃんにあげなさいよ。それが……」

「いやよ。まっぴらよ。一銭も無くなって、医者へ行くから、お金頂戴って言ったら、確実に邪魔にされるわよ」

「如月ちゃんに限ってそんなことないわ～。仕事止めても、貴女の面倒を見るわ～」

「冗談！　お母さんの同級生にもいたでしょ。家屋敷からご主人の退職金、預金、株券全部を息子にやって東京に一ヶ月いただけで、追い出されて自分の兄妹のところを転々として、その兄だか妹だかの手でホームに入れられて、泣いているって言ったじゃない。その長男、年金まで取ってしまって鼻紙一つ、買えなかったってお母さん、言ったよね。そこを出て半年でしょ。出すほうが悪い、出せば、ごっつあん。で、もらうのが当たり前。昔みたいに出してくれたから恩に着るなんて時代じゃない。金は親も子もない。自分の金はしっかり、自分で管理するのよ。親は子が成人して職に付くまでは見なきゃならない。でも、子は親を見なくても国が見てくれるから、見なくてもいいの。そのための施設が整ってきているンでしょ。それが今の法なの。ノイローゼになって命を短めた人、何人もいる。私はそうなりたくないのよ」

「酷い世の中になっているね～。今の人は何を考えているンだね～。思いやりを持って人のため、世のため……」

「その話はいい。とにかく、私はそっちへ行くなんて言ってないわよ。私は薄情だからね。お母さんみたいに優しい、いい人じゃないのよ。お祖母ちゃんの子だからね。金があれば、自分で遊ぶわ～」

「遊ぶこと言えば、娘と日光へ……」

「聞いた。何処へ行こうと向こうの勝手。とやかく言う筋合いじゃない。息抜きも必要なの。それでヨメさんがご機嫌なら、万々歳よー」

「オヤジをほっぽってかね？」

「いいでしょ。如はもっとほっぽっているわよ。私がいないときは、家事はみな、婿がしているって子供が言っている。親父や子供が第一の時代は終わったのよ。家族が受け入れていればそれでいいのよ。それより、下水、どうした？」

「今、やっている最中だわ～。この間、五十六万払ったわ。終わったら七十万、払わンならんといけンワ～。三千円、負けてくンなさったわ。半分は月賦でいいってね。奥さん困ンなさるンだからって……それに、便所は来年の秋でもいいですって、言ってくんなさってね。一年置けば、なんとかなりませんかね？って。来秋にしたわ～。食うのを詰めればなんとかなると思うし……私のような年寄りには年金を担保にしてくれないってね。だから、銀行も貸さないってね」

「当たり前よ。来月、死んだら年金は下りてこないのよ。回収出来ないのよ。銀行は利息で食っているの。回収出来ない金は出さないわよ。八十一？」

「二だわね」

「……じゃ～、九十までは元気でいなさいよ。九十過ぎたら、呆けてなくても、呆けた振りをして知らん、分からんで突っぱねればいい」

「出来んわ～。金がないから放っておくと言ったら、二人でワンワンと怒って、無いなら借金してでも、今、しろって。銀行が貸せないなら、姉さんに出させセロ。莫大な金を義兄さんからふんだくっているってね。おっかなくて、おっかなくて震えあがったよ～。すごいンだよ～。一日でも、早くしろってすごい剣幕で怒鳴るンだわ～。姉さんに出させろ。嫌だって言ったら、婚家を追い出されて皆に恥を掻かせたんだ。その詫びに出せって言えってね。アレ、嫁が言わせるンダデネ」

「じゃ～、息子に出せって言えば？　私は一銭ももらっていない。裁判所が証明してくれるわよ。生活分担金を払えって、裁判所が言ったら、スッコンデイロ！　テメーラ他人の出る幕じゃないって。裁判所の人を怒鳴りつけた人よ。貰っていない。一銭も……」

「出来んよ〜。息子の会社が駄目になって、ヨメさんの収入で食っているって、ヨメさんは言っている。息子の収入なんか当てにしてない。私の収入で家賃払って食うのがやっとだって、言っているのに、出せナンて、言えないわね。第一、あの人は出す気はないよ。何処の親は毎月、何十万送ってくれている。何処の親は外国へ家族みんなを連れて行ってくれている。何処ではって……そんなことばかり言うもの。私、してやりたくても出来ないよ〜。せつなくてボトボトしているよ〜。泣いているよ〜」

「金も出さんでガーガー言うなって。その話は私も聞いている。あっ、そうー有るところには有るのね〜と、私は言うだけ。それはそうと、ＮＨＫってすごいわね〜。派遣の交換手でも、二十万の家賃払って二人で食っていけるだけの給料払うンだぁ！　四十五万の亭主の給料は端金で当てにしない程取っているンだ。受信料を払わないと言う人も出てくるの、当たり前かもね〜。それに弟の給料、当てにしてないと言っても、バイトじゃない。正社員の常勤よ。二人の食べる分くらいは入ると思うけど。それに四十五万の給料は平均じゃない。人の財布は知らんけど……」

「おじいちゃんが亡くなんなさってから、ふんぞり返って、すっかり私を馬鹿にしきっているよ。孫なんて、私を鼻であしらっているデネ。来ると、いつも喧嘩、吹っかけて私が泣くまでがなり立てて、両手を付いて泣きながら謝るまで、怒鳴っているンだわ〜。腹が立ってムカムカするけど、長男とその家族だから黙っているンダデネ。何度、泣いたか、首くくろうとしたか分かんないよ〜。後三年で帰ってくるってね。頭が痛いよ〜。夢にまで苛められて泣いているの、見るよ〜」

「いやなら、動けなくなるまで一人にして置いてくれって言えば〜」

「言いたいけど、言えンワ〜。長男でねーかね。年金も皆取られて、孫が来ても、トマト一つ買ってやれンワ〜。み〜ンな、ヨメさんに取り上げられてしまうね〜」

「でしょうね。一緒になりもしないうちに、そんなこと言っているのではね。家の名義だけでも、生きているうちは変えないことね」

「クニさんもミーちゃんも科さんにも、言われているよ。そうなるンじゃないかって、心配しているよ。今から忠告しておくって、何度も言われたよ。会う度にクニさんは言うでね。でもね、あの子達に怒鳴り回されると、少しは優しくなるンじゃないかと思うとね。仕方ないわ〜。それでも駄目なら首くくるわね〜」

「お母さんが悪いの。お母さんの責任よ。取られる、取られる、言うけど、お母さんが出すンでしょ？　困っていると言うと出すンでしょ。金は幾ら有っても、邪魔にならない。お母さんが甘やかしているのよ。だいたい、ウチの子供に小遣いをくれたり、私のバッグにお金が入っているときもある。あれ、何よ。仕出しをとらせなかった？　そんなもの、食べたくて行くンじゃないわよ。食べたきゃ、ふらっと料理屋さんに入って好きな物を好きなだけ頼むわよ。それとも、何千万も持っているわけ？　私の娘達もちゃんと働いて自分で生活しているの。桃がいつも言うでしょ。お祖母ちゃん、私たちを一人前の大人と認めてくれないの？って。お母さんも桃に言われたって言ったわよね。如はお母さんにもらったのに上乗せして、色んな物を送るでしょ。痛いな〜って言っているわよ。お母さんはそんなに金持ちなの？」

「なに言ってるね。どんなに苦しい中からやっていると思っているね。それなのに文句を言われると は思わなかったわ～。貴女と貴女の子供だけだわ～。貴女達は怒るから、ここ、何年かやってないで しょ。他はみんな、喜んで持って行くよ。東京の孫は催促するし、嫁は出すまで機嫌悪いよ。長男は 寂しそうだし、出さざるを得ないわね～」

「でしょ。それが甘やかしなのよ。お母さんがそうさせたのよ。働き出した者に、何で小遣いなんか あげるのよ。私は働き出した子から、食い扶持を取ったわよ。貯めといて、嫁に行くとき、そっくり 持たしたけど、それはまた別のこと」

「貴女、昔からそう言っていたわね。でも、気は心だからね」

「だから、お母さんがそうさせたの。お母さんの責任よ」

「貴女、嫁に行く前から、長男を甘やかしている。私の責任だって言っていたわね。オッカさまに育 てられたから、何でも私が悪いって言うンだわ～」

「連休に誰かそっちに行った？」

「長男が来て行ったけど、酷い話だわ～」

「なにが？」

「嫁の実家で入院しているンだってね」

「それがひどい話なの？　誰でも入院することはあるわよ」

「私が見舞いにも看病にも行ってないって、怒鳴り散らすンだよ〜。私はお父さんが入院しているなんて知らなかったよ〜。おじいちゃんが入院なさっても、一度だって実家では来てないよ。胃の手術なさったときも来てないよ」

「それは、私も知っている」

「三回の入院、一度でも来てなされば、酔っても、這っても行かなきゃならんけど……そうでないのに何で私が行かなきゃならんね？　逆でしょ。あの人は嫁でしょ」

「お母さん、嫁、嫁って言うの、止めてよ。感じ悪い」

「貴女、ヨメさんに、何いわれたね？」

「何も！　私も嫁だからヨ。周りの人間がみな、名前で呼んでいるのに三十五年たっても、如が嫁に行っても、姑に嫁、嫁って呼ばれたからよ。私には名前があるの。だから言うの……」

「そうやって、貴女はいつもヨメさんをかばって味方するンだね。そいで、私が悪いって」

「違う。自分の経験から言っているの。私の場合は言葉通りに受けてよ」

「見舞いだけ包んで持たしたわ。下水も来秋なんて言ってないで早くしろ。友達との付き合いもやめろ、科さん、金さん、新生さん（みな、女学校の友人）がたまに来るけどそれも上げるなってね。遊びに来た人を玄関で帰すことなんて、出来ないよ」

「無視すればいいのよ。一緒にいるわけじゃなし……」

「だって怒るデネ。その分寄こせってンだわ〜」

「一々、聞くお母さんが悪いの。私はね、婚家にいたとき、私よりはるかに収入の多いお姑さんが出かけるとき、旅行や芝居見物、盆や正月に三万、五万とあげたわ。親類の冠婚葬祭と持ってゆくもの、全てお姑さんの名で用意して渡したわ。お姑さんは当然のこととして、行って来る。で、出て行った。すごく辛い時もあった。そのとき、ヨメさんに話したことがあった。ヨメさんは、お義姉さんが悪いのよ。なんで出すの？　私ならおとうさんが出すって言っても、絶対に出させないわよ。自分が苦しんでまで姑に出すのは大馬鹿よ。苦労が足りない世間知らずだから。なんで、そんなバカをするのよ。常識なし。って、味噌クソに言われたわ。その通りよ。それと同じことよ。出すことないの。でもね、そのときの私はね。関東大震災や第二次大戦で苦労して来たのだから、少しでもお姑さんに楽しんでもらいたかった。六十までは苦労も厭わない。六十過ぎたら楽しんで暮らしたいって、昔から言っていたでしょ。だから、八十過ぎたお姑さんには尚更、そう思ったの」

「そう、なんだってね。それなのに……」

「そう、なンだってねって、誰に聞いたの？　私、お母さんに話してないわよ」

「三人の娘達が話して行ったわ〜。それに、兄も言っていたわ〜」

「伯父さんが？　私、伯父さんに話したことなんてないわよ。三回ほど、伯父さん泊まったことがあるけど、そんな話はしてないわよ」

「貴女は何にも言ンから、夫さんは優しくて幸せだとばかり、思っていたよ。兄は調べたンだわ〜。この間、皆で来たときもね。お母さんはあのとき、出てよかった。今頃までいたら、気が狂って死んでいたか、殴り殺されていたって言っていたわ〜。婿さんまで、出てほっとしているってね。これからはお母さんが好きなように生きればいいってね。そんな生活していたなんて、ちっとも知らなかったよ〜。やっぱり、婚家へやるべきじゃなかったね〜。おじいちゃんが何を……」

「お父さんの責任でもないし、お母さんの謝ることでもない。もう、いい加減、そのいいかた、止めてくれない？　私が承知したの。しいて言えば、私の責任。それより、睦月が電話したって？　何て言っていたの？」

「お誕生日、おめでとうってね。いい子だよ。心配ないよ〜」

「他には？」

「なにも。桃ちゃんに送ったジャムを分けてもらった。そのジャムが美味しかったって言うから、じゃまた送ってやるって言ったら、桃ちゃんのところへ送っておいてって言われたけど、どういうことだね？」

「婚家に送っても、睦月の手には渡らないからよ。あの子は影も見ないうちに、他へ行くって、前に言ってたでしょ」

「他へ行くって、睦月の名で出すンダデネ」

「それでも、睦月の手には渡らない。だから、桃に送ったら睦月の所に行く」

「じゃ、桃ちゃんにも送るかヤ〜」

「送るなら、あそこはトマトにして、トマト以外はいらない。睦月のだけでいいわよ。長話したから切るね。夏風邪引かないようにね。そろそろ、夕飯の仕度に掛かるからね。じゃ〜ね」
で、返事を待たずに切ってしまった。切ろうとしても次々に話されて切れず、一時間半近くなってしまって、切って五分もしないうちに上の子が帰ってきた。

平成十二年九月十五日（金曜日）　曇り

父の七回忌を来夏にしようと思う。そのときの人選について、南の姪は時折、心配して来てくれる。でも、北は呼ぶな、弟もダメだってね。嫁が嫌いなンだってね……と続く。

「何言っているの。法事は好き嫌いで決めること出来ないでしょ。子供だけならそれでもいい。南のお従姉さんを呼んで、北のお従兄さんは呼ばないほうはないでしょ。どっちも伯母さんの子。どっちかが遠く離れていて付き合いがないなら別だけど、お母さんとこから右に十分で南。左に十分で北。それに北には、世話にもなっている。（なっていないわね。私が……）それはとにかく。私たちと伯父さん達だけなら通る。伯父さん達は兄弟。北も南も甥姪、その区別はいいけど……それにお従兄さんと伯母さんは別人よ。南は伯母さんの娘よ。姓が変わっただけ。それと坊主憎けりゃ……式は駄目よ！　一緒にしたらお従兄さんが気の毒！　南は伯母さん達にも世話になったし、声をかけられて、法事も行っているし、北もそうでしょ。伯母さんが憎くても、子供は違うでしょ。知らん顔は出来ないわよ」

「そうだけど……東京が……」

「関係ない。あの子達が出すわけじゃない。お母さんでしょ?」

「それに、弟も駄目だってね。兄は呼べ。ってね」

「なに? それ! 冗談でしょ。いつも仲が良くて二人で、お母さんのとこへ遊びに来る兄弟を引き裂くわけ? なんでよ?」

「東京は二人とも弟が大嫌いだから顔も見たくないってね」

「それで、お母さんは、はいそうですか、になるの? お母さんが出すの? 東京が出すの? なんでそうなるのよ?」

「義姉さんが時折、ウチで採れた野菜を嫁に送るンだってね。だから、嫁は義姉さんを大好きだからだってね。弟のとこは継子さんが鬱病とかいうのでそれどころでないンだわ~」

「えっ! 何時から?」

「このあいだ来たときに言っていたわ~」

「そう、大変ね~。叔父さんと二人でしょ。子供はそれぞれの家族や仕事があるしね~。子供の教育で必死の頃だろうし……叔父さん、大変だ~。声かけないほうがいいかもね~。でも、そのときは橋の叔父さんに確認をとっていた方がいいわよ。平の伯父さんの方も声をかけないことね。これも橋とこうなったと、正直に話して伯父さんに決めてもらいなさい。他に誰が来るの?」

「大貫さん(二子の実家)は盆暮れの心付け、命日には墓にも行ってくンなさるし、野菜類の初物を仏様にって、持って来てくれるンダでね。おじいちゃんと教員仲間でもあるンだよ。知らん顔は出来ンよ。でも、声をかけることないってね。この三十年、下越は盆暮れもないでね。私がしているのに一度も返しがないし、着きましたでも、ありがとう、でもないよ。無しのツブテだよ。それなのに嫁はあれもいい、これも駄目……」

「お母さんが勝手にしているンでしょ。二回続けて音沙汰なければもうしないの。それはそうと、お母さんが出すのよ。東京にお伺い立てることない」

「でも、嫁は貴女と次男と下越の弟夫婦だけでいいって、言い張ってるデネ。後は兄だけだってネ……」

「随分馬鹿にした話ね！　下越の法事じゃないよ。千葉の嫁も駄目？　お母さんの弟も駄目。自分の弟夫婦は呼べ。里郁の法事よ！　何処の法事の気になっているの？　だいたい、お母さんがいけないのよ。お母さんが出すンだから、お母さんがちゃんと決めればいいのよ。何で、ヨメさんの言うことばかり気にして従うの？　里郁の家のことはお母さんがきちっとしないと駄目でしょ。お祖母ちゃんに仕込まれたンでしょ。お母さんがきちっとして、それを見て嫁は覚えるのよ。フラフラしているのが悪い」

「だって、東京は弟が大嫌いで顔も見たくないってね。どうしよう？」

「言ったでしょ。好き嫌いで呼ぶンじゃない。伯父さんたち、目と鼻の先に住んでいる。車で十分でしょ。しかも仲が良くていつも一緒に行くでしょ。お父さんが亡くなるとき、一週間くらい、二人で雪が降っている中を毎日通ってくれたじゃない。夏とは違うのよ。頚城《くびき》の雪がどんなものか、東京は忘れたの？　十人のうち、残ったたった二人の兄弟、三人が顔を合わせるのはこれが最後かも知れない。三人とも八十代でしょ。何時、欠けるかも分からない。お父さんの兄弟も十人ともいない。残った三人でしょ。三人で顔を合わせなさい」

「ヒロさんたちも駄……」

「マー、あの人たちは甥であり、姪だからね〜。でも、ツー子さんはお母さんの生んだ子じゃないけどお母さんの子でしょ。堂々とお母さんのとこが実家だって言っているでしょ。伯父さんが、嫁に行くときにツー子の実家代わり、ッて、言ったンでしょ。呼びなさいよ。お母さんが法事するの。間違わないで……まず、子兄弟だからね」

「だって、ヨメさん、すごい剣幕で怒ったよ。だから、兄と下越の二人と頼んでヒロさんを入れてもらったわ〜。それだけダデネ〜」

「あっそう。分かった。じゃ〜私も行かない。そのほうがヨメさんもいいンでしょ」

「何言っているね！　貴女は娘でしょ。そんな常識のない……」

「そうよ。娘よ。世間知らずの常識のない馬鹿娘が、常識のないことをするのよ。文字どおりの事をするまで。お母さんには悪いけど行かないからね。その分、おとき代が浮くって、東京に言っといて。叔父さんはウチが実家、お父さんが親代わりで親未満、義兄以上でしょ。家と家の関係もある。でも、そんなの関係なく、好き嫌いで決めるなら、決めればいい。そんな所へ私は行きたくない。だから行かない。常識なしで結構！　あっ、野乃さんはどうするの？　学期末の忙しいのに、学校への行き帰りに毎日来てくれた。葬式の前後は何日か休んだ。校長が年度末に二日も三日も休むのは大変なの、お母さんも承知よ。その後、お父さんがしていた色んな書類の処理、何年もしてくれた。一番、義理がある。あの人は別格よ。確かに、高校卒業後、教職員組合の事務所で使って、通信教育や夏期講座に出して教員の資格を取らせて、教員に採用される時も、色々と面倒見た。けど、それからは色々、お父さんの手助けをした。何よりも校長になったのが恩返しでしょ。それなのに、お父さんの晩年をよく見てくれた。お父さんは息子のように可愛がっていた。その後はずっと、お母さんの面倒を見てくれた。私たち以上にね。分かっているでしょ？　忘れないでよー」

「ふうん。あの人は入れないと駄目だよね～」

「当たり前でしょう。ねぼけないでよー」

「桃ちゃんが置いていく小遣い。桃ちゃんの名で書き付けて遺して置くわね。遺産代わりに……」

「そんなもの遺されたって、嬉しくないって言うわよ。自分の楽しみに使いなさい。そのためにあげるのよ。言わない積もりだったけど、お父さんが亡くなった後、遺産代わりだって、十万、ヨメさんが持って来たでしょ。あれ、お父さんの名前で永代供養として三寺に納めた。寺の格によって分けて。村の寺との関わりも最後でしょうし。千葉が知ったらドブに捨てたンかって言うでしょうけど……もらう気は無かったからね。東京が振り込んできた利息をお母さんに回したのと同じ。もらう気のないものは、自分の手元には置かない」

「ま～そんなことしたンかね～。長男も寺も何も言ンワ～」

「言うわけないわよ！　お父さんの名前だから寺は言わない。長男は知らない。知っているのは如月だけ」

「ま〜、悪かったね〜」

「なんでお母さんが謝るの？　お母さんに関係ない。お父さんの供養にと思っただけ！　したいからした。それだけ。謝られても困る。遺したらまた、同じことをするわよ。で、なければヨメさんに返す。それこそ、ドブに捨てる金だけどするわよ。だから、残さないで。家屋敷を長男に渡して墓を見てもらう、それだけでいいのよ。お母さんの葬式代を家屋敷代として出してもらう。それだけでいいのよ。後のことなんて考えることない。もらった物はきれいさっぱり、使って逝きなさい。上げた価値の無いような事はしないで……ありがとう、それだけでいいのよ」

「そうはいかんよ〜。千葉や貴女や貴女の子供たちにはもらうだけだもの……悪く……」

「悪いことなんかない」で、またいつもの蒸し返し。

「取られるンじゃなく、お母さんが出すの！」と、私もまた、いつもの答え。

「桃が置いてゆくのはね。お母さんがバッグの中に突っ込むでしょ。それを見越してその分に上乗せして仏様に上げるのよ。上乗せは仕出し分と飲み物代。年金生活者の老婆に抱っこにおんぶをさせたくない。とも言っていた。お母さんがしなければ、桃もしないわよ。私みたいにいらない。こんな物必要ない。と、言えば角が立つ。桃のやり方は上手よね。それだけお金も使う。だから、私のやり方でお母さんと喧嘩する。桃とは喧嘩にならない。如はもらって帰って、上乗せして品物を送っている。

痛いなぁ……っていいながら……」

「だって、東京は……」

「お母さんが千葉や桃から、もらったのを東京に出すンでしょ。だから、あの子達の文句の言える筋合いじゃない」

「この間、東京の息子が来たとき、少しでも多く、嫁に残せって言ったわ……私が使いすぎだって……」

「それは言える。使わなくてもいい事までする」

「近所なんかする事ないって……」

「それは必要。世話になっているし、もらいもする」

「北も弟も盆暮れはするな。新宿の甥も札幌の甥もするな。友達とも付き合うな。無駄使いが多すぎる。嫁も心配している。年寄りは自分の部屋に引っ込んで、おとなしくしている物だ。全部止めさせて来い。するのは義姉さん（平の義伯母）と嫁の弟夫婦だけで良い。女房はNHKの交換手（派遣社員）だから、今の先端の常識を知っている。ってね。だから、嫁の言う通りにしろ。って……」

「あは、は、は、それはご立派！　常識は一つじゃないのをご存知かな？　時代によって、国によって、地域によって、階級によって、違うンだな〜。自分だけが常識じゃない」

「そんな事を言ったらぶん殴られるよぉ〜次男がね。俺が出そうか？って、言うから、止めてくれ、これからずーっと当てにされ、全てをさせられるから、って、断ったよぉ……」

「それでいいのよ。それが当たり前」

「でね。婚家の夫さんとお姑さんに貴女から言ってくれるかね？」

「冗談じゃない！　止めてよ」

「でもね。知らん顔していたら尚更、帰れなくなるデネ。息子夫婦もそうしないとダメだって言っていたデネ。貴女が折れて手を付いて謝って帰るのが筋だ。って、言ったデネ。それが常識だって嫁が言っていたデネ。私も……」

「嫌よ！　東京の考えと一緒にしないで。私は私。一緒じゃない！」

「来てもらって、私が土下座して、謝っ……」

「冗談もそれくらいにして……仙台の四十九日、一周忌を婚家でした。これも失礼なこと。仙台で葬式の時に、これは初七日、これは四十九日、これは一周忌、これは、と、経を一回ずつ断って三回忌まで上げた。それなのに東京で婚家がやった。仙台に行ったのは兄妹だけだから、こちらで、親戚中でって……私は知らなかった。夜になって、事務所の人から電話が来た。甥や姪まで皆来ていた。如も桃も知らないから行ってない。そのあと義叔父さんから、ナンで来なかった？　と、電話をもらった。知らなかった。それに仙台で葬儀のときに三回忌までの経を、嫁さんと子供達で上げている。話しをした。義叔父さんは、そうか。夫のやりそうなことだな！　義姉さんとあいつのやり方はおかしいよ、だった。葬儀に如と仙台に行ったときも、皆、何しに来たって顔で、ジロジロ見るだけで、挨拶に返事も返さなかった。返したのは上の妹の旦那だけだった。如月は帰ってから文句を言って当たったけどね。もう、向こうとは関係ない。忘れてよ」

「でも、こっちがちゃんとした礼儀……」

「くどい！　いい加減にして……帰るなら出ない。裁判も起こさない。裁判官に、ここまで、追い詰められる前に、どうしてもっと早く出なかったンですか？　普通、もっと早く出ています。とまで、言われたのよ。もう、関係ない。お願いだから、向こうと切り離して……」

「長男夫婦は……」

「だから、私とあの子達と一緒にしないで。って、言ったばかりよ」

「運命かね～。母娘揃って女で……」

「どんな堅物の男でも一度や二度の浮気はある。夫は違うの。九人目。その間のチョコチョコのつまみ食いなんか数え切れない。私も無視。でも、女房として連れ歩いた女たちがいた。私は何？　うちへ連れて来て私に酌をさせた。子供の前でイチャイチャ。大きな得意先の部長が来ていた時も、部長をそっちのけ。女の一言で殴る蹴るが始まって、口答えするようになった。もっと殴られると分かっていても、口から言葉が出て行った。嫌な顔をすれば暴力が酷くなって脳震盪を起こす。そんな事を何時された？　無いでしょ。六十年近い生活で一度も手を上げられた事があったぁ？　ないでしょ。隠れて気兼ねをしながらの浮気は見て見ぬ振りをして来た。私が嫌な顔をしようものなら怒鳴り出す。女だけでなく客もいる。客には関係ない。客を怒らせたくない。我慢するよりない。翌日は時間に追われてそんな事忘れている。考える暇がない。目の前の事を処理するのに手いっぱい。あざや傷が絶えることが無くなって飛び出した。普通の女遊びとは違うの。それが全てで、会社も社員もなくなる。女からの電話一本で出てゆく。お客さんと何処へ出張との約束もすっぽかして平気。どれだけ私が謝りに回ったと思う？　客も失った。普通じゃないのよ！」

「貴女、何にも言わないから、知らなかったよ～」

「言ってどうするの？　一緒に泣いてくれる？　冗談じゃない。そんなのご免だわ～。腹が立って震えても私は泣かない。殴ったり蹴ったりしているのを、女がそばで、タバコをふかして薄笑いしていたことある？　ないでしょ。殴られたこともないよね。女の食事を作らせられたことあった？　女のお酌をさせられたことあった？　ないよね。隠れての一回や二回の浮気はどんな堅物の石部健吉の男でもある。お得意サンの課長が、親睦会の旅行で女に〇〇を出してしごかせている写真を撮られた。その時の旅行の写真を私が焼き廻した。夫が幹事をしたから。その写真をその課長に見せたら、真っ青になって捨ててくださいお願いします。って、手を付いた。日頃、遊んでいる人たちは笑い飛ばしただけ。人の日常の生活なんてね、親子でも兄弟でも分からないのよ。一緒に五年、七年と暮らさない限りね。分かるわけ無いと言っているの。分かっていると言っても話だけ。上辺だけ！　ホンの一部分だけ。それを全てだなんて思わないで……」

「じゃ～、婚家には……」

「くどい！　冗談でなく怒るわよっ」

「生まれだね～……やっぱり……」

「それも関係ない。家とか出がよい悪い、の時代じゃない。そういう時代は終わったの。戦争とともに！　自分を磨くか、磨かないか、の問題よ。それに、婚家、下越もそれがあの人達の常識なの。あの人達にとっては私達が非常識なのよ。裁判所の調停員の人も言っていたわ。夫さんと貴女や我々国家公務員とは常識がまるで違いますな〜って。自分のしたいようにする時代なの……」

「マー、どういうことだね？」

「夫さんたちは自分の常識だし、貴女や我々国家公務員は法律が中心で、世間一般の常識ですわ。だから、中心があってぶれずに一貫しています。彼は町工場の社長の子に生まれて、あれが彼の常識なンですな〜。だから、言うことがコロコロ変わって、さっき、こう言われたでしょう？　と、言えば怒って怒鳴り出す。中心がありませんわな〜って、言った」

「だから、生まれが……」

「もう、止めてー。生まれは関係ない」

「ヨメさんは如月ちゃんも桃ちゃんも千葉の子も呼ぶなってね。孫ダデネ。おじいちゃん、可愛がっていなさったデネ……」

「だからよ。いい、呼ばなくて。その方が、出費が無くて済む。後で遊びがてら墓参りに行く。その方がお母さんも、また賑やかになっていいでしょ。法事のときでないと駄目？って、こともないでしょ。あっ、雨がポツポツきたわ。洗濯もの、取り込むから切るね。ウチはいい。でも、兄弟三人は顔を会わせなさいよ。ツー子さんと野乃さんモ。じゃ〜ね」

ふう～まったく～。お母さんがフラフラしてどうするの。一時間半も話してしまった。

こっちが強引に切らなければ、堂々巡りで何時、終わるか分からない。それに、相談と言うけれど、嫁に言われて、もう、そうすることに決めているンでしょ。どうせ、千葉にも、同じことを言っているンでしょ。私達に相談なんかの電話かけてくること無い。ヨメさんの言う通りにすればいい。叔父さんとツー子さんと野乃さんが来てなければ私も出席しないだけのことだ。

平成十二年十一月二十六日（日曜日）晴れ
「頚城から来た人たちは昔どおりにお布施で持ってきたよね。本坊は戦後、助けてもらった記憶が私にはある。だから、アソコは出来る範囲でするつもり。島津家から輿入れした堂守さんとお祖母ちゃんの関係。次寺のおばあちゃんとウチのお祖母ちゃんとは姉妹の様な付き合い。お父さんと先代の住職との付き合い等を私は見ているのよ。他の寺との関係とは違うのよ。お祖母ちゃんの前の代でも親しかったのかもしれない」

「ふぅん。それでいいンだわ。それが正しいンだわ。私からいった十万、各寺へやったンだってね～。悪かったね～。足代だって出したンだってね～」

「足代？　そんなこと言ってなかった。あれ、お母さんが出したの？　ヨメさんは足代だって言って渡した。と、言ったの？」

「私だわね。そう言って渡したって千葉が言ったよ。千葉は小遣いにしろって、私のポケットにねじ込んで行ったよ。千葉の嫁も、そのくらいはおとうさんが私にもくれるからもらっておいて、って、ケラケラ笑っていたよ～」

「ふ～ん。あの人、二子さんと私に言う事は違うンだ！　私にはヨメさんが持ってきて、家屋敷だけもらったら悪いから、お舅さんの遺産分けのしるしに、お義姉さんにも少し上げてって、私がおとうさんに頼んでやったのよ。ほら、私って周りに気を使って、そういうことはちゃんとしているでしょ。特にお義姉さんにはって、言ったわよ。だから、そんな気を使わないでいいから持って帰って。と、言ったわ。ううん、いいの。次男（名前を呼び捨てで）にも上げているから。私のほんの気持ちよ、とも、言ったわ。次男が受け取ったなら……と、ヨメさんに礼を言って受け取った。気を使わして申しわけない、とも言った。あとで、二人にはお礼もしたわ。お母さんから出ているなんて思っていなかったから。礼も言ってない。遅くなったけど、ありがとう御座います。お母さんが出したなら、東京にもやったのね？」

「ふぅん。十万ずつ、二十万やったよ。千葉は返してよこしたし、貴女は寺へやって、私の顔を立ててくれたし、東京は貴女たちの倍、もって行って知らん顔ダデネ。それに遺産分けじゃないでね。そんなもの無いでね。退職なさったときに全部、私の名義になさったもの。現金は葬式代、墓の移転、法事で消えたわね～。アレは、私からの礼だわね！」

「へ～、私のほんの気持ち。次男にも少し上げてって、頼んで上げたのよ、とも言ったわ。あ～あ。礼なんかするンじゃなかったわ～。礼代損したぁ～」

「東京はいつも、そういう嘘ばっかり言うンだわ。取って行くだけだわ」

「そういう言い方しないの。お母さんの手を離れたら、受け取った人がどうしようと、その人の勝手。お母さんが文句いうのは筋違い。私としては本寺にしたかったの。東京も千葉も知らないことだけど、私、村が寝静まった夜、九時頃に何回も、本寺に米をもらいに行って背負って帰った。外灯なんて何処にもなかった。そのおかげで、私たち食い繋いだと思っている。ウチのお祖母ちゃんと対等に渡り合えるのは、本寺のおばあちゃんくらいだったし、あちらもそうだったと思う、次寺のおばあちゃんは妹分の存在だった。二代も三代も前の人のことだけど、一つの寺として見ればいいから……先代とお父さんは一才しか違わず、友達付き合いしていた。だから、お父さんが死んだとき、お前には任せて置けない。と、体をふたつに、雪の中を村からここまで出て来てくれた。おばあちゃん同士がおしゃべりをしているとき、先代が遊んでくれたこともあった。先代はお父さんの後を追うように半年くらいで亡くなったって言っていたよね。お菓子なんかない時代。町まで出ても、なかなか手に入らない時代に、高級な美味しいお菓子をもらった。本願寺直轄の七、八百年も、続く寺だから京都の高級品があった。米を貰って来る時、おばあちゃんが時たま、私の口にエンジェルキャラメルを一個入れてくれた。美味しかったし、嬉しかった。私が美味しいお菓子に、うるさくなったのはそのときが下地かもね」

「ま〜、貴女、お菓子をもらったなんて一言も言わなかったでしょ?」

「だって、お祖母ちゃんと一緒だもの、私がいちいち報告することでもないでしょ。米をもらいに行ったときは、ウチのお祖母ちゃんが死んで何年かしていたけど……」

「もらいに行ったたって、いつもただってわけじゃないでね」

「四、五回に一回はお祖母ちゃんの着物や帯を持って行ったよね。時にはお祖父ちゃんのも」

農地改革後、二年くらいしてのことだ。

「それから三年くらいしてこの町に出て、忘れてしまった。六十年も前のことよ。日常のことがらで忙しさに追われてね。冬、本寺から米を背負って帰るとき、大川の橋の上から落ちることを心配しなかった？　雪で欄干は埋もれているし、中心が高くなって凍っていて滑るから、中心と端との間を歩かなければならない。あの川に落ちたら助からない。ずっと上の村で大正だか昭和の初めに先生と児童が三十数人、雪崩と一緒に落ちて流され、春になって海近くで上がった。毎年誰かが落ちて死んでいたよね。近辺で……社から帰るときはあの急な木の根の坂道、崖に落ちるとは心配でなかった？怖かったわ～。近かったけど下りるのは滑って、大変だったわ～」

「心配なんかしなかったよ。貴女のことは頭になかったわね。米のことしか。東京が腹減った、腹減ったって、アガアガしていたから、なんとしてもこの子に、腹いっぱい食わせて育てなければ私の顔が立たンテ、思っていたもの……」

「そうヨネ～そういう時代だった。私はどうせ人にくれてやる子、育とうが育つまいがどうでもよかったものね！」

「ふぅン。当たり前だわ。跡継ぎはちゃんとしないとね。貴女は跡継ぎをころし……」

「お母さんにまで跡継ぎを殺したと言われるとはね〜。ファロー四徴症で生まれて十ヶ月で手術をして、翌日死んだ。殺したわけじゃない。でも、そういうふうに言われ続けた。だから、なんでも、嫁が悪いと言われると、自分のことでなくても腹が立つの〜。本寺のおばあちゃん、お公家さんのお姫さんの次の人、島津の姫さんと聞いたような気もするけど……違ったかな？　ウチのお祖母ちゃんは明治の十年代終わりから、三十年ちかくまで、麻布、横浜、神戸を四、五人の男を用心棒に引き連れて、かっぽしていた人だから、世界情勢も分かり、何でも出来た人。それに兄様はヨーロッパへ年中行っていたから、外国の事も知っていた。あちらはお姫様、相当の教育を受けて来ている。あんな山の中で、話がツーカーで通じたンでしょうね。だから、毎日のように行っていた。テレビもない。本屋も二里近く歩いて出ないと手に入らない時代。字もろくに読めない村人が多いところでは、他に話し相手になれる人もいない」

平成十三年

平成十三年八月三十一日（金曜日）

夜九時近く、如月の取次ぎの電話。私は台所を片付けていた。

「お疲れ様。ご苦労様。疲れたでしょう？　話は明日でも明後日でもいいから、寝たら？」

「ふぅン。疲れたわ～。もうクタクタ。フラフラするよ～。兄弟だね～。顔、見たら涙が出て止まらンかったよ～。橋も泣いていたよ～。義姉さんもやつれてふた回りくらい小さくなっていたわ～。でも、しっかりしてなさって、テキパキと対応なさっていたよ。四十年も先生をしてなさったから違うわね。目が落ち窪んで、人相が変わっていなさったわ。義姉さんも可哀相で……」

「急な事故だもの、しょうがないわよ」

「しょうがないってことあるかね！　貴女って子は……」

「ごめん。ごめんなさい。言葉が悪かった。気の毒にねってことよ。可哀相にね。ほんとに、義伯母さんが可哀相。私も涙が出てくるわ。お母さんも可哀相。辛かったでしょう。相談相手だったものね。お父さんとも一番仲が良かったよね。頼りにしていたよね。義伯母さんと同じくらいお母さんも悲しいよね。可哀相！　可哀相……」

「ふぅん。見てられなかったよ～。兄もすっかり変わって、顔の形も壊れて別人みたいだった。義姉さんも、仰天なさったと思うわ～」

「可哀相ね。可哀相ね。伯父さんも義伯母さんもお母さんも可哀相。お母さんが一番可哀相ね。がっくりしているでしょうけど、元気出して、頑張ってよね。何時までも落ち込んでいたら伯父さん、喜ばないわよ。元気出して、義伯母さんを励ましてやってよ。その方が伯父さんも喜ぶと思うわよ。お母さんなら出来るでしょ。常に周りの人のために尽くしているンだもの。急なことだもの、みんな、びっくりしているでしょ？」

「ふぅん。びっくりしているよ」でまた、前日のことの話を繰り返す。

「さぁ～、分からないけど……見えない何かに追いかけられていたのかも……」

「それならそうと言ってくれればいいねえかね？　そうしたら、お寺……」

「無理、無理！　伯父さん自身にも見えてないンだから言えるわけない」

「見えない何かってなンだね？」

「知らんわ。伯父さんに見えていないのに、私に分かるわけない」

「そっかね。せめて、七回忌が終わってからにしてくれればいいのに……」

そういう言い方って、私がさっき言った、しょうがないより悪いのと違う？

「居眠りの脇見運転だってね。村の子だってね。高校を卒業して勤めだしたばかりだってね。二親と三人で来ていてずっと泣きとおしていたわ～。すみません、すみませんって声をあげて泣いていたわ～。それも可哀相になってね。謝ってくれたンだから、もう泣かないでって、慰めたよ～。義姉さんも、あんたも可哀相だね、これから一生、この重荷を背負わなければならない。これからは気を付けて、二度とこういう失敗をしないようにねって、肩をなでなさって、慰めなさったよ。そしたらね、ヨメさんが謝るのが当たり前です。何がもういいのよ。そんなこと言って甘やかすから、若いのが付け上がる。頭の一つ、二つも張って、もっともっと、厳しく責めないでどうするンですって、言ったよ～」

「へっ、ヨメさんも行ったの。それは、それは……」

「二人で来ていたわ。毎年、米を送ってくれるって、ヨメさんは平、平だわね……」

「毎年？　結婚してからずっと？」

「ううん。ここ、四、五年だわ～。ここに六十になったら帰るって言ってからだわ～」

「ああ～　伯父さんよ。お母さんのために、義伯母さんに送らせたンだと思うわよ。後、何年かで帰るからよ。先を考えてのことでしょ。伯父さんね。婚家のこと人を使って調べてくれたンでしょ。お母さんには言わなかったけど興信所を使ったら、五、六十万じゃきかなく、払っているかも知れないのよ。嬉しかったわよ。そんなことを黙ってしてくれる人、いないもの！　橋が知っていたのは、次男の仲の良い友達が会社の斜め向かいにいて、機械を貸してくれって、毎日のように出入りをしているから、そこからと思う……」

「あの、赤い髪の子も大変だね。一度、警察に連れて行かれているから、世間体もあるしね。人の目も違うしね」

「葬式のために出されたのかな？　それとも、保釈金でも積んだ？　でも、死んだってことは前科も付くし、会社における立場も微妙に変わってくるから、その会社にいられなくなるかもね。免許は当分取り上げられるから、仕事によっては働けなくなる。車の移動は出来なくなるからね。ほんのちょっとした不注意で、一生を棒にふる」

「そうなのかね？　前科が付くのかね？」

「過失致死っていう名のネ。かなりの賠償金が払えないと何年かの実刑をくう。保険にどのくらいは入っているかにもよる」

「ま～、牢の中かね？　どうするや～、十九の若さでかね？　何年入るね？」

「被害者の状況にもよる。年や社会的地位や子供の状況とか、色々ね。伯父さんは八十七だし、子供はみんな独立しているし、義伯母さんは元気でかなりの年金を取っているから、四千万前後ってとこかな～分かんないけど……」

「ま～、義姉さんの年金まで調べられるンかね？」

「そりゃ～そうよ。保険会社は支払いが十円でも少なくしたいもの。なんにしても、その子、義伯母さんじゃないけど一生、背負っていくことになるわね～」

「まだ、十九だよ。七十、八十とは、違うよぉ～」

「年は関係ない」

「ま～、どうするや～、可哀相だよ～、なんかしてやること出来ないかヤ～、どうするや～、可哀相だよ〜」

「命にかかわる事故を起こしたら、どっちも可哀相よ。もっとも、ブタ箱から出てきてケロッとして、同じことを繰り返す奴もいるけどね」

「そうだわ。おじいちゃんをオートバイでひいた子だってそうだよ〜。半年（四ヶ月ちょっと）入院なさったとき、本人が手ぶらで一回、見舞いに来たきりでしょ。入院費も出さなかったよ。親も学校も知らん顔だったよ〜。おじさん（父の弟で付属中学の校長）が怒ンなさって、工業高校の校長に電話なさって、校長と担任くらいは顔出しをしろ。って、言いなさったけど、とうとう来なかったし、親はブタ箱へ入れたきゃいれろ。箔が付く。ってンだし、叔父さん達が怒って訴えるって言ったら、おじいちゃんが許しナサランかった。俺は教師だ。高校生に傷が付く。子供を前科者には出来ないって。教育者として子供のことを考えなさったンだね」

「そうね〜。相手が悪かった。ヤクザの親分の子だもの。本人が見舞いに来ただけ、その子は案外、素直な子かも知れない。それと、高校の先生に馬鹿にされたンでしょ。あのとき、お父さんは小学校だった。俺達は高校教師、小学校教師なんか相手に出来るか、ってことでしょ」

「それに比べたら、三人で来て泣きながら何度も謝っていたからね。キタ先生（母の女学生時代からの友人ミーおばさんの夫）ったらね、変な風になって何年も生きているより即死の方が、後腐れなくていいやって言うンだよ。ミーちゃん真っ青になったよ〜。いや、ほんとだよ。変になって十年も十五年も生きられたら、どっちも地獄だよって、また言いなるンだわ。人の事だと思って、よくもそんな……」

「一理、あるわよ。植物人間……」

「貴女って子は……。オッカさまに育てられたから薄情で、人の道に外れたことを平気で言うね～。他人の言うことだよ～。それ……」

「先生は赤の他人でしょ？」

「たとえ、他人でも言うことじゃないわね。意識がなくても、どんな状態でも、生きていてと祈り、願い、十年でも二十年でも、命がけで世話するのが道だよ～。尽くして看護するのが身内だよ～」

馬鹿言うなよ。二ヶ月のお父さんに音をあげはじめたの、何処の誰よ。十年？　二十年？　言うはやすし……その大変さ分かってンの？　周りの人間の体力も続かない。

「そうね～。お母さんのように命がけで、尽くすのが筋よね。ありがとう。教えてくれて。他人は現実を正直に言うからね。理想じゃなく……」

「貴女はいつも、ごちゃごちゃ屁理屈バッカこねるね。私の言うことを素直に聞いているかと思うと、すぐ反対のことを言う。何が何だかさっぱり分からンワ～」

「ごめん。私も分かンないわ。お母さんに賛成よ。でも、他人様は違うって、言っているだけ。次男の考えとお母さんの考えは違うでしょ。それ……」

「違くないわね。常に私と一緒だわね。私がこうだって言えば、従うわね。貴女みたいにわかんないこと、言わないよ」

「そうだったわ。ごめん。さっきから、トイレに行きたいのを我慢しているのよ。そのあと風呂に入って寝るから切るね。色々とありがとう。明日も早いのよ。お休みなさい。それから、お疲れさまでした」で、切ってしまった。

植物人間で十年、二十年したら、家族は崩壊する。どっちも、だ。生活は出来なくなる。命がけで尽くす。言葉の響きはいい。立派だ。それで命を縮める。母が選んだことだ。母はそれでいい。しかし、他の人の生活を壊し、人生を崩壊させていいことにはならない。実際面が母の頭にはない。命をかけて尽くす、の言葉で全てが片付くと思っている母は幸せな人だと思う。五分もしないうちにまた、かかってきた。

二番番頭の末っ子が一万、持ってきた。長男が社長を退いて、市の土建やと合併して、末っ子が社長になった。その挨拶だそうだ。でも、会社のことは分からないし、責任は負えないから、持って帰れ。と、言ったけど、責任を負えなんて言わないから。って、置いて行った。翌日、品物にしてそれ以上に返した。安全のために、一筆取って置けって東京が言ったデネ。今度、来たらもらっておくと言う。

「なんで？　お父さんが名前を貸したのは、昭和四十八年~五十五年半ばでしょ。当事者は二人ともこの世にいない。息子の代になって名誉会長に名を貸したのは四、五年。お父さんが亡くなって、七年、息子が退いた。お父さんの名は五十年代半ばで消えたはず。しかも、名前だけで一円の給料ももらっていない。盆暮れの心付けさえ来ていない。名前は貸すが、一切の責任は負わないということで、金品はもらってないはず。借金取りが来たとしても、契約者同士はいない。あの世に取り立てに行ってください。で、突っぱねればいいことよ。私は知りませんで、いいのよ。向こうは三代目でしょ。その家はお父さんが退職して建て替えたときからお母さんの名でしょ。昭和四十六年九月からよね。だから、その家も取ることは出来ないのよ。お父さんが死んだ後に、お母さんが新しく契約していれば別だけど、契約した話は聞いていないわよ」

「でも、やっぱり、取りに来たら、知らん顔は出来ンよ。法はそうかもしれないけど、小作のことは地主が全ての責任を……」

「あっ、そうー。お母さんは広い心で、義理と人情で接しているのよね。払いたいなら払えばいい。私に少し出してって来てもお断り」

「それが出来ないから持って帰って。って、言ったンだよ」

「そうね。私は駄目。さすが～お母さんね。よく考えている。大したものね。すごいね～。やっぱり、お母さんよ」

「なんか、私、気に障ること言ったかね？　変な感じだね。はっきり言ってくれないと、分かんないよ。どういうことだね？」

「別に何も言ってないわよ。法律的なこと言ったまで。お母さんは人情と昔からの地主の習慣を言っただけ。ただね、人情や習慣では食っていけないってこと。泣いて生活しなければならないならまだいい。お母さんの大嫌いな生活保護という名のお上の世話を受けなければならなくなる」と言って、だから、今の世の中は……と一席、ぶたれたあと、また、お説教食うはめになった。

「お母さん、ごめん。さっき、お風呂に入るって言ったでしょ。入らせてよ。入りそこなうから……大人が帰らないうちに……」

「婿さん、帰っていなさるンかね？」

「いや、まだ」

「貴女、なに考えているね？　礼儀も分からンのかね？　婿さんの先に……」

「関係ない。子供も、もう一人で入るから手の空いた順よ。明治二年生まれのお祖母ちゃんだって、熱いのが好きな者からか、温いのが好きな者かダッタでしょ。間をおくな。無駄になる。また火を入れたり水を入れたりしなくてはならなくなるって……」

「里郁は閑居よりずっと下……」

「そんな礼儀は、ここではいらないの。そんな事をしていたら、私も子供も風呂にはいれなくなる。婿や娘が十一時、二時に帰るときはザラ。風呂に入るからかけても出ないわよ。お休み……」

　切ってしまった。もう勘弁してよ。

「早く、切ったね。まだ三十分だよ」

　帰って来て飲んでいた如月がいう。何回も掛かってきたこと。テレホンカードのことを。

「そんなことをしなくたっていいでしょ。お祖母ちゃんは話したいンだから、飽きるまで、話させればいいでしょ。私は遠慮するけどね。お祖母ちゃんと話していると、イライラしてきて変になりそうになるのよ。なにしろ、雲の遥か上の人だからね。今の世の中と随分かけ離れているのよね。そのお祖母ちゃんと付き合っているお陰で、得スルこともあるわ。六十代、七十代と無理なく、すんなり話すことが出来る。お祖母ちゃんテ、幸せな人よね。私みたいに苦労している者は無いって言うけど、あれだけ、世の中のことを知らないでお嬢様のままで、今まで来られたンだから……、このまま変わらずに一生終わるのだから、幸せよね。お祖父ちゃんが生きていたとき、家計まで全部、お祖父ちゃんがしていたよ。だから、電車の乗り方も知らない」

「私もそう思う。苦労したって言っても本当の苦労じゃない。私も苦労したとは言えないから、あまり言えないけどね。だから、東京のお祖母ちゃんに馬鹿にされて、鼻であしらわれていた。東京は五、六歳から働いて苦労したからね。底辺から上がってきた人。娘時代にソウルまで働きに行ってきた。虫の義叔母さんの話では水商売だって」

「お祖母ちゃん、知っていた？」

「東京のお祖母ちゃんが馬鹿にして鼻であしらっていたこと？」

「うん」

「いや〜、気づいていないどころか、尊敬しきっていたわよ」

「だよね。だから、雲の上の人よ！　幸せな人よ！　実家と田舎では、生まれも育ちも違う。階級も全然違うから価値観も違う。実家のお祖母ちゃんは金が全て。金しか頭にない。金がないのは首がないより悪い。金があれば首だって心臓だって買える、が口癖。田舎は金が頭から抜け落ちている」

「そうね〜。金さえあればなんだって出来るって言っていたよね。田舎は、武士は食わネド高楊枝。鯛は腐っても鯛。鰯じゃない。が口癖。腐った鯛より生きた鰯だって、口答えして引っ叩かれたわ……」

「実家は生き馬の目をくりぬいてのし上がって来たンだもの。そうしなきゃ、生きられなかった。田舎のお祖母ちゃんのお父さんは早稲田の一期生で、法律家で伯爵と付き合ったり、明治の時代、全国に名の知れた教育者が親戚にいた。その人、私財を出して私学校を建てたり、里郡の曾祖母ちゃんのお兄さんは東大を出て明治、大正に世界を飛び回った人、がいたり、いまだって大学教授が何人かいたり、チイ叔父さんは超一流の大銀行の役員だし、従弟にも一橋大を一番で出て別の銀行だし、独逸で大学の先生。アメリカの大学病院の先生になっている人もいる。明治から昭和の初め頃まで、出版社を経営していた何とかかって人、おひげのおじいちゃんも出版関係の会社をしていた。格が全然違う。お祖母ちゃんのお祖父さんテ、第一回県会議員でしょ。その頃、実家は山の中で、たった二軒のむらの炭焼きで、お祖母ちゃんの就学通知もこなかったから、一年だか二年学校が遅れたって言っていたじゃない。田舎のお祖母ちゃんはすごく、幸せな死に方するよ。実家はね〜。ね〜。ね〜。そうでしょ。そう、思わない？」「……」

暗に、この子は、婚家の祖母が惨めな死を迎えると言うのか？　それから世の中のこと、生き方で口論になる。二人の祖父のこと。実家の祖父が如月の名で大学に入るときにと、積み立てをしてくれていた。その百万を祖母が、祖父の死んだとき横取りして、みんなに言うな、これだけあげるからっ

て、三万もらって誤魔化されたこと、

「どうして知っているの？」

「お祖母ちゃん、そう言って、三万よこしたもの……」

「その三万、どうしたの？」

「お父さんが、ちょっと貸せって、持って行ってそれっきり……」

「ふ〜ん。お祖母ちゃんは私に、これは方便のために貴女の名を使っただけで、私のものだからねって言った。大学に入るときって言うのも方便テ……貴方達の嫁入り資金として私が積み立て満期になっても、結婚しなければ借金に当てたのと、同じと思っていたけど、お祖父ちゃん、本当に貴女にやる積もりだったたってことね……」

「田舎のお祖父ちゃん、いろんな所へ連れて行ってくれた。色んな事を教えてくれた。すごく楽しかった。怒鳴られもしたけど……いっぱい思い出がある。実家のお祖父ちゃんはいつもソファーに座って新聞読んでいた。大きな机に座っていた。机の引き出しにチョコやドラ焼きが入っていた。時々もらった。タイムレコーダーの下に壊れたグラインダーが、四、五個溜まると直していた。お祖父ちゃんしか直せないンだ。お祖父ちゃんは偉いンだと思った。嫌な思い出は残っていない……」

「どっちのお祖父ちゃんにも、可愛がられたわね。私自身は忙しくて、貴女達にしてあげたいと、思ったことしてあげる時間が全然なかった。だから、これではいけないと思ってなかば強制的に田舎へやった。余裕のない忙しさと、ゆったりした精神世界とを経験したンじゃない？」

「その点は良かったと思う！　田舎の生き方が本当だと思う。でも、世の中は違う。世の中は流れているのよ。いい悪いは別としてさ」

「ところで、話は別だけど、二、三日前に事務所の人から仕事のことで教えてと電話が来たのよ。ついでに柿木坂の叔母さんの話をした……だって……」

「へ～、義叔父さん、やるね。叔母さん、昔、麻薬をやったンでしょ？」

「どうして知っているの？　私、誰にも話したことないわよ。もしかしてオヤジも知らないかもね。私は当時いて、一緒にやっていた事務員から聞いた。四十年代初めの話よ……」

「うん、都立大のスナックで聞いたのよ……」

婿殿が帰宅。水曜の朝、五時出の出張だった。

「お帰りなさい。お疲れ様」「……」

私は自分のベッドに腰掛けていた。横でチョビが寝ていた。如月は入り口に座って飲みながら話していた。動こうとしない。

「ほら。いい加減にしゃべるの、止めて行きなさいよ。夜食くらい作ってあげなさいよ。この時間じゃ、お腹、空いているでしょ」

「いいの。自分のことは自分でするの……」

動かない。台所でガタピシと音がし始めた。

「いいから、行きなさいー」渋々、出て行った。

「お母さん、怒っている。追い出された。眠い。寝ていい?」

「いいよ。ねれば〜、もう一時半だよ。ねろよ……」の声がして、暫くして、また降りてきた足音
──

「何時だと思っているンだ。止めろ。いい加減にして寝ろ。俺は疲れているンダッ。勘弁してくれよっ」

と婿のトンガッタ声がして静かになった。多分、これから呑みに行こうと言ったのだろう。困った娘だ。父親と同じだ。飲みだしたら切りが無い。男遊びだけはやるなよ。

平成十三年九月十五日(土曜日) 晴れ

法事の席で、経が終わって迎えの車で食事の会場へ。

向こう側は、平の長男、野乃、北、次男、東京。こちら側はツー子さん、橋、南、私、母の順。この席順、誰が決めたの?

向こうは野乃、北、平、か、家の格なら北。平、野乃だし、年なら、北、野乃、平だ。

こちらは、橋、南、ツー子さんじゃあないのか? 家の格ならツー子さん、南、橋じゃないか? 平を主客にすえたということは、ヨメさんの指図で弟が決めたのだ。北は腹の中が煮えくり返ったことだろう……申し訳なし……家も歳も社会的地位も北が主客だ。

坊主の所へ挨拶。平の事故のことから、

「あんたら、みな、そうだけど、越の子、孫って意識持ってなさる。特にお宅のお母さんはそうだでね！」

「そうですか？　私は平の伯父の方が強いと思いますけど。表面には出しませんけど、何かの集まりのとき、村の人たちや村長を怒鳴りつけたって聞いていますが……村長は真っ青になって謝って逃げ出したとか……」

「ああ、聞いたことあるわね。なにくそ、越の子だ、お前達に負けてたまるかってね。あんたのこともお母さんに聞きましたコテネ。負けてなるかって頑張ってなるわ。今、何処に居なるね？」

「長女の所です」

「それはいいわ。もう、元気になんなったようですね」

「ええ。ここ（頭）の毛が三本足りませんから三歩歩いたら、もう忘れてしまいます」

「いや〜越の孫だ。里郁の娘だって意識から立ち直れるンですわー」

「そんな意識はないと思っていますけど……」

「あんたさ。オッカさまに可愛がられてさ。村中を呼び捨てにして、顎で命令してなったコテ。タケやサダに歩くのがいやだから、ぶえって、言ってなったコテネ〜」

「それは、それは――」

「覚えてなるでしょ？」

「いいえ」

「少しは覚えてなるでしょ？」

「いいえ」

「全然、かね？」

「ぜんぜん。だって、祖母が亡くなりましたのが、小学校の一年の九月、今日ですよね。となると、小学校に入る前でしょ。そんな大昔の話、覚えているわけありません。頭のいい子なら覚えているでしょうけど、私は不出来な方でして……たとえ、威張り腐って皆さんに嫌な思いをさせたとしても、四、五歳の頃、それ以前のこと、私の知ったことじゃ、ありません。祖母におっしゃってください。住持さんも私もそんなに遠くなく、この世の外へ行くでしょうから、二人で祖母に謝れって言いましょうよ。祖母が亡くなって六十年！

私が覚えていますのは、祖母と次寺さんや本寺へ行って、本堂の縁の下に入ってかくれんぼしたり、こうもりを追い出したり、渡り廊下を走り回ったり、次寺さんの池に入って鯉を追い回してこっぴどく叱られた。本寺でこれは京都の特別なお菓子だって、頂いたお菓子の美味しかったこと。次寺さんの本堂の中の何処だったか覚えていませんけど、見つかりにくいところで、眠ってしまって大騒ぎさせたことくらいしか、覚えていません。後は人から聞いた話ばかり。いまの、住持さんの話のように……」

「キユさんは、よくうちへ遊びに来てなさったわね〜。お祖母ちゃんが亡くナンなさってからも……うちの誰の所、でしたっけ？」

「ユリさんです」

「そうですかね。ユリですかね。いま、海老名で美容師やっていますわ。ユリでしたか……」

「はい。ユリさんです。よく遊んでいただきましたし、勉強も教えてもらいました。一級上でした。

ユリさんは成績が良かった」

「仲良かったですわね〜。お宅のお祖母ちゃんと私の母のようにね……」

村の坊主との話をする。母の家に戻ってから。

「次寺さん、ゲラゲラ笑って、ユリさんの話を持ち出したから、この話はストップ。止めさせたのよ。次寺さん」

「ふ〜ん、あの世に近いなんて、よく言うな〜」

「橋も変な子だね〜。お寺さんなんかと一緒に帰らンクテモいいのに。どういうンだろうね？　せっかく、貴女が行きたいって言ったのに……」

「橋はそういう人だよ。人柄だよ。橋は駄目な男だよ。くだらん男だよ。最低だよ。嫁も言っている。かってな人間だよ。来てくれっていいながら来てほしくないンだよ。あんなのは口からの出まかせだけだよ。最低の男だ……」

「行きたかったけど、叔父さんにしたら無理もないと思うわよ！　義叔母さん、うつ病でしょ。週一で病院に連れて行っているでしょ。義叔母さんの最高に溌剌とした元気な頃しか、私は会っていない。年取って病気の姿を見せたくなかったのかもね。それに近所の人に預けて来ているし。叔父……」

「そんなこと考えるかよ。姉さんに来てもらいたくないだけだよ。うつ病も口実だよ！　葬式のときに会ったけど、変わってなかったよ。人だよ、人……人の善し悪しだよ」

「あの病気は、外での二、三時間じゃ、分からないわよ。いま、躁でも、三十分後には鬱になる。そばの人間は大変よ。叔父さん、一人でよく見るわね！　偉いね～」

「自分の部屋に閉じこもって、座ったきり動かない日が二日も三日も続くことがあるンだってね。一日中、ポケーっとして、ご飯も食べさせないと食べないってね。話しかけても返事もしないでボーっとしているンだわ～」

「なら、今日、叔父さんが出てくるときに鬱で、近所の人に頼んで来ているから、早く引き取りたかったかもしれないでしょ。それぞれ、みな事情があるのよ。平だって線香を上げるだけだけど、断ったでしょ。気持ちだけで結構って言ったでしょ」

「いや。平はまだ、壇が引けてないからだよ。人柄が違うよ」

「違うわよ。人柄は皆違うわよ。壇が引けてなければ、なお、線香あげに人が来るのは当然！　人が線香をあげに来るのを断るべきじゃない。壇が引けていれば、おっくうだから断っても構わない。しかも、留守じゃない。お義伯母さんがいる。けど、それをとやかく言っているンじゃない。それぞれに事情があるのよ。特に八十過ぎた老人だけの家、それぞれ色々とあるから、外から見ただけで、決め付けるなってこと。高円寺だって遊びに行っていいかって、電話したら、車椅子の姿を見られたくないから来ないでくれ、と、断られてはがきのやりとりになった。年を取るっていうことは色々と出てくるのよ。外からは分からないことが沢山ある。簡単に決め付けて批判しないことね！」

「いや〜、姉さん、違うよ、人柄だよ、人柄。高円寺だって義従兄叔父さんが死んだって、俺に知らせを寄こさないじゃないか。（貴方は見舞いにも行っていないじゃない。それに、葬儀を行ったのは嫁いだ妹。兄の仕事関係など知らない。従叔父さんの家に行ったこと一度もないじゃない。世界的大会社の技術部長をしていた時に巣鴨の婿だと言うので、そのつてを頼って会社に訪ねただけ。周りは貴方の事を知らない。何で、挨拶やしらせがゆく？　のぼせるな！）人柄だ。平が死んだら他人だって言ったって言うじゃない。姉さんはどうかしているよ。伯父さんが死ンだって、義伯母さんがいるじゃないか。義伯母さんはいい人だよ」

「いい人よ。でも、他人よ。義伯母さんよ。ただ、いままでのようなわけにはいかない。一歩引かないと、向こうに嫌がられる。って、言ったのよ」

「どうかしているよ。そんな人じゃないよ。人だよ。一だって、あんなに姉さんに世話になっておきながら、結婚式にも呼ばなかった、礼儀知らずじゃないか。長男だって俺に挨拶一つないじゃないか。あれはないよ。橋は皆、礼儀知らずの最低のバカな奴らだよ」

「色々有ったからね。一ちゃんの気持ちは分かるからね。謝るのは私の方！　夫に代わってね。あの子はいい子よ。飲み過ぎなきゃネ。もう、十五年も六年も前のこと、いいわよ。長男の挨拶って何の挨拶か私は分からないけど……貴方達が色々と世話をしたンでしょうね？　聞いてないけど。先に寝て。私にこのテレビ見させて。お母さんも疲れたでしょう？　居眠り始めているじゃない。寝なさいよー」

と、半ば強引に寝かせる。挨拶に来ない？　何の挨拶？　貴方はなにをしたの？　隣近所の挨拶もしてないじゃない！　しているのは千葉じゃない。しない者ほど人を批判する！

平成十四年

平成十四年七月十四日（日曜日）　雨→晴れ

「ああ〜、そういう関係。伊勢、中田、渡部、岡、日下だっけ？　おさかべだっけ？　に山本先生だったよね!!　よく、家へきて、夕飯食べて飲んでいた。お母さんの作ったドブロク、よく、酸っぱくなって飲めなかった。甘酒は酒になっちゃうし。バァが作ったのは美味しかった。納豆も。二人共お祖母ちゃんの弟子なのに……あの頃、何も考えていなかった。二十一年から二十七年の間よね。食べ物が手に入らないとき。揃えるのは大変だったでしょ？　ふかした芋の最後の一個を先生方と取りやっこしたよね。遠慮するものだって、お母さんに叱られたけど、お父さんはニヤニヤして早い者勝ちさ、だった。先生方は栄養補給で有り難かったンでしょうね。そう言えば、村中が寝静まった夜、本寺へ米をもらいにやらされたよね。人に会うなー人が来たら隠れろ。って、言われたけど、あの道、隠れる所なんて無かった。田んぼの中の一本道。星明り、月明り、雪明りだけで、村の家も道も外灯なんて一個も無かった。知っている道だから歩けた。ときたま、おばあちゃんが口にエンゼルを一個放り込ンでくれるのが嬉しかった。本寺はいい。おばあちゃんも寺男も優しくて、大丈夫か？　こういう風に足を踏ん張れよ。って、寺男のおじいちゃん。怖かったのはお社よ。あの、ドロドロの坂道―滑り止めは木の根っこしかなかった。登るのはスタスタ登るけど、降りるのが怖い。特に雨の後はね。それに、あの神主のじじぃ、大ッ嫌いだった。人の手を取ってなでる。撫でながら、キユさん、いぃや、アネちゃんの手はきれいだね～。こんなきれいな手はそんじょそこらにないね。きれいだわ～。だども、これは怠け者の手だわ。おまさん、怠け者だ！　里郁のアネちゃんだからね。って、言う。怠け者の手なんか撫でるなよ。って、思っていた。誰かが来る気配がすると、スーと立って行ってよそ事言っていた。一回に二十キロか三十キロだったかな？　それに、いつも約束が違う。もっと有るはずだ。何でちゃんと見て来ない。って、叱られたけど、そんなの、小学生に分かるわけ無い。これ持って行って背負って来い、だけだもの。かんざしも指輪も安物じゃない。とも言ったわよね。指輪は牧野の奥方様に頂いた物って、言わなかった？」

「そうだね。一つは奥方様に頂いた物だわ。四十キロだわ。私の着物や帯、かんざしや櫛が指輪が米に変わった。貴女、三斗の米を背負って帰ったのにはたまげたわ～。百姓の小娘でもないのに、その馬鹿力にね。私にはどうしても持ち上がらなくて、米ビツに三回に分けて運んだよ。四年から六年の間だったね～。（中二までよ）私はもう、かなわンかったわ～。大根、芋類、炭、白菜なんか、みんな貴女に小畠から、背負い下ろしてもらったね。貴女がこっちに私を置いて出てしまってからは大変だったわ～。貴女が一回の所を私は二回から三回、行かないと駄目だもの……」

「置いて出たって……新学期から行けって言われただけで、私が頼んだわけじゃない。なんで東京にさせなかったの？　男の子だもの、私よりずっと力があったわよ」

「ふぅん。嫌だって言ったし、跡取りだからね」

「跡取りだもの、させられないよね！」

「本寺だって、悪いからいつもタダでは……」

「そうね。四回に一回はお祖母ちゃんやお祖父ちゃんの着物や帯を持って行った。お社は毎回だった。アッ、それで、思い出した！　闇夜のときだった。いや。月が出ていたかな？　その人の背中を照らしていたような気もする。その人には私の顔は月に照らされて見えるわけよね。人に見られるなって言われていた。学校下の道で村の方から人が来た。隠れる所なんてない。田んぼの中の一本道、どうしよう、どうしようと、思っているうちに足を滑らせて転んだ。でも、何とか田んぼに落ないで済んだ。もがいても起き上がれなかった。その人、側まで来て見ていた。駄目だー駐在に突き出されるンだ。と、怖かった。黙って背中の米を持ち上げたンで私も立った。その人、本寺のほうへ歩いて行ってしまった。顔は暗かったから誰かもわからない。おじさんだったように思うだけ！　翌日、そんな話も出なかった。黒い影の人。黙っていたんだ。ありがとうと思った。社の、あの泥んこの坂道を、崖下に転げ落ちることは心配しなかった？　暴れ川に落ちることは心配しなかった？　冬、暴れ川に落ちたら上がらないよね。欄干は雪ノ下、真ん中が凍って高くなっている。凍ってないところと、雪の下になっている欄干の間を歩かなければならない。夜の暗闇の中で……雪明りと月明りだけ。大正だったか、集落を二つ上で雪崩に巻き込まれて、子供と先生方と三十数人が暴れ川で亡くなっているよね？　春になって、海岸に数キロの所で遺体が上がった」

「そこまで、気が回らンかったわ。だって、背負って出てから捕まったら、着物や簪がただになるし、米がなくて何日も東京を腹減った。と、泣かすことになるし、次男にお乳は飲まされなくなるし（お乳？　もう卒業していたよ）、だから、米のことしか頭になかったよ～。貴女があの、急な坂道落ちて大怪我するなんて全然、考えたこともなかったわ。貴女の事は頭になかったわ。東京に腹いっぱい食わせる事とコメの事しかなかったよぉ」

「そうかもね！　田んぼを持っていて田んぼに囲まれて住んでいて、米が手に入らなくなったものね！　米がなきゃ一家で飢え死にダものね！　それに、私は女の子。育とうが育つまいが関係なかった。橋へ仁ちゃんのお守に行くようになって、秋に、おばあちゃんに一升の米を持たされて帰った。帰りに干し柿や干芋をポケットに入れて、食いながら帰れ、って言われた。家にもあったけど、おばあちゃんにもらうのが嬉しかった。橋のおばあちゃんに可愛がられたわ～」

「貴女はね。うちのオッカさま、本寺のご隠居さま、次寺のおばあちゃん、橋のおばあちゃん、私の母、バァー、と、年寄りにばかり可愛がられたね。母なんか私より貴女を可愛がっていたから、おもしろくなかったよ～。腹がたったよ～。悔しかったよぉ～　哀しかったよぉ～」

「へ～、そう！　でも、そんなの、私の責任じゃないわよ。寺や家は小学校に入るくらいまで。閑居と橋は中二までよ。そうだ。巣鴨の大叔母さまにも、可愛がられた。十八から二十三まで。巣鴨も八十代初めかな？　でしょ。嫁にゆくまでね」


昔、東京が結婚してまもなく、巣鴨へ挨拶に行った。その後、二ヶ月後位か、七月のお盆前後の日曜に如月の手を引いて遊びに行った。この頃はお盆と正月前後の年二回になっていた。そのときのことだ。

「秀がこの間、嫁さんを連れて来て行った。五百子がよく、承知したな?」

「はい? 承知したとおっしゃいますと?」

「格が違う! 育ちが違う。あの嫁にあとあと、五百子は泣くことになるよ」

「あら〜、大叔父さまが家の格や生まれをおっしゃるなんてびっくり! ジャーナリストの草分けでしょう! 明治大正の朝日の政治部、今も出版のお仕事をなさっているのに、そんな古いお考えですか?」

「家の格イクオール人の格じゃないよ! いまに、五百子は泣いて暮らすよ! あの子の目が卑しい! 貧相だ。生まれはその人が選ぶことは出来ない。人格はその人自身の研鑽によるものだよ!」

と言われたのを思い出した。新聞記者なんて、ペンというドスを懐に、人の粗探し、不幸探しだ。それが嫌になって、大正十年頃から、次兄が経営している出版社に変わって、昭和十九年に会社を畳んで実家に疎開するまで、法律と哲学書だけを出版している会社の仕事をしていた。創業者の次兄は十五年に結核で亡くなって、次兄の妻が社長になっていた。戦後は子供向けの本だけに係わって来た。だから、黙っていても、ちょっと話せば人の格とやらが分かるのかもしれない! 私も嫁に行ってまもなく言われた。

「キユ、喧嘩しろ! 毎日でも、朝から晩まででもかまわん。ただし、建設のための喧嘩だ。破壊のための喧嘩は絶対にしてはならん！」

そう！　私は大叔父に言われたことの反対をしてしまった。普段は我慢した。自分がしたことではないのまで、謝っていた。そして、破壊のための、大きな、大きな喧嘩をした。大叔父には初めから今日のことが見通せたような気がしてならない！

今は亡き大叔父に謝るのみ！

平成十五年

平成十五年八月二十日（水曜日）　晴れ

八海山、雪中梅が届いた礼の電話をした。婿がこの間行ったときに、ドアノブを直してくれた礼だそうだ。婿は呑まないと言ったら、日本男児が呑まないわけない！　性悪で飲ませたくないのか？とお説教をくった。

続いて婚家の姑の介護に行け。それが女の道であり、嫁の道だ。女が一緒に住んでいるがかまわない。嫁としての責任を果たせ。私の言う通りにしていたら間違いはない。婚家に帰って、一緒にいる女に苛められて我慢出来なければ、婚家で死んで夫さんを諫めなさい。と、母流の筋道を説かれて喧嘩になった。

五日からずっと言っている。姑がおかしくなったことは、母から五日に聞いた。母は橋の叔父からだ。叔父は次男からだろう。次男は友人からだろう。

「嫁の道も女の道もへったくれもない。何が道よ！　道を通さないのは向こうでしょ。誰がどうなろうと私の知ったことじゃない。向こうにはごりっぱな奥様がいるでしょ。私は関係ない。もう、いい加減に諦めてよ。絶対に帰らない！」

「向こうの人は介護をするような人じゃないってね。弟がそう言ったわ。だから、あな……」

「裁判所で、裁判官、書記官、弁護士がいるところで、姑と夫をお願いしますとあたまをさげた。弁護士さんが、あんな女に頭を下げること無いですよ。見ませんよ。と、おっしゃった。書記の方もうなずいた。私は、分かっています。見ません。でも、私のけじめです。これで、何があっても関係有りませんから。と、答えたことも話した。私のでしゃばる事じゃない。お門違いもいいとこ。知ったことじゃない」

「橋の次男が家の中の事をするような女じゃないあばずれ。キユさんをやったら苛め殺される。って、言ったって橋が言ったわ。だから、やるなって涙ぐんだけど、行って介護をしなかったら女の道に外れるわ。殺されても行って介護をしなければ世間様に顔向けができンでしょ。だから、一緒に行って謝ってあげるから行こうね。ね、そうしよう。私の言う事は未来永劫、間違いはないし、ヨメさんもそう言って電話が来……」

「世間の顔なんて知ったことじゃない。私は自分を曲げないわよ」

「貴女、随分、強情になったわね。素直な子で私にたてついたことがなく、いつも従っていたのに、何時から、……」

「私は自分を変えない。悪い女と諦めて頂戴。六十四にも五にもなれば、強情で頑固になるの。人の言うことを聞く耳がなくなるの。お母さんと同じよ」

「私は常に……」何か言っていたが切ってしまった。暫くしてまた掛かってきた。

「貴女は礼儀も無くなったのかね？　人の話の途中で切るとは、どういう了見だね。そんなだから、お姑さんに追い出されるンだよ。ちゃんと人の話はありがたく聞くものダデネ。私は常に、周りの人のことを考えて、世間様に顔向けの出来ないことのないように、人の言いなりに成ってきたわね。自分の思いなんて何一つ言ったことは無いよ。常に人の言いなりだったわね。自分のことなんて考えたことないわね。みんな、世間様のためばかりに……」

「そうね。お母さんは偉いわよ。いつも世間様のためだけに生きているのよね。でも、それを私に押し付けないで。私は世間なんて関係無い。世間が何をしてくれた？　後ろで人の不幸をあざ笑っているだけじゃない。自分で考え、自分で歩かなきゃ、前に進めないのよ。私は私、お母さんとは違う。一緒にしないで！　お母さんの一人よがりの思い込みを押し付けないで！　武士は食わネド高楊枝。食わなきゃ死ぬわっ。鯛は腐っても鯛。腐った鯛なんか食えるか。生きた鰯だい。命あってのモノ種だ。死んで何が残る。ばかじゃないって、いつも腹ン中で毒づいていたわよ！　食わずに死んで義理して何になるともね。小学生のときからよ。言えば引っ叩かれるから、黙っていただけ。お母さんは私を叩きだしたら、自分が分からなくなる。半狂乱になる！　バァが殺す気かってお母さんを突き飛ばしたの、二回ある。覚えてないよね。自分でしたことが分からなくなっているンだから。以来、口答えしてないだけ。素直な子じゃない。へそ曲がりよ。五十年経って、まだこんな事を言うとは思わなかった。お母さんと私は違うのよ。介護に行きたければお母さんが行けばいいでしょ。止めないわよ。どうーぞ、行ってください。行って世話して、筋道とやらを通して、嫁の道を通して世間に顔を向けてください。自分の思った通りに、どうぞ。でも、私に強制しないで。一事が万事よ。私は素直ないい子じゃない。お母さんから見たらどうしようもない悪い子よ。いい子になろうなんて思ったことも無い。私は私。悪い子で結構──」

「何時からそんな、間違った考えを持つようになったンかね？　だから……」

「だから追い出された？　それで結構。いつも追い出された、追い出されたって言うけど、違うわよ。私が婚家を捨てたの！　裁判所でも、そう認めているわよ。ここまで追い込まれる前に、もっと早くに何で捨てなかったとも言われたわ。もう一度言う。介護すべきだと言うなら、お母さんが行きなさい。私に押し付けないで。追い出されたのではなく、私が捨てたの。村の役場から、書類が来たわよ。印証は取ったけど……」

「印証？　なんだね、それ？」

「印鑑証明」

「う？」

「判この証明書。私の実印の証明書。私の実印は東京の住友の貸し金庫に入っているから、そこまで、行かないと取れないのよ」

「ま～、どうするや～、困ったね～」

「終わりまで聞いてよ。人の話をちゃんと聞かずに勝手に思い込まないでよ。いつもじゃない。だから、頓珍漢になるンじゃないー（私は……）いいから、聞いて。今週は行く暇ないけど、来週は桃のところに行くから、住友に行って押して来る。何時までって書いてないから今月中でいいでしょ。

ちゃんと、押すから心配しないで……」

「オトッざま。ナンで、抹消なさらんかったンダヤ～」

「お祖父ちゃんみたいに、几帳面な人がそのままって言うのは、返してないってことよ、あれだけしかない土地で返せたとは思わない。飲んだくれて仕事をしないで遊び歩いていたンでしょ。呑んだだけで、あんな大金になるわけない。町に出て博打でもしたンじゃない？　明治時代の八百円代、大正の六百五十円、昭和五年の七百四十五円、莫大な金よ！　今じゃ小学生の小遣いにもならない。でも昭和の初め頃は、村では三百五十円で、普通の家が土地付きで建ったよね。戦前のお父さんの給料が三十一円何銭だった。その時代の、抵当権を抹消してないのは返って来ていないってこと。抹消したら他人に売る可能性があったってこと。そうなったら、じぃやばぁが大変なことになる。それを防ぐ意味もあって、売れないように抵当を付けたンだと思う。だから、書付一つ残さない。お父さんも、じぃもばぁも知らない。お祖父ちゃんはくれる積もりだったと思う。お祖父ちゃんは、近隣に鳴り響いた教育者。人格者。亀鑑にも名が出ていた。その人が抹消しないで、何にも残さなかったのはじぃやばぁの家族を守ることを、考えた末の処置だったンでしょうね。ジーサが死ぬまで色々見てきたのよね。じぃの時代になって楽になった。じぃもばぁも働き者だった。ばぁが家のことをみなするようになって楽になった。バーサには任せられなかった。初代からの一番番頭の家だから、お祖父ちゃんは返してもらう気はなかった。上げる積もりだったけど、それを表に出したら切りが無く使う。お仕置きの積もりで抵当を付けたンだと思う。いつも、ジーサの尻拭いではかなわないしね」

「ふうっん。オトッざまの前の人ね。村の小学校ね、江戸時代にね。自分の山を切り開いて寺子屋を開きなさったンダデネ。明治になってそこが小学校になって、……」

「ああ、知っている。ばぁによく聞かされた。お祖父ちゃんが長いこと校長したンでしょ。その寺子屋を開いた清衛門さんのお父さんは、家に子供を集めて読み書き算盤を教えていた。でも、墨で障子や襖、畳を汚されて、そのヤシャお祖母ちゃんかな？　に叱られて禁止くったたってことも聞いた。ま、どっちにしろ、明治大正の大昔のこと。もう、三人目？　四人目でしょ。ジーサのやったこと。ジィー、アンサ、息子（四十位で井戸端会議の時、井戸に落ちて死んだ）、そして今、名古屋にいるのでしょ。家だってお祖父ちゃん、お父さん、私たちでしょ。コージャと縁が切れて村とも縁が切れている。もう、すっきりさせようよ。ところでアネはどうしたの？　今のばぁよ」

「元気だわね。なんでね？」

「今のアニィ、住所が名古屋になっていた。名義変更したいから抹消しろ、でしょ。ばぁは名古屋に一緒に行ったのかと思ったの。村にいるとなると、どういうことだろう？」

「ま～、売ったンかね？　私に知らせもしないでかね？」

「なに、ねぼけたことというの。こっちの承認なんて必要ない。里郁が村を捨てたのは五十年も前よ。口出し無用！」

「だって、売ること出来ないって書いてあったよ～」

「だから、抵当権の抹消をしてくれって、きたンでしょ。売ったけど、名義が変えられないからよー」

「ま～、どうしよう？　どうしよう～どうするや～、今のばぁ……」

「どうもしなくていい」

「次男が後を取って一緒にいるンだわ～。私が行って見て……」

「必要ない」

「その次男、体が弱くて、この間も中央病院に入院していて、私、行って来たンだよ～。苦しい生活しているンだわ。名古屋は長男ダデネ」

「でしょ。相続人、てあった。三男はどうしているの？」

「世帯持って都会で暮らしているンだわ。長男が相続した家屋敷を売るってことかね？」

「でしょ」

「じゃ、ばぁや次男夫婦は何処に住むンだね？」

「知らない」

「ばぁが可哀相だよ～。出てきてよかったわ～」

「なんで？」

「そんな状態なら、ばぁと次男夫婦を私が引き取って見なきゃいけないでしょ。おじいチャンの年金だけでやっと生活しているのにダヨ。村を出て四十六年も七年も経っているから見舞いにいって、相談に乗ってやるだけで済むでしょ」

「あっ、そう。この地図を見ると随分変わっている。上坂って何処の家？　すごいね！　村の半分は上坂の所有になっている。誰?」

「知らないね」

「上坂建築。建築会社よ」

「ああ～、原ね。村の端っこの大田に行く道の袂にあった百姓だわ」

「ええーっ　今にも崩れそうな小さなほったて古小屋の家?」

「ふっん。百姓止めて大工になったンだわ。橋の教え子でね。橋が家を建て替えるときに、使ったンだわ。そしたら、平の兄も建替に使ってね、それから、教え子達も次々にね。でたちまち、大金持ちになったンだわ。それからだわ。二番番頭と村を二分しているよ」

「へ～　番頭は金があるって言っても、田畑や家はそのままでしょ?」

「ふん、会社を直江津に置いているからね。自分の家はそのままだわ」

「本家は昔の四分の一?　五分の一?　小さくなったわね。昔の庭、お花畑、バラ園、牡丹畑、登って行く広い道みんな、上坂の所有になっている」

「あっちこっちに道が切られたでしょ。みんな、本家で村に提供なさったンだよ～。家も母屋を売って今は二重だけだから、品がなくて……見る影もないわ～。蔵も五つあったのが、小さいのが一つになってしまったわ。昔通りの諸式が掛かるのに、昔の収入がないからね。公務員の給料だけだよ。針の旦那様が昔、言いなさったわ。今の旦那様が大学卒業なさったときだわ。村に帰したくない。帰ったら苦労するのが目に見えている。でも、トッザが十四のときから奉公して五十年。家を守って来て、二人の子が成長して帰るのだけを楽しみに待っていてくれた。一人で終戦から守り通してきた。その義理がある。里郁を畳む事は出来なかった。旦那さまも、針から帰りたくなかった。でも、これが定目だから帰らなければならなかった。って、言いなさったわ……」

「そうね〜。村に帰ったら、里郁を被るから、苦労は目に見えているものね〜」

「次男様（針郁を継いだ）も、大変だと思うよ。これからどうなるか心配で、心配で。静岡に家も作ンなさったけど、ドイツから帰んなさって十年かね？」

「なんで心配？　二、三の国の支社長をして、ドイツ支社長を最後に日本に帰って来たンでしょ。それなりのポストが待っていたはずよ。針を相続したのに静岡に家をたてたから？」

「そうじゃないわね、Hが潰れたでしょ。本社の重役ダデネ」

「健在よ。潰れてなんかいない」

「倒産したよ。テレビで言っていたもの。嘘じゃないわね」

「うそ！　嘘よ。だったら、大騒ぎになる。世の中騒いでいない。あれだけの企業、世界中で何万人、何十万人の失業者がでる！　大混乱になる。今ここで新聞広げたけど一行も出ていない。朝からテレビもその話一色になる。でも、やっていないじゃない。聞き違いよ」

「そんなことない。ちゃんとこの耳で聞いたよ！　この私が間違うわけない」

「あっそう！　そりゃ〜大変だ〜　次男様。じゃなかった。針の旦那様、私より二歳下。六十四でしょ。倒産したって心配ない。年金が入るでしょ。それに、定年でしょ。あの会社の重役をした人、それなりに蓄えているわよ。三年前に退職金もらっているでしょ。今も出ていても顧問。現役役員の半分の責任。大丈夫よ。心配ない」

もし、事実なら、こんなこと言っていられないかも知れないが、今の所、倒産していない。何を聞き違えているか知らないが、言い出したら後には引かない。こっちが折れたからって、どうということ無い。

「貴女何考えているね。六十四になんかなっていなさランワネ。五十にもなってナさらンよ。村の旦那様は五十五ダデネ」

「ありがとう！　私は五十だ。六十六になるかと思っていたけど、五十だ。十四歳得したわ」

「貴女、なんか、思い違いしているデネ」

「二十年に次男が生まれたでしょ。そのとき、村の旦那さまも針の旦那さまも私も小学生だった。ネェやのミヨを三人でからかって遊んで、じぃやに叱られたのよ。十歳以上も若かったらそんなふうに遊べないでしょ。用があるから切るわね。色々とありがとう。じゃ〜ね」で返事を待たずにきった。

暫くしてまた来た。

如月ちゃん、焼酎呑んでいるンダデネ。一升瓶で買って三日で開けるって言っていたわ。

貴女がそばにいながら……

婿は私の大好きだった三番目の兄と同じ名前の同じ字だ。兄と一緒で、働き者で優しくて穏やかで明るいいい人だ。大事にしてあげなさい。いいね。わかったね。如月ちゃん一家、桃ちゃんたち、千葉の子はこの近所でも評判がいいよ。いい子だって誉めなさるわ〜。それに引き換え……

「分かった。わかった。誉めてくれてありがとう。そう、言っとく。如と婿に一本付けてお刺身付けて、ご馳走して労ってあげればいいのね？　ありがとう。気付かなかった。教えてくれてありがとう。これから出かけるの。今日は帰らないからね。じゃ〜ね」

で切った。孫がそばで、

「ババ、何処へ行くンだよ？」

「え？　ああ。何処へも……」

「だって……」

「そう、言わないと、バ〜ちゃんの話、何時終わるの？　ずっと続くでしょ。あなた達の夕食、作らなくていい？」

「だめ〜〜」

「でしょ。だからよ」

上が隣でにやにやしていた。

平成十五年九月五日（金曜日）　晴れ

十月に、秋山郷に移った甥の妻の所に、甥の墓参りに連れて行くことになっていた。

クニおばさんも連れて行くとかかってきた。クニさんとの旅は嫌かね？

「私はかまわないけど……でも……」

「じゃ、その積もりでいてね……」

「ちょっと、待ってよ。義従姉さんに会うのは五十年ぶりでしょ？　私の小学校四年のときにうちで式を挙げた。それ以来でしょ。お母さんは電話では話していても、会っていない。翔さんのことや子供のこと、伯父さんのことなど、色々と昔話があるでしょ。いくら、お母さんが小学校のときから、姉妹のようにして来た人でもちょっと違うンじゃない？

　おばさんは、義従姉さんに会った事もないのよね。お母さんが年中、秋山に行っているならかまわないけど、違うでしょ。越の話を義従姉さんとしていたら、おばさんは除け者、クニおばさんは、利口な商売人だから、誰かさんみたいに、私の知らない話は止めてよ、なんて、決して言わないけど内心はつまらないでしょう。おばさんに色々の事を話していたら、義従姉さんは宿屋のおばさん的になる、義従姉さんを訪ねるのと、クニおばさんと紅葉狩りに行くのとは切り離したら？　私はどっちでも一緒に行くわよ。クニおばさんと旅が出来るなんて、五十何年ぶりだろう？」

「ま～貴女、クニさんと一緒はそんなに嫌かね？　クニさんはいつも貴女の事を気にかけていてくれるのに、そんなに嫌かね？　貴女という子は……」

「そんなこと言ってないでしょ。ちゃんと聞いてよ。墓参りして義従姉さんに会うのが目的か、紅葉狩りが目的かって言っているのよ」

「だって、クニさんとは行きたくないって言ったもの……」

「違うー、そんなこと言ってない」

「言ったよ。この耳でちゃんと聞いたよ。クニさんとは嫌だって……」

「言ってない。私は裏も表もない。言葉通りに受け取ってよ。何でそう、曲げてとるの？」

「だって、そう言っているもの……」

「言っていない。二、三年前におばさんへの土産を頼んだでしょ。あの頃から、会いたいって言っていた。おばさんと私の時間が付くときを調整して、それに会わせてそっちへ行くって前から頼んでいるじゃない？　おばさんが嫌ならなんで、そんなこと頼む？　だから一緒はいいの。私も嬉しい。でも、義従姉さんの所へ行くのと紅葉狩りは別にしたらって言っているだけ。お母さんを義従姉さんとこへ、置いて私が帰って、翌日、おばさんを、連れて行ってもいいわよ。日をずらさないと義従姉さんに悪いわよ」

「そんなン、気にすることないわね。そんな神経の細やかな娘じゃないわ。百姓出だわ。山ン中のばぁだわ～」

「そりゃ山の中も山の中。中央アルプスのど真ん中。そんなこと言ったら越だって山のてっぺん。マムシの巣の中じゃない。それにね、翔さんと五十年も一緒にいた人。お母さんより、閑居の人間になっているわよ。七十代半ばでしょ。十代の終わりに嫁に来た。昔のままの義従姉ちゃんじゃないのよ。大きな孫もある人よ。見かけとは、人は違うしね。もっとずっと複雑なものよ」

「んざん。かまわんわね。なんと思おうとかまわんワネ。気にすることないわ」

「お母さん、それは違うわよ。昔の使用人扱いはやめなさい。五十数年振りに会うのよ。叔母さんの親友となれば神経使うよ。毎月のように行ったり来たりしているなら、かまわないけど、そうじゃないでしょ。翔従兄さんが逝って、今年は三回忌でしょ。それも考慮しないといけないのよ。義従姉さんは翔さんのこと、伯父さんのことと色々、話をしたい事あると思うわよ」

「話したってかまわないわね。クニさん、みんな知っているわね。義姪とは会ったことないけど、私、ちゃんとクニさんに話しているもの。知っているわね。かまわんわ。義姪のことなんか心配することないンダデネ。百姓上がりの娘だからね。貴女、そんなにクニさんと一緒は嫌だってノカネ？　クニさんがどんなに、貴女の事を心配していたか分かってないのかね？」

「違うって言っているじゃない。クニおばさんと一緒は嬉しい。話をそういうふうに曲げないでよ。人を見下すのもやめなさい。越だって、自分で田んぼに入らないだけで、百姓じゃない！　もういい！　お母さんは自分勝手に自分のことだけ。人の言うことは分かろうとしない。人のためは口先だけ。いつも自分の思い込みを押し付ける……」

「何言っているね。私は人のことだけを考えて、人のため、人のため、ばかりで生きて来たよ～。貴女の方だわ。人の事をちっとも考えないで、出戻りになって、私や長男夫婦にどれだけ恥を掻かせて迷惑掛けているか分かっていないよ。そんなだから、お姑さんに追い出されるンだわ。ヨメさんが言っていた通りだわ～。みんな、貴女が悪いンだわ。周りの事をちっとも、考えないで勝手ナことばかり、言ったりしたりしているンだわ。私だって出戻りになったお陰で、オッカさまに顔向けが出来ないし、嫁は恥ずかしくて、世間に顔向けは出来ないと言っていたわ〜。婚家に手を付いて謝って帰れ。と言えば、たてついて口答えばかりするし。オッカさまの子だから勝手ナことばかりでしょ。一緒に行って手を付いて謝ってやる。とまで、言ってやっているのに。まだ尽くし方が足りないと言うンかっ。貴女は、嫁や息子にどれだけ恥ずかしい思いをさせて、どれだけ迷惑をかけ……」

「そのくらいにしといたら？　興奮して息が苦しくなっているのと違う？　分かったから、もういいわ。そうだね！　お母さんは人のために、人のいいなりだったよね。苦労したね。可哀相、可哀相。私は勝手ばかり言っているよね。ごめんね。迷惑ばかりかけているね。おばさんと三人で義従姉さんを訪ねよう。一緒出来て嬉しいわ。おばさんを誘ってくれてありがとう。有難う御座います……感謝します。さすがはお母さん。感激しています」

義従姉さん、ごめんなさい！　ボケかかった叔母と許してください！

「じゃ〜、いいね？　もう嫌だなんて言うナネ。一緒に行きましょう。って、言ったのに、貴女がどうしても、嫌だって言ったからなんて、断ることなんて出来ないよ。義姪のことなんかどうでもいいンだよ。私がこうだ。と、言えばそれでいいンだよ。だって、クニさん、キユちゃんと紅葉狩りしたいって言いなさるもの。断るなんて出来ないよ。私は翔の墓参りさえすればそれでいいンだわ。あとはどうでもいいンだよ〜。後は貴女の為だけだよ。貴女のためを慮……」

「お母さんはそうでしょうけど、私は義従姉さんに申しわけないという気がするのよ」

「あんなん、何を思ったっていいわね。百姓の娘だからね。一緒に行くからその積もりでいなさい。

分かったね……もう、嫌だなんて言うナネ。いいね。私がこうだと言うんだからね。気にすることないよ。私が貴女とクニさんを連れて行くンだから、泊まろうと帰ろうと私次第だわね、義姪なんか、気にしなくていいでね。堂々としていればいいでね」

「津南まで戻って民宿にしたら？」

「秋山にもあるって、野乃さんが言いなさったわ」

「じゃ～おばさんと私は民宿を予約しようか？」いいわね。で切れた。まったく～すっきり、しない。おばさんと一緒は私も嬉しい！　でも、翔さん夫婦には一面識もない人だ。義従姉さんが民宿をやっているなら堂々と行ける。が違うし、五十数年ぶりに会うのだ。なんとなく違うと思うのだが……それに母は昔の使用人的に片付けているのも、気になる。違うのだ。義理の姪として遇していない……

平成十五年九月十三日　雨

ベランダに洗濯物を入れに行った。降りて来たら、婿殿が取っていた。留守だと思って取り継がなかった。それでいいのだ。どっかに行くことになっていたのを取り止めた。また、三人で行くことになったから、その積もりでいてくれ。叔父さんは行くなんて言ってないと、怒っている。と、言っていましたが分かりますか？

「分かる！　有難う。留守と思ってくれて助かった。ゴチャゴチャと訳の分からンことをいうのよ。

秋山の甥の所へ連れて行ってと言うから、ＯＫしていたのよ。三、四年前から……弟が車で連れて行く、姉さんなんかに何で頼んだって怒った。とか、女学校時代の友達の酒屋のババアなんかを何で連れて行くって、怒ったとか。その友達の都合が、その日は悪いから、その人に合わせるから、今回は都合が悪くなった。とか、くるくる変わるのよ。あそこまで行って変更になって帰ったことが三回有る。私はもう、下りるわ。行くとか止めるとかが年に三回か四回あって、今年は四年目。もう嫌だ。下りる。ごちゃごちゃ振り回されるのに疲れた」

「東京の義叔父さん達かぁ～……それじゃぁナ～……」とにやにやしていた。

平成十五年十月二十七日　晴れ

「五丁目が言うのにね。東京の一等地にあれだけの土地と工場を構えているのはたいしたものだ。キーちゃんも先行き心配ない。それを切り盛りしている。キーちゃんはって言っていたのだわ～。それを出てしまうようなことになってね～。でも、籍は絶対に抜いちゃ駄目だよ～。置いとくのよ！」

一部始終を話す。母から聞いた話とは違うとこが多々ありますでしょう？　と、母との言い合いも……嫁さんが言うことも。裁判所でのこと、裁判官や調停委員の言われたことも。婚家にはもう、女と女の娘が入って来て一緒に暮らしていることも……

おばさんは黙って目頭を押さえていられた。ありがとう。おばさん！　横で母はまた、あんなにいい人はいない。謝って帰れ。と言うのに、私の言うことを聞かないで嫁に恥かかせている。とひとしきり、ぐちが続く……

「今、言ったでしょ。あちらでは、私は常識の欠片もない馬鹿女なの。裁判官は貴女や我々国家公務員は日本国憲法に従った常識です。彼は彼の違う常識を持っていますナ。と言ったって話したでしょ。それは裁判所が夫を非常識だって言っているのと同じ！　常識は国によって、時代によって、地域によって、階級によってみな違うのよ！　お母さんの常識が世の中全てじゃないの。ある銀行の支店長が、あの女は常識外の人間、奥さんは常識の塊。奥さんの負けだね！　ああいう奴に、常識は太刀打ち出来ないよ。と言ったわ。私は負け犬。それだけ！　物差しが初めから違っていた。成るべくして成った結果よ。今の自由と平安を得るために通って来た道！　色々な経験を沢山したことは私の財産。舅の信頼、刑事達からも信用されて相談された。銀行の支店長が何人も子供のことで相談に来た。その人たちが今、どうしているか知らない。でも記憶の中にある。そういう道を通った。それだけ！」

「でも、あの人はいい人だよ。後悔して謝りの手紙を沢山、クンなさるでしょう？」

「とんでもない。全然。彼奴を、彼奴って女の事よ。裁判に持っていったとんでもない女、絶対に許さん。学校長何て言う、くだらん奴の箸にも棒にも掛からん屑娘を押し付けられた。もらってやった恩を忘れて後ろ足で砂掛けやがった。って、言って歩いているわよ。裁判所でも言ったンじゃないかと思う。というのは、押しかけ女房するほど好きだったンですか？　と言われたから……あちらの両親が吹雪の中を実家の父の所までもらいにいらっしゃった。その前に三回断っています。間に立った人は中学の校長でした。四回目に承知しました。押しかけはしておりません、と言ったら、そうでしょうね。という答えが返ってきたわ。お舅さんの二十三回忌、弟の一周忌、三回忌も、私はまだしも、如月や桃にも知らせが来なかった。義弟の死も葬式の朝、義叔父さんや事務所から、もしかして奥さん知らないンじゃないか、と、思って電話しました。と、知らせてきたから、一般客と一緒に焼香した。香典返しも来なければ葉書一枚来ない。義妹の姑が亡くなったのも、一週間もしてから、事務所から聞いた。手紙と香典を送った。半月ほどして『貴女からは、もらえません』のメモと一緒にそっくり、送り返されて来たわ。娘達も、お父さんが私たちを切ったなら、こっちから切ってやるって言って怒っているわ。お母さんは婚家のお姑さんの世話に帰れ、帰れって、言うけど、向こうには女が入って一緒に暮らしているし、女の子供たちや亭主も出入りしている。と説明しているでしょ。もう関係ないの……」

女との裁判終結後の話。

「ですから、裁判官の方、書記の方にいていただきました。と、答えた。それは記録として書記の方の記録に載る。それを境に私とは一切、関係がなくなったの。何があろうと、私は知らない！　裁判所命令の生活分担金の支払いも送って来ない。裁判所からも、弁護士からも、何回も払えと言う手紙が行った。でも音沙汰なし。電話に切り替えたら、勝手に出て行った奴に何で払うンだ？　俺は女房の子供や妹の子供を学校に出している。出た奴の面倒を見る必要ない。てめら、赤の他人が、何考えてやがる……って裁判所の人を、多分書記官だと思うけど、怒鳴ったって。お手上げだって、裁判所も手を引いた。弁護士は馬鹿野郎って怒鳴られている。周りには十二分に払っていると言っているみたいだけどね。人は裁判所まで行って調べないから、向こうの言うことをそのまま、受け取っている。籍を抜きたいけど抜かないのは年金が欲しいから。年金は私が三十五年、寝る間も惜しんで働いた証。相続は全て破棄する積もり！　年金の片が付いたらいつでも抜くわ。慰謝料や相続を取ろうとしても時間が掛かるだけ。時間が掛かれば女のとこに皆行って、払うと言った時にはゼロになっていると思う。年金は国の物。一度決まれば死ぬまで続く」

「キーちゃん、相続はしっかりとしなさい。何のために三十五年も汗水たらして働いたの？　相続はしっかり、しなきゃいけんわ～」

「おばさん！　おばさんも造り酒屋を経営していらっしゃいますよね。運転資金が銀行から入っていますよね？」とその流れを話して
「女に貢いでいますでしょ。精算してゼロならまだいい。マイナスになっていたら、どうします？その負の財産を相続することになります。その上に、九十の姑、妹の子供といっても大学院生ですけど、の面倒となったら目も当てられません。それより、残っても残らなくても関係無くなった方が、面倒が無くていいンです。行ったときから、夫の遊びと弟妹の面倒見で苦しんで来ましたから、その日、自分が平安に食べていかれればそれでいいと思うようになっています」

「……そうね～。そうなるけもね～……苦労したね～。そうだわね～……」

「貴女は嫁と……」

「だから、今の、のんきな生活を得るための道を歩いて来たの。これからは、好きなように勝手に生

きるの。桃に言われた。生みの苦しみをしただけ。生んでしまったら楽になる。自分のことだけを考えて好きなように生きなって。だから、恨みも後悔も無い。今日に通じるための道を歩いただけ！そういう生活がかつてあったというだけ！　ねっ、おばさんは分かってくださいますよね？　帰れ、なんておっしゃいませんよね？」

「アンタ、娘さんでよかったね！　いい娘さんだよ！　娘さんの言うとおりだよ～。男の子だったら、嫁さんにもって行かれるもの……」

「はい。そう思っています。婚家にいましたときは、女ばかり産みやがって、誰が女なんかを産めと言ったと責められました。肩身が狭かったけど、今はいい婿を連れて来てくれました」と、言ってから、しまった。と思ったが、口から出たものはもうひっこまない。

おばさんは男の子ばかり、三人か四人だったと思う。六十から布団の上げ下ろしはしたことがない。孫がしてくれる。着る物は有り余っている。嫁さんが出かける度に土産として買ってくる。八十五歳の今も、会社の差配は息子に渡してない。との事だった。時代は流れている。息子さんも五十代半ばと思う。もうほとんど渡したらいいのに、と一瞬思う。息子さん夫婦もやりづらいことだろう。とはいっても、送り迎えに「有りがとう」を繰り返していられたから、そうとう、若い人に気を使っているると見たが……それと、男の子は嫁に持っていかれる。の一言に、全てが込められているのではないか？

平成十六年

平成十六年一月十二日（月曜日）　晴れ

七日に東京が来て、十日にバスで帰った。その間、喧嘩のしどおしだった。

母の家を女房の名義にしろ。長子にやる。千葉や貴女に、文句を言わせないように念書を取っておけと、長子の姑が言ったから、二人に念書を書かせろって、聞かないのだわ。それで、ずっと喧嘩していたと言う。

「やっぱり。九日に電話したとき、弟が出て愚痴っていて、お母さんに、代わろうとしなかったでしょ。やっと代わったと思ったら、お母さんの声が変だったし、風邪？って、聞いたでしょ。ううん。で、すぐ切っちゃった。いつもなら、私が出かける間際で切りたくても切らせないでしゃべっているのに……だから、何かあると思っていたわ」

姑は、弟達にもお母様と呼べと言った。

「嫁の父親の実家のことにまで口を出す。自分から様を付けさせたりする者は碌な者じゃない。昔からの家の者はそんなことを言わなくても、人は認めている。人の家の財産に口出しはしない。そういう礼儀をわきまえている。今日びの人間だわ〜。どういう家なんだろう？　皐月の舅たちはここの家のことなんかに、一言も口出ししていないから、まともな家なんだろうね？」

郵 便 は が き

料金受取人払郵便

新宿局承認

2524

差出有効期間
2025年3月
31日まで
(切手不要)

1 6 0-8 7 9 1

141

東京都新宿区新宿1－10－1

(株)文芸社

愛読者カード係 行

ふりがな お名前		明治 大正 昭和 平成 年生 歳
ふりがな ご住所	□□□-□□□□	性別 男・女
お電話 番 号	(書籍ご注文の際に必要です)	ご職業
E-mail		
ご購読雑誌(複数可)		ご購読新聞 新聞

最近読んでおもしろかった本や今後、とりあげてほしいテーマをお教えください。

ご自分の研究成果や経験、お考え等を出版してみたいというお気持ちはありますか。

ある ない 内容・テーマ( )

現在完成した作品をお持ちですか。

ある ない ジャンル・原稿量( )

書　名			
お買上 書　店	都道　　　　　市区 府県　　　　　郡	書店名	書店
		ご購入日	年　　月　　日

本書をどこでお知りになりましたか?

1.書店店頭　2.知人にすすめられて　3.インターネット(サイト名　　　　　　)

4.DMハガキ　5.広告、記事を見て(新聞、雑誌名　　　　　　)

上の質問に関連して、ご購入の決め手となったのは?

1.タイトル　2.著者　3.内容　4.カバーデザイン　5.帯

その他ご自由にお書きください。

(　　　　　　　　　　　　)

本書についてのご意見、ご感想をお聞かせください。

①内容について

②カバー、タイトル、帯について

弊社Webサイトからもご意見、ご感想をお寄せいただけます。

ご協力ありがとうございました。

※お寄せいただいたご意見、ご感想は新聞広告等で匿名にて使わせていただくことがあります。

※お客様の個人情報は、小社からの連絡のみに使用します。社外に提供することは一切ありません。

「さあ～知らん。先祖代々、あそこにいるとすれば植木職人ね。父親が優秀で植木屋をやめて、官庁に入ってお役人になったたか、戦後に入って来たかは知らない。町全体が植木の町だからね」

「違うわね。政府のエライ役人だってね。長子が大使館に勤めているンで知りあったンだってね。植木屋じゃないでね」

「婿が植木屋だとは、私言ってないわよ。婿の親も、おエライお役人かも知れないけど、その前は分からないってこと。今は親の跡を継がないのが普通だからね。実際は分からン。戦前からあの町に住んでいる家なら二、三代前は植木屋だってこと。聞いたわけじゃないから、知らん！」

「それじゃ、しょうがないね。礼儀も知らないで、自分を様付けで呼ばせたり、人の財産を自分の物だって言わせたり、口出ししてくる。昔の……」

「ちょっと。決め付けないでよ～。実際のことは分からないのよ。でも、判だけは押さないでね。長子ちゃんの前は皐月さん。その前に千葉の三人だからね。お母さんと同じ姓の孫が三人もいる。後はみな、長男の所へ嫁に出ているのよ」

「貴女の言うことは、筋が通っているわね」

「でも、弟達は、古い考えって言うでしょうね。姓がどうあろうと、俺は長男だ。俺に従えって言うでしょうね」

「長男らしいこと、何一つしてないでね。それで……」

「するしないは別。戸籍の上では長男だからね。お母さんの面倒を見て、里郎を名乗って、墓守をする人でなきゃ、駄目。千葉はそこに行く度に、お袋がお世話になっています。これからもお願いしますって、挨拶して歩いているじゃない！　東京は一度だってしてないじゃあない。近所の人から確認とっているわよ。それどころか近所が誰も挨拶に来ない。礼儀知らずのバカばかりで唖然とするって、ヨメさんが言った。だから、あの人達がするわけない」

「それをするのは、千葉と貴女と如ちゃん達だよ〜。それなのに、ここへ来て、皐月がガタガタ言い出して、息子まで私に喧嘩吹っかけるようになって苛めるンだわ〜。長子の姑と嫁が焚きつけるンだわ〜。清水の舞台から飛び降りる覚悟で、今回は思い切って、私もポンポン言ったよ〜。殺すンなら、殺せって言ったわね。ご〜やけて、ご〜やけて、どうしようもないよ〜。嫁も姉と同じだわ。自分は知らん顔して人をたきつけて、喧嘩させたり、苛めさせたりして。息子は会社が駄目になってからは、嫁の言いなりだわ。正月だから、三人で歌でも歌って、和気藹藹と過ごそうと楽しみにしていたのに、三日間、怒鳴り合いの喧嘩でねえかね。あんななら、来ない方がいいよ〜」

「だったら、帰れって、言えばいいで……」

「まさか！　そんなこと言ったら、何されるか分からンよ〜」

「どうせ、怒鳴りあっているンでしょ。同じじゃない」

「貴女みたいに実も蓋もない、薄情……」

「そうよ。実もふたもいらんわ〜。決局、お母さんは向こうと喧嘩して、悩んで楽しんでいるンでしょ。レクリエーションでしょ」

「ふん？　何それ？……」

「こっちのこと！」

「それでね。バスのとこまで送ってバス代やって、貴方もよく考えて、機嫌直して、今度は笑って会おうね。私にも出来ることと、出来ないことがある。里郁代々の道がある。だから、それをよく考えてね。って、送り出したわ。家に帰ってから、嫁に電話して、喧嘩して帰ったから、機嫌悪いかも知れないからって言ったら、ガチャンと、切ってしまったよ〜。私のしゃべっている途中でさ。失礼だよ。電話したときも、こっちが新年の挨拶をしているのに、はいって、電話を取ったときだけで、あとはダンマリダデネ。礼儀もなにもあったものじゃないわ〜」

「喧嘩していたンでしょ。いいも悪いもないし、言いたいこと全部言うのよ。言ったらそれで、終わりにして、謝りの電話なんかしない。また、なんか言ってきたら、そっかそっかで、取り合わない。どうでもいい。首くるなんて、言ってないでさ……」

「そんなこと、出来んよ。私まだ、それほどボケていないよ〜」

「そんなこと、言っていないでしょ」

「じゃあ〜、私に嘘をつけってのかね？　嘘なんかつけンよ〜」

「そうだね。お母さんは正直で優しいものね。私みたいに、薄情じゃないものね。私の所に来てもいいのよ。そこを、ヨメさんにやって。お母さんがそうしたければね。お母さんがそこを離れた時点で、里郁は無くなるけれどね。でも、お母さんのことだから、道が違うと神経使って、体を壊すまで働くでしょうね。子供のすることまで手を出して動き回るでしょうね。子供を甘やかすことにもなる。でも、お母さんは戦前の男、厨坊に入るべからず、でするでしょうね。こっちは窮屈なンだけど……ま、それはそれで付き合うわ。キサはズボラだから、動かないしね、お母さんはのんきにしてくれないしね」

「私、覚悟したわね。また、言って来たら、黙って判、押してヨメさんの物にして、首くるよ。麗子のように逝くわね。そう決めたわ。頭ン中、真っ白になって、ご飯が喉を通らなくなって、もう、六日もお風呂に入っていないし、手足が震えて、持ったものを落としてしまうし、あの子を送ったあと、フラフラしながら、帰ったら、途中でミーちゃんとこの若い人に会って、びっくりなさって、送ってくンなさったわ。だから、ほんとに覚悟したよ〜。私が死んだあと、ここの姓を残して墓を守れる者なら、誰でもいいよ。千葉に書いてくれって言ったら、俺はここの持ち主じゃないって、断ったわ。私が書きたいけど、書いたらヨメさんがなんて思うかしんないし、書けんよー」

「お母さんは、日本一のいいお母さん。お母さんのお陰で学校も出ました。今、こうしていられるのも、全てお母さんのお陰です。感謝しています。だから、泣かないで！　お願いー有難う。有難う。あっ、は〜い。人が来たから切るね。駄目？　いいでしょ？」

あ〜、もう、かんべんしてよ〜。が、如たちに言わせると、私が悪いのだそうだ。はいはい、お祖母ちゃんが可哀相、可哀相、涙が出て来ちゃった。でも、お祖母ちゃん、優しくていい人だから、頑張って、応援しているよ。だけでいいのに、それを、こうだ、違うなんて言うから、今度はお母さんが責められるのよ。愚痴るだけ愚痴らせて、同情して空涙でも出してやれば、お祖母ちゃんは気が済むのよ、と。確かにそうなのだが、つい、つい、反論してしまう……

平成十六年九月二十日（月曜日）　薄曇

本箱を整理していたら、二十冊に及ぶ父の日記が出てきた。全部読んだ。五十七年二月十一日付けで、夫さんは何を考えているのだろう？　俺には理解出来ん！　キユに悪いことをした。あそこへやるンじゃなかった。俺が悪かった。許してくれ。お舅さんはちゃんとまともな考え方をしたが、お姑さんと夫さんの考えは俺には分からン。理解の外にあるって、書いてあったという。また、別のページには、五百子が大盤振る舞いをする。そんなに使う時代じゃない。年金なんて高がしれている。あんなに使ったら、俺が死んだ後、東京達と衝突して、自分が苦しむだけだ。あの嫁が許すわけがない。五百子の行く末が心配だ。と、書いてあったと言う……

「そう！　お父さん、何もかも知っていたのよ！　黙っていただけ。教え子も何人か会社にいるしね。橋の次男もいたし。橋の叔父さんはお父さんに何でも言っていたみたいだしね。お母さんのことも、その通りよね。ヨメさんとのことだってそうでしょ？」

「だって、私はそういうふうに育って……」

「時代が違うでしょ。お父さんもそんな時代じゃないって言っているでしょ。同じことを言うけどね、昔のようには入って来ないのよー」

「だってね、おじいちゃんがケチ過ぎ……」

「お母さんが大盤振る舞いをするから、ケチにならざるを得ないのよ。卵と鶏よ。私もそうだった。ケチにしなきゃ生活出来ないの。人が捨てた服を拾って来て三枚を一枚に作り変えて子供に着せた。夫は湯水のように、溝に捨てるような金を使っていた。ケチにならざるを得ない。お母さんは今もそんな風に育てられなかったって、言ったよね。ヨメさんも自分が育った実家のやり方を土台にしているだけー」

「鶏がどうしたね？　鶏を飼っているのかね？」

「どっちもどっちってこと。元気？」

「八月二十六日から十日も寝込んだけど、やっと元気になったわ。原さんに、電話したらタクシーで来いって言いなさるだけだ。目眩がして吐き下しをしているのに、どうしてタクシーに乗れるね？ゲーゲーしていたよ。その汚物の中で玄関に横になって、一晩過ごしたよ。動くことが出来なかったもの。次の日はヘルパーが来る日で、入って来てびっくりして、みなしてくださった。そのあと北が来て、ヘルパーさんから聞いて、女房を呼んだ。二人で中央病院に連れて行ってくれた。姪が一緒だから、すぐ奥へ連れて行ってくれて診てもらった。原さんには往診してもらいたいから随分お金を使ったのにと」

ちなみに、隣町に移転するまでは、県立中央病院は母の家から三分で裏から入れた。父が入っていたときは便利で助かったし、行けば誰でも診てくれた。移転してからは、町医者から回された患者と救急車で運ばれた患者しか受けなくなった。原医院は母の住んでいる地区の担当医なのである。患者にとっては非常に不便になったように思う。自分で医者は選べない。母以外の人の話でも、先生や看護師への盆暮の心付けが大変らしい。その額によって、先生や看護師の態度が違うからと皆さん必死らしい。北の義姪は中央病院に四十年も勤めて婦長で退職し、今は相談役だかで週何回か短時間で出ているいると母は言っていた。他の人には悪いがこの義姪のお陰で母は随分助けられている。母ではないが、年寄りの患者は来られなければ、死ねと言うことのようだと感じる市の方針。

丸先生の所に行きたい。先生は往診もしてくださるし、親切だしと半ベソ……

「丸先生は特別だったのよ。橋の叔父さんの一の親友だったでしょう。それに、市の医療法が変わったじゃない。先生のとこは駅前でしょ。地区が違うし、今は息子さんの代なのよ。だから駄目よ。それより、北のお従兄さんたちがよくしてくれる。有り難いね～。感謝しなさいよ。ね、往診する先生を見つけて変えること出来ないの？」

「いるわね。でも、内科は原さんだけだわ～。でもね。今までこうして来た……」

「また、今まで？　じゃ～、そのままにすればぁ～」

「ふうん。やっぱり、貴女もそう思うよね。今、変えたら、私、冷たい人間って、思われるよね。だからやっぱり、原さんにしていて、暮の心付けを一万だったのを二万にしたらいいよね。そう思うよね？」

「思う、思う。やっぱり、お母さん。優しいね」

あほう！　だったら、言うなよ。あたしゃ、反対のことを思っているよ。役所や医者まで上辺だけの者になった。瞬間湯沸かしが壊れて、新しいのを頼んだ。でも、もう二ヶ月になるがまだ持って来ない。と、ぼやく。

「それも、店を変えなさい。まず、三日よ。なんで二ヶ月も待つの？」

「でも、あそこの店はこの家を建てたとき、おじいちゃんが使いなさった店だからね」

「だから何？　四十年も前でしょ。代も変わっている。お父さんが新築のときに頼んだからって守ることない。あそこは家以外使わないから、閑を持て余した時に時間潰しに行けばいいになっているのよ」

「そんな悪い人じゃないわね」

「でも、そういうことでしょ。土日だっていいわけでしょ。こっちは駄目なんて言ってない」

「ま〜、土曜も日曜もやっているンかね？　休んでいるでしょう？」

「何言っているの。店、開いているじゃない。本町通り開いているでしょ。古谷の店だけ閉まっているの？　前は開いていたわよ。井の中の蛙、殿様商売よね」

「外から来なさった人、そう言いなさるわ。商売する気があるのかって。五時っていったらもう、みんな閉まっているよ」

彼岸だから、親戚中の墓を五つも回らなければいけないが、もう、歩けないからタクシーでまわる。

今度行って謝って来て来年からはおじいちゃんだけにする。

「それでいいのよ。若いなら体力作りにいいでしょうけど、わざわざ行かなくていい」

「貴女は薄情だから……」

「どうしてよ？　うちの仏壇に線香を上げて、思い出すだけでいいのよ。思い出しもしない人が多いのよ。タクシーに乗れるなら、買い物もタクシーで大和に行きなさい」

で、また口論。そんな贅沢したら嫁に何て言われて苛められるか分かったものじゃない。

そうだ。もう少し残して送ると言う。

「そんな物はいらない。この間だっていらないって言っているのに送りつけて来たンでしょ。送り返しはしなかったけど……」

「貴女はいつもそういうけど、そうも、いかンよ。東京は何もしないで、来る度に持っていくでしょ。千葉は来る度に十万と置いて行くし、嫁は掃除して冷蔵庫を一杯にして、笑わせて行ってくれる。三人を大学出して大変なのにしてくれる」

「有り難い事よね。大変な中でやってくれる。何千万もあってもしない人はしないし、私のようにしたくても、出来ないのもいる」

「貴女から何かをしてもらおうなんて思っていないわね。貴女は家の人間じゃないでね」

「今時、関係ないわよ。お彼岸なのにお墓に行かなくてごめんね。桃が調子を崩して子守に行っていたの」

「ま〜、どうするや〜　子供がまだ小さいのに後添えをもらう……」

「ちょっと。勝手に桃を殺さないでよ〜。もう、元気になっているわよ〜」

また愚痴を暫く聞く。北が御殿を建てた。昔の澤にいたときの家には及ばないが、すごいお屋敷だ。県の福祉の所長をして退職し、＊＊＊の事務長をし、土日はお花と尺八の先生をしている。他県からも習いに来ている有名な先生になっている。女房は看護婦で婦長までしたから、いっぱい取っている。娘二人はとっくに嫁に行っている。だから使い切れないほどある。

「お母さん、人の財布勘定をしてもはじまらない。あるかないかは、外からは分からないし、人の財布の中を推し量るのは嫌いよー」

「あれ、長女のとこにみんないくのかね〜」

「それは知らないけど、今のうちに決めておいた方がいいね！」

「生きているデネ。甥は……」

「元気なうちにヨ。ま〜、お従兄さんは福祉に長くいたから、そういう争いは嫌と言うほど見て来ている。お従兄さんのことだもの、ちゃんとしていると思うわ〜」

また同じ愚痴を聞いて、いつものように理由をでっちあげて、きった。

父は彼岸を渡って十年なンだ〜。ついこの間のように思うが……私は父と義父に守られて来たと思う。淡い陽が射して来て陽炎のように揺らいだ。父たちの顔も……

平成十六年十月二十四日（日曜日）

山古志村地震。十時頃やっと通じた。こんな地震初めてだ。前の新潟地震のとき、田圃の水がこぼれたけど、これ程じゃなかった。テレビやサイドボードの上の物が落ちただけで、あとはそのままだった。落ちた物は、おじいちゃんが生徒からもらった物で藁や木で作った作品だから壊れなかった。長岡の甥は今、付属中学の校長をしているから、長岡の自宅はどうなっているか分からない。子供たちは社会人と大学生で二人とも東京だから、心配ない。そのあと、退職している長岡の別の甥に電話したら、この忙しいのに電話なんかよこすな。で、ガチャンと切られた。暫くして、また掛けた。私なにか悪いこと言いましたかね？　もし、気に障ること言ったりしましたら言ってください。て言ったけど、けんもほろろで切られた。貴女、何か知っているかね？（知るか：）東京も心配してかけたら同じで怒っていた。もう心配してやらん、付きやってやらん、と怒っていたと言うが、東京が心配する？　付きやってやらん？　元々、東京と長岡に付き合い等ないではないか。見せ掛けの親切は止めろよ。

「おじいちゃんの実家と思うから、昔と変わらずに必死で尽くしているンだよ〜。それをこんな仕打ちをされるとは、思わなかったよ〜」と、涙声。

「前から私は言っているよね？　村を出たら里郁は昔の里郁じゃない。昔からは関係ない。今よ。今しかないの……」

「貴女、いつもそう言っているわね。でも、私はそんな……」

「デモ行進はいらない。どっかでやって……ここではいらない」

「ふぅん？　何だね？」

「昔の収入があるの？　どっから入って来るの？　入っているなら教えてよ」

「でもね。私は……」

「お父さんが亡くなったとき、切り替えろって、随分、言ったよね？　けど、しなかった。おじいちゃんが亡くなったから余計しないと、何を言いなさるか分からンからって、聞かなかったよね。お父さんが亡くなって十年。上の伯父さん伯母さんが亡くなって、二十年、跡を取った息子夫婦が亡くなって十年？　子供は無かった。実家はもう無い。従兄は実家の姓を名乗っているというだけじゃない。上は家も無い。墓も無い。更地があるだけ。長岡にある上は実家じゃない。甥というだけ。実家だから、を繰り返すのは止めなさい。向こうは迷惑しているンでしょ。実家と言ったら、それなりの付き合いもしなきゃならンでしょ」

「付き合ったって、盆暮の心付けと義兄さんたちの命日にするの、私だけダデネ。向こうは何にもしなさらんで、言いたい放題の我侭で腹の立つことばかりだわ。しないで済めばしないわね。上さんは誰よりも、貴女よりもずっと金使って神経使って……」

「お母さんが勝手に、しているンでしょ。勝手に、好きにさせとくくらいにしか思っていないわよ。必死で尽くすことなんかない」

「そんなことしたら、気ぃ悪くなさって、何を言い出し……」

「いいじゃない。悪くしたって。それで来なきゃ来ないでいいでしょ！　来て明け方まで呑んでくだ巻いて、翌日帰ったあと、お母さんは二、三日寝込むンでしょ。それが毎回だってボヤイテいたよね。来なきゃそんな思いしなくて済む」

「ふうん。その方が助かるし、楽でいいけど、そうも……」

「そうもいかなくて。実家だからでしょ。そんなにまですること無いって言っても聞かない。出来もしないことを逆立ちしてやって、腹立てて、寝込んで泣いていればいいでしょ。泣きたいンでしょ。泣きながらすれば？　でも、私に泣きながら哀れっぽく言わないで」

「そんな勝手なことを、貴女はまた言うンかね……」

「そうよ。私は勝手するの。機嫌悪くするンじゃないかなんてくそ食らえ。私が婚家にいたときは、お姑さんと夫と義妹たちに嫌な思いをさせないように、少しでも楽しくしてもらいたいことばかり考えて来た結果がこれよ。お母さんが呪文のように、命掛けて必死で尽くして、尽くして、お仕えしなさいに取り込まれていた。気付かないうちに。今は誰のためにもしない。だから、お母さんも……」

「何を馬鹿なこと、言っているね。そんな勝手は許さないよ。哀しいよ。何処まで私を苦しめたら気が済むンだね？　婿さんが機嫌悪くなさって、追い出しなさるよ。あな……」

「追い出される前に出るわよ。世話になっているばかり言うけど、私がいるから如月は何日もの泊りの出張が出来るの。学校の入学卒業、父母会と私が出ている。家事をみなしている。だから、対等――」

「何言っているね。馬鹿言うもンじゃないでね。置いてもらっているンだから、そんなの当たり前だわ。もっと婿さんに尽くして、尽くして、尽くさないと駄目ダデネ。婿さんはこの、くそばば、早く出て行けって思ってなさるわ。貴女みたいなことは世の中、通らンでね。世の……」

「そうですか。通らんかったら、通すだけ。お母さんのようにね。もう切るわよ。他にも電話するから。ま、無事でヨウゴザンした」で切ってしまった。甥の実の妹が、実家が無くなったと、言っているのである。父の関係とヨメさんの弟には安否の電話を入れていたが、自分の兄弟には尋ねていない。橋はどうなっている？　テレビではかなりの被害が出ているようだ。橋に……

叔父が出た。箪笥を初めみんなひっくり返った。足の踏み場も無い。昨夜は外で夜を明かした。かあちゃんと庭で抱き合って震えていた。が、二人ともかすり傷一つない。無事だ。平も同じだ。中はすごいが無事だそうだ。こんな地震、生まれて初めてだ。生きた心地がしなかった。長男夫婦はたまたま土曜だったので来ていた。二人とも無事で外で夜を明かした。新潟の家はどうなっているか分からない。子供たちは東京だから、心配ない。今、長男夫婦が家の中を片付けてくれているが、余震が来ると外に飛び出す。その繰り返しだそうだ。倒壊せず、怪我も無く、死者もない。よかった！

阪神のときより、ずっと被害が少なかったのは、山間部の人口密度が少ないのと高速や高層ビルがないからだろう。新幹線も雪国ならではの線路事情が幸いしたらしい。

如月は猫の手も借りたいときに電話なんかする、お祖母ちゃんが悪い。当然そうなる、と言ったが橋はちゃんと答えていた。

高校のときの友詩織さんに電話をしたら、彼女はパニックを起こしたが、九十のお母さんがデンと構えていて、慌てるンじゃないと言ったそうだ。異常なしということは北も南も異常なしだ。電話はせず——

二十五日の夜、母から来た電話では長岡の退職している方の甥の所は飾り物一つ落ちていなかったと、付属からの帰りに寄った甥が報告したそうだ。家が心配だったから、車で自宅に行って来たが飾り物が落ちた程度だったそうだ。そのついでに、退職している従兄のところに寄ったのだ。忙しいと言った従兄が何の被害も無かったのである。

平成十七年

平成十七年一月五日

　昨夜十時過ぎ、如月から電話が来た。

「お祖母ちゃんから電話が来た。昭和町の大叔母がかなり悪いから、どの位の見舞いを包んだらいいか？　東京のお祖父ちゃんの嫁さんの気になっているから、そのつもりで……那須に家を建てたことも言ってあるから、その積もりで」

あれほど、黙っていて、と言ったのに！　怒りたいが話してしまったものは仕方無い。

今日は、母には電話はしない。明日と答えた。今朝もメールが来たがほっぽった。

　昼近くに電話。

「三万かね？　もっとかね？　幾らしたらいいね？」

「する必要ない。けど、それではお母さんの気が済まないのでしょ。二、三千の品物でいいわ。私はしないからね。お舅さんの弟の嫁さんだからね。間違わないでよ。お舅さんは二十五年前、お義叔父さんは二十四年前に亡くなって付き合いが無くなっている。それに、私が婚家を出て約八年。今更、何よ。関係ない。そう言っても、お母さんは聞く耳ないでしょうから、二、三千の品でいい」

「貴女は義理ってもの……」

「また、始まった。すれば？　三万でも五万でも……お母さんのお金だもの、お好きにどうぞ。私を巻き込まないでー」

「そんな言い草ないでしょ。世の中には義理ってものが……」

「だから、好きなだけしなさい。と、言っているでしょ。私の知ったことじゃない。お母さんの勝手。婚家にいたときだって、義叔母さんとは冠婚葬祭だけで、年賀のやり取りも無かった。昭和町も川も付き合いが無かった。義叔父さんが入院したとき、夫と見舞いに行った。ありがとうでもなかった。その後、お姑さんが行った。お姑サンに礼状が来たかどうかは知らない。お舅さんが入院していた時に、義叔父さんが二回も来てくれたから、夫がいい、と言うのを引っ張っていった。お舅さんが見舞客を受け入れたのはこの義叔父さんとお父さんだけ。お姑さんや夫に言わせれば来るのが当然。永平寺にいる時に、どのくらい金の無心をされて送ったか分からない。その金、返してもらってない。返すという約束だった。義叔父さんはお舅さんを追いかけるように一年後に亡くなった。以来、付き合いが全くない。第一、うちのお父さんのとき、見舞いに来た？　お父さんが入っていた中央病院に通っていて、ついでにも寄らなかった。葬儀に来た？　来てない。自分が駄目なら娘でも婿でもいいでしょ。知らん顔でしょ。同じ市内に居るというだけで義理？　向こうがその義理をした？　してない。何でするの？　ばら撒きたいならまけば？　わたしゃ、関係ない」

「怒ること無いでね。私はしたくないけど、貴女のためだよ〜。貴女は婚家の人間だよ。義理があるよ。知らん顔ってことは許されないよ。貴女が許されて帰るのが早く……」

「何の許しよ？　私は許してもらうことなんて一つも無い。もう、帰ることもない。義理もへったくれもない。赤の他人。義理欠き恥かきでいいの。関係ない！」

「出来んわね。私はちゃんと育てられた。貴女だって、そんなふうに育てた覚えがないよ。自分の食べるのを削っても、義理は果たすように教えたはずだよ〜。それなのに……」

「そうー　耳タコでね。でも、背に腹は代えられない」

「そんないい方ないでしょ。無くてもしなければならないときがあるわね。貴女のため……」

「私のためにするって言うンでしょ。して逆効果のときが多い。私のためならお願いだからしないで！　止めてください。お願いします。私の為に止めてください。お願いですから止めてください……」

「そんな不義理を貴女は私にしろって、言うのかぁ。私を……」

「だから、好きにしなさいって、言っているでしょ」

「私は死に物狂いで貴女のために……」

「だから、好きにして。死に物狂いでしてよ」

「貴女って子は何処まで私にたてつくンだね？　やっぱり、オッカ様に育てられ……」

「ゴメンごめん。御免なさい。泣かないで。私が悪かった。御免なさい。泣かないでください。そうよね。義理よね。お母さんの言う通りよね。二万も送ってあげて。ありがとう。ありがとう。私もそうするわ。早く帰るためよね。許されるように謝りますわ。お母さんの言う通りですよね。いつも馬鹿言って御免なさい。ホントに申し訳ありません。お母さんの言う通りですよね。如月たち、お世話になりました。ありがとう御座いました。上はあまり、滑らなかったようだけど、下はすっかり気に入って、また、行きたいって……」

「下の子ね～。明るくてはきはきして、いい子だね～。みんなに好かれるわ～。上は頭がいいね～。しっかりしているわ～。それにいい男だね。女の子に追いかけられて、如月ちゃん心配で、夜もおちおち眠れないね。大人になったら、注意して見ていてやらないと大変だよ。気を付けてやってね」

「まだ中学生ですよ。今年は受験の事しか頭にありません！」

「如月が良く動いて、正月料理を皆作ってくれた。商売人みたいにきれいだった。婿を立てて、二歩も三歩も下がっていた。いい子だ。近頃珍しい。一ちゃんに身を入れて命がけで勉強するように言ってくンなさいね。それが、一ちゃんの将来のためであり、如月の将来のためであり、一家の将来のためであり、貴女の為だからね」

「はいはい。分かりました。しっかり伝えます。お教え、有難う御座います。肝に銘じて言います」

「ふ～ん。いつも、そういう風に礼儀正しくして、いないとダメダデネ。子供の教育にもね……それを踏まえて貴女がもっと礼儀正しくチャンとして、義理を重んじて……」

　友達やヘルパーさん、甥や姪の話を聞かされて、電池切れでピーピー、で切れた。暫く充電せず。腹立ちまぎれに、二万もと言ってしまったが、送っても多分、礼状も来ないだろう。それどころか、嫌がらせと受け取られる。りんごや梨や酒を送って夫が怒ったように。母を納得させるにはまた、悪者になるか……

後日、三万送ったのに礼の電話もはがきも来なかった。無視されたと怒っていた。だから、するな、と言ったのを勝手にしたンでしょ！

平成十八年

平成十八年六月十日（土曜日）　薄日

五時過ぎに母の家に入った。お邪魔します。出て来ない。入ります。持って来た物を仏壇に供えて、父に挨拶をしてから、いないの？　と、台所へ顔を出したらいた。

「ま～蜂蜜を使おうと思ったらアリンコが入っちゃって真っ黒なんだわ。……まだ二回しか使ってないから、もったいないけど気持ちが悪くて、捨てたわ。食器も気持ち悪いから皆出して洗った。周りの食べ物も全部捨てたよ。これ、終わらしてしまうから、向こうで待っていてね」

「私がしようか？」

「ううん、貴女は婚家の人間。お客さんにさせたら、夫さんが機嫌悪くなさるから、いいわね。向こうで休んでいてね」

「さ、い、で、すか……」

一リットルの大瓶を洗っている。混じり気のない本物だ。蟻が入っても上辺だけだ。スプーンで取れば使える。煮物に使っているのだ。蟻の一匹や二匹を煮込んでもかまわないのに……ＮＨＫの番組では世界には蟻の佃煮さえある。が、母に言っても通じないだろうから、大変ね、で、居間に戻った。母が入って来たので、入り口近くに席を移して、改めて、お久し振りです。今晩、厄介になります。元気でしたか？　の形通りのいつもの挨拶をする。土産のチョコレートとストールを手渡す。ストールの使い方を色々と実演して、母にもさせてみる。が、分かったかどうか怪しい（母の死後、柳桑折の中からあげた時のタグが付いたままで、出て来た）。特別のチョコを使い物にされないうちにと、開けて一粒握らせる。美味しいという。そうだろう！

「これはね、特別なの。ガレと言う、世界的に有名な店。日本にはあまり、出回っていないのよ。九粒しかないでしょ。これで一万円ちょっとしているのよ」

「うわ～。こっちでは百円ダデネ」

「特別な高級品だって、言ったでしょ。お母さんにだけよ。他はもっとずっと安いの。ベルギーはチョコの国だから色々あるのよ。これは、特別にお母さん用に買ったのよ」

「クニさんにも、バカ高いのをあんなに沢山かね？　もっと倹約……」

「だから、自分で食べるのよ。クニおばさんには悪いけど、これで二千円弱の物。そんなこと言わないでよ。孫や友達には箱じゃなくて袋でね、私の手より大きいのやお金の形、星、丸、三角、動物や花と色々入っているの。おもしろいじゃない。子供は喜ぶ。おもしろ半分に量で買ってきたの。ほら、おせんべなんかで、形の悪いのや欠けたのが、袋に入って安く売っているでしょ。あれと同じよ。駄菓子屋さんの物」

「ま～、人様にやるのに、おもしろ半分で買って来るンかね？　礼儀というも……」

「いいじゃない。お母さんにはちゃんとした高級店で買って来たンだから……駄菓子屋さんで買っても土産は土産――」

「そんなの、私は見たことないでね……」

「そりゃ～日本では四十年頃までチョコは高級品だったでしょ。ベルギーはチョコの国。色んなノがあるわよ。石畳っていう生チョコを買って来たかった。でも、一時間以内に食べてと言われて止めた。その店で二粒食べただけ。すごく美味しかった。冷凍用の飛行機で送ると風邪を引く。普通便で送ると溶ける。チョコはそれだけ敏感なンだって……」

「なんだね？　チョコが風邪なんか引くわけないわね。おかしなことを言うね～」

「ベルギーの人が言うのよ。十五度以下になると固くなって味が落ちるの。二十度になると軟らかくなる。二十四度で溶けるのよ。十五、六に保つのがいいのよ」

「そんなこと、ないわね。私は冷蔵庫の一番寒い所に、一年中入れておくわね。ちっとも変わらんよ～。同じだわ～」

「この辺にある百円から四、五百円のものは駄菓子だから、デリケートじゃないのよ」

「で、で、で、なに？」

「微妙な高級品じゃないの」これ以上言っても駄目だから言わない。

「なんだか知らないけど、その人たちどうかしているよ。おかしいよ～。凍る所へ入れても変わらないし、腐りもしないわね」

「そうだね。変わらないね。お母さんの方が私より詳しいね。ベルギーで作るのと、日本で作る駄菓子では製造方も違うものね」

「ベルギーって何処だね？」

「オランダって分かる？　江戸時代に長崎に入っていたけど……」

「知らないー」

「じゃ、ドイツは？」

「ヒトラーの国でねえかね？」

「そう。よく知っているね～。すごいじゃない。オーストリア、オランダが隣どうしでいてね、オランダの隣がベルギーなのよ。分かった？」

「ふぅん。百合さんが行きなさった所かね？」

「さ～知らない。聞いてないもの……」

「百合さんはね、世界中に行きなさったンだわ～。二千万使ったってね。民生委員をしなさったからね。お向かいさんが、私たちの税金を使って贅沢してって言いなさったわ～ヨメさんと話したんダッテネ。市の金だって言……」

「お母さん。そんなわけないわよ。市長とか助役、会計係ならどうかわからンけど、民生委員を何年かしたというだけでそんなことが出来るわけない。民生委員がそんなに簡単に市税に近づけない。百合さんはチッソで三十年も勤めた生き字引だった。終戦前からタイプを打っていた。タイプなんて知られていないときからね。それなりの退職金が入っているはず。ご主人は教員でしょ。その退職金もある。子供は無い。二千万どころか五、六千万使っても、私は驚かないわよ。自分の厚生年金と遺族年金が入っているから、それで生活が出来る。ご主人の生命保険もあるでしょ。六十代初めで亡くなったンでしょ」

「でも、向かいさんにヨメ……」

「人がなんて言っているか知らンけど、あんまり、そういうことを言うのは止めなさい。百合さんは自分の金で行っていると思う。あの人、市税に手を出すような人じゃないし、出来る立場じゃない。人にそんなこと言ったら、名誉毀損で訴えられるわよ。大変なことになるわよー」

「ふぅん。言わんわね。私は人の噂話はしないわね。（嘘つけ！　年中、そればかりじゃない）百合さんや左向かいさんが時々色々と持って来てクンなさるから、私も上げるンだわ〜

お茶をご馳走になったりするしね。向かいさんとは、私と何かをやったり取ったりは、止メたんだわ。迷惑ですってね。人って……」

「お母さん、そうですかダケでいいの。相手にしなければいいー」

「そうも……」

「ほ〜ら、また始まった。ルクセンブルクで……」と、旅の話に持って行くがすぐまた、誰々が……の話になる。駄目だ〜。母の話の聞き役に徹する。

夕食は私が買って来たお弁当で。お茶を入れ替えようとすると、いいわね、お客さんは座っていなさい、だ。自分で美味しいお茶を入れたかったンだけどな〜　後ろを向いて、お父さんの入れたのは美味しかったよね！　そして、延々と同じ話の繰り返しを聞く。

「誰？　その人？」

「あらま〜忘れたンかね？　まだ、ボケる年じゃないでね。いまからボケると、婿さんに嫌われて追い出されるデネー」

「この年になると、大なり小なりボケテいるの。ボケたついでに、私寝るわよ。もう二時をとっくに過ぎているからね。また、明日、聞くわ。お休み」

うわ〜、と言う声をあとに、二階に上がってしまった。


平成十八年六月十二日（月曜日）　雨↓晴れ

北の二人が来た。従兄さんの車は普通の乗用車でここの門は入らないからと、お義従姉さんの軽で来た。何年振りで会うお従兄さんは、七十だそうだが、若い！　古希ですと言われたが、古希にしては、お若いです。と、だけ言っておく。あまり私は親しく付き合っていないから、分からないのだ。おめでとうと言っていいものかどうか……姑の還暦のとき、おめでとう御座います。と、言ってこっぴどく叱られた。そんなに人が歳を取るのが嬉しいのかっ。そんなに目出度いかっ。と、怒鳴られた。以来、すごく親しく分かっている人以外は、言わないことにしている。病気をせずに誕生日を迎えられて良かったですね。としか。御目出とうを言って喜ぶ人と怒る人がある。お従兄はどっちだろう？と考えているうちに、話は移ってしまった。もし、喜ぶ方であれば、申しわけないと思うが。ゆったりと落ち着いた品も出て、すっかり沢の当主になっていた。お義従姉さんは七十三のはずだが、五年前よりずっと若くなっていた。婦長を解放されてほっとしたのかもしれない。それだけ二人に時間的な生活のゆとりが出て来たのだろう。お従兄さんもダ。役人で福祉事務所所長と言えばそれなりに神経を使う。一般事務とは違う。昔、牧の叔父がいたときの時代とはまるきり違うはずだ。

平成十八年七月十五日（土曜日）　薄曇

一ヶ月も経たずに、やっぱり、夫から如月に電話が来た。豪勢な別荘にマンションまで持って、外国まで行って遊びまわっているとは、どういうことだ。持ち出した物を全部返せ。着物の果てまで返せと言って来た。如月はそんなのは知らない。別荘はお母さんのではない。桃が旦那に建ててもらった。お母さんが管理をするということで、一部屋もらった。返せって言うなら桃の旦那にいいな。でも、それは返せ、じゃなく、人の物を取り上げることだよ。桃の立場はどうなるの？　渋谷や白金のマンションのことなら、こっちは、まったく関係ないし、行ったこともない。あれは、桃のお舅さんから、桃の名義になっただけ。お舅さんの物。住人が入れ替わる時に桃が行って掃除をして来る。直す所が有れば、その手配をして、直ったのを確認して来るだけ。それを返せって、どういう事？　桃のお舅さんに返せって言えば？　そうしたら、あちらはどうなさると思う？　人の物を返せ、とは、どういう事になると思うの？　誰が何を言ったか知らないけど、お母さんは退職金以外、何にも持っていないわよ。着る物から家具までそっちに有るでしょ。そのお母さんの物を送ってくれって言っているけど、送ってくれないよね。その退職金だって、桃が別荘を作るとき、全然、出さないのは気が重いって出しているから、殆ど無いと思うよ。と、言ったそうだ。

社員の半分は頚城から来ている。母の住んでいる町には夫の父の妹弟や従妹弟達があちこちに、何人もいる。必ずこうなると思ってはいた。或はヨメさんから夫へ話が行った？

千葉の弟夫婦からの新築祝い品のこと。

「ライオンの硝子の置物でね、ライオンのように強く、ガラスのように透明に曇りなく生きろっていう、強いメッセージよ！　スイス製でね、有名な所の品物よ。桃に言わせると五万は下らない物だって。私の一生の宝になるかもね！」

平成十九年

平成十九年五月二十九日　夜

二十七日から母のところに来ていた。母の誕生日である。ここ八、九年は毎年、誕生祝いを兼ねて、二十九日を中心に来ている。

また、始まった。明治様が……牧野邸での事。婿のこと（吉田茂）、和子様（麻生太郎のご母堂）のこと、と続く。子供のときからの話で耳ダコもいいところ……

布団に入っての話は如月に話している。と、思ったり、あっ、ここは二子さん相手だ。あっ、今度はツー子さんだ。クニおばさんだ。アレ？　越のお祖母ちゃん？　と、思いながら黙って聞く。時折、へ〜、とか、そう〜よかったね、とか入れて、訂正せず！

やがて母の寝息が聞こえ出した。小学校の外灯に透かして、時計を見たら、二時三十五分だった。

風呂に入る前に、「ね、ね、ね、ちょっと来て、ね」と、袖を引っ張られて、居間へ。何だろう？思い詰めた顔してと、いぶかしむ。母は黙って下を向いて自分の席にすわっている。話そうとしない。何事？　痺れを切らせて……

「なに？　なんか言いづらい事があるの？　言って。私に気兼ねする事無いでしょ？　一番、鈍感で単純で、思った事を考え無しにポンポン言う。って、いつも叱られるくらいだから、言ってくれないと分かんない。何を言われても平気よ。言って……」

「ふうん。私……初めてで最後……」

「……だから？」

「私の歌を聴いてくれる？」

「歌？　いいわよ。聴かせて……お母さんは上手ダものね。初めてじゃないわよ。村にいたとき、よく聴いていている。沖の叔父さんが酔っ払って助ベエな歌を歌って、お父さんに、おい、それくらいにしておけ。もう、止めろって、言われると、強引にお母さんに歌わせていたじゃない。この町に出てからは聞いてないけど……高三の一年しか一緒じゃなかったし……」

「じゃあ～」と、つっかえ、つっかえ、歌いだした。自分で作って勝手に節を付けたということだが……どっかで聴いたような……

愛　燦燦とこの身に降って嬉し涙をこぼし
人は可愛いものですね　可愛い者ですね
過去達は睫に憩ふ
人生って不思議なモノですね
あやめ

と書いた紙を見ながら……平仮名で書いてあったのを私が勝手に、漢字を当てはめた！　こぼしも〝ふ〟もそのまま。今は〝う〟と書くが……

その後は、森繁の知床旅情を。廉太郎の花、箱根（？）でよかったかな……、そして唱歌と続いた。私が一緒に歌えれば……

米寿を祝おうと来たのが嬉しかったのだろうか……毎年、婚家を出てからは誕生日前後には来て祝っている。次男からは、八十八本の真紅のバラが届いていたのだ。やる事が、すごい！　と思った。母が気弱になったのか？　年齢のせいなのか？　は、知らないけれど、私は何故か、涙がこぼれた。私といるときは、いつも愚痴かお説教ばかりだったように思う！　子供のときも、遊ンだり、おしゃべりをした記憶が無い！　おしゃべりの相手は年寄り以外では、橋の義叔母と先生方だった。先生方は遊び相手であり、おにいさん、おねえさんであった。

「……」「……」

「お母さん。すごいね～。いい歌を作ったわね。すごいじゃない！　有難う！　お母さんの祝いに来ていて、逆に私の六十八の祝いをしてもらったわね！　ありがとう！　本当にありがとう！　感謝します……じゃね、私のも聞いてくれる？　婚家を出る前につくったもの。お母さんみたいに上手じゃないけどね。字を並べただけ」

木蓮の花に重ねて我が心は裏表　とね

我はピエロ　ドーランの下に涙隠して
　笑いさんざめく、街を練り歩く
　ドーランの下に涙隠したピエロ

ピ、ピ……なんだね？　で、その説明。で、しばらく、ピエロの話でエノケンやロッパの話を持って行ったら納得してくれた。ちょっと違うが笑いを誘う仕事ではある。

満足そうにニコッと笑みを浮かべた。八十八と六十八の祝いの夜だった。

こういう、穏やかな状態はこのときが最初で最後だった！

一度でも有った事に感謝する！

平成二十年

平成二十年一月十七日（木曜日） 晴れ

この間、挨拶もなく切ったので、くよくよしているのではないかとかけてみた。

この間よりは幾らか良くはなったが、まだめそめそしていた。まだ、ショックのようだ。

長子さんからそんなことを言われるのは初めてで、動転したらしい。暫くは黙って聞く。長子さんの話が終わって東京の話になっていた。十四、十五、十六と東京が掛けて来て怒鳴り合いの喧嘩をした。置いてくれるところも、来てくれって頼まれる所もあるけど、お母さんも年だから、放って置けないからみんな断って帰ってやろうって言うのに、何だってンだって、怒ったよ～。今まで、何もしなかったくせに……いまさら、お母さんが心配もない。近所の挨拶もしない。次男も貴女も手土産持って挨拶回りするのに。次男は来る度に十万と置いて行く。東京はそれを持って行くだけダデネ。

それなのに……

「じゃあ～ね。その来てくれってとこ、ただ置いてやるってとこへ行けって言えばいい」

「そうも、出来ンワ。そんなことを言わずに来て頂戴って、言うよりしかたなかったよ～。ただ、置いてやるなんてとこ無いもの。それに長男だし……」

「あるのよ。夫婦者で寮の管理、アパートやマンションの管理、別荘の管理、皆ただ。ガス、電気、水道もただ、お茶もただ、その上に給料が出る。それで貯めて、大きな家を作った人、何人も知っているわよ」

「ま〜そんな仕事あるンかね？　ホントかヤ〜」

「ある。三人は知っているわよ。だから、そっちへ行けって……」

「長男だから言えンよ〜。言ったら私は薄情者になるよ〜」

「あのね〜。お母さんに年取ったから、こっちに来てください。お願いします。何でもおおせに従いますって言わせて、そこまで頼むなら仕方がない、行ってやるか……お母さんのために我慢してやるか、だから、そこの名義をヨメさんにしろ。と、恩を売って威張って行こうと言うンでしょ。駄目よ。そんなのを聞いては。お願いします。来てくださいなんて言わないでよ。一緒に住んだ。喧嘩になって追い出されたら、どうする積もり？　名義はヨメさんのものなら、追い出されても何も出来ないわよ。ここは婿の家、婿は駄目とは絶対に言わない。お母さんの性格からして気を使っていられるものじゃないでしょ。嫁に出た娘の、娘の嫁ぎ先だからね」

「首くるよぉ〜。覚悟したよ〜」

「また、それ。千葉がそんなことさせないよ。安心して千葉にまかせなさい。とは、言ってもね〜。自分を守るのは自分以外ないのよ。自分の食べるのを削ってというのは、学校を卒業するまで。職に付いたらもうなし。長男のためって子供のときと同じくやったら、当たり前になるのよ。しなきゃ機嫌悪くなるのも当然。お母さんが無理すればするほど、もっと、もっとになるのも、自然の成り行き。

六十過ぎたら、子供ではなく自分のことを第一に考えるの。六十過ぎた息子夫婦に小遣いやるほどの御大尽じゃないでしょ。そうもしていられなくても、可哀相もないの。そうするの。六十過ぎた息子が女房に苛められて可哀相？　寝言言わないでよ。ほっとけばいいの。関係ない」

「でも……」

「デモは街頭でするの。家じゃない。私が夫に口答えして、叩かれて蹴飛ばされて、敷居のかどで頭に線のように凹みを作った。子供の大学受験の前夜、客を八、九人連れて来てのドンチャン騒ぎしたけど、子供達が、お母さんに泣き言言ったことある？　私が四十度の熱を出して寝ていたとき、夜中に人を五人、六人と連れて来て飲みだした。さすがにその中の一人のおばさん、孫もあった人がアンタ、何やってンの。奥さんがこんな状態なのに遊び歩いてンの。馬鹿じゃない。みんな、帰ろうって皆を帰して、私の水枕を取り替えた。皆で飲もうとした氷を枕に入れた。氷無しで飲めってのかって、夫は怒鳴った。そのおばさん、飲むのを止めろって、言ってンのよ。と、怒鳴り返していた。ジュースを作って飲ませて帰った。お前のお陰で俺は恥をかいた。その責任、どうしてくれる。甘ったれるのもいい加減にしろと、散々叱られた。その後、気分直しだと出て行って愛人のとこで泊まった。翌朝の寮の食事は幼稚園の如月に手伝わしてフラフラしながら始めた。早く起きて来た川原中から来ていた事務員の娘が手伝ってくれた。夫は家族のことは全然考えない人。それをお母さんに言ったことある？　無いはずよ」

「貴女は、婚家を出たことも言わないで隠していて、東京が教えてくれるまで知らなかったくらいだもの……」

「馬鹿言わないで。ちゃんと報告にきている。千葉が女房と喧嘩してお母さんに言ったことある？泣きついたことある？　無いでしょ」

「あそこは息子の言う通りで、たてつくものはいないわね」

「そんなことは有り得ない！　何処の夫婦でも口喧嘩はする。夫婦親子ともにね。でも、それは、家族での事。うちみたいに仲違いする喧嘩じゃない。東京も同じ。本当に私のような喧嘩であったら、とうの昔にバラバラになっている。そうじゃないでしょ。四人ともまとまっている。多少の喧嘩は当たり前。大騒ぎする事無い。ほっとくの。もう一度言う。誰も守ってくれない。自分以外は。お母さんを無条件で守ってくれるのはお父さんだけ。他はない。小銭しか持っていないのを全部だしても、向こうは当然としか思わない。今までそうして来たから。泣くのはお母さん、私じゃない。くどくど言って悪いけどね……」

「そんなこと言ったって、現に困った、金がない……」

「ごめん。切るね。ちょっと……」

平成二十一年

平成二十一年二月十三日（金曜日）　曇り

明日、東京がここに来る。来てやるに当たってのことをちゃんと決めようってね。私、もう、どうでもいいわ。ヨメさんの好きにしなさいって、言うより仕方ないわね。ああ、年中、機嫌が悪くてツンケンされたンではおっかなくて。あの人、おっかないよ〜。もう、何がなんだか、どうなっているンだか分からンよ〜。二人で来るって言っていたのに、今朝になって、また息子だけになった。月十万出せってね。出せないよ。税金や光熱費払ったら医者に行けないし、ツー子さんや北が来ても、お茶も出せなくなるよ〜。長男だから来るなとも言えないし、首括れって言うのと同じだよ〜。

と、泣いている。ヨメさんは弟に言わせて、自分の知らないことにするために、貴方一人で言って承知させていらっしゃい。と、なったのだろう！

「何言っているのよ。出すこと無い。そこはお母さんの家、税金、介護保険、健康保険などお母さん自身のもの以外は、出すことない。出したら駄目。その上、その上になる。私が出すなって、言ったって言っていいわよ。橋やツー子さんとの付き合いはどうするの？　二人とも、ヨメさんの大嫌いな人だから、真っ先に切られるわよ。北もね。百合さんをはじめ、近所もね。特にツー子さんは初対面のときからね、来ても上げないで帰すくらいは、あの人には平気で出来ることだからね。あの人に出来ないことはないのよ。私には出来ないことなんてないって、宣言している人だからね。初めにこれは駄目って、譲らないこと以外ないわよ。如や桃との、やったりとったりも駄目なンでしょ。うちはいいわよ。お母さんの顔は立てるわよ。お母さんの名前で私がするから。如達はかってに送っているけど一人者じゃないからね。返すのが当然よね。文句を言うのは、お母さんは皐月さん達に何も送っていないでしょ。だからよ。他はしなくてもあの二人には真っ先に、一番沢山しろって、ことよ」

「当然だわね。初めは送ったよ。でも、有難うでもなく、着いたかって聞くと、あーこー、文句言って、あとはお母さんが可哀相、お母さんを苛めるなって怒鳴りだす。デネェかね。向こうは何一つ送って来ないでね。何年も手紙一枚、年賀一枚寄こさないでね。無のツブテで知らん顔だよ」

「そんなこと無いでしょ。お母さんが忘れているンじゃないの？　ヨメさんの話では、皐月さんも長子さんも、私がびっくりするくらい、お祖母ちゃん、お祖母ちゃんで、お祖母ちゃん第一でお祖母ちゃんを大事にして、色んな物を年中送って尽くしていらっしゃるのよ。だから、私は皐月さん達に申し訳なくて辛いのよって、言ったわよ。お母さんが忘れているのよ。あの二人に送ってやりなさい。うちの二人には送ること無いわよ。ただ、送られてきたことの電話は頂戴。その電話くらいは駄目とは言わないでしょ。そしたら、お母さんの名でお返しをしておくから。でもね。ツー子さんをはじめ、そっちは知らない。こっちから、送ったら変でしょ。お母さんがここにいるわけじゃないもの。桃達にはお祖母ちゃんに頼まれたでいいけど。だから、自分の物は、しっかり握っていなさい。いいわよ。

私が出すなって怒ったたって言って。どうせ、嫌われているンだから、毒を食らワバ、皿までもヨ〜」

「嘘だわ。(そんなことは百も承知——)嘘だわね。一度だって送られて来た事ないよ〜。あの二人は、口を開けば、お母さんを苛めるな、お母さんが可哀相、お祖母ちゃんは気違い、お祖父ちゃんでなくお祖母ちゃんが死ねば良かったのに何で生きているの、とか、ここの家長は私、私の許可なく、草木一本、茶碗一個誰にもやるな、全てを私が管理する。私が許可すること以外はして……」

「お母さん、今の世の中、自分はしなくても、人がしないとすぐ怒る。その怒り方も半端じゃない。日本古来の常識は通用しないのよ。人の物を隙あらバ自分の物にする。人を蹴落として上に上がって行く。頭さえあればどんな生まれでもね。それが現代。あの子達は普通。うちの子達はお母さんには礼を尽くす。お母さんのやり方を知っているから……

　私にはそんなことはしない。ご飯の時間になって自分が食べたければ、私食べるけどお母さんのもつくる? あるいは時間になるけど、その辺にあるもの、好きに食べてよ。そんなことはどうでもいいけど、自分で自分を守るよりないのよ。人のやり方、生き方なんて、知っちゃいない。東京はそうして、生きて来たの。言って、ごねて、駄目で元々なのよ。まともに受けること無い。お母さんはお母さんのやり方でいいのよ。それには年金はしっかり握っていなければ駄目よ。そのやり方で九十年生きて来たンでしょ。これからも、それで生きるしかないでしょ。だったら、命綱の年金は持っていなさい。離したら駄目よ。可哀相も糸瓜も無い。投げ出したら、本当に首くくりよー」

「だから、その覚悟をしたよ〜。その積もりで、次男や貴女や桃ちゃん、ツー子さん、如月、橋の弟、北の甥にそれぞれ、手紙を……」

「次男が血の滲む様に努力して築いた物を壊す気？　私を苦しめたいの？　橋や北を他人に非難させるの？　百合さんをはじめ、そこの近所に迷惑を掛けるの？　それはお母さんの生き方の反対じゃないの？　逆でしょ」

「死んだ後のことなんて知らンよぉ～」

「あ、そうー。じゃ～、首くくりなさい。止めないわよ。何時？　その手紙とやらが書きあがるの？　三日後？　一週間後？　二階のかもい？　下のかもいに紐掛けるの？　お母さんの主義と違うのじゃない？　人に迷惑を掛けず、人の気持ちを慮って生きて来たンじゃなかったの？　違ったの？」

「だって昔から、そうして来たモン。相手の気持ちを慮って来たよ～。こうしたら喜ぶンじゃないか？　ああしたら機嫌よくしてくれるンじゃないか、とそればかりだよ。だから、一緒になったらミ～ンナ取られて、この部屋に閉じ込められて、泣いて逝くよりないわ～」

「一緒になっていない、今からそんなことばかりを言っているようじゃ、そうなるね。ツンケンされたら、そうせざるを得ないンでしょ。そうされれば？　あたしゃぁ、知らない。高見の見物だよ。百パーセント、そうなるね。そうしたいンでしょ。長男のために……私の言うことなんて聞いた例《ためし》がないじゃない。いつも、そうもしていられなくて、でしょ。全部出して、周りとの付き合いも絶って、閉じ込められて泣いて首括ればいいでしょ。閉じ込められているンだから、誰も止めやしない。成功するわよ。それが、お母さんの憧れでしょ。期待しているからやりなさいよ。今まで築いて来たものを壊される千葉が、可哀相だけど、お母さんは死んだ後のことなんて知らないものね～」

「そんなことしたくないわね。楽しく一家団欒したいわね。でも、そうなるね。ツンケンして、デカイ尻向けて、何を言っても無視されたらどうにもならンでしょ。私が死んだら、嫁に殺されたと思ってねー」

「冗談！」

「冗談じゃないよ。本とだよ。覚悟したよ～」

「好きにすれば？　泣き続けて首括ればいいでしょ。私の知ったことじゃないー」

「貴女は、オッカさまに育てられたから、人の不幸をおもしろがる薄情な子だね。親が切ながってボトボトして、苦しんでいるのに、言いたい放題だね。何処まで行っても冷たい薄情者だね」

「かも知れない。私はお母さんと一緒には泣かない！」

「婚家のお姑さんと長い間、一緒だったからきついね」

「そうね。自分で自分を守らないとどうにもならなくなる。それこそ、首括りよ。でも、そうなったら……」とまた繰り返す。

「ヨメさん、そんなこと言ったンかね。私からもらうのは迷惑だって。喜んで持って行くとばかり思っていたのに……」と泣き出した。

「だから、逆効果だって言っているの。出すこと無いの。向こうはお母さんより、遥かに持っているのよ。いい生活をしているの。以前のようにはいかないけど。一銭も出すこと無い。出せって言うなら出せばいい。その代わり、家賃を取りなさい」

「そんなこと出来ンよ。長男でねえかね。次男もクニさんも家賃を取れって言ったけど、出来んわ〜。親子でしょ」

「金に親も子も無い。如達が働き始めた翌月から食い扶持を取ったわよ。お姑さんは仙台からアパート代を取って町会費まで取ったわよ。他の部屋の人と同じよ。それが当たり前」

「ま〜そんな〜、薄情なことをよく出来るね〜。貴女もお姑さんを真似て、そんな薄情なことを如月ちゃんにしたンかね？」

「当たり前のことよ。別に真似たわけじゃない。働き始めたら一人前の社会人。独立した人間になって欲しかったからね〜。その代わり、怒鳴り付けてやりたいときでも、口を出さない。黙って見ている。それで、失敗しても本人の責任。今、東京は二十万の家賃を払って光熱費を払っている。あの広いマンションでは電気代だけでも何万でしょう。それにガス、水道がある。うちはあのマンションよりずっと狭いけど、電気代だけで、テレビ、パソコンが各部屋にあるから、二万から払う。エアコンを使えばもっとになる。お母さんの光熱費は全部で五、六千円でしょ。家賃がただになるンだから、生活一般をださせなさい。ツー子さんや百合さんとの付き合いは別だからね。それはお母さん。あの子達にはあの子達の付き合いがある。そっちはお母さんとは関係ない。全部出しても、金さえ出せばそれで、済むのかって言われたら、泣きっ面に蜂でしょ。それに、その屋敷もいくわけだし……」

「そうだけど……でも、つん……」

「だから、気が付かン振りしていればいい。九十の老婆でしょ」

「そんな人を騙すようなことは、出来ンよ～。私を嘘つきになれってノかね？　私はそんな風に育てられなかったデネ……」もう、勝手にしろー。

「話は違うけど、ツー子さんは体の調子はどう？　元気？　手術して、何年になるの？」

「もう、十年位かヤ～……」そっちの話になり、ツー子さんの兄姉の話で東京のことは忘れた。一番上は新聞の短歌の選者で短歌の本を十冊から出している。と言う。


平成二十一年二月二十日（金曜日）　雨↓晴れ

東京が来て……

「貴女みたいに薄情なことをいったら、実も蓋もないでね。この辺は……」

「ほ～ら、来た。すぐそうなる。実も蓋も無くて悪ゥゴゼェヤした。相……」

近所の話から、

「夫さんが野乃さんの勧めで一週間ほど前に線香を上げに来なさった。貴女が出たって聞いてびっくりした。なんで親に黙っている。次男も何も言わない。東京に電話したら、あの子が吹っ飛んで来て説明してくれた。息子もヨメさんも大反対したのに強引に出た。全ては姉さんが悪いからああなった。当然だ。夫さんに落ち度は無い。帰って来てお袋の面倒を見てくれって、夫さんが頼んでいるのに、姉さんは耳を貸さないンだ。ヨメさんもあれはお義姉さんの責任と言っているってね。嫁に恥を掻かせたって嫁が怒っている、って言った。私もそう思う……」

「それだけ？　もう、言うこと無いの？」

「ふぅぅんー？」

「なら、そうでしょ。東京の二人が嘘を言うわけ無いものね。それで、結構。関係ないわ。もう赤の他人。あの二人に何を言われても平気だけど、ヨメさんテすごい人だね～。頭のいい人は怖いね。オッソロしい！　今更ながら……感心するわー」

「平気とはどういうことだね？　東京は二人とも心配して、言ってくれているのに、貴女は……」

「分かった、ごめん。ごめんね。私の間違い。報告したのは糸魚川。東京の反対を押し切ってごめんね。お母さんにも東京にも心配させたくなかったのよ。親だし弟ダもの心配スルの当たり前よね。分かった。ごめんなさい。御免なさい。夫に電話して謝る。それでいいでしょ？　謝るから機嫌直してよ。ヨメさんは私、苦手だから電話はしないわよ。それくらい、許してよ！」

ふうんと、やっと納得した。もう、勘弁してよ～。向こうには、もう女の籍も入っていて女の娘も一緒だ。向こうと二度と話すことはない。東京は何を、画策している？　お向かいさんじゃないけど、人を喧嘩させる恐ろしい人だ。母を、兄弟の間を壊すと言ったが母ではなく、自分だろうが……

平成二十一年五月五日（火曜日）　雨

如から昼近く電話が来た。昨夜から、薬を取り上げて飲ませない。そしたら、大分元気になった。

顔色もよくなって食欲も出た。取り上げた薬を、今まで飲んでいたから、寄こせって聞かないので納得させるまでに随分手コずった。でも、ま〜、一安心――

今夜発つ、道の混み具合で何時になるか分からない――

零時四十分に帰って来た。早かったこと。叔母さんから電話が来たの？

「夜に出る。明日の昼か夕方になるって言っていたでしょ」

「五時間弱で来た。お堀を抜けて、虫川、松之山、十日町、月夜野で下に下りて、真っ直ぐ。夜だからスイスイ来た。叔母さん、私達が邪魔でしかたなかったみたい。言うことされる事、あったまに来た。クッキーもらったンだって？　あんなもので商売していたって、言うから、びっくりよ！　安くしていたから、採算が取れなくて止めたって、言ったけど、だろうねって、思った。よくもまぁ売ったものよー」

「お金を出して買う人がいたンだから、びっくりよ。子供達もブーブーだった。素人の焼いたお土産、嫌なら食うなって、言ったくらいよ。腹へっているから、飲み込んで持たせるって、牛乳をがぶがぶだった」

婿殿はニヤニヤ〜首を振りながら……

「なんと申しましょうか……すごく変わった味ですね。あれで、商売って言うから、いや〜、驚きました。参りました」と、頭を下げてゲラゲラ……礼の電話して商売と商いの違いの意味を聞かされた話をして、二人は笑い出した。

「あの二人の話は、私にはさっぱり、分かりません。お祖母ちゃんのは、うん？　あれ？　と、思うけど、九十の年寄りだから、うん、ま〜、だな〜　義叔母さんのは、辻褄が合わないことが殆どだ。何となくナ〜何処から何処までが本当で、何処から何処までが嘘だろうと、思っちゃうのはなぜですかね〜？　或いは全部が作り話と思うのは、どうしてですかね〜。お姑さんー」

「さ〜ぁ、知らない」

「話を聞いているとすごいよな〜　義叔母さんは天才だよ。秀才だよ。出来ない事がないみたいだよな〜。それにものすごい人格者に聞こえるよな〜。娘の事は、私は顔も分からンけど、天才で何でも出来て、人格者で美人だそうですね。人が振り返って見るくらいの……」

「鼻をピクピクっと、動かしただけで全てが分かり、たちどころに出来上がるンでしょうね……」

「ええーっ、なに？　それ？」

「はあ〜？」

「知らないか〜。昔、アメリカのテレビドラマで奥様は魔女って言うのがあった。その主人公サマンサ、魔女だから何でも出来る。鼻をちょっと動かしてね。人が振り返って見る美人だって義叔母さんが言っていた話を青山でしたら、二人共振り返るでしょ。気持ち悪。お化けってね。骨と皮じゃないって、答えが返ってきたわ」

「は、は、は。分かる、分かる。私ね、義叔母さんと実家のお祖母ちゃんと重なるのよね。そっくり。自分と娘ほど偉い、頭の良い、美人だと自慢をしまくるじゃない。で、人は皆、馬鹿って、見下して味噌くそじゃない。あの態度、すごく腹が立つのよね。たまにまともナ事を言っていても、突っかかってみたくなるのよ。突っかかりはしないけど……」

「そうかもね。生い立ちも似たような育ちだからね。どっちも頭の回転が速いし、人の物も我の物も我の物的でしょ。自分の頭の回転の速さで、人を押しのけて上がって来たからね。自分の兄弟姉妹を自分の命令に従わせて、その家族まで牛耳ってきた。でも、その家族もその恩恵に預かってきたから不満があっても、誰も文句を言わない。今、嫁さんと末の弟と絶好状態。大喧嘩になって兄弟の縁を切った」と、経緯を説明。「小学校のときから、親の手助けをして働いて来たから、親も一目おく。自然、強くなり周りを支配するのに慣れてしまう。偉いし、すごいとは感心する。でも、それを鼻に掛けて自慢はまだいいけど、人を見下して馬鹿にし、支配しようとすべきじゃない。千葉の二子さんが前に、ここで言ったでしょ。利巧馬鹿、実るほどに頭を垂れる稲穂。脳ある鷹は爪を隠す。って、一人ごとみたいに言って笑っていたじゃない。貴女もそこにいたわよ」

「千葉の義叔母さんを東京の義叔母さんは……」

「気が利かない、ボーッとした人じゃないよ。私なんかより、はるかによく気が付く人だよ。もっとも、私は付かんン上に、付かない振りをしているとこが結構あるからね。その方が楽。付いて出しゃばりって叱られるよりいいからね。ただ、口に出さないのと、余計な事は我関せずにおっとり構えている。それで、叔父さんは助けられている。あの銀行であそこまで行くのには、全身が神経で四六時中ピリピリしている。義叔母さんとこに帰ってその弦を緩めることが出来たのよ。会社に入っていた銀行の支店長が言っていた。俺は駄目だった。ついて行けなかった。一年ももたなかった。あそこは、他が三人、四人でする仕事を一人でこなす。あそこで二十年、三十年いられるだけでもすごいよ！って。肩書きは言わなかったけど……だから、あの義叔母さんは、本当の利巧な人と思う。お祖母ちゃんにも言っているわ」

「ということは、東京は頭の回転は速いけど大馬鹿ってこと？」

「そうは言ってない。私はもっと、もっと、大馬鹿だからね！」

「下の義叔母さんは苦労人よね？」

「でしょうね。長男のアトピーもあるし、三人とも結婚してない。孫の顔も見たいでしょ」

「あの二人、上手く行くわけないよね。千葉の義叔母さんはお祖母ちゃんに合わせているし、人の悪口なんか言わないし、色んな事を優しく根気よく説明して、お祖母ちゃんを納得させるけど、東京の義叔母さんは頭から命令して従わせようとする。それで自分は絶対に正しく、現代の先端を行っているンだ。でしょ。田舎の小さな町の九十過ぎた老婆に、東京の先端なンかどうだっていいのよねー」

「だね。外国生活したものは、何処までも自分を前面に出して押し通そうとする。人の言う事なんて認めようとしないでまくしたてる。そうしないと置いてかれてしまう。ライシャワーさんは日本で育っているし、ウエスターさんは二世とはいえ日本人の奥さんだから、しごく日本的な静かな人だったけど……」

「誰？　それ？」

「ライシャワーさんは日本で生まれて育って故国アメリカに帰って大学教授から大使になって日本に来た？　帰った？　で、奥さんは松方財閥の長女春さん、ウエスターさんはその護衛武官長、十六歳で大学院を卒業した人、飛び級続きをやった。奥さんは二系二世でニューヨークのデパートのデザイナーだった人で私の最後の先生。だから、長子さんはカナダへ二年、皐月さんはニューヨークへ一年行って来たでしょ。それに外資系の会社に入っているから、自然と外国人的になっているのを、そのままヨメさんは真似て、自分は最高と思っているンでしょ。感情剥き出しの怒鳴りあい。お祖母ちゃんを、引っ込むことを知らなくて唖然とするって言うけど、ヨメさんも同じ。老いては子に従えがあの人の口癖。それなら、郷に入っては郷に従えは？って、聞いてみようかと随分思った。イスラムはもっと激しい。逆らったら殺す。いいのか悪いのか、私には分からない。お疲れ様。有難う御座いました」と、婿殿に頭を下げて自室に戻った。

平成二十一年五月十八日（月曜日）　晴れ

弟達と会う！

ヘルパーの話、嫁さんが二泊してあれもこれもして来たと自慢話！　如月の話と反対じゃないか……原さんは往診する、家族で住んでいる人の所は……

「お袋のような一人住まいの老人の所は来ない。何かあったら、家族に責任を負わせればいい。一人住まいの老人は何かあったら、往診した医者が責任を負わなければならなくなる。その責任を負いたくないからだ」と次男。

桃の舅の事、婚家の姑の事を話す。

「幾つだ？　それで元気なンか？」

「親父さんと同じだから九十七？　八？　元気、元気――今話したとおりで、暴れるから困るのよ。三軒めだか四軒目だって。人に怪我をさせるから追い出される……」

「睦月の言うことか？」と東京。

「いや。あの子は音信不通、留守電の返事も来ない。葉書一枚来ない。こっちからの物は全てあの子の手に渡っていない。事務所で受け取っている。自宅の玄関に置いてくる。あの子が仕事から帰って来るまでに何処かに消えていてあの子は知らない。連絡をシャットアウトして、十年も耳元で祖母、父親、叔母達に色々と言われたら洗脳されて当然でしょ。事務所の三人。明日も会うことになってい る。桃の旦那がやっている会社の子会社の連中。子会社があの辺の個人会社へ軒並みに入っている。その子会社の連中から色々聞かされるのはたまんないって言っていた。当然よねーそういうこと」

これで私が言外に言っていることが東京は分かっただろうか？　医者は金次第でどうにでも動くとは千葉の言――

コージヤの話――散々、尽くしたンだから抵当権を黙って外せって電話だ。腹が立ったから、何で俺がしなきゃ成らん。そっちが書類を作って弁護士でもなんでも立てて、頼みに来るのが筋だろう。お袋にどうのこうのと言ったら、俺は絶対に判は付かん。姉も弟もプライバシーがあるから、住所も電話も俺からは言わンと怒鳴り付けてやった。

　系図を寄こせって聞かないンだが、そんなものはないって、言ってもあるはずだっていいやがる。里郁の系図があるはずの一点張りで早くしろだ。

「あるわよ。今、何処に有るかは知らないけど」

「あれはさ。町に出るときにそういうのは皆、捨てたンだ……」

「書類、書類って何の話？」

「大正六年二月二十七日に八百五十円をうちの祖父さんからコージヤのジーさが借りているから抵当が付いていているンだ。それで、抵当を外すのに系図になったンだ」

「前にも無かったっけ？　なんかコージヤの借金の件で呼び出してなかった？」

「前のは、明治三十七だか八の九百五十円――」

「もう一つ無かった？」

「昭和七年の何月かの七百三十円だったかだ」

「今なら、何億でしょ？　そんな話、誰も知らないー」

「役場の台帳に載っているだけだ。散々、尽くしたから、文句言わずにさっさと判押せ、言う通りにしろって、言いやがった」

「尽くすのが当たり前の時代の主従関係でしょ。だからこそ、バァが顎で村中の連中を使えたンでしょ。それなりの見返りがあった。村で一番威張っていた。お祖母ちゃんにたてついて喧嘩を許されていたのも、ジィとバァだけだった。そんなことを言うのはアンサじゃあないね。バァの息子はそんなことを言わないね。お母さんと同じ位の歳。あ、アンサの子のアニィは四十前後で、井戸に落ちて首の骨を折って死んだって聞いた。昭和四十年頃かな～　私が村を出る頃はまだヨチヨチ歩きだった。もうちょっと上だったかな？　次男さんと同じ位ヨ。その死んだアンサの子は会ったことも無いし名も知らない。アンサの孫？　孫でも如月位にはなっていると思うけど……」

「孫だろう。息子なら俺くらいか……いや。孫だよ。四十に成ったかどうかの声だ。あの、馬鹿息子……」

「尽くすからこっちもそれなりに、面倒を見たンでしょ。明治の九百五十円と言えば、村では土地付きの家が三軒建つ。釣りも来るかも……それを催促も利息もなし。書付もなし。お祖父ちゃんは初めから、くれてやる積もりだった。抵当を付けたのは歯止めとお仕置きの意味じゃなかったかな？　それと、表に出したら女房子供が苦しむ。お祖父ちゃんは人格者の教育者として知れ渡った人、亀鑑にも載っている。だから、まず子供の事を考えたのと違う？　だから、何も残さなかった」

「ダロウナ～。それにしても、莫大な金だ。それをポンとくれてやる。そんなに金があったンか？　うちは？」と千葉。

「あった。金があるので有名な地主だったたって坊主も言っていた。だから、お父さんは、農地改革まで一銭も給料を入れなかったけど、誰も何も言わなかった。目黒の大伯父さん東京帝国大学を出て服部時計に入って、大番頭で世界を飛び回っていて帰って来なかった。で、お祖母ちゃんが婿を取った。婿を取ってから、お祖母ちゃんはお針の教室を始めた。いい着物を縫った。冬のカアチャンたちの仕事にバテンレース、輸出用の、を教えてさせるようにもなった。それを取りまとめて出荷すれば手数料が入る。近隣へ懐石料理の仕出しをした。妹が家を守っているからって大伯父さんから、毎月結構な金が送られてきた。そういった現金はみな銀行へ行った。何万という金が有った。銀行はお祖母ちゃんが金を引き上げたら潰れるって、言われた。生活費は地主としての実入りで充分だった。お母さんが来たときは東京からは送金が無かったそうだから、大伯父さんが亡くなっていたンだと思う。私が子供のとき、バァの娘のどの子か分からないけど、嫁に出すときのこと。お母さんの着物、かんざし、長持ち、布団を持たせた。戦後二、三年。越の物、普通なら手に取る事も出来ないもので、嫁入り支度をしてもらった。有り難い。この子は幸せものだ。威張って行けるって、バァが泣いていた。そういったことは地主が面倒を見た。そういう間柄だから、尽くすのが当たり前。自分の家と同じよ。ジィもバァも殆どうちで食事をしていた。バァが殆ど取り仕切っていた……」

「判を押すのはいいけど、東京の分家はどうスンだ？　それを、確認してからだ……」

と千葉。

「私も判を押すのはいいけど、婚家じゃなく里郁よ。今日は判を押す書類なンて、頭に無かったから三文判しかないわよ」

「ええーっ、姉さん籍抜いたンか？」

「何言っているの？　葉書も出した。年賀もだした。里郁で行っているわよ！」

「いや、知らん！　そうか？」と千葉に。嫁さんが見せないで捨てた？

「私からの葉書も年賀も見てないってことよね。全部書いた。貴方の所だけ白紙の葉書を出す事ない。私の下手くそな字を見れば分かるから、読まないで捨てたンでしょ」

「……そうかぁ……抜いたンかぁ～……」千葉はニヤニヤしていたが……

「そうだ。それもある。はい、付きましたって、簡単には行かないよ……」

「付くのはいいけど、そういう書類をあっちこっちで取ると、結構掛かるわよ。返信用は何も無いって言っていたよね。役所への足代から、印紙代、書類の手数料、全て細かく出して請求しなさい。それと引き換えに書類を送ればいい。自分は何にもしないで、先祖の事を言うなら、こっちも、先祖のことなんか知らん。で、撥ねればいい。そういう奴には、こっちも、それなりに出ればいいのよー」

平成二十一年五月二十日（水曜日）　雨↓雲に

母の顔を見てびっくり！　お岩さんだ。四十六年も続けてきた仏壇と母への挨拶を忘れてしまった。

「どうしたの？　その顔！　何があったの？」

「次男が来てお墓へ行ったンだわ。散歩がてら。いつもの道じゃなくて、グルっと廻って、色んなとこを見ながら四時間も歩かされたら、すっかり、くたびれて、足が縺れて、山門の所で、……つんのめってしまって、……顔から石段にぶつかってしまって、……手は開いて後ろへやったから、手は大丈夫だったよ～。（これは幼児の転び方だ。普通、両手を付く）暫く、起きれなかったよ～。次男が起こそうとしてくれたけど、起きれなかったよ～。暫くこのままにして、墓へ行って花と線香を上げて来て、と頼んだよ～。すぐ、帰って来て起こそうとしたけど、起きれなかったよ～。もう少しこのままにしてって、たのんだよ～。暫くしてやっと抱き起こしてくれて、タクシー呼んで帰ったよ～。病院に連れて行ってもらって、レントゲン、撮ってもらったけどなんでも無かった。皮が剥けて血が出ているところを、手当てしてもらった。鼻や頬は打ち身で紫になったけど、心配ないってね。時間がたてば治るって言われたわ。次男は、申しわけない。歩かせて悪かったって、謝りとおして帰った。四時間も歩かせるンだもの、謝るのは当たり前だわ～。でも、東京は皆、謝るンでなく、何やってる、気を付けて歩けって、怒鳴り付けるね。やっぱり、次男は礼儀を知っているンだわ～」

「それは、それは。災難だったね。可哀相ね～」

四時間と言うがそんなに歩くはずが無い。あの町、横に付き切ってもいいとこ、三十分だ。寺を見て廻るとしても、数はあるが見るような寺はそう多くは無い。それに、千葉自身も歩きたくないだろう。首の骨からで足が悪くなっているのだ。長時間歩けば、足を引きずる。ま～二時間歩いたかどうかだろう。と思いながら、通った道筋を聞いたら、一時間ちょっとだろう。今回は、そんな話は聞きたくないって、聞いてくれなかった。

「あの子の態度が豹変したわ。貴女、何言ったンだね？　何を吹き込んだね？」

「ちょっと。変な事言わないで。何にも言ってないわよ。私、今、あんまり、姉弟付き合いしていないって、言っているでしょ。だから、何を言うわけ？」

「何か聞いてないかね?」

「聞くも聞かないも話をしてないから、知らない」

「貴女が知らないなら、東京だね。次男に何を吹き込んだンダヤ〜」

「そう決め付けないでよ。お母さんの憶測だけでしょ。次男自身が何か考えがあってかもしれないし、単に疲れていたかも知れないじゃない。疲れて黙っていたい時があるでしょ。お母さんはないの? 私はあるわよ。あんまり、勘ぐるのは止めなさい。次男が一番お母さんの事を考えているンだからね」

「ううん。そうに決まっている。次男は私の話を今まで、聞かなかったことなんて、一度も無かった。この間、東京が来て大喧嘩した。テレビの……涙が出て眠れなかった。こんな、小作の家の半分もない小さな家に住みざるを得なくなったのさえ、哀しく切なくてたまらないのに、自分の居間さえ、取り上げられるンだよ〜」と幼児の様に泣き出した。

「いいじゃない。改装してもらえば……お母さんの部屋は暗すぎる。この部屋にしなさい。一日中、日が入って明るい。お父さんもいるし(仏壇をさして)、ただし、改装費は向こう持ちよ。箪笥は床の間に入るでしょ」

「貴女、何を言うね。床の間に箪笥ってどういうことだね! 床の間に物を置くなんて許されることじゃないわね。どうかしている。床の間は……」

「今の時代、一間もの床の間なんて、遊ばせておくスペースはないの。床の間や飾り棚なんて、いらないのよ」

「す、す、す、……」

「場所よ。如月の所も桃の所も那須もないわよ」

「千葉は広い……」

「あそこは、純然たる日本家屋よ。あの子、掛け軸や日本的なもの好きだったでしょ。人それぞれ。その家の事情で変わるの……」

「二階は二階でテレビ、ここは私だけってかね？」

「そうよ。如の所は居間以外に各部屋にあるわよ。無いのは私の部屋だけ。見たいのがあると居間で見る。たまにね。子供がチャンネ……番号を変えるでしょ。ババはこれ、見ているの。回さないでって言うと、俺はこんなの見ないって。だから、自分の部屋へ行って見ろって言うと、ぷっとして上へあがって行くわよ」

「よく、そんなこと言えるね。如月ちゃんに告げ口されたらどうするね？　如月ちゃん、貴女が意地悪したって、機嫌悪くなる。そうした……」

「別にされたっていいわよ！　そのために、親が各部屋に与えているンだから。文句があるなら、子供の部屋のテレビを私が占領するまでよ」

「そんなこと言うもンでないでね。もっと優しくならンと駄目だよ～。そんなにあったら、電気代がすごいね～。私、二台も電気代払えンよう～」

「だから、光熱費は向こうに払ってもらいなさいって、言っているのよ。風呂を大きくしたら水道代がどうのと言っているけど、関係ないでしょ。大変、大変て、言うけど、まかせる以上、いくら使うとお母さんには関係ないでしょ。どれだけ何を使おうと、あの子達の勝手。お母さんは出サナケリャいいの。それだけ。まかせるってのは、お金も任せるの。東京に居たって自分の生活費は掛かるの。ここでは部屋代が浮く。お母さんの今の光熱費は一万弱でしょ。けど、あの子達が来たら、電気だけでもその倍は掛かるわよ」

「次男は、五万位は掛かるって言ったわ～」

「でしょうねー」

「この辺……」

「この辺はこの辺。お母さんはお母さん。それぞれ事情が違う。なんで一緒にしなければいけないの？　このヘンて、何処かは知らないけれど、みんな結婚したときから一緒に住んで、働きながら家の事をしているでしょ。子供の面倒はお祖母ちゃんが見たでしょうけど……うちは違うでしょ。四十年、お母さんが一人でやって来た。あの子達の世話になったわけじゃない。人の真似する必要、何処にあるの？」

「そうだけど……理屈はね。あの二人、ここへ来てただ住もうってンだわね。生活費から一切合財を私に出させようってンだよ～。クニさんもミーちゃん先生も今までが今までだから、一銭も出す事ないって言うけれど、出さざるを得ないわね。苛められるのは嫌ダモン。出したくないよ。出したくないよ～。出したくないけれど出さざるをえないよ～」

「今からそんなことばかり言っていたら、そうなるね。いいじゃない。悲劇の女王様を演じて泣いていなさいよ。私の知ったことですか……」

「貴女は薄情な子だもの。だからお姑さんに追い出されるンだわ～。私みたいに明治様……」

「関係ない！　それとこれは違う。出すなって言っていない。全部出して泣いていなさいって言っているの。出したいンでしょ。出してあげなさい」

「全部出してもまだ足りないってヨメさんに苛められたら、そこの鴨居にぶら下がる覚悟を決めたわね。そうなったら、ヨメさんに殺されたと思ってね」

「思わない。どうしてすぐ、そこに行くの？　自殺に憧れて勝手に死んだと思うわ。千葉や私の立場はどうなるの？」

「貴女の立場なんて関係ないわね」

「なくない。そんなに成るまで、なんで放って置いたってことになるの……」

「死んだ後の事なンテ、知らんわね～」

「あ、そうー。じゃ、死んだ後の事なんか言わないで。生きているうちにお前達のことナンか知らないでいいでしょ。息子が何よ。嫁が何よ。いいじゃない。九十でしょ。後、何年生きられるの？　五年？　六年？　そんなもンでしょ。その間を好きなように生きて、楽しみなさい。今まで、日本一苦労したンでしょ。だったら、楽しむ権利があるのよ。私、子供のときから、言っていたよね。命有っての物種、食わなきゃ死ぬだろ。死んで人の笑い話のタネにするのかって。そう言ってお母さんに引っ叩かれたよね。麗子従姉ちゃんが死んだときよ！　生きている間に自分の意志を通して、好きなように生きればいいのよ。その自由に動き回れる時間は、五年とは無いと思うわよ！　泣いて暮らしたければ泣いていればいい。首括りたければ括ればいい。好きなようにしなさいよ」

母は泣き出した。しまった。また、やっちゃったぁ～。ついつい、むきになってしまった。

「ごめん、ごめんなさい。お母さんがすごく大変だってこと。良く分かっている積もり、私が言っているのは分かっているのよ。お母さんがすごく大変だってこと。謝る。ごめんなさい。お母さん、真に受け無いでよ。分かっているのよ。お母さんがすごく大変だってこと。良く分かっている積もり、私が言っているのはね、泣いていても仕方ないでしょ。あと十年とは無いあいだ、楽しく強く、生きて欲しいのよ。お母さんが苦しんで、苦しんでいるのを見たくないから、逆の事を言うのよ。私は昔からそうでしょ。優しくないよね。でも、本当は心配しているのよ。大事な、大事な、日本一のお母さんだもの。分かってよ。そうでしょ。日本一のやさしい、いいお母さんでしょ……」うんざりしながら、謝って、謝って、やっと機嫌直してくれた。後は黙って聞く。時々、大変だったね、可哀相と入れて……

「東京と喧嘩して裸足で北へ逃げて行った。北の二人が話を聞いてくれた。三時間ほどいて、十二時過ぎに二人で、車で送ってくれた。泊まって行けって布団まで敷いてくれたが帰った。家中の電気が消えていた。息子は高鼾で寝ていた。甥も流石に驚いた。俺だったら、喧嘩はするが、見え隠れに後を付ける。途中で行き先が分かるから、先回りして、こうこうだから、来ると思う。悪いけど宜しく頼むって、違う道から帰る。叔母さんの部屋、玄関、茶の間の電気は付けておく。寝ていないで、帰ったらお帰りって言う。親子だから、どんな喧嘩もその一言で済む。それを電気まで消して高鼾で寝ているとはね～。叔母さんの言うこと分かったよって、呆れていた。電気も甥が付けてくれた。送って来て、仲直りさせようと、二階に行って見て来たけど、何も言う気がしなくなったって、下りてきたンだわ～」

「そう。大変だったね～。お母さん可哀相！　お従兄さん達も良くやってくれるわね～。有り難いね。私も感謝しないとね。夜の九時十時になって息子と喧嘩したと、裸足で行ったら、玄関払いくっても仕方ないのに、足を洗って、お茶出して、話を聞いてくれて、夜中に送ってくれた。叔母さんと言っても、そこまでしてくれる甥はあまりないのよ。こういっちゃなんだけど、お従兄さんも歳なンだなあ～」

「としかね、七十……」

「意味が違う。そういう年代になったってこと！　今の若い人はしないわよ。お茶も出さないかもね。そこに布団があるから、好きなように寝て。俺たちは仕事があるから寝るよ、でさっさと寝てしまうのが普通。まあ、沢の当主っていうのも、あるかもねー」

「当たり前だわね。沢の主だわね。それで……」

「お母さん、もう二時過ぎているわよ。今の話じゃないけど、寝るわよ。寝不足するとメニエルが出てくるのよ。御身第一よ。あ、それから、途中で起しても起きないわよ。睡眠薬飲んで寝ているからね」

「ま〜、眠り薬かね。どうするや〜どうするや〜、あんなもの……」

「心配してくれるのは有り難いけど、医者が調合しているから大丈夫。飲まないと眠れないと目眩が出て来て入院になるの。じゃ、お先にお休みー」

「医者なんか……」の言葉を無視して二階に上がってしまった。


平成二十一年十二月十九日（土曜日）　埼玉は晴れ、向こうは雪

婿と如月と三人で母の所へ。学校の駐車場に車を入れて荷物を下ろしていたら、澄まして母が通り過ぎて行った。百合さんの所へ挨拶に。今朝、早くに来て東京と電話で喧嘩したと泣いて行ったそうだ。多い日は五、六回くる。一回で済む事を一つ一つに分けて聞きに来る。書類を持って来させて、一つずつ見ながら書かせる事もある。何かでる度に来る。

「申し訳ありません。抱っこにおんぶもいいところ、百合さんをはじめ皆さんに押し付けっぱなしで申し訳ありません。我が儘させていただいています。おばさんが面倒を見てくださるのをいいことにして……申し訳ありません」

「ううん。いいの。私もね、三、四年するとああなるからと思うと怖い。ここ一年、急にデス。いいの、いいのよ。分かっているから。デスけどネ、すぐこうする（首くるまね）でしょ。冗談じゃありませんよ」

「そうナンです。私も、そんなことしたら、弟や私、この近所、北を初め従兄妹達、第一、橋が迷惑

する。父にも顔向け出来ないって言うンですけど、なんでね？　他人は私が首くくろうと、どうしょうと関係ないわねって言います。百合さんはかって民生委員を何年もした人、北は福祉事務所の所長をした人、左向かいは中央の看護婦さんだった人、そういう人達が側にいながら、なんでそんなになるまで放っておいたになるのよ。世間の批判を浴びる。それ以上に私達が非難される。と、説明しても納得しません。人の事でねえかね。誰が咎めるね。誰だね？　何処にいるね？　この町内の人かね？　鎌さんかね？　高山さんかね？　と来るンです」

「高山？」

「この後の道の向こうで幼稚園の近くです。ご主人が教員で碁仲間です。鎌さんも同じです。個人しか出て来ないンです。そんな人はこの辺りにいないよ。みんないい人だわ〜です。トンチンカンです。貴女はヨメさんが言うように、世間知らずの苦労なしだから、世間の冷たさを知らない。私のように苦労していないからとお説教が始まります。あ、そう‐苦労も世間も知らないわよ。だから、死ねば？　首、括りなさいよ。わたしゃ、知らんがね。いよいよとなったらなんて言わないで、今くれば？　見ていて上げるわよ。自殺の美に憧れているンじゃないの？　きれいじゃないわよ。見たことがあるけど、グロテスクよ。すごく醜いわよ。（やだ〜キユさん‐）周りの迷惑なんか関係ないなら、今、死になさいよって、言っちゃって、泣き出されてしまった。言い過ぎたって、平謝りになります。貴女は私の苦しみを少しも分かってくれないで、ポンポン言う。勝手な子だ。オッカさまに育てられた子だから、私を女中位に思っているンだわ。何処までも私を苛めるンだね。いつも、いつも嫁の味方をして、私を苛めるって又泣かれます。それで、また謝って、謝ってです。私の大事な、大事なお母さんでしょ。一日も長く、楽しく生きて欲しいから逆の事をいうのよ。分かってよ。お願いよ。お母さんは私の大事な日本一のお母さんでしょ。ところで、友さんがね、と、他のことに切り替えると二、三分前の事は忘れます。友さんですか？　私の四十年来の友人で山の上の郵便局の娘です。父が新任の頃、彼女の祖父母に世話になったという話です。輪廻は廻るでしょうか……」

「そう。それがいいわ。今言ったことを、すぐ忘れて同じ事の繰り返しですから。それがいいわ〜。五百子さんが出て行くと、すぐヨメさんが来て、五百子さんの事を色々と言うンです。そこまで言うかって、聞くに堪えない言葉で罵るときもあります」

おや？　何があった？

「だと思います。私にも言います。あの人は、老いては子に従えって言葉を知らない。常識を知らない。物は知らない。今の言葉を知らない。言う事が滅茶苦茶。なにそれ？って、分からない事を言う。世間知らずにも程がある。馬鹿じゃないの。唖然とする。お義姉さんも世間知らずで鈍感で頭が回らないバカだけどそれ以上よ、と、言われます。（ええ〜っ）その通りナンです。我が強いから貴女に迷惑を掛けるわね。ごめんね、私は世間知らずだから、どうしていいか分からないのよ。大変だろうけど、何でも出きる貴女なら上手くやると思うわ、宜しくねって言います。ヨメさんの言う通りなンですけど、郷に入っては郷に従えって、言葉も有るのよって思うときもあります。その土地、土地で習慣も違うンだけどな。習慣とか常識は時代によって、国や地域によって、仕事や家の歴史によって皆違うと、私は思っています。ＮＨＫが全てではないと思う私は、やはり世間知らずなンでしょうね～」

「ま～、そんなことをよく言うわね。驚いた。でも、言うでしょうね。あの人なら……もっと、ずっと酷い事を言いましたよ。止めなさいと、言ったくらいですよ」

「ですけど仕方ないです。母は教育勅語の信奉者で、後ろへ後ろへと歩いています。九十過ぎていまさら変えられないです。無理に変えようとすれば、母を完全に破壊するしかないです。ヨメさんは、ＮＨＫという現代の最先端のジャーナリズムの中で前へ、前へ、私が、私が、と突っ走ります。何処まで行っても平行線上にいるンです。交わることはありません。お互いに自分が正しいと譲りません。どっちも正しく、どっちも正しくないンです」

「どういうこと？」

「明治や大正では母は正しいンでしょう。ヨメさんは礼儀知らずに諸々でしょ。でも平成のこの時代は仕事が出来ればいい。礼儀なんて関係ない。男も女も関係ない。ヨメさんは仕事が誰よりも出来て正しいンでしょう。自分でそう言っています。過去と現在。時の河の向こう岸とこちら岸にいるンです。何処まで行っても平行です」

「ＮＨＫ、ＮＨＫって、ＮＨＫで何をしているの？　ディレクター？　記者？　なに？」

「派遣の交換手です」

「ああ～、派遣の交換手ね～……」なんだ。という顔された。又、失敗、良く分かりません、と言う

ンだった。後で、弟に怒鳴られることを覚悟していたほうがいいだろうな～

「そうね～。里郁さんは明治を生きていますね～。あれじゃ～」

「あの調子ですから、皆さんに随分、ご迷惑を掛けていると思います。申し訳ありません。それに、本当に感謝しています」

「いいの。いいのよー。分かっていますから。私も一人でしょ。誰に気兼ねも要らないし、気にしなくていいですよ。平気ですよ」

「有難う御座います。九十の母を変える事は出来ません。那須に京大を卒業して、世界的企業を定年退職した男性がいらっしゃいます。その方が言われました。勉強でも他の事でもそうだが、四十でも五十でも勉強は出来るって、人は言うがアレは嘘だ。全ては二十歳までだよ。二十歳までに勉強したものは身に付いて忘れない。生活の基本になる。一生消えない。その人の人格を作る。二十歳以降も勉強は出来るが身に付かん。忘れたり、消えたりする。二十歳までが基本だよと。三つ子の魂です。本当にそうだと思います。私自身、中学、高校の頃と同じ事を言っていると思うときがあります。御免なさい。長居しました。

二、三日中に弟達も越して来ると思います、色々とお騒がせすると思いますけど、弟達ともども宜しくお願いします」

「分かっている。分かっていますよー」

向かいは留守。左向かいに……

塵をめちゃめちゃに出すので一々見なければいけない、何でも屋に日に三回も四回も行って同じ物を買って来る。あれ、一人で食い切れるンか、と、何でも屋の親父が言って歩いて、笑っている。時々、血相を変えて、下着だけで大通りの方へ、駆け出して行くので、慌てて、後を追い掛けて、連れ戻すことが度々出て来た。等を聞いて、弟達共々、宜しくお願いします。で出る。隣は明日にする。如月達は買出しに行った。母を一人にしたら、又探し回るから炬燵で愚痴の聞き役……

食事の支度は如月。なるほど、よく働くわ。家にいるときとは別人じゃ～。婿は雪道を広げるとスコップは？　盗まれて無いと言う。そんなわけない。置き場所を忘れたか、雪の下にしたか、だろう。十一時、如月達は風呂から上がって二階へ。母はもっと、話したいと言うので付き合うことになった。一緒になったら……の、話だ。

「また、それを言うの。人は人、うちはうち。絶対に……あの子達がするのは、お気に入りの平と自分の関係だけよ。それでいいンだけど。それは、お母さんが死んでからの話。生きている間は出来ないでしょ。近所もしないね。あれだけ見下して、下品で下らン奴らって言っているンでしょ。今、自分達は東京で世話になっていないから分からないのよ。ここでの生活はお互いの助け合いの部分が結構あるからね。しかも、いまはお母さんが百パーセント世話になっている。甥や姪の世話になっている。それで無事に生きて来られたのよ。それを忘れないで。ああ、分かっている、世話になんかなってない。世話しているンだよね。うん。お母さん常に人の世話しているものね。分かっている。でもね、ここで無事に九十年も生きて来られたのは、助けられたり、助けたり、したからよ。千葉も如月も桃も切られるね。あの子達は嫌いだもの。でもそれはいい。お母さんの顔を潰すようなことはしない。だから、何かが届いたら電話を頂戴。お母さんの名でお返しをしておく。みんな相手がいることだから、もらいっ放しは出来ない。でも他は知らない。家から送ったら変でしょ。店の住所が違う。次男やうちはお母さんに頼まれたでいいからね。今だってそういう付き合いは、東京とはしてないから、お母さんがしたら問題視されるからね。私は婚家にいたとき、お姑さん関係を、お姑さんの名で全てした。お姑さんの友達もね。代金はもらったことない。当然と向こうもこっちも承知していた。お年玉も五万ずつ出した。何処かに出かける度に小遣いを上げた。お姑さんは、私の倍の給料を会社からもらっていた。お舅さんの遺族年金も自分の年金も入っていた。税金などの事務的手続きは私がしていたから、会社、社員含めて収入が全て分かっていた。私の二ヶ月分の給料はお年玉で吹っ飛んだ。夫は出してはくれなかった。どころか、自分の給料以上に使った。多いときは三百から四百万使った。自分の給料は百三十万。あとは会社の交際費として落とした。泣きたかった。でも、お母さんに愚痴った事ないよね。お姑さんから、食い扶持はもらってなかった。どんなに苦しくても、嫁として、会社の経理として、女房としての義務と責任だと思っていた。この金があったら子供達に、と何度思ったか知れない。その度に自分を叱った。それは、ここじゃない。村の里郁に生まれて育ったからよ。村の里郁の井の中の蛙よ！　私のやり方は現代のやり方じゃないのは知っている。お母さんが変われないように私も変われない！　私は、お母さんに言わせれば苦労知らずの我が儘娘よね。ヨメさんに言わせれば、世間知らずの非常識人よ。その通りよ。だから、私は非常識な我が儘をして自分を守るの。だから、如達にはお金は渡してない。初めの四、五年は三万五千ずつ出した。その内に段々嵩んでいった。月十万を超えてやめた。だから黙って、引き出しに入れなくなった。向こうも何も言わなかった。子供の学校の集金も出すようになった。子供はブーに言っても返事だけで、朝見ると入ってないし、もう出た後でいない。そんなことが続いて何でもババになった。これではいけないと思って、止めた。それはババじゃない。親に言えと突っ撥ねた。婿がやるようになった。それは私とは関係ない。親達のこと。いまは、冷蔵庫を見て無い物を買ってくる。子供のおやつや魚、牛乳、野菜、果物などを。魚と野菜は私と下が大好き、上はケーキや練りきりが大好き、牛乳は下が日に二パックは飲む、あれは牛乳が無いとご機嫌が悪くなる。如は十歳前じゃないから飲まなくてもいい。飲みたければバイトして自分で買え。だから、私が買って来る。如は、魚は鮭の切り身位しか買って来ない。肉は常に沢山買って来るから私は買わない。私が買うものは私も好きなもの。アルコールはドクターストップで私は飲めない。如は毎晩飲む。酒が切れていても、私は絶対に買わない。日本茶は私と下の孫しか飲まないから、私が買う。一ヶ月にすると五十本の牛乳が孫の腹に消える。上は麦茶専門。就職するまでの、食べ物、飲み物は親の責任と私は思っているから無くなれば私が買ってくる。品物によって、食べない人の分は買わない。遠慮しているンじゃないか、機嫌悪くするンじゃないか、なんて気にもしない。如がものすごい顔するときもあるけど無視！　婿が不機嫌の時もある。でも、無視！　孫達とは言いたい放題。こっちの作った物が不味いって言ったら、食うな。自分で作れ。材料は無いよ。冷凍でも解凍したら。で、あとは知らん顔——」

「貴女って子はよくも、よくも、そんなことが言えるね。だから、ヨメさんに冷たい薄情な人で、弟が困っているのに知らん顔で見殺しにした世間知らずって、言われるンだわ。ホントにそうだわ〜。貴女が冷たいから会社が潰れたンダデネ。ヨメさんが言うように貴女の責任だよ〜。持っているなら持っているのを全部大事な弟にくれるべきなのにお義姉さんは薄情だからけんもほろろで見殺しにしたって、ヨメさんにそう言われると切ないよ〜。切ないよ〜。私はそんな風に……」

「そんな風に育てた覚えが無いでしょ。武士は食ワネド高楊枝でしょ。人の気持ちを慮って人のために自分を捨てるンでしょ。耳蛸よ。でも、それはお母さんの生きかたよ。私は自分を守るためにそれを止めたの。私は私。人に自分の考えを押し付けない。押し付けられるのも嫌い。親子でも、私とお母さんは違う。考え方も生き方も。それと同じく、ヨメさんとお母さんも生き方、考え方が違うの。みな、別々の人間よ。あの人達の言いなりになる事も無いし、お母さんの考えに従わせる事もしない。お母さんが自分の考えを私に強制したら、私も怒り出すわよ」

「ふう、ん?……ん?」

「私の言っている事、分からンよね〜。その顔じゃ。不満よね〜」

「だって、貴女が訳の分からないことばかり言うもン。頭ン中真っ白だわ〜。私を貴女は、いつも、いつも、悪者にして嫁の味方ばかりしているのは分かるけど。あとは何、言っているンだか分からンよ〜」

「要はね、全部出してしまったら、お中元もお歳暮も出来ない。近所付き合いも出来ないってこと。

一日中、ベッドに座って泣いているってこと――で、お母さん納得する？　納得ならそれでいいじゃない。納得が出来ないならどうするの？　私は金を持っていない。だから出せない。と、ずっと言っている」

「だから、首括るわね。私が……」

「また、それ。冗談じゃない！　向こうに逝ったら二度と帰って来られないのよ。分かっているの？」

「じゃ～、どうするや～　どうしたら楽になるね？　里郁に来てから、苦しみどおしで、まだこの先も苦しめってのかね？　オッカさまに苛められて苦しみ、今度は嫁に苛められて苦しみ、私の人生はなんだったね？　姉が騙して里郁に来させなかったら、今頃は東京で女中たちに囲まれて、奥様、奥様で幸せに暮らして、こんな苦しみをしなかったわ～」

「そうだね。お母さん美人だったもの、東京で嫁げたわよね。お母さん、可哀相。可哀相。でもね、伯母さんに騙されたお陰で、空襲にもあわなかった。命のやり取りもしないで済ンだ。子供を抱えて、飢え死にもしないでここまで生きて来られた。地主でもお父さんが教師をしていたおかげで何とか食い繋いで来た。そういう意味から言ったら、伯母さんは恩……おっと……伯母さんのお陰だよね。苦労したね。それはそれとして、税金、介護保険、健康保険、火災保険、病院の費用、住民税は、お母さん持ち。あとは出す事無い。物も金も口も手も足も出さない。ヨメさんにはヨメさんの生活がある。お母さんにはお母さんの生活がある。お互いに不可侵――」

「ふ、ふ、ふ……」

「お互いのすることに、口も手も足も出さないってこと」

「あの人にまかせていたら、里郁としての礼儀が……」

「礼儀なんてどうでもいい。あの人が礼儀を欠いたら笑われるのはお母さんじゃない。お母さんが六十年も七十年もどうして来たか皆が知っている。しなかったら、あ、ヨメさんに代わったンだと人は思い、私たちは付き合いたくないから切ったと、思うだけ。お母さんは貶されも笑われもしない」

「そんなこと言ったって……」

「じゃ〜、全部出しなさいよ。そんなのは愚の骨頂。自分で自分の首を絞めるだけ。出すなら部屋代を取りなさいー」

「クニさんと同じ事を言うね。鎌田さんもいいなったわ。科さんも金井さんもダワ〜。そう言われた話を百合さんにしたら、当たり前だって言いなさったわ〜」

「お父さんが亡くなったときから、同じ事を繰り返しているだけー」

「そんなこと出来ンよ。自分の息子から家賃なんか取れないわね。全部出してもいいンダデネ。ただ、することをちゃんとしてくれたら。あの子達は取られるだけ、取ってあとはのうのうと居ようってンだから、百性根性のやり方だわ。ヨメさんの実家はそうかも知れないけど、里郁に来たら、里郁のやり方でないと、人の笑いものになるデネ」

「いいじゃない。笑い者になろうとなるまいと、知ったことじゃない。全て嫁に任せましたで、何を言われようと堂々としていればいい」

「里郡が物笑いになったら、私が、オッカさまに顔向けが出来ンよ〜。この正月は全部して手本を見せてやる……」

「あのね〜。初めが肝心。任せるからと、やってもらいなさい。絶対に気に入らないと思うけど、口も手も足もださない。金もね。何も出さない。不満そうというより、分かっていないね。その顔は……同じことを繰り返しているだけよ」

「そうも……」

「ほら、また始まった。それはやめなさい。里郡はもう無いの」

「あるわね！　貴女は……」

「無いの。村を出て無くなった。でも、影があった。お父さんが亡くなって影も無くなった。完全に無くなったの。東京が里郡を名乗っているけど、あれはこの里郡とはまるきり別の里郡。ヨメさんの実家を土台にした里郡。それも当然。ヨメさんはそれしか知らない。里郡の親戚関係、寺との関係、横の地主達、先生方との繋がり。何も知らない。嫁に来て初めから一緒にいて覚える事でしょ。NHKだけが世の中の全てではない。NHKという小さな社会。その中で手腕を振るって自分の頭がいい。と、トップに出ていたかどうかは知らないけれど……。村での里郡と同じに考えたら駄目。それに、今の里郡は完全に村の里郡じゃない。越のやり方が半分。里郡のやり方が半分。里郡のやり方を完全に覚えないうちにお祖母ちゃんは死んだ。お父さんが、あんなに大判振る舞いをして、俺が死んだあとは……って、心配して逝ったンでしょ。越の全盛期に育ったお母さんはそれをやろうとする。それに文句を言えば、私はそんな風には育てられなかった、と、すぐに言うでしょ。里郁はお母さんが言うようにドケチだった。それで、必要と思えば何百円でも、ぽんと出した。今なら何千万よね。明治だか、大正だかの初め頃か、はっきり覚えていないけど、飢饉にあった。そのとき、米や芋類、うどんやそば類を何処かから手に入れた。村中が一年食べる分を。お祖母ちゃんの金が無かったら出来なかった。米倉のコメは我が家が食べる二年分だけ。村中では一ヶ月くらいでしょ。お母さんは日常で使うけど、人にポンと何百万も何千万も出せないよね。村の里郁の逆じゃない。私は一日も早く婚家に染まろうと努力した。そんな人間は今の世の中にいないの。遺物よ。染まろうではなく、周りを自分の色に染めようとする者ばかり。染まろうと努力したけど、染まれなかった失敗者。もし、私も夫と同じく男から男へ、ときには一度に五人も六人も相手に遊べたら出ることは無かった。お母さんに辛抱の足りない出戻りと、悲しませることも無かった。それはそれとして、口も手も足も金も出さないのよ。同じ事を繰り返しているのよ。ヨメさんはヨメさんのやり方でやるの。如の正月は正月料理なんて何一つない。伊達巻と黒豆の煮たのが、婿さんは好きだから自分で作る。元旦の朝だけ、お雑煮がある。下の孫は餅が嫌いだから、汁だけであとは自分でパスタやドリアといった、ゴッテリしたものを作って食べている。その時々で自分の食べたい物をスーパーへ行って買って来て食べている。普段となんの変わりも無い。元旦の夜、昨日の残りのチャーハンだったりする」

「ま～貴女、なんでちゃんと教えてやらンね。如月ちゃんをそんな風に悪く言うンだね。あの子はそんなことは絶対にしないよ。私とおなじだわ～」

「でも、それが事実。違うって言うなら、正月にうちに来て見る？　それとも今、起こして来て確認する？」

「それだったら、貴女がちゃんと教えて……」

「言わない。教えない。二十四年、家にいて毎年繰り返された正月、知らない筈はない。知っていてしないの。だから、口も手も金も出さない。知らん顔。出された物を食べるだけ。ちょっとしつこすぎて嫌だからって、パンを焼いて玉葱をはさんで食べて終わり。のときもある。向こうは、あ、そう。それだけ。楽よ。気を使う事何も無い。暮れの正月のための用意の忙しさも無く、のんびりヨ。婚家にいたときは少なくとも十人からの正月料理を用意した。実家に帰らない社員も寮にいる。客も引っ切り無し。なます、白菜漬け、はぜの甘露煮はお姑さんの要請で妹達の所へも届けた。はぜは二百四、五十四、作った。殆ど徹夜。夫の要請で女の所へもやった。教育委員会の何人かもこれが美味しいから私の分も作って。あ、なら、私にはこれを作って……で、その人達の頼みも聞いた。だから、しないのもあるかも知れない。忙しいからキサにも手伝わせた」

「それじゃ〜、一家団欒……」

「そんなもの、今の世の中には無いのよ。死語！　今は個人だけー」

「あ、ん?……あ……」

「一家全部じゃないの。個人だけ」

「そんなことないよ。嫁は姑に従うものだよ。私はオッカ様に従って、口答えなんかしたこと無かったよ～」

「あの時代はそれが当たり前。しかも、お祖母ちゃんは村一番の権力者。お母さんだけじゃない。村の坊主も怒鳴り付けられて、一時出入り禁止をくった。戦前で寺に逆らう人なんていない時代に。曲がった事が大嫌いで相手が誰であろうと許さなかった。自由に物を考える合理的な人だったらしいから、ヨメさんの先を行っているわよ！　変われないから、付いていけないお母さんを、多分、エヨちゃ、おまさん、何を言っているンダエって、怒鳴りつけられるわよ。ヨメさんは礼儀の面で、言葉使いで、人を罵ることで、怒鳴られるでしょうね。お祖母ちゃんは人を怒鳴りつけるけど、間違った行いだけで直接叱りつけて、陰口は言わなかった。お茶の先生をする人は礼儀作法がうるさいからね。寝ようよ。もう二時半よ。寝せてよ。お母さんは眠くないの？　寝るわね。お休みー」返事をしないで、何か言いたそうにしている母を残して、さっさと上に上がってしまった。

平成二十一年十二月二十八日（月曜日）　曇り

「お義姉さん、私、困っちゃう。参っちゃう。分かるウ？　分かるわよね。どう（あっちへ行って……行ってよ。うるさいっー）……話も……（邪魔。うるさい。向こうへ行きなって、言ってンの。うるさい。……あっちへ行けって行ってンのっ……わかんないの。うるさい……電話も出来ないじゃない……）……この調子で私の邪魔……うるさい。……（ちょっとーこのババアを向こうへ連れて行って……うるさくて話も出来ないじゃない。……何してンのっ……早く、ババアを連れてケって言ってンの……何しているのっ……連れて行ケって言ってるのっ……聞こえないのっ……早くッ……邪魔っ……）」とヨメさんの怒声が入った。受話器を離しているのだが、ガンガン入った。こんな口の利き方をするのだ。私さえ母にこんな口を利いたことは無い。年寄りの認知症とはいえ、幼児ではない。姑に敬語を使わなかったことは一度も無い。母が怒るのは当たり前だ。母も認知症で悪いことは悪いのだが……それにしても……婚家の姑も夫も口の利き方も礼儀もなっていない。あんな態度を取らせるアンタは何を教えている。教育者の娘でしょうが、ちゃんと躾なさい。俺にあんな態度や言葉を使わして知らん顔とはどういうことだ？ と何回、叱られたか……

受話器を離していると分かるのは声の距離感だ。母の泣き喚く声も入っている。母の声が突然消えた。多分、弟が母を連れて行って襖を閉めたのだろう。

「もうもう、呆れ返って唖然よ。分かるわよね。わかるわよね！ 分かン無いのっ？」

「……ウン。分かる。私も唖然よ……」貴女に……という言葉を飲み込んで……

「聞いたでしょ？ ああして喚くからおとうさんに引っぱたかれるのよ。叩かれても黙んないのよ。呆れてあぜんよ。一番困るのは嘘八百並べることよ。ホントに参っちゃう。ヘルパーも呆れ返って、あんぐりよ。こんなでたらめな人に会ったことないって、あきれ返っていたわよ。（ヘルパーは仕事柄、そういう言い方はしないわよ……）近所の人たちも呆れ返っていたわよ。貴女、大変ね。よく我慢するわね。偉いね。貴女みたいに常識のある利巧でいい人をよく、あんなふうに言えるわね。（近所の人は貴女のことをそういう風に、私に言ったわ……）我慢してないで、がんがん言ってヤンなさいよ。（ヘルパーはそんなことは、絶対に言わないわよ）それで。なんか言ったら一発ガ〜ンとやっちゃいなさいよ。あんな業突く張りのババぁに我慢すること無いわよって、皆が言ってくれるのよ。百合なんかあの人には困るって、もうみそくそよ。（嘘よ。百合さんはそんなことは言わない。貴女が言うンでしょ）貴女みたいにすごくいい人を、何であんなふうに言うのかしら、呆れたわねって。みんなが呆れ返っているわよ。頑固で人の言うことは聞かない。強情をはる。ご飯も掃除も皆、私がしてやっているのよ。（当たり前だと思うけど。私はしてやっているなんて一度も思ったことない。当然するものと思っていたわ……）何もかも私が面倒見てやっているのよ。分かるう？　私がどれだけ大変か！　私、もうもう、呆れ返って唖然よ。分かるウ？　分かるわよね？　分かんないのっ？」

「……頑固で思い込みが激しいのは今に始まったことじゃない。何十年も昔から……

私の子供のときからよ。教育勅語どおりに、が、口癖——でも、陛下の勅語は死語——母にはそれが理解出来ない。それに認知症も進んでいるから、こっちが折れるよりしかたない。この間も、桃が嫁に行ったら行ったで、なんで教えてくれない、私を除け者かって叱られた。お母さんも出席しているって言ったら、嘘を言うな。私に黙っているってことは、桃は人に言えない所へ行ったンだね。貴女は母親でしょ。何でそんな所へやった。親として失格だって、長々とお説教されたわ。御免なさい。誰よりも先に言わなきゃ行けないお母さんを忘れました。私ってドジでしょ。私の手落ち。御免なさい。十分くらい謝りとおしてやっと許してくれたわ。事実がどうあろうと関係ないの。母が付き合うのも、そこの四、五軒でしょ。事実と違っても正しくなくても関係ない。息子がもう中学だって言ったら世間に言えない父親を持って可哀相だって、泣きながら言うから、そうよ、可哀相よ。でも、この間、運動会で父親と一緒に……と、そのときのことを話したら、いいお父さんで桃も子供も幸せだって今度は涙ぐんでいた。婿が横でにやにやしていたわ。桃の結婚式のあとで、貴女に牧野さんの墓に連れて行ってもらった。と、言っても知らない。結婚式に行ってないから墓に行くわけがない。墓は東京の何処かでここじゃないと、返って来たわ。私を呆け扱いする気かって怒られてまた、平謝り……私の勘違い。東京に来てないもの行くわけ無かったよね。すると、貴女、呆けるの早いよ。私より若いンダデネ。いまから呆けたら婿さんに嫌われて追い出されるデネ。気を付けなさい。で、ハイ。気を付けます。お母さんを見習って、ちゃんとするように一生懸命気を付けて、尽くしますって、言ったら、婿は噴き出すのを堪えて、苦しそうな顔していたわ。ごめんなさい、と、付いた手が上がらない内に、桃の娘の七五三の写真、お人形さんみたいで可愛いね。毎日見ていたよ〜と、来た。だから、こっちもその積もりで付き合わないとね」

「娘が困ったら那須へ来なさいって、言ってくれた。娘は那須で、一人で暮らしているから那須へ行くって言う。お義姉さん、軽すぎる。軽々しく言わないでっ。私が困るのよ。まるで追い出したみたいじゃないっ（そうでしょ）私はいつも、お母さんを奉っていいなりよ。今時、こんな優しい嫁はないワヨ。いつもいいなりよっ。迎えになんか来ないで。言ったンでしょ」

「言ったわよ。墓は誰が守る、里郁の家はどうなる、親類付き合いはどうなる。と、それればかり、私の説明なんか理解出来なくなっている。次には首括るになる。括る前に電話頂戴。迎えに来る。だからそこで、首なんか括らないでねって、言ったわ。それとも、そこで首括られた方が、那須へ連れて行くよりもいい。と、貴女が言うなら、迎えになんか行かないけど……送り出した方がいいのと違う？」

「お義姉さん。那須なんかに家を建てたの？　どうして私に隠しているのっ。誰よりも先に、一番先に知らせるべきでしょ」

「あら〜、それはどうも申しわけない。私は弟に言えば貴女の所へ行くと思っていたから。一人一人に言わないといけないとは思っていなかった。千葉も弟に言っただけで、二子さんから電話が来て、家を桃ちゃんと建てたンだって？って、言っていたしね。それは悪かった。でも、貴女、以前に、お義兄さんから、幾らふんだくって出たの？って、言わなかったっけ？……（言ってないワヨッ）桃が別荘を建てるから、お母さん自由に使っていいって言うから、と言われても気が重い。私にも出させて。そうしたら、気楽に自分の家として使える。管理は私がするから、お金の少ない分を補うということで話が付いたのよ。だから、折半という気でいる。桃は庭の掃除もしないわよ、管理はお母さんでしょって。ま、この間、会ったとき里郁の姓に戻したの、なンで言わないって怒ったからね。葉書を出した所は皆、里郁で年賀が来た。って、言ったら、そうだっけーだった。それだけ、私の馬鹿を無視して見ないンでしょ。気にも掛けないってこと。とにかく、あの子は知っているはず」

「私には言ってないじゃないッ。知らなかったもの。今、お姑さんに聞いてびっくり仰天――迎えになんか来ないでっ。私が迷惑するのヨ。分からンの？　私の迷……」

「どうして？（せいせいでしょ）明後日になれば忘れているわよ。忘れてないとしても、まだ、明後日になっていないでしょ。で、いいのよ。あさってになったら、迎えに行くで、いいじゃない。翔さんのところへ、生きているうちに行くと、言い続けているけど、翔さんはもう、七、八年前に亡くなっているけど、今年も言っていた。私が言うのも同じ。一緒に連れて行って、来年ね。また来年になった。一生そう言って終わるの。一生、明後日でいいのよ。ま～、来る事はないと思うけど、万が一、そうなったら、貴方達は娘の所へ遊びに行った。でいいじゃな……」

「分かった」で、プツンと切れた。話の途中で切るなよ、とカチンと来た。これだもの、母と喧嘩になるわな～。貴女はＮＨＫに十年もおいであそばした、オエライお方です。

ハイ。私なんか鼻にもかけないでしょうよ。それに、知らないはずは無い！

帰って来て横で聞いていた如が、なに？　東京の義叔母さんでしょ。今の話をする――

「やるとは思っていたけど、速かった。超特急だね～。あの義叔母さんじゃね～。実家のお祖母ちゃんと同じ。迎えに行くの？」

「来いって言うから、行くとは言ったけど明日には忘れているわよ」

「電車で行ってここへくる？」

「それは出来ない。ま～、一日二日ならどうか分からないけど、私は一度、里郎を出た人間。だから、この間もお客さんテ、言っていたでしょ。それで、貴女は実家を出た人間、お祖母ちゃんは道が違うって来られないわよ」

「だって、孫でしょ」

「娘とか孫じゃない。家であり、名前なのよ。貴方達がお祖母ちゃんの養子になって、里郁を名乗らない限りは駄目。里郁になったら、吹っ飛んで来るわよ。そういう事に必要以上に固執するでしょ。母は。千葉のお叔父さんは前から言っているけど、私が断っている。そんなことしたら、あの四人が騒ぎ立て蜂の巣になる。分かっているでしょ？」

「分かった。ほんとはさ、お母さんがお祖母ちゃんとこへ行くのが、一番いいのよね」

「それはなお出来ない。現代の考えではそれが一番でしょうね。でも、私は一度、里郁を出た者。出戻り娘を里郁の敷居は跨がせられないの。跨がせたらご先祖様に顔向けが出来ないってお祖母ちゃんが半狂乱になる！　だから、一度も帰って来いとは言わない。疲れたり、苦しむ事があったら、一週間でも、十日でも骨休めに来ていいよ。遠慮はいらないとは、しょっちゅう言ってくれるけどね。それに、長男夫婦を差し置いて私が帰ったら、東京が暴れるだろうし、ヨメさんと娘達もね。長男を差し置いて入るのかって怒鳴り散らすだろうしね。私が出戻りになって恥をかかせられた。恥ずかしくて街も歩けないって、東京の二人は言っている。お祖母ちゃんはヨメさんに責められて辛いから、婚家に帰れって、言いとおしている。それはお向かいのおばあちゃんも、左向かいのおばあちゃんも、ヨメさんが言ったって、言ってイタ。今の電話に入った、ヨメさんの声からすると、お祖母ちゃんが怒るのは無理からぬことと思った。あの人はエライ人なのよ。あの人の言うとおりにしないと、なお、ややこしくなるンじゃない？」

「那須の事、ほんとに、義叔母さん知らなかったの?」

「そんなわけない。オランダから帰ったあと、お祖母ちゃんに言って、黙っていてと頼んだのに、三十分もしないうちに北に言った。北が帰ったあと、近所に報告して歩いて、私と言い合ったあと、クニおばさんに電話して話して、私が怒るから黙っていてねって言った。こりゃあ、駄目だと思ってお祖母ちゃんとこから帰って、翌日に親しい人達に葉書を出した。友さんには書かなかった。向こう三軒にいるから。東京は年賀の隅にも書いたはず。お祖母ちゃんは回り回って、おやじの耳に入るというのが理解出来なかった。夫さんに言ってないからいいわね。糸魚川にも虫川にも言ってないから大丈夫の一点張りだったから、そうね。この辺の人は知らないから平気ねって、引っ込んだけど、おやじの耳に入るのに二ヶ月無いだろうと思った。だから、知らせた。貴女におやじから電話が来たのは一ヶ月もしなかったでしょ。マンションまで買って、という尾ひれまで付いて……義叔母さんから、年賀のあと電話が来て、お義姉さん、すごいわねーお義兄さんから、幾らふんだくって出たの?って、言われたじゃない。そう言われたって、貴女に言ったわよ」

「覚えてない。お父さんからの電話は覚えているけど……」

「でしょ。二年も経てば、人の事ダもの忘れるのよ。でも、あの負けず嫌い。忘れるわけないと思うけど、人の事だから知らない」

「じゃ~、シラを切ったってこと?」

「それこそ、シラない。人のすることとは……」

平成二十一年十二月二十九日（火曜日）　曇り

母のことが心配になって、もう、暗くなりかけてから電話をしてみる。

「今朝、起きようとしたら、体が痺れてガクガクして置きれなかったよ〜。痣もあったよ。やっと、起きてベッドの周りをベッドにつかまって、一歩、一歩、歩く練習をしてやっと歩けるようになった。おじいちゃんが迎えに来てクンなさった。とおもったら、違った。私が行くのはおじいちゃん、嫌だってね？　なんで迎えに来てクンなさらンのかヤ〜」

「馬鹿なこと、言わないで。お父さんとこへ逝ったら、二度とこっちには帰れないのよ。一日でも長く生きて楽しまなきゃ〜」

「楽しい事なんて、何にもないよ〜。早くおじいちゃんとこへ逝きたいよ〜。気は使うけど苛めなさランよ〜。逝きたいよ〜」

「行くで、思い出したけど、来る？」

「何処へね？　この暮も押し迫って忙しいのに何処へ行くってンだね？」

「こっちへ遊びに……」

「貴女ンとこかね？　行けないよ。正月でしょ。正月は家にいるものだわね。正月は忙しいよ。野乃さんと私の分とおせちを作ったけど、二人が来ているでしょ。二人分余計に作らンキャならンでしょ。私も歳だから、そんなには作れなくてね。忙しくて、忙しくて、遊びになんか行けンよ〜。貴女、正月はどっかへ行くンかね？」

「行くわよ。成田さん、足利神社、雷電神社、氷川神社、ブンブク茶釜と色々あるし、おもしろいわよ」

「ブンブク茶釜へ行くって、茶釜は茶釜でねぇかね。茶釜は行けないよ。行くものじゃなくて、持つ物だよ～」

「あのね～。高林って所にある神社でね。人が二、三人は入る、大きな茶釜があるの、ブンブク茶釜の昔話覚えている？」

「ふん。分かるよ」

「その話の舞台よ」

「あら、ま～、そんな大きな茶釜があるンかね？　見たことも、聞いた事もないよ～」

「じゃあ～、見に来れば？　ただし、正月でしょ。芋を洗うなんてものじゃない。お参りするのに、一時間、二時間並んで待つけどね」

「うわ～。そんなとコへ、行くンかね？」

「そうよ。おもしろいわよ。屋台を冷やかして歩くの。お母さんみたいに声が掛かったからって、買っていたら、何十万あっても足りない。だから冷やかし」

「そんなとコへ行ったら、人に酔ってしまうよ～。この前、如月ちゃんが、野乃さんの分も作ってくれたけど、あの人はそんな奴のは、作ることないって言うから私が作らんとね」

「そう～、大変だね。頑張って作ってよ。私は暢気！　な～にもしな～いー」

「ふうん。貴女はね。如月ちゃんが皆やってくれるもの。貴女は私と違って幸せ者だよ~あんないい子ないわ~。感謝しないとね。ちゃんと礼を言うンだよ。いいねー分かったね」

「はい。感謝感激雨霰。有難う。有難うって毎日、言っているわよ」と、大声で、キサに聞こえるように……

「そうして頂戴。じゃ~、如月ちゃんは忙しくて大変だね。寝てる暇も無いね、少しは手伝ってやりなさいよ。いいね。娘三人の一番上だもの。当たり前だよ。桃ちゃんの家族、睦月ちゃんの家族にみんな集まって賑やかに和気あいあいで楽しくていいね」

「それはお母さんの願望でしょ。集まることはないわ。誰も来ない。呼ばないしね。桃の旦那と如が水と油だしね。桃がたまに旦那を連れて来ると、如月は何処かに出て行って帰って来ない。それぞれ自分とこで過ごす。正月料理も一切無いって言ったでしょ。そのときに食べたいパスタやドリアの材料をスーパーで買って来る。店は年中無休。便利になったものよ。それぞれが好きに過ごす。そういう時代に成ったの。楽でいいじゃない。右へ倣えで、同じくすることはない。いずれ、正月の習慣も無くなるでしょうね。大変な思いをすることない。自由に楽でいい。キサは正月料理なんて誰が決めたの？　私は一度も賛成してないってサ」

「何言っているね。貴女、何かと勘違いしているよ。如月ちゃんは、私と同じだよ~。いい子だよ~。ちゃんと一番上としての責任を果たしているよ。正月料理もちゃんと作っているわね。貴女が怠けて遊んでいる間に、あの子は一生懸命、夜も寝ずに作っているよ。桃ちゃんの家族も睦月ちゃんの家族

（結婚していない）も皆呼んで和気あいあいと過ごすわね。それを貴女は悪い子だって言うンかね？　どうかして……」

「そうだった。二日に婿さんのお母さんとこに集まって三日が家でした」

「そうでしょ。そうに決まっているわ。貴女、いつも、如月ちゃんを悪く言うけど、駄目だよ。ちゃんと……」

「分かった。お母さんの言うとおり、いい子でした、世界一いい子でした。で、いいンでしょ？（ふん）じゃあ～、風邪を引かないように。良いお年を迎えてください」

「貴女もね！」で、切れた。やっぱり忘れていた。良かった。忘れなかったら母は悩んで苦しみ大変だ。それを忘れてくれる事で救われる――

まだ、明るい内に帰って来た婿が、ママは飲み会です、メシいりません。さっき、帰ったと思ったが違った。

夕食のとき、母との会話を話したら、三人が噴き出して、正月料理？　何処に隠してあるンだ？と、キョロキョロしてまた噴き出していた。


平成二十一年十二月三十一日（木曜日）　晴れ

夕方、六時過ぎ、婿が受話器を持って来た。ヨメさんだった。

「お義姉さん、あたし、もうもうよ。分かる？　分かるわよね？　分かるでしょ？　もう、大変よ。

ヤンなっちゃう。あの人はね、老いては子に従えって言葉を知らないのよ。だから、私が従うしか無いのよ。はい、分かりましたって、言いなりになるしかないのよ。分かるウ？　分かるワヨねっ。（うん……）それなのに……わかる？……あの声でおとうさんに怒鳴られているのよ。まったくー、ちっともこっちの言うことを聞かないンだから。我を張って……ちょっとっ……掛け直す」でプツンと切れた。暫くして掛かって来た。

「ごめんなさいね」え？　この人が御免なさい？　どういう風？「ええ〜っ、何が？」

「私、あんまり言うことを聞かないから、五百子（最近は私に母の名を呼び捨てだ）のホッペタを四っつばかり、力いっぱい張ったのよ。お義姉さんに文句付けているわけじゃないのよ。分かる？分かるでしょ。分かっているわよね？（ま〜）私を礼儀知らずって言ってるくせに、何にも礼儀ってものを知らないじゃないの。どうして、老いては子に従えが分からないの？　メチャクチャじゃない。唖然よ。物は知らないわ、礼儀は知らないわ、常識はないわ。言葉は知らないわ、よぉ〜。もう、唖然よ。分かるでしょ？　分かるわよね？（うん）嘘八百並べることが困るのよ。私の悪口を言って歩いている事が我慢できないっ、許せない。もう、呆れ返って物も言えない。（＝言わなきゃいいじゃない）近所の人達がみな、言ってるわよ。五百子に言わせるのはお義姉さんだって。なんでそんなことするの？　私が迷惑するのよ。私がどんなに困るか分かってンの？　二言目にはキユと那須で暮らすじゃない。キサが迎えに来るでしょ。キユ、那須へ連れて行くなんて軽々しく言わないでっ。私がどんなに迷惑するか分かってンの？　キユは意地悪！　すごい意地悪。皆、キユが悪いのヨっ。百合なんか味噌クソに、言っているわよ。いい気に成って、百合のババァのところへ行くけど、みんな私に言ってくれるわよ。キユは腹黒くてお姑さんを焚き付けて言わせているって、（百合さんは言ってない。言う人じゃない）ちゃんと教えてくれるのよ。なんで那須へ来い、なんて言うのヨ。迷惑よ。バカッ。常識なしの大バカッ！　大馬鹿の世間知らず！」

「そこで、首括るよりはいいンじゃない？」

「そんなの嘘、嘘、嘘よ。芝居よ。嘘に決まっているわよ。芝居よ。キユは芝居の見分けも付かないンでしょ。馬鹿だもの。私は常識があるから、騙されないわよ。私は分かるのよ。キユみたいに世間知らずの馬鹿じゃないから騙されない。五百子の嘘を真に受けないわよ。……」と、際限なく続く。

黙って聞いていたけど、貴女こそ分かっていないわよ。母はやるかも知れないわよ。二子さんが二十年位前に病気になったとき、神社で御百度を踏んだ。九十日でブッタおれて病院に担ぎ込まれた。一月から二月にかけての寒中の雪の中を。私の息子が死んだとき、夫の伯父に心臓に穴が開いているような「かたわ」を産んだと言われて汽車に飛び込もうとして間一髪で気付いた父が止めた。あと二分遅かったら飛び込んでいた。後にも先にも父が母を叩いたのは、そのときだけ。貴女は知らないことよね。貴女は来ていなかった。母は、こうと思い込んだら、それに、向かってまっしぐら。ほかは無くなる。やるかも知れないわよ。言うことを聞かないって、なんで、全てを従わせようとするの？九十年して来たことを今更、東京風にさせることあるの？　貴女は貴女流にすればいい。従わせることない。

「やー、生きてたのか？」ムカッと来た。バカヤロウー。

「生きているワヨ　生きるために婚家を出たンだからね。死なないわよ。生きていて悪かったワネ。貴方には死んでいた方がイインでしょうけど。死なないわよ。死んだら如月から知らせが行く。行ってないでしょッ。生きていて悪いって言っても死なないワヨ。十月には会っている。私もお母さんと一緒に早く死ねってこと？　出戻りは目障りだよね？　でも、私は死なないわよ！」

連絡がないと言っているのか？　そっちが葉書一枚か電話の一本もよこすのが筋だろう。黙っていたのはそっちじゃないか……実家へ帰ったから宜しくの一言があるべきだろう。私にお母さんを宜しくお願いします、と、菓子折りでも持って挨拶に来いってか？

これだもの、母と喧嘩になるわ！

「姉さん、嫁から話は聞いたろ？　俺はギブアップだよ。二言目には、キユが那須へ連れて行ってくれる。如月ちゃんが迎えに来てくれるダ。キサの悪が来るわけ無いよ。姉さんは一週間かそこら遊び気分で連れて行く気だろうが、お袋は那須で暮らす気でいる。キサが許すわけないだろ。そんなことも分からンのかっ」

「キサは関係ない。遊びに行くだけ。私は那須へ行けば一人。あそこは桃の別荘！　桃が一千万、私が五百出した。桃が全部出して自由に使っていいって言った。それでは気が重い。だから、自分の部屋の分を出して管理を私がすることで共同にしている。月一回、庭の手入れと管理で行く。桃たちは春、夏、冬休みしか行かない。それは前に貴方に話している。お母さんが承知すれば、いいわよ。六畳一間で私と一緒だけどね。桃たちの部屋は使うわけにはいかないからね。引き取るわよ。私は一人。誰に遠慮もいらない。山の中だから近所付き合いもない。自分の好きな事をするだけ。いいわよ。二人で暢気に暮らすわよ」

「そんなことは知らん。如だろうと桃だろうと、そんなことを軽々しく言うなっ。嫁が迷惑するンダ。可哀相と思ワンノかっ」

またか！　嫁さんが可哀相で、お母さんはどうでもいいわけか……

「首くるって言うから、括る前に電話しなさいって言った。首括ったら、隣近所、北も橋もツー子さんもみんなが迷惑する。それとも、そこで、くくられた方がいいの？」

「括るわけないだろ。お袋の芝居が分からんのかっ。人を脅して従わせようとするから、俺たちに怒鳴られるンだ。殴られるンだ。俺はお袋より嫁が大事だ。お袋は狂っている。気違いだ。嫁は常に正しいのに、お袋はアー、コー言う。嫁が可哀相だ。可哀相でたまらン。買い物に二人で出ると機嫌が悪い。どうかしている」

「連れていけばいいじゃない。なんで置いて行くの？　私はいつも夫と私の間にお姑さんを挟んで歩いたわよ。何処へ行くにも連れて行った。映画、旅行みんなね。連れていけばいい」

「おかしいよ。それ、どうかしている。息子が女房と仲良くするのが気にいらないンだ。仲良くするのを喜ぶべきだろう。親ダロ。姉さんがこの茶箪笥、素的だって言った、あれも捨てて来たンだ。全部捨てたよ」

「何で？　あれだけのもの、リサイクルショップに引き取らせればいいじゃない？」

「とにかく捨てた。ここへ持って来ても置くとこない。着る物以外は皆捨てた」

「もったいない。しっかり者の嫁さんがリサイクルに持って行かずによく捨てたわね！」

「そうだ。捨てた。勿体無いよ。俺はそこまでして来てやっているンだ。如月は現役だろ」

「そりゃ～そうよ。これから二人の男の子の大学があるもの。遊んでいられないわよ」

「だろ。それを如が迎えに来るって言うけど、来るわけない。如はお袋が言うようないい子じゃない。俺たちに言わせたら、悪いも悪中の大悪だ。嫁も礼儀知らずデ呆れ返っているよ。あいつが仕事を休むわけない」

「それはお母さんに何回も説明したわよ。仕事は休めないって……」

「そうだろ。あいつが人のために何かをするわけ無いよ。俺たちはキサをいい子だなんて、これっぽっちも思ってない。俺たちに言うのと千葉に言うのとでは全然違う。何だと思う？　金だよ。金！千葉は金を置いて行くからだよ。弟も姉さんも有り余る金を持っているからな」

「人の事は知らん。私は持っていない。私が持っていた額は貴方が知っている。アレしか持っていない。今、あるのは三百位。嘘だと思うならお母さんの所を調べたように、ここへきて調べたら？　もし持っていたら、桃に頼んで乗せてもらわないで、一人で建てる」

「嘘をつけっ。使い切れん程、持ってるくせに。俺は会社やっていたとき嫁が親父に毎月十七万ずつ送ってくれた。千葉や姉さんが及びも付かんほど送っていた（それこそヨメサンの嘘だ。父に確認をとっている)。会社を辞めてからは出来なかった。まったく呆れ返るよ。金、かね。金で金の亡者だ。呆れたよ。任せるから宜しくって言うから、嫁は一生懸命に作った。コンブのトンビが入ってないって、言い出した。任せたンだろ。それ……」

「お母さんはそういうよ。でも、それは自分が手を出さないだけ。私は作る品を全部書き出して足りない物、入らない物を聞いた。切り方、煮方の軟らかさ、味付け、最後は盛り付けをして、これでいいですかと許可を取った。三年目にまだ覚えないの、この馬鹿って怒鳴られた。はい。馬鹿ですから覚えないンです。駄目っておっしゃらずに、我慢して教えてくださいって笑った。呆れた馬鹿って、言いながら嬉しそうだった。初めから私の味だった。確認は取るけど自分の味。来た人がここの美味しいねって言うと、はい、姑は料理が上手いンですよって、答えていた。出て暫くしてガーデンで偶然会った人があれ、奥さんの味だったのね。おばあちゃんの料理、食べられないって言っていた。あの年代、立てなきゃ駄目。任せるって言われて、ハイ、そうですかは通らない」

「分かっているじゃないか。そうなンだ。だから、困るンだ。任せるって言ったら任せるのが当然だろ」

「当然。でも当然の意味が違うよ。任せるってのは、させてあげる。けれど、決定は私がする、なのよ。それを忘れたら駄目。お母さんは大正のお姫様、一歩もその時代から出ていない。ヨメさんは現代ジャーナリズムの先頭をきって走っている先覚者なンでしょ?」

「ま〜、そうだな〜」のぼせるな! バカヤロウー。

「ＮＨＫは日本中の最優秀な人達の集団なンでしょ。現代社会の最先端なンでしょ？」

「ああー、そうだ」

「ヨメさんが入るまでそんなだとは知らなかったけど……お母さんは大正そのまま、教育勅語をそのまま生きているの。交わるわけない。私も過去の人間。昭和のネ。頭も貴方達みたいに良くないから馬鹿でしょうね。貴方達から見たら馬鹿で呆れるでしょ。馬鹿だから那須へいらっしゃいなんて言うの。後のことナンテ、考える頭を持っていないのよ。馬鹿よ。でもね、泣いている親を知らん顔は出来ないのも事実。だからって金を出したり、行動を起したりも出来ない。慰めは出来る！」

「なに馬鹿言ってルンダ。お袋の嘘に付き合って嫁を苛めるのかっ」

「だから、那須へ連れて行くって言っているの。過去の人間同士、山の中でひっそりと暮らす事は出来るって言っているの。何時迎えに行ったらいい？　日曜日にしてもらえると、あり難いけど、土曜日がいいなら婿といく。四日は私の医者の予約が入っている。二日は婿の実家に一族全部が集まるのは婿のお父さんが子供のときからの習わし。だから、駄目。明日でもいいわよ。二日と四日以外ならいつでもいいわよ。早い方がいいでしょ。狂った人とは嫌でしょ！」

「ホントにそっちへやっていいのか？　暮らす事出来ンのか？」

「出来るわよ！　私が寝込めば施設になるでしょうけど、寝込んだり、入院したりしない限りは……でも、それはそっちにいても、同じでしょ。そっちの都合のいい日はなん日？　我が儘いうけど、二日と四日ははずしてね。早く連れて来た方が、ヨメさんが助かるンでしょ。ヨメさんが虐められて可

哀相なンでしょ？」逆なンだけどな～

「待ってくれ。そんなこと急に言われても。一月の終わりに俺は東京へ行く。次男とも相談しないとナ。こっちで勝手に決めたら、やつ、怒り出しかねないしな～」

「いいわよ。でも、事後承諾でいいわよ。あの子が引き取るわけじゃない。文句は言わない。言っても私は引き下がらない。そっちは、大丈夫？　一ヶ月あるわよ」

「嫁が可哀相だけど、なんとか持たせる」

「宿は？」

「友達の息子のマンションがある。息子は米へ転勤になって七、八年は帰って来ないから、そこを自由に使っていいことになっているンだ。時々来て風を入れてくれって言われるから、東京に来るときは、宿にする事に成っているンだ。実を言うと俺の荷物、殆どそこに預けてあるンだ。捨てるのはもったいないだろ。俺達がいなくたって、面倒見なくたって、お袋はやっていけるンだ。年金四十万も入ってるンだ」

「えっ？　調べたの？」

「ああーみんな調べた。ヘルパーの課長に言われたンだ。金をばら撒いているから、年金と通帳と判コは預かって管理しろってよ。植木屋やその他の人が来る度に、たばこ銭、お茶代だって、くれてやるンだぜ」

「だから、大正だって言うのよ。戦前はそうするのが、当たり前。彼らは主から衣食住は与えられていたけど、現金はなかった。小遣いがなかった。だから、出先でひねってもらうのが、唯一の現金」

「馬鹿言うな。今は大正じゃない。平成だ。間違うなよ。姉さんもおかしいよ。そいつらは小遣いが無くなると、里郡さんへ行って小遣いもらって来るかって、言ってるって。嫁が近所から聞いてきた。近所の人達は、業突く張りのドけち鬼婆って、あざ笑ってやがる。嫁が恥ずかしかったってヨ」今、カネをばらまいている、って言ったばかりじゃない。

「ばら撒いたっていいじゃない。お母さんの金だもの。それで、お母さんが満足ならいいじゃない。そのための金をくれって言われたら、出せないけど。自分の金でどうしょうといいじゃない」

「馬鹿言うな。こっちの身にもなってみろ。出せない俺達が悪く言われるンだ。嫁が可哀相だとは思ワンのかっ。ばら撒けない人もいるってことが、分かンナイのかっ」

「そのへんはね〜。前に何回か言って口論したことがあるけど、認知症には理解出来ないことだと思ウ。それが習わしだって言ったから、もう言わない。昭和三十年くらいまではみな、出していたよね。お父さんもたばこを駄賃に出した。それに今は出さないのが普通。出さなくたってどうってことないでしょ。貴方達が出さなくても現代風だと思うだけよー」

「何馬鹿言ってンだ。今は平成だ。そんなのが通ると思ってンのかっ」

「だから、言ったでしょ。お母さんは大正を生きているって。九十過ぎた人をつかまえて言っても、現代を理解出来ないンだって」

「従わせようっていう、お袋の根性が許せないンだ。我慢出来ないンだ」

「私達を育てるとき、時代もあるけど、金に困った。それが骨身に沁みているンでしょうね～」

「なに言ってンだ。親が子供を教育するのは当たり前だ。俺は二人の娘を大学出して留学までさせた。でも、俺は金の亡者じゃない。嫁もナー（よく言うよ。嫁の言うオウム返しじゃない）嫁は優しくて、いつもよくやってくれている。姉さんにもナ～（へ～、何をよくしてくれたの？　馬鹿だ。馬鹿だ。世間知らずって、こきおろすのがよくしてくれたことなの？　それこそ。バカ言うなだ）通帳も判コも俺は取り上げるよ。ああ、ばら撒かれちゃかなわン。嫁は優しくお袋に尽くしているンだ。それをとやかく言うのは我慢出来ン。嫁が切れて爆発するの、当たり前だろ。これ以上、嫁を苦しめたくないンだ……」と嫁が、嫁がと続くが、後は黙って聞き流す。また、嫁さんに替わった。同じことを繰り返される。

「そう。有難う。ごめんね。任せっぱなしで……貴女、よくやってくれるわ。有難う……大変よね。貴女だからやれるのよね。偉いわ～。たいしたものよ」

「そうよ。私だからやれるのよ。キユにはやれっこないわよ。私は強いから心配しなくていいわよ。ほら、何てったって天下のＮＨＫにいたでしょ。だてに十年もいないわよ。勉強したわよ。だから、年寄りの扱いは慣れたものよ。でもね。流石の私も参っちゃう。あの五百子にはどうかなりそう。言い出したら、幾ら言っても言うことを聞かない。自分の言うことだけを通そうとする。それで、おとうさんと怒鳴りあいになるのよ。ブッタたかれるのよ。年寄りでしょ。引っ込めってノ。分かるでしょ。五百子がいかに我が儘だか分かるわよね。分かるでしょ。分かんない？　分かるわよね？　分からないの？　ワカルワヨネー」

「うん……」

「私はいつも、いつも立てて、はい、はいって、従っているのよ。それなのに……分かるう？　わかるう？　分かるわよね。分かるでしょっ？」

「うん……」

「まったく～。キユ、分からないの？　老いては子に従うべきヨ。何処までも勝手な我が儘を……」言うだけ言わせて……「は～い。分かった。いいわよ～……ごめんね」で切った。

荷物全部捨てて来てやったって言ったばかりじゃない。何処かに倉庫を借りたとは思っていたが、今よりずっと小さいマンションに替えただけじゃない。友達と言っても東京のど真ん中、勝手に、使わせるわけない。それとも、そこの管理人？　と、なれば二、三ヶ月の内に母を何処かに入れて帰る？　あの子達の言うことは分らン。少し長く話すと、初めと終わりで逆になっている。ボロが出てくる。それに、なによ！　仮にも姑で義理の姉でしょ。面と向かってまで呼び捨てにするの？貴女がそうして威張って、人を見下せば見下すほど、貴女が礼儀知らずの馬鹿に見えるのをご存知？お里が知れる。近所の人や千葉が言ったということは、貴女が言ったことよ。千葉も百合さんも言わない。日頃、逆のことを言うけどね。キユは意地悪って怒鳴ったわよね。そっくり貴女に返すわ。向かいのおばあちゃんじゃないけど、引っ掻き回して仲違いさせる人ね。けど、お生憎様。私は千葉とも百合さんとも仲違いはしないわよ。二人ともバカじゃないわよ。事実を見ている。

お母さんがずっと心配していたとおりになった。出さざるを得ないではなく、取り上げると言う。今までの甥や姪との付き合いも、ヨメさんのお気に入りの平だけにさせられるだろう。母にとって身を切られるような辛さだ！

任せると言った以上、どう作ろうと文句を言うこと無いと怒る。確かにそのとおりではある。間違っチャいない。だが、あの時代の人は、そのまま通すと喧嘩になるのも、至極、当然である。任されても、仕上げまでに三、四回は確認を取るべきである。私なら、トンビが無いと言われたら、忘れました。ごめんなさい。これから作ります。切り方教えてください。で、いいのだ。任せたのにと怒る事でもないと思うけど……

そういうことを婚家のお舅さんに教わったと思う。今はあり難いと感謝している！　あの時はこの忙しいのに、男のくせに一々うるさいと思ったのも事実だ。社員の食事をつくる上で、うちの連中は労働者だ。もっと濃い味にしろ。労働者じゃない人にはこれでいいが、そのときは出汁をしっかりとれ、と言われたのである。四、五年してから、何処かの帰りにうちへ寄って、夕食をした。そのとき、旨い、お替りがあるかと言われたときは嬉しかった。職業によって味を変えなければいけないこと、筋を通さなければいけないこと、一度決めたら、揺らいではいけないこと、そして何よりも信用が大切であることなど沢山学んだ！　だから舅が亡くなって、暫くして姑と一緒になったときは困らなかった。

喧嘩は無かった。一度もしていない！

平成二十一年十二月三十一日の夜が、こんなふうに過ぎていった!

平成二十二年　夏の介護への道

平成二十二年元旦（金曜日）　晴れ

九時過ぎ、母から電話が来た。ご機嫌である。

「今ね、次男に電話したンだわ。出ないから、多分、まだ初詣から帰ってないンだと思うわ〜。あすこは、まず、初詣に行って来てからお膳につくンだわ……」

完全に昨日の事は忘れている。何処から掛かってきたか、ナンバーを見れば、今の電話は分かる。元旦早々、揉め事は嫌だから出ないのであろう、と思うのは、私の勘ぐり過ぎだろうか……

「あの子達が来ているンだよ〜。だから、今年は三人で祝ったわ！」

「へ〜そう。良かったわね〜。一人なら寂しいものね。良かったわね。年寄り三人でも三人は三人。賑やかで良かったね。東京はやっぱり、お母さんのことを考えているのよ。よかったね〜」

「ふぅん。よかったよ〜。楽しいよ〜。嬉しいよ！」

「良かった。よかった。じゃ〜皆、元気で正月を迎えられたのね。お母さんが楽しければ私も楽しいわよ。よかったね〜」

「ふぅん。元気だよ〜。良かったよ〜。そっちも元気かね？」

「うん。皆元気。下は友達が七、八人、集まって十二時頃出てまだ帰ってないけどね」

「如月ちゃん、元気かね？」

「元気よ。替わる？　ここにいるわよ」

「そうしてもらえると、助かるわ～」如月に受話器を押し付ける。

全部、完全に忘れてご機嫌じゃない。二人がそっちに越した事を、私が知らないような口ぶりである。正月だけ帰省していると思っているのだろうか？

夜九時過ぎ、如月が受話器を持って来た。夕方また喧嘩した。またって昨日の事、覚えているの？

「またって？」

「きんなね（昨日ね）。あんまり、腹がたって、癪にさわったから、ヨメさんを怒鳴りつけたンだわ。そしたら、ヨメさん、私の頬を叩いたンだよ～。四つもダデネ。姑を叩く嫁があるかね？　だから、叩き返したら、息子が嫁を苛めるなって、私を幾つも、幾つも、いくつも、叩くンだよぉ～。だから、親に手を上げるのかって叩き返したら、また嫁が出てきてね、私を叩くんだデネ。蹴ったデネ。それで、三人で叩き合いになったンだよ～。二人に叩かれて体が痛くてね。動くたびに体がギシギシして痛いよ～。この一週間で八万も渡したのに、まだ足りないってノかね～。機嫌が悪くてさ……切ないよ～」

「あのね。この間、散々言ったでしょ。金も手も足も口も出すなって……」

「ふぅん。貴女はいつも、そう言っているね。何回も聞いたよ～。でも、少しでも機嫌よくなってくれればと思ってね～。でも、朝から、怒ってばかり、私を叱ってばっかりいるよ～。年金も通帳もはんこも出せってね。全部出したら、私、医者に行けないよぉ〜。早く死ねってことだわ〜」

「出したって同じよ。全部出した後、機嫌が悪くなったら、どうするの？　文句言われたらどうするの？　出す物が無いでしょ？」

「ふぅん。行く所へ行きたいよ〜。おじいちゃん、迎えに来てクンナさらンのかヤ〜。おじいちゃん所へ行きたいよ〜。逝きたいよ〜。逝きたいよぉ〜」と、泣き出していた。

「そうね！　今のお母さんはそれが一番幸せでしょうね！　お父さんも心配していると思う。でも、まだ、そのときじゃないのよ。だから、頑張るより仕方ないでしょ？」

「頑張るったって〜……もう、疲れたよぉ〜。病院だって、原さんと息子達が結託して、施設へ捨てたンだよ。親をゴミみたいに捨てるンだよぉ〜」そうなのだが……

「あれは、検査入院」

「検査ってったって、医者なんか全然、廻って来ないンだよ〜」

「でも、決まった時間に看護婦が来て……」と、市の制度が変わって、南しか年寄は受け付けないことを説明するが納得しない。中央に五十年も六十年も通った。私（母）の小学校の頃からだ、と言う。確かにそうなのだが……四、五年前に制度が変わってしまったのだからどうしようもない。

「家の中のことは百合さんにしか話してないのに、アー言った、コー言ったって、ヨメさん、すごい剣幕で私を怒鳴るンだよ〜。おっかないよ〜」

「だから、中の揉め事は、百合さんにも話すなって言ったでしょ」

「百合さんは、あっちこっちで言うような人じゃないでね。誰が言うンだろう？　息子もヨメさんも、私と住みたくないンだね～。出てけってことだわね～。でも、私にはここしか行くとこないよ～。全部取っても、出てけってのカヤ～」

「取られたンじゃなく、お母さんが出したンでしょ？」

「ふぅん。出さざるを得なくするンダデネ。取ったと同じだわ～」

「出す方が悪い。逆効果。いいわね、取っておきなさいって出すンでしょ……」

「だって、そうしなきゃ、機嫌悪くてどうしょうもないよ～」

「悪くても無視すればいい」

「そしたら、また、二人に叩かれるよ～。もうヤダよ～。どうでもいいわ～。一日も早く、おじいちゃん、迎えに来てくださらんかヤ～。おじいちゃん、優しかったよ～」

「そうね。来てくれたらお母さん楽になるね。苦しまなくてもいいものね。可哀相にね～」

認知症の入った母が哀れである！　そして、私もこうなるかという不安が最近は付いてまわる。どうあがこうと、なるようにしかならないのであるけれど――

「ふぅん。貴女なら分かってくれると思ったわ。話してよかったよ～」

「だから、言っているでしょ。朝駆け夜がけで愚痴は聞くって……胸にしまっておかないで、一度、口から出すと苦しさが半分になるからね。玄関で話しているンでしょ？」

「ふぅん。だって、他に話すとこないでしょ。何処で話すね？　電話はここしかないわね」

「寒いでしょ?」

「寒くてブルブル震えているわ〜」

「だから、子機を使えって言っているでしょ。そこへ行く度に説明しているじゃない。ベッドの中へ入って、布団引っ被って話せるじゃない。寒い思いしなくていいでしょ」

「使い方、知らないもの……」

「行く度に説明しているわよ。あんなものに、三十五万も払ったンだから、遊ばせていたらもったいないじゃない」

「聞いてないよ。聞いていれば分かるわね。分からないから聞いてないンダデね」

「あ、そう。それはどうも、すいまへん。二階に置いておかないで、下へ持って来て、お母さんの部屋のコンセントに差し込めばそれでいいのよ。あとは普通に使えるわよ」

「話すだけかね? 掛けられるかね? 回すところ無いよ……」

「玄関で使っているのは数字を回すでしょ。回さずに数字を押すだけ。同じよ。一、二、の数字を押しなさい。それだけよ」

「話すとこだけかね? それだけ持ってくればいいンだね?」

「コードも。コードの先の小さい台に受話器が乗っているでしょ。そのコードを抜いて、台と受話器を下に持って来て、お釜の横の空いているコンセントにさしこめばいいの」

「じゃ〜、コード、短いよ。私のベッドまで届かないよ」

「延長コードを使えばいいでしょ。お父さんが使ったのが、サイドボードの横の戸袋に入っているでしょ」

「なんだね？　その……え、え……」

「延長コード。戸袋の中に白い、長いコードがあるでしょ」で、また、説明。

「じゃ〜、いつもの電気屋に来てもらって……」

「止めなさい。また、十倍、二十倍も取られる。弟にコンセントに差し込ませれば、済むじゃない。あるのでいいでしょ？」

「何処にあるね？」

「だから、戸袋の中……」

「ないよーそんなの……こ、こ……なんだね？」

「じゃ〜知らない。九月頃に行ったときに見ただけだから……探してなきゃ、スーパーで、買って来なさい。色々あるわよ。どうせ、ミーおばさんとこへ遊びに行くでしょ。前を通るじゃない。あの電気屋に言ったら、五、六千円は取られるわよ。スーパーなら、七、八百円よ」

「だって、私、スーパーは行ったことないし、入っても何処にあるか分かんないよ」

「店員さんに聞けばいいでしょ」

「あそこの店員さん、ツンツンして冷たいよ……」

「そんなことない。親切よ。何でも屋のおやじみたいに、見え透いたオベンチャラを言わないだけ。

そんなのは時間の無駄」

「貴女、よく、知っているね？　誰に聞いたね？」

「誰にも……そこへ行ったとき、お母さんに付いて何回も行っているでしょ。見ているの」

「ふうぅん。ハラさんかね？」

「ハラさんテ、医者の？」

「ふん……」

「私は知らない。先代も当代も会ったことない。ハラさんには私はあまり、いい感情を持ってないから……高校のときから……」

「高校のときって？　何があったね？」

「同じクラスの子が盲腸の手術を原さんでした。原さんが大丈夫だって言って、五日後に国体の大回転に出た。終盤近くで傷が開いて総合病院に担ぎ込まれた。それで彼女の選手生命は終わった。卒業後、行方が分からなくなった。だから行ったこと無い。もう、五十年近く前のことだからね」

「原さんは碌な者じゃないね。やっぱり、丸さんだわ～。息子さんが帰って来なさって、駅の所に医院を出しなさったけど、遠くて……でも、やっぱり……」

「あのね～。丸さんも代が変わっているのよ。先代は叔父さんの同級で、親友だったから、こっちの事情を知っていた。だから、先生はお父さんには特別だったの。それにお母さんもまだ、若くてしっかりしていたから、医者に掛かる必要もなかったでしょ。先生が亡くなって十数年、息子先生はお母さんの事なんて知らない。原さんと一緒。それにね。市の制度も変わったの……中央は五十年も六十年も通ったのに、突然受けなくなったって怒っていたでしょ？　個人の医者から回された患者しか受け付けなくなったのよ。だから、一番近いハラさんが、この地域の担当なの。他は受け付けない。そういう制度になったの。原さんがいやって言えば、医者にはかかれない。苦しみながらそこで死ぬより仕方ない」

「往診もしてくれないンダデね」

「歩けなかったら、タクシーで来いってさ。で、なければ南の老人病院にタクシーで行くしかないのよ。行ってこの間みたいに入院する？」

「ま〜、じゃ〜、年寄は早く死ねってことかね？」

「そういう事でしょうね。それがその市の新しい制度。お役所の決めた事。お上には逆らわないンでしょ。私みたいに裁判に持ち込む？　素直にお上の決めたことに従うンでしょ？」

「ふぅん。当然だよ〜。お上に逆らうなんてとんでもない。私はそんな悪人じゃないよ〜」

「でしょ。お母さんは私と違っていい人よね。いつも正しい人でしょ。従うより仕方ない。ハラさんやヨメさんに文句言ってもはじまらない」

「分かったわね。よ〜〜く、分かったわね。昔と同じだね。年寄りを締め付けて、若い人ばかりを大事にして……」

「そうだね。働けなくなった者は用済みよ！　気の毒だけどそれがそこの市の制度」

「考え方、変えないと駄目だね」

「そうよ。だから、お父さんが亡くなったときに、私は散々言ったけど変えなかったどころか、それ以上にしたじゃない。お父さんが亡くなったから、なお、しなきゃならないって私に散々、お説教したよね。世の中、私みたいな薄情は通らないって。でも、私はこのやりかたを通して来て、お母さんみたいに苦しまないわよ。そうも、出来なくてではなく、そうするの。今までしてきても出来なくなれば、正直に事情を話して止めるもの……」

「じゃあ、み〜んな、ヨメさんにまかせて好きなようにさせないと駄目なンだね?」

「そう言ったでしょ。任せて、金も口も手も足も出すなって。何にも出すなって。そうしないから、喧嘩になるのよ」

「だって、近所のジョンギ（諸々の付き合い）もしないでね。それに、長岡の甥もツー子ちゃんも北も南も弟にも如月も桃にもしないよ。親戚付き……」

「しないね。千葉にも。何かがあれば千葉へは連絡が行くでしょうけど、私の所は終わってから、ハガキが来るだけでしょうね。一千万その場で用意出来なかったときから、そうなった。でも、私は別にかまわない。こっちもそうするだけ。叔父さん、長岡、北、南、ツー子さんに、息子達に任せて私は隠居しました。これからも、宜しくお願いします、だけの葉書きを一枚出せばいいって、言ったでしょ。後は今までどおりでいい。今までどおりは物じゃなく、お母さんの態度よ。物をやったり、とったりじゃないわよ。お母さんがしていたようにすれば嫁さんが誉められる。しなければ陰口たたかれるだけ。良くも悪くもお母さんは関係ないの。あとはお母さんが、たまに遊びに行くとき手に土産を持ってゆけるように、年金をしっかり、握っていなさい、と言っているの……」

「貴女はいつもそういうけど、里郁の格式ってものが……」

「いいの。恥かいてもお母さんじゃない。あの人たちには、格式も仕来りも昔からの歴史も何もないの。前に言ったでしょ。あれは、村の里郁じゃない。ヨメさんの実家の里郁だって。別の家。お母さんの口出す事じゃ〜ない。お母さんは今までちゃんとしてきた。十二分した。伝統を踏まえることは終わったの。お父さんが亡くなった時点で終わったの。無くなったの」

「でも、私がオッカさまに、顔向けが出来……」

「お祖母ちゃんとこへ行ってから説明すればいいことでしょ。ハイカラバーサンで有名だったでしょ。案外、お母さん以上に今の社会を分かっていると思うわよ。向こうへ行って、お祖母ちゃんに説明する時間はたっぷりとあるわよ。ヨメさんが逝くまでに。頭がよくて、世の中を山の中から見下ろしていた人。かえって、五百チャ、おまさん、古いこと言うね、なんて言うかも知れないわよ。お祖母ちゃんなら、ヨメさんの先を行くわよ！」

「オッカ様は、分かってくんなさるね？」

「そうよ。寺の坊主も言っていたわよ。先代は叱られて出入り禁止までくったけど認めていたね。頭が良くて曲がったことが大嫌いで、何でも人よりずっと出来なさった。出来ない事は無かった。莫大な金を持っていて、困っている者はどこまでも面倒を見なすった。筋の通らンことを言ったり、したりする者は許しナさランで、馬鹿者って怒鳴り付けなさった。県の偉い人にだって、一歩も引かず口論なすった。だから、オッカさまにたてつく人なんかいません、こてね。筋を通して正しい事をしている人には、何処までも味方になって面倒を見なさった。嘘も大嫌いで、嘘だと分かったら叱られて、困っても面倒を見ては下さらんかったたって、言っていたわよ。散々怒鳴り付けられて、ゲンコツをくらった坊主が言うくらいだからね」

「そうだよね。オッカ様なら、分かってくンなさるね～」

「そうよー」

「悪かったね～。夜、遅くに……婿さんと如月ちゃんに宜しく言ってね。一朗ちゃんたちにちゃんとしっかり、勉強するように言ってね。それが、将来のためだからね。悪かったね～。悪かったね～」

「いいのよ。愚痴はいつでも聞く。聞くだけだけどね。外で言っては駄目よ。私が話すのは、今のお祖母ちゃんでしょ。なに?って、如月に聞かれた時だけ。でも、あの子は覚えていない。パソコンゲームをしながら、テレビを見ながら、飲みながら聞くけど、話し終わったらもう忘れている。誰かと同じでね」

「誰かって誰だね？　婿さんはそんな……」

「婿はそんないい加減じゃないわよ。ちゃんと聞くよ。だから話さない。それはとにかく、私に愚痴っても広がる事はないからね。もう一度いうわよ。私が聞くから外で愚痴るのは止めなさいよ」

「誰にも言ワンわね。百合さんだけだわね」

「それも、止めなさい。何かのときに、ポロッと出るかも知れないでしょ？」で、また押し問答になった。何回か繰り返して、

「そうだよね。百合さんだけだから大丈夫よね。分かった。じゃあ百合さんには話していいわよ。分かった」で、切った。那須の話と同じだ。

ヨメさんの話では、百合さんが一番母のこと、私の事をボロクソに言って歩いているそうだ。ヨメさんの事を母が嘘をついて百合さんに話すと、百合さんはそれを何十倍にもして、とんでもない所まで話して歩いている。市内中の人が、ヨメさんを悪く言って噂しているのは百合さんと母のせい。恥ずかしくて町もろくに歩けない。だから、二軒の向かいまでヨメさんをみそくそに言っている、のだそうだが……私は逆に見ている。

向かいのおばあちゃんは思ったことをはっきり言う人で、隣に言ったことは本人にも言う。だから、噂話とは私は受け取らない！　左は道で会って立ち話をするが、人の悪口は聞いたことが無い。母のことを、詫びたり礼を言ったりするが……事実としての報告だ。四十年も県立の総合病院で看護婦をした人。母のことを正確に掴んでいる。私も有り難い。

「ううん。何でも無い事よ。あの歳になると皆そう。お宅だけじゃない。順繰りよ。私達もいずれはそうなるのよ。気にする事無いの。いいのよ」である。

お宅の木の落ち葉でトヨが詰まって困る、シンパクの葉が針葉だから道に張り付いて掃き辛くて困る、母がごみを皆一緒に出して困る、追い掛けて戻り、庭先であけて区別して入れ直すことだけだ。

あとは誰それが外国の勤務を終えて帰って来た。誰が亡くなった、といったようなことであって他は話してない。毎日、何キロも歩いている人だから、お宅の墓の前を通ったらこういう花が入っていたけど、行ってきなさった？　とか、高速近くの道の駅まで行って美味しい寿司を買って来たわ。とかいう話である。どれも悪口とは受け取っていない。老人の呆けは百も承知の人である。母の言うことを鵜呑みにする人ではない。百合さんもチッソを退職してから二十年民生委員をした。したから、立派と一概には言えないが……少なくとも多くの人に慕われはしない。今でも人が元気？　と、訪ねてくる。嘘や悪口を言って歩く人は多くの人に慕われない。と思うけど、母のところで会うだけだから、断言は出来ない。いずれにしても、母が噂話や愚痴をしない事が肝心である。

平成二十二年一月七日（木曜日）

「バカッ。大馬鹿ッ。私が迷惑するのが分からないの。許せない。何で余計なことを焚きつけるのよ。世間知らずの常識無しだから、そういうバカを平気でスルノヨッ。私が困ることが分かんないのっ。ええっ～分かんないのっ？」

「分かんないわ。何でダメなの？」

「ばかっ。常識なしっ。バカ、バカ～」

弟が出て来て怒鳴りだした。また、嫁がお前の意地悪で泣いている。可哀相でたまらん。出るとき腹は空いてないと言ったくせに。何で余計な悪知恵を付けて嫁を泣かすンだ。と、長々と続いた……

「あ、そう。貴方達は若くて、元気でおいであそばすからね。世間を知っている、現代社会の常識者ダものね。私もお母さんも年寄りのもうろくババアだからね。今、お腹が空いていなくても、一時間で空いて腹が背中に付きそうになる。気持ちが悪くなる事もある。一度に若い時のように食べられない。年寄りは食べること以外はないからね。貴方たちも、後十年したら年寄りの状態が分かるようになる。幾ら利口で常識が有っても、年をとってみなければ分からないわ。取るのがダメなら、常にテーブルに食べる物を出していてやることね……」

「何、バカ、言ってるンダァ。もっと嫁を泣かす気かぁ～」

「常識無しのもうろくババアが言っているのよ。少しくらい自由にさせることね。十年後の自分の姿よ。今はオ若くて、お元気で、常識のあるおエラ～イ方でしょうけどね。何時までも、そうじゃないわよ。明日の自分の姿だと思いなさい。じゃ……」で、切った。

平成二十二年一月十九日（火曜日）　晴れ

異常に暖かい！　一月半ば過ぎとは思えない。次男と母の事で会う。

母から毎日、電話がある。弟が聞きたくないと突っ撥ねたら、女房が毎日、相手をさせられているそうだ。気の毒に！　二子さんだって嫌だろうに……三十一日のことを話す。弟は知らなかった。

「また、蹴られたり、殴られたりして痣だらけになって、痛くて起き上がれなくなるンじゃないかと、毎日ビクビクしてヨメさんの言いなりになっているって、泣いていた。今度何かあったら、引き取ろうと思うけど、駄目？　長男はうちの婿が許すわけない。二、三日は黙っているだろうが、そのあとは、ブッタたいて放り出される。行く当てが他にあるのか？って、怒鳴った。ヨメさんもあの婿はものすごくおっかない人だって言った。また痣だらけにさせられると怖くて、行かない。ここにいるって言って、また出したみたい。でも、連れて来てしまえば、向こうが何を言おうと、関係ないと思うけど、駄目かなぁ？　ただ、問題はお母さん自身よ。動くかどうかよ」

「それが一番安心だし、いいのだけど反対だ。姉さんも歳だよ。何時までも、お守り出来るわけじゃない。共倒れだ。姉さんが倒れたとき、施設といっても引き取ってくれる所がない。那須へ移しても介護保険を払っていた所じゃない。那須で駄目だからってまた、あそこへ戻しても出て行ったンだろ。知らン、てなるよ。行った所で見てもらえなくなるよ。そうなったらどうスンだ？」

「厚生省でやっているから、何処の自治体でもいいンじゃないの？」

「厚生省はそうだよ。それで、今、大問題になっているンだ。東京で払っていた連中が、箱根や伊豆や房総へと色んなとこへ、余生をと越して行った。東京は保険を取って老人を見ないで済んだ。越した先の自治体は保険をもらわずに老人の世話をさせられて、財政破綻しているンだ。それで、老人の受け入れは拒みだしているンだ。だから、大騒ぎになっている。那須で今まで払ったわけじゃない。じゃ、現住所移してもウンとは言わないよ。市の方も一度、出たンだ。こっちは知らん、てなるよ。皆、共倒れだ。だから、反対だ。あそこに金でとなると、三人の年金合わせても半分にもならんよ。皆、共倒れだ。だから、反対だ。あそこに置いていたら、何とかなるさ。いざとなったら、施設に入れるより仕方ないさ。毎日、昼を食いに出ているって言っているけど、兄貴は、昼は食ンよ。俺の邪推かも知れンけど、お袋を施設に入れるために探して歩いているンじゃないのか？」

「私もそんな気がしていたわ……」

「施設に入れてあそこを売って東京に出ようってンじゃないのか……十月の終わりに兄貴から電話があって、施設に入れるよ。かまわないだろう？って……いいけど。その代わり、そこを売ったらその金をその施設に寄付して相続を放棄するのが条件だ。姉さんも多分、そう言うと思う。それなら、俺は反対しないって、切った。一時間もしない内に嫁さんから電話が来て、おとうさんどうかしているの。さっきの話は忘れて。無かった事にして、ってさ。はいはい、で返事はしたけど、こいつら、何だってンだ、と思った。それきり、音沙汰なし……」と笑っていた。

「あの人は利巧で私達を馬鹿に仕切って鼻であしらっている。だから、どうにでもなると思っている。その場の思い付きで言わせてみて、答えによって返事をすればいいってことでしょ。弟はヨメさんの操り人形になってしまった。娘達も同じ。お父さんが生きていた時はこれほどじゃなかったけど。あの家は……あの二人が好きにすればいい。家や土地の事なんか私の頭に無い。四十年も経ったボロ家。あ深い雪。私の歳では住めないしね。だから、那須へと思った。住所を移して保険を払ってくれたら見ると保健課では言っているし、夢プラザっていう公共の施設ではデイサービスもあるし、ショート・ステイもしてくれる。一週間から、最大四週間は預かってもくれる。お母さんも私も介護保険を持っているから、両方を組み合わせて買い出しや色々に使ってもいいでしょ。それでも、無理かな？」

「そこまで、調べたンだ。でも、大変だよー」

「分かっている。婚家で姑のお母さんを見ているから。あのお婆ちゃんに比べたら比較にならないほど楽よ。でも、親娘だから喧嘩はするよ。昔から合わないンだから……けど、殴られても殴り返しだけは無いわよ。ただね、あの歳で那須へ行けば、私みたいにあっち、こっちと移住して歩いている者と違って、一年か二年で完全に呆けてしまうと思う。もっと早く進むかも。それでも、少しでも楽にしてやりたいと思った。呆けてしまったら、いいも悪いも分からないンだしね。ただ、問題はお母さん自身よ！　長男に那須へ行っても、二、三日で婿にぶったたかれて追い出されるって、言われたことを信じ切っている、承知するかどうかよね。あれだけ、やられて裸足で痣だらけになって、雪の中を北に逃げて行ったのに、まだ私の言うことでなく、長男の言うことを信じているからね～。婿は関係ない、と言っても、長男はそうは言わないって。嫁はこう言う。長男の嫁が言うンだって。長男は何をしても、可愛くて、可愛くて、じきに許せるンだろうね～。長男は子供の時と同じく、母親に依存して何をやってもいいと思っているし、それにヨメさんの焼餅が長男をとおしてお母さんに辛く当たるンでしょうね～」

「感情に流されるな！　シビアにいこうよ。冷たいけどさ。シビアに事務的にさ。でないと、色々な問題が大きくなるし、共倒れになるよ。姉さんの気持ちは良く分かるよ。俺も同じだからさ。でも、感情に流されちゃ駄目だよ。突き放して冷静に考えようよ」

あとは、秋山郷へ連れて行けの話、千石や高円寺、孫の事を聞かれて近状を話す。

お母さんが雪は一尺くらいだと言っていたと言うと、トンでもない。二メートル以上ある、と。帰り掛けに、母のことを北の義従姉さんに相談出来ないかな～と独り言のように言ったので、日帰りで行って来ようか？　と、言ったが返事はなかった。


十一時過ぎに、如が帰って来た。叔父さんと会ったンでしょ！　今日の話をする。

「お祖母ちゃんを連れて来なさいよ。ここへ……」

「簡単に言わないでよ」

「お祖母ちゃんが楽であれば、周りなんか気にする事ないじゃない。それと、同時にあの家を売ってしまいなさいよ。叔父さんと叔母さんが一番、嫌がることをして、意地悪してやろうよ」

「あんなボロ家、欲しい者にいつでもくれてやるわよ。意地悪のためになんか、私はしないわよ！　村の家なら欲しいとは思うけど維持できないし、もうない。あれば解体して組み直せば、百年や二百年は持つでしょうけど……」

「お母さんはサバサバしているから、そうでしょうけど……散々、お祖母ちゃんを苛めといてさ。幾らにもならないのは分かっているし、欲しいとも思わないけど、家だけただやるの、癪じゃないー」


平成二十二年一月二十七日（水曜日）　晴れ

十時少し前、市立病院へ健康診断に行こうと玄関に出たら、上がバァちゃんからと受話器を持って来た。

「長男夫婦が東京の病院に行くと出て行った。昨日から二月の十日までだって、左向かいさんが言った。私には東京に行くとだけしか言わないのに。腹が立ったから、百合さんに話したら聞きなさったけど、忘れなさったンでしょって、貴女と同じことを言いなさった。貴女と百合さんと結託して私をボケ扱いにするンかね？　この私が家の事で忘れるわけないでね。皆で結託して、この私を呆けにして養老院に捨てようってンだね？　みんなで嫁の味方になったってことだね」

「誰の味方もしてないし、結託もしてない。だけど、ね〜。お母さんは実際に忘れるのよ！

桃が人に言えない相手となんて言ったら桃が可哀相よ。毎年、一回は家族を連れて行っているわよ。沙耶を掴まえて、桃、桃って言って沙耶に変な顔されたじゃない」

「ううん。そんなことない。貴女の勘違いだよ。貴女も歳だね〜。最近は思い違いや間違いばっかりしているね〜。私より五つばかり、若いのにボケ始めたンだね〜（ええー、五つばかり若い！）可哀相にね〜。気を付けなさい。婿サンに追い出されないようにね。ヨメサンも追い出されないようにってテ心配していたデネ」

「そうだね。気を付けるわ。ごめんね。お母さんが間違うわけないものね。忘れるわけないよね。参ったぁ〜私、呆け始めたの？」

「ふうん。気を付けなさい。でないと、婿さんに嫌われて叩かれて追い出されるデネ……」

「分かった。気を付ける。心配してくれてありがとう」

呆けはそっちだろうが……何が忘れるわけないだ。ぼけ、ぼけ、大ボケが……

「何で私に言わないでお向かいに言ったンかヤ～、親に言わないで。おもしろくないよ」

「そりゃ～、そうヨネ～、いの一番にお母さんよね」言わないで出るわけない。

「それが普通だわね。生まれが悪いから常識も礼儀も無いンだわ～」

「お母さん！　今の時代、それは関係ない。しかも、中年過ぎて老人になっているの。だから、その人自身の問題。生まれは関係ない。社会に出て勉強して常識や教養を身に付けて行くのよ。何を身に付けるかもその人が決める。いい素質を持っていれば良い物が身に付く。親を子供は選べない」

「ううん違うわね。生まれが良くなきゃ、常識も礼儀も知らないわね。品も思いやりも無いわね。ただ、我が我がと人を押し退けて前に、前に、出ようとするだけだわね」

「それは言えるかもね。でもね、今の世の中は人を押し退けて出なきゃ、落伍者になる。嫁さんや皐月さんの成功は人を押し退けても、自分を貫いたからよ。それが現代のやり方。一歩下がってなんて言っていたら、人が機嫌を悪くしないように「どうぞ」なんて言っていたら、直ぐにお前なんかいらないよ、で、会社を首になったり、給料も肩書きも入った時のままってことになるわよ。仕事を無くしかねない。そうなったら、ホームレスよ」

「ほ、ほ、ほ、……」

「ホームレス。住処が無い人。乞食って言ったら分かるでしょ。でも、この言葉はいま、使ってはいけない言葉じゃないかかな？　もう、十年以上前になる。お父さんの一周忌の時だったと思う。私、目クラになりたくないって言ったら、次寺の若住職に叱られた。自分の事でも使うな、撤回して謝れって言われた。こういう席でなければ、裁判所に行ってもらうがこういう席での事だから、穏便にしてやるから謝れって言われた。だから、使ってはいけない言葉だと思うけど、そう言わないとお母さんは分からないでしょ。だから、今の世の中、生き抜くためには、人の前に出ないと駄目なのよ」

「じゃ～、何かね？　人に思いやりを持って、この人が喜べば、少しでもこの人のためになればって、思ってやってきている私は馬鹿だってのかね？　優しい思いやりが悪い馬鹿だって……世の中どうかしている。だから毎日人殺しだ、苛めだって有るンだわ～私のように明治さまの……」

「分かった、分かった。そうだね～。お母さんのように優しい思いやりのある人にならンとね。あまりにも自分の意思を通そうとするから、殺伐とした世の中になるのね。ヨメさんも、自分が、私が、でなく、お母さんの二歩位、下がっていたらいいのよね。職場でなく、婚家なンだから……」

「ふううん。やっと分かったようだね。相手の気……」

「気持ちを慮って相手の下に下がるべき、よね。そうだよね。仕事場じゃないものね。ところで、橋の葬儀に行ったンでしょ。義叔母さん、どうしていた？　大丈夫だった？」

「ふぅン。ボーっと、しちゃってね。一人で歩けも出来なくてね。人に手を引かれて、そこに座って、って言われないと駄目なンだわ～。挨拶しても返事も出来なくてね。兄ちゃんが、式が終わったら向こうに連れて行くってね。親父がいたから、置いていたけど一人じゃ置いておけないってね。さっきも電話したけど、出て来ないから自分の家に連れて行ったンだね。檀引きに来ると思うから、そのときにゆっくり話すわ。慰めてやらなきゃぁね。たった一人残された姉妹だよ～。もう、私には継子さんしかいないよ～」

　分かってンじゃン！

「分からないわよ。その時の状態次第よ。来ないかもしれないわよ」

「何、言っているね。自分の主人の檀引きに、来ないわけにいかンでね……」

「そうだけど……アルツだからね～。来られる状態なら来るわよ。四十九日となると、もっと症状が進んでいるかも知れないじゃない。分かんないけど……」

「分かんない、分かんない、って言ったたって自分の主人の檀引きに来ないじゃ、済まされンでね。来るに決まっているわね。一人っ子の婿取りだから、そういう我が儘になるンだわ。だから、う、う、うつ、何とかって病気なんかになるンだわ。私のよう……」

「お母さん！　そういう言い方、私は大ッ嫌い。嫌いよ。お母さんは元気だよね？　しっかりしているよね。常に正しく優しいよね。でも、人の病気を我が儘だの、一人っ子だからだの、言わないで……病気は気を付けていてもなるときはなる！　お母さんのように我が儘でなくてもなる。如が幼稚園の頃、次男が大学を卒業した頃、入退院を繰り返したよね。更年期で。あれ、お母さんの我が儘だったの？」

「違うわね。私、入院なんかしたこと、一度も無いわね。また、貴女は私を……」

「思い違いでも間違いでもない。お父さんは猿橋の校長だった。しかも、三月。三月に校長が休むってどういうことか分からンわけないよね？　期末よ！　婚家のお舅さんに事情を話して約一ヶ月、休みをもらって、如月を連れて私が行ってお父さんが学校に戻った。春休みになって、如が川だ、川だって、隣（今は駐車場になっている）の娘と、前の道が雪解け水で浅い川のようになった道で遊んでいた」

「そんなこと無かったよ〜。貴女、また私を……」

「分かった、分かった。無かった、無かった。私の間違い。お母さんはしっかりしているものね。病気なんかしたこと無いよね。入院なんかしたこと無いよね。ごめんね。ごめんなさい。お母さんはいつも元気で優しいお母さんよね。元気、元気です」と、謝ってやっと機嫌が直ったが、事実、母は寝た。三月二十四日夜、夫から電話が来て、直ぐ下の妹が乳がんで入院したのに、何時まで遊んでいる気だと叱られて怒鳴られて、三十日に帰る予定を翌二十五日最終にして帰ったのだ。二十四日から母は起きた。睦月が生まれる前年のことだ。義妹の手術も成功して今も元気である。姑もそうであった。ヘルニアで手術、盲腸で、子宮ガンだ、と人が入院したり、手術をしたり、する度に怠け病だ。甘ったれている。我が儘だ。私のようにピンと気を張って、シャキッとしていたら、病気なんて寄って来ない。と言っていた。自分の娘が乳がんで手術したときは婿が悪い。婿の責任だと騒いでいた。病気は甘ったれや我が儘でなるものではない。

「お母さんの、は、とにかく、義叔母さんは一人っ子だから病気になったわけじゃないわよ」

「ううん。そうに、決まっているわね。それなのに、貴女はいつもそうやって、私にたてついて文句ばかり言うンだね。オッカさまに育てられたから、み〜な、私の言うことやすることに文句を言って、たてつくンだわ〜。長男は私の言うことは素直に聞くよ……」

「そりゃ〜、どうも。悪ウゴザンした。性格悪い。口悪い。素直じゃなくて、悪ウゴザ〜いま〜ス〜

立て替えてもらった香典、着いた？　袋代入れなくてごめんね。千円札が無かったの。ごめんね」

「いいわね。香典もよかったのに……」

「送らなきゃ、私が出したことにならないもの……」

「ふん。着いたって電話、しなかったかや〜」

「来てない」

「少しでも多く、あの子達に残そうと必死だったけど、止めたわ」

「借金しない程度にジャンジャン使いなさい」

「今度、町内会の老人会に出ようと思うわ。科さんを誘ってお茶してケーキを食べてこようと思う。

いいよね？　それくらい」

「いいに決まっているでしょ。そういうことをして楽しみなさい」

旅行したいけどおじいちゃんがいなさらん。秋山郷へ甥の墓参りにどうしても行きたいけど、誰かが夏でないと駄目だって言ったような気がするから確かめないと……と繰り返して、切ったら十二時。

病院の予約受付は十一時となっていた。

平成二十二年三月十日（水曜日）　雨

十一時頃から二、三十分おきに電話のベルが鳴っていたが、無視していた。一が出ろよ、と言っていたのだが……何回目かに受話器を持って来た。

「ほら、出ろよ。可哀相だろ。うっかり取ったで、いいだろ。ほら……」と、出る。

毎日、二人で出て行く。たまには私を誘ってくれてもいいのに、誘った事無い。昼はいつも一人で作って一人で食べている。百合さんに怒鳴り込まれて怖かった。暫くは震えていて動けなかった。怖かったよ～

「どうして？　何で百合さんが怒鳴り込むのよ？」

「私が百合さんの悪口を言って、市内中を歩いている。私が里郁さんに何をしました？　市内中で知らない者は無いって聞いた。私が里郁さんにどんな意地悪をしましたか？　どんな意地悪でした？って、怒られてびっくりした。私、百合さんの悪口なんて言ってないよ～。いつも色々、親切に教えてもらっているもの、悪く言えないよ。市内中ったって、私の行く所は百合さんと北とミーちゃんとこしか行けないもの、ミーちゃんは遠くのホームだし、丹有さんは亡くなったし、クニさん達は頚城だからバスでないと行けないし、市内中ったってここ、半年ほどは百合さんとこだけだよ。北にたまに行くけど北では百合さんの話は出たこと無いよ。北の姪は百合さんを知っているけど、患者と看護婦だから患者の話はしないし、甥はそんなこと言って歩くほど閑じゃないわね。忙しい子だわね。人の悪口なんか言って歩いていたら、弟子達が来なくなるデネ（ほっ。まともジャン！）毎日、百合さんに寄せてもらって、書類や色んな事を教えてもらっている。そんなに、世話になっている人の悪口なんか言えないわね。百合さんに意地悪されたことなんて一度も無いよ。いつも世話になってばかりだよぉ〜。礼を言っても悪口なんか言わないし、百合さんはいい人だよ〜。私だけじゃなく、色んな人の面倒を見てなさるよ〜。親切な人だよ〜」

と、幼児の様に泣いている。

「そうよね、私も聞いたことない。いつも世話になっている話は聞くけど。百合さんにあれをもらった。百合さんのお陰で書類を出すことが出来た。世界中を旅行して歩いた。年に一回、親戚中が集まって騒ぐって事くらいしか、聞かないわねー」

「ふうん。それをさ、怒鳴り込むくらいだから、嫁がヨッポドのことを言ったンだね。ここへ来て、まだ、三日だってのに、……」

「三日じゃない。三ヶ月よ」

「そうじゃないわ。まだ、三日だわ」

「十二月の二十二日に行ったのよ。今日は三月の十日よー」

「そうじゃないわね。三日だわね。貴女の勘違いだわね。ぼけるの、まだ早いよ。私より若いンでねえかね、駄目ダデネ」

「そうだっけーごめん、ちゃんと覚えてなくて……」

一月の二十四、五日に東京へ出て三、四日前に帰ったのかと気が付いた。

「ふぅん。長男はあんなおっかない嫁をいいって言って、言い成りなのが悪いンだわ～。や～だね～。やっぱり、ちゃんとした家の……」

「お母さん！　クニ小母さん。元気？　そうー良かった。元気なうちに、もう一度会いたいなあ～。金さんは顔が分かんない。村にいるころ、会ったンでしょ。となり村だから……そのあとはお母さんに電話が掛かって来た時におしゃべりはするけど、会っていないもの。科さんは相変わらず何でもはっきり言っている？　あ、そう、亡くなったの……そりゃ～、そうよ。先生をしていたンだもの……ふ～ん。ミーおばさん何処のホーム？」

次々に同級生の事を質問している内に弟達の事は忘れたらしい。

平成二十二年六月九日（水曜日）　晴れ

九時、ヘルパーさんが二人来た。今までの人と次の人との引き継ぎ。少しして、調査会社の女性が来た。母を起して歩かせたり、足を上げさせたりと色々させる。私にも質問の矢が飛んできた。分からないのでヘルパーさんに答えてもらう。また私に質問が……

「私の状態は聞いてご存知と思います。老老介護になりますが、私がここに来る事は出来ません。ですけど、フリーですから、那須へ来て（ヘルパーさんが横で激しく首を振っていた）一緒にと誘いますが、言うことを聞きません。ここはおじいちゃんが死になさった家、私の家。おじいちゃんと同じくこの家で死ぬ（今度は首を縦に）と言い張っていますから、仕方ありません。それが最後まで、出来れば幸せなのは分かっています。そんなわけで皆さんのお世話になっています。親不幸な娘でして、皆さんにお任せしっぱなしで、ご迷惑を掛け、お世話かけます。申し訳有りません」

「みんな、それぞれに自分の生活があります。私も自分の事で手いっぱいです。私も人任せにしています。仕方ありません」

「我が強くて私達の言うことは聞いてくれません。塵の区別が出来ません」

「冷蔵庫の中の古いものは出して捨てようとしますが、うっかりしていると拾ってまた入れられます。出来ないことは私達がやると言うンですが、遠慮なのか、いいとされます。かえって仕事が増えます」そんな話をして調査委員は帰った。ヘルパーさんに、昨日、冷蔵庫の中の物を三分の二捨てた事を言っておく。今入っているのは一昨日、朝市で買った物。

ヘルパーさんを送り出したら、ベッドから出て来た。また、愚痴の聞き役。

十一時半、話の途中で悪いけど時間が無いから、挨拶回りをして来ると母に謝って出る。隣へ行き挨拶。左向かいへ、三十六年に嫁に来た時はもう、貴女は居なかった。(三十三年四月に出た)十三年に生まれている、五日の夜、電気が消えていたから、心配した。如月さんと出かけたンですってね。土産をいつももらいます。旦那さんはすごくいい人で如月さんは幸せね。如月さんは四十四?五?そんな話を三十分もしたろうか……向かいへ行っても駄目。おばあちゃん腰の手術を二回して、やっとはって自分の部屋を動けるだけ、他は仕事や学校でいないとのことだった。

百合さん宅へ、もう、一時近い。入ってと奥からの声。狭いがきれいになっている。ヨンさまの写真がいっぱい並んでいた。

「この人、素敵でしょ。貴女もファン?」

「いい顔していますよね〜。あまり興味無いンです。芸能人には。ゲイリー・クーパーとか宇野重吉、アレック・ギネス、月形龍之介くらいはいいな〜と思いますけど……それからフレッド・アステア。ピーター・オトゥールの真っ青な目、綺麗と思いますけど写真までは。御免なさい」

「あっそう。ま〜人それぞれですからね。長男さんたちの事、貴女はどう考えているの?」

「母は明治を生きています。嫁は現代ジャーナリストの最先端を走っています。ですから、何処まで行っても並行線上です。それに、あちらはオエライから……」

「どういうこと?」

「嫁はNHKで十年以上も交換手を務めた、現代ジャーナリズムの先端をいっているンです。現代の知識人でエラインです」

「ええーッ、まさか……」

「本人がそう言っています。本人が言う事が私は一番本当だと思っています。大井町で生まれ育って、東芝の工員から東芝の交換手になって、嫁に来て高校を通信で卒業した。その辺はご存知でしょう?三十五年にこの家を建てられたと、おっしゃいましたよね?」

「ええ……ま〜……大体は……」

「勤めと家事をしながら勉強したし、偉いと思います。母は大正という時代に育って、明治へ向かって生きています。現代ではなく過去へ向かって歩いています。最近はなお、大正より明治に向かって歩いています。世の中の流れはどこまで行っても、同じ距離で同じ方向に流れています。決して交わることはありません。一方向に流れ続けます。古来から、親と子、父と息子、嫁と姑が衝突します。当然と私は思います。仲がいいと言うのは、どっちかが我を引っ込めて合わせるンではなく、従っていると思っています。流れ下って行く時代を方向転換させることは、聖徳太子でもブッダでも出来ません。例えば、炊き込みご飯をしますよね。その中で具材が上にありますよね。それを引っ繰り返して、満遍なく行きわたるようにしますでしょ。でも、所詮は釜の中です。ですから、時代という釜の中で一週間後の釜の中じゃありません。別の釜はまた違います。どこまで行っても母は大正という上質の陶器の中、嫁さんは平成という釜の中。昭和が抜けています。時代という河を流れ下っています。みんな！　少しでも里邨という家風でやりたかったら、嫁に来て直ぐ、一緒になって教えればよかった。何もないうちに手元に置くべき。それを四十年も放って、好きに自由にさせて、実家のやり方と東京の自由さを定着させたお母さんが悪い。それを壊すにはまた、その年月がかかる。そんなには、お母さんは生きていない。いいとこ五年位でしょ。だから、お母さんが従うしかないでしょ。お母さんが小さくなって馬鹿になるしかない。四十年も自由にさせたお母さんの責任とも言いました。今からは遅すぎるって言いました。嫁の味方をするって血相変えて怒りだして、姑が嫁に従うなんて聞いたことが無い。貴女は鬼だって怒鳴られました。鬼でも畜生でもいいけど、別に嫁の味方もお母さんの味方もしていない。自分が思った事を言ったまでって、言いました。そう、思いません？」

「ウ〜ン……」

「私は馬鹿です。婚家にいました三十五年、『あの馬鹿』が通り名でした。嫁には、お義姉さんには出来っこないわよ。でも、私は出来る。お義姉さんと違って私は勘がいい、頭の回転も速いわよ。お義姉さんが知らないだけ。私は知っているわよ。だって、それが常識だもの。お義姉さんよりずっと勉強しているもの。お義姉さんは世間知らずの甘ちゃんよ。大馬鹿よ。私はNHKにいたから、世間の隅々まで知っている。世の中の常識だもの。が、口癖です。ですから、私の四十五年からの親友が言います。山の郵便局の娘で私には山弁で言います。馬鹿、馬鹿、おめえ、馬鹿だよって。で、私は、馬鹿よ。でも、その馬鹿を今頃、気付くなんて貴女も馬鹿、大馬鹿野郎って言うと野郎じゃねぇよ。女郎だって返ってきます」

「あ、は、は、は、貴女、今まで、ヨメさんと喧嘩したことないでしょ？」

「はい、ありません。あの人は利巧な人です。私は馬鹿ですから、喧嘩になりません」

「でも、ヨメさんテ、変な人ですね。お姑さんはまだらボケで、私の言うことを聞こうとしない。老いては子に従えって言葉を知らない。物は知らない。常識はない。大馬鹿って言っていました」

「ああ〜、私にもしょっちゅう言います。御免ね、我が強くて悪いね。迷惑掛けるけど宜しくねって、言いますけど、郷に入っては郷に従えって言葉もあるンだけどな〜って、思っちゃうンです」

「そりゃ〜そうよ。里郁さんに腕を、七つも八つも引っ叩かれたって、口から泡でまくし立てていました よ」

「それもお互い様です。初めにうるさいって。次の日、母は節々が痛くて痣だらけで起きられなかった。当然です。九十二の老婆です。六十代の二人に叩かれたり、蹴られたりすれば、力の差は歴然です。長男が小学校の時の延長線です」

「貴女は叱られたことないンですってね？　叱ったらお祖母ちゃんに五百子さんが叱られるから、叱ったことが無いので我が儘をしているって……」

「確かにそんなこともあったようです。六歳までは……お祖母ちゃん子でした。祖母が亡くなったあと、どのくらい叩かれたか……私は弟のように口答えをしません。叱られたら貝になってそこにうずくまって丸くなります。二つ位叩くとすっきりするらしく、向こうへ行ってしまって忘れるらしい。でも、叩かれた方は痛いから忘れません。赤くはれ上がります。火吹き竹で叩くンですから痛いです。痛いから覚えている。それだけの事です。昔は当然のようにみな、叩きましたでしょ。今じゃ～、笑い話。思い出の一つです。ウワ～三時過ぎちゃった。すみません、長居してしまいました」と、立ち上がった。

「いいじゃないの。お母さんも呼んで一杯……」

「それで、思い出しました。如月にワインを有難う御座いました」

「如月ちゃん、ワインは嫌いなンですってね？　お酒にすればよかったわ」

「とんでもない。土縁の涼しい所に置いていて忘れたンです。妙高を過ぎてから思い出したって電話がありまして、必ず持って来て。忘れないで。ですって。高速って途中で引き返せないでしょ。次の出口までは——で、そのまま突っ走ったンです」

「そうだったの……五百子さんは何だかんだ言うけど、長男さんが愛うしくテ、いとしくて、仕方ないのよねー」

「そう〜なンです。分かりますよね〜。小さい時から、長男、長男、家の跡継ぎ。総領息子だから、貴女とは違う。どうせ人にくれてやる子。家の役には立たない子。私の産んだ子だけど、お祖母ちゃんの子、と言われ続けてきました。話し出すと切りがありません。本当に帰ります。これからも、色々と迷惑を掛けると思いますが宜しくお願いします」

「今夜は私のとこ……」

「すみません。荷物を玄関に出して来ています。皆さんにちょっと、ご挨拶と思ったものですから……長居して申し訳ありません」

「あら、本当に帰るの？　じゃ〜、ちょっと待って……」

「遠慮しません。この次に必ず伺います。寄らせてください。おばさん！　いいですか？　そう、呼んでも……」

「おばさんでも、ばあさんでも好きにどうぞ……」

「クニおばさんも自分の部屋から出なくなったとこの間、電話で言っていましたし、科さんは亡くなりましたし、伯母達は皆空の彼方です。一番可愛がってくれた橋の叔母は、認知症で自分の息子さえ分かりません。ご存知でしょ？　おばさんと呼べる人は一人も居なくなって、寂しいです。呼ばせて頂ければ嬉しい！」

「いいですよー、そう呼んで……」

「有難うございます。この次には必ず寄らせてください」礼を言って帰ったら玄関先のコンクリートの上に蕨《わらび》が干してあった。私は屋根に干しておいたのに……

「屋根に貴女、干したけど、こっちの方が乾くデネ」だった。それはいいが、危ないな～叔父さんの二の舞にならなくて、よかった。

「どこへ行っていたね？　姿が見えないから､何かあったかと心配したでね。どこへ行っていたね？」

「だから、挨拶回りって言ったじゃない。帰るから宜しくって……」

「ううん。聞いてないよ。聞いていたら……」

「あ、そうー、ごめん。隣から向かいに行って……」

「向かいと何の話をしたね？　私の悪口かね？」

「違う。どうしてそうなるの？　嫁に来たときの事や、高校のことや、如月とお母さんが卯の浜温泉に行ったことよ」

「あの人、高校なんか……」

「お母さん。私、時間が無いの。トイレに行って来る」と中へはいり、トイレから出て仏壇に手を合わせて玄関に出たら母がいない。このまま出るのも……帰って来た。百合さんからの呼び出しで行って来たと袋を渡された。

「忘れたワインは持ったからね」

「ワイン？　なんだね？」

「お父さんには挨拶したからね。ご馳走様でした。お世話になりました。お元気で……」

「ご馳走様って帰るンかね？　そんならそうと何で言わないンだね？　また、つんぼ桟敷かね？」

「昨日から言っているでしょ。今朝も何回も言った。その挨拶回りとも言った。それは、どうでもいい。じゃね、風邪を引かないでね」

「どうでもいいじゃないでね。ちゃ……」

「ごめん。今度はちゃんと言うね」と歩き出したら、小走りに後を追って来て、駅まで送ると言う。冗談！

「転ぶわよ。走らないで。送らなくていい」

「見送るわね」

「止めて！　お母さんに付いてこられては、電車に乗り遅れる。それに、またお母さんを送って来なければならない。町へ行ったとき、何回休んだ？　今、そんなことしている時間無い。一時頃帰る積もりがもう、三時半でしょ。ありがとう。お母さんの優しい気持ちはもらう。一人で行かせて。お願い。お願いします。はっきり言うね。今のお母さんの足は私と一緒に歩く力ないのよ。有難う。体に気を付けてくださいね」で歩き出した。

平成二十二年八月十二日（木曜日）雨

夕方、如から電話。何かは食べている。起きられないのか起きたくないのかは分からないが寝てばかりいる。百合さんの話では、三日ばかり前、服が着られなくて裸みたいな格好で着せてくれと百合さん宅へ行った。袖に首を入れてしまってどうしようも無くて、やっと脱がせて着せ直した。ヘルパーさんの話ははっきりした事を言わない。生返事ばかりで、よく分からない。お祖母ちゃんの言うことはちぐはぐで要領が得ない。十六日から仕事だから、十五日昼には帰りたい。だからって、こんな状態のお祖母ちゃんを一人に出来ない。三人を先に帰しても、二日しか休めない。お母さんが来てよ。そこへ連れて行く積もりだったけど、無理。途中でどうかなる。体力的に持たない。

「う〜ん。昨年と同じと見たけど、違ったかな〜。私もずっとそっちでは体が持たない。子供の頃、何度、熱射病、今の熱中症やったか。目の前が真っ暗になって倒れて分からなくなる。今はメニエル。常に七月、八月よね。あそこでメニエルが出たらどうにもならない。個人病院は往診しない。個人病院からの連絡がないと入院出来る、大きい病院は受け付けない。しかも、私は他県人。なおよ。あの街に動物病院は一軒もない。愛犬を死なせてしまったって、百合さんが言っていた」

「そう、なンだよね〜。二人と一匹も体力的に問題なンだよね〜」

「とにかく、貴女は予定どおりに行動してよ。入れ違いくらいに一度行ってはみる。その後は叔父さんとも相談して決める」で切る。

千葉の検査結果で、治療法は手術はもう少し様子を見てからで、今は自宅養生に決定したそうだ！

何はともあれ、よかった。ほっとする。如月の話、私と母のやり取りを伝える。また、今の私の状態も……

「本当は向こうへ行って介護すべきは分かっているけど、出戻り娘がいることを母は許さないし、私も今こうしているのはチョビのお陰だから、歳を取って病になったからって、捨てられない」

「姉さん、それは無理だよ。せいぜい、一ヶ月に三日か四日だよ。如月ちゃんだって、この四、五年が経済的に子供に掛かるときだろ。姉さんの旅費はお袋の方から出せばいい」

「それはいや。色々と問題が出る。まあ〜、そうなったら、如月への私の食費を中断すれば済む。居ないから食べないしね」

「問題ったってないよ。俺はそれが当然と思っている。他に何か言う権利がある奴はいないよ！　一週間ずつ行ったり来たりは、姉さんの体が持たないよ。共倒れになる。せいぜい、月一だ。ヘルパーに任せるより仕方ないよ。見ている以上は見殺しにはしないよ。責任上さ。いざとなれば、病院なりホームになり、入れてくれるよ。ただ、まわりの人間に色々と言われるのは覚悟しないと、な！」

「そうね〜。仕方ないよね〜。きさは、お祖母ちゃんがそうなる前に首括るって、言っているから入れたくない。誰も駄目なら、私が休職して行くって言い出して……」

「そんなことが出来るわけ無いだろう。今、一ちゃんが……」

「それは分かっているけど、あの子はやりだしかねない。何かを思い付いたら、それしか無くなる。周りの事は抜け落ちる。お袋さんや夫と一緒。外の事はものすごく心配するし、面倒も良く見る反面、家族の事は抜け落ちる。それでやりあった……」

「……」

「私としては、婿の手前もある。それ以上に二人の孫が大事。だから、それは絶対にさせられない。当面は、毎週は無理だけれど、隔週か二週間置きに、一週間ずつ行くことにする。秋になって涼しくなっても、今の状態が続くようであれば、何処かに入れるより仕方ないと思う。そういう意味で私としては、一日も早く完全に呆けてくれないかと思う。そうしたら病院やホームをあんなに嫌っていても分からなくなるでしょ。私も薄情だよね。自分の母親を早く呆けろ、だなんて……」

「……」「……」「……」

「もしもし……」

「うん……」

「そんなわけで当分は行ったり来たり、するわ。その後、お母さんが一番、嫌がる事をするかも知れないことを許してよ。誰か、いや、如は血相変えて怒ると思うけど……もしもし?」

「俺も二十五日頃に行ってみるか?……」

「無理しないで……。貴方、病を抱えているのよ！　まず、自分の体よ。お母さんより三十も若いンだからね。私の持病は食事と暑さだから、命に別状ないのよ」

「二十五日に姉さん行くンだろ?」

「分からない。十六、十七と行ってみた状態と、猫を預かる病院の都合というこっちの事情もあるからと、迎えに来てくれる、婿かキサの都合があるから、今、決められない。十七までは桃がいるから、面倒を見てくれるのよ。貴方の都合と合わせて合流してもいいけど、指定の日に行けるかどうかは、今は分からない」

「分かった。じゃ〜、二十三日頃に電話するよ。事務所の責任者、課長だっけ？」

「係長って聞いたと思ったけど……長男が言っていた」

「一度、その人に会って来るよ。向こうがどう対応しているかはっきり知りたい。じゃ〜、そういうことで……」

平成二十二年八月二十日（金曜日）　晴れ

昨日夜、七時を過ぎて来た。那須から近道をと思ったらとんでもなく、時間が掛かってしまった。鍵など掛けた事の無い家なのに珍しく、鍵が掛かっていた。呼び鈴を鳴らしても声を掛けても出て来ない。夏は窓を開け放って寝ていたはずなのに……。今夜は入れないとなると、蚊の襲来に遭う。さて、学校脇の旅館？　こんな時間に行って受けてくれるだろうか？　駅近くの幾つかのビジネスホテルなら、素泊まりで受けるが……どうしよう？　と、迷っていたらあけてくれた。その間八分。入って仏壇に挨拶。母に挨拶。

直ぐ、ベッドに戻った母の枕元で買って来た笹寿司の夕食。朝から何も食べてないと言うが本当かどうか分からない。二切れ食べた。十一時まで相手をしたのが昨夜だ。

三方の窓を全開にして眠ったが汗でびっしょりだ。七時に起きて、まず、シャワー。

九時五分前、少々、強引に母を起こしてヨーグルト一本、ジュース一本を飲ませる。起きる事ないと枕元に座ってスプーンで一口ずつ、強制的に時間を掛けて食べさせる。終わり頃、ヘルパーさんが来た。

隣の部屋で話す。六月二十三日から寝込んでいる。（八月一日じゃないの？）ここに置いておけないと思って、入院を勧めたが承知しなかった。留守にこの家が人手に渡ってしまう。帰る所が無くなってしまうからここにいる。餓死するならそれでもいい。おじいちゃんがここで死になさったから、私もここで死ぬ、の一点ばりで承知しなかった。

「そんなことは絶対に無いし、私達もさせませんって言っても、そうなるから、動かない、だった。正直、困りました。お孫さんがいらっしゃって、持ち直しました。助かりました」だった。薬の確認をして、何でもいいから食べさせてくださいと帰った。

片付け物をして辻一つ向こうのスーパーへ。帰って母にヨーグルト、プリン、アイスとスプーンで一口ずつ、あとはラップをして冷蔵庫へ。ジュースはカップ半分飲んだ。私も側で昼食。終わったところへ、ヘルパーのケアマネージャーの来訪。午前中の担当者と同じ話。朝、昼、晩と一日三回来ている。一時は駄目かと思った。如月サン達が来なったことで持ち直しなったわね。入院も嫌、食べるのも嫌、起きるのも嫌ではね〜。入院して点滴で栄養補給をして、体力を付けて帰ろうって色々を言ったけど、駄目だったわね。百合さんが色んな物を作って持って来て、その場でちょっと、ちょっとでいいから味見をして、と、口に入れるから、二口三口は食べるだけだわね。

ありがたいことだ。都会ならそこまで近所が見てはくれない。とっくに逝っている！

「何時来なさって、何時帰るンですかいね？」昨日の話をする。

「直江津のあまりの変わりようにびっくりで方角も分かりませんでした。ウロウロしていたら、ピアスをしてジャラジャラ色んなものを付けた男の子が三人通りかかって、聞いたら案内してくれたんです。歩きながらの話で大先輩って言われてビックリ。女子高、今は共学なんですってね。急がば回れで帰りは新幹線を使います。二十二日の夕方には那須に入りたいと思います。五時四十六分が最終バスです。タクシーも一緒です。駅前にタクシー会社がありますが、最終バスと一緒に無人になります。ホテルや宿も夜道を歩いて行ける距離にはありません。塩原まで戻れば別ですが……二十三日から孫の学校が始まりますから、迎えが二日の夜来ます。病の老猫と若い猫と二匹だけですと、若いのが苛めるンですよ。お笑いでしょう？」

「いえ。人間社会も同じです。どうしても若く活力の有るものが力を超します。（あれ？　これは？）分かりました。では、私達も休みたいので、夕方から二日の昼まで休ませてください。いいですかいね？」

「はい、お休みください。お疲れでしょう？　色々とご迷惑ばかりで申し訳ありません。あと、また、宜しくお願いします」と送る。

外に出て、振り返り、バッグからのし袋を出した。

「困るンですよね。本当に。でも、里郁さんの気持ちだから一応は受け取りましたが、お返しします」

「また、やったンですか？　迷惑かけます。何回も駄目だって言ったンですよ。ヘルパーさんの職を取り上げる気かって喧嘩しました」

「ええっー、前からですか？」

「ずーっと。ずっと前からです。でも、こうして返して頂くのは貴女になってからです。信用して母を預けます。昔昔のお話は忘れることにしています。有難う御座います」

と、にやり——千円ばかり、三万あった。相変わらず困ったことだ。

平成二十二年八月三十一日（火曜日）　晴れ

朝、八時、如月から電話が来た。百合さんから北の義従姉へ↓如月へと電話が来たから、おばさんへ電話をして、と言うのだ。北に四回かけたが通じない。マネージャーに電話をして確かめた。間違っていないのだが……今度は通じた。従兄さんの話では、昨夜、百合さんから、義従姉さんに電話が来た。寝付いているから一度見て来てと。今朝早く、二人で行って来た。義従姉さんの見立てでは完全な熱中症で老人特有の症状。脈がしっかりしている。大丈夫。通院で点滴を三、四日続けたら治る。ポカリスエットのような水分補給だけでは補えない。次男に電話したときの話では、先生が週一で往診とのことだったが、やはり、毎日、栄養補給をしないと追い付かない。次男か私を呼んで、とのことだった。次男さんとはさっき話しました、だった。電話を切ると同時に弟から電話が来た。病院の受付を済ませて外に出た。北から電話が来た。

「昨日は調子が良くて動いたから、疲れたンだろう。長崎へ電話して孫が行っているだろう？　何でうちへ寄こさないって怒ったそうだ」

しまった。桃達が長崎のハウステンボスへ行った話をするンじゃなかった。他へ行ったと言うべきだった。あの時も九州の長崎と言ったが長崎しか頭に残っていないのだ。申しわけない。その後は北との話のこと。

「……と、色々話した。入院も駄目、通院も駄目、施設も駄目、あれも駄目、これも駄目、姉さんとこも駄目でさ、こっちの思うことが一つも出来ないンだからしょうがないよ。親不幸じゃなく、子不幸だってしまいに俺、怒鳴ったよ。みんな拒否だろう。姉さん行くのはいいけど、無理するなよ。一度、向こうの言うことを聞くと次々に言い出すよ。毎日、通って来いって、言われたらどうするンだ？　情に流されるな。自分の体力が持たなくなるぞ。薄情だけど突き放すよりしょうがないよ。人の言うことを聞かないンだから……有料老人ホームも考えたけど、ケアマネージャーが賛成しないンだ。月二十万ですぐ入れる」

「それじゃ、払い切れないでしょ？　保険の支払いもあるわよ」

「いや、払えるよ。二十万は年金で、保険はあの家を売って払えばいい。何とかなるが、マネージャーの話では、完全に呆けたり、寝たきりになると、すごく惨めになる。個室で十五万というところもあるが同じだ。正常で元気なときは、有料はいい。だから、勧められない。さくらはスタッフがいいそうで、申し込んだら、二百五十八番だ。完全に呆けたり、寝たきりになったら、さくらの方で専門の所へ手を打ってくれる。放り出して、はい、さよならはしないそうだ。入れ次第、俺は入れようと思っている。お袋の承認は無視だ。それに、まだ、少し早いと思っているから、順番が廻って来た頃で丁度いいンじゃないか？」だった。千葉自身も調子が悪くて病院に来たということだった。やはり、母の所で動きすぎたのだろう。診察の時間だ、と切れた。

平成二十二年九月十日（金曜日）　晴れ

夜、ケアマネージャーから電話。母の容態が思わしくない。嫁さんに連絡して、キユさんが来るまでいてもらいますか？

「住所か電話を知っていらっしゃるンですか？」

「はい。両方知っています」

「もう駄目とはっきりするまで待ってください。明日の夜に私が行きます。私自身の医者に行ってから出ます。孫の方はキャンセルします。明日一日、お願いします」

如に今の話。父の葬儀のときに、東京が如を親戚の席からはじいた話をした。それは知らなかった。何で、そっちにいるの？　と言ったら一が小さいから……と言っていたのだった。今度、あんな事をしたら、喧嘩吹っかけるわよー。

「寂しいね。あそこが無くなったら……お祖父ちゃんとお祖母ちゃんの思い出がいっぱい、詰まっているのよね」

「桃もそんなこと言っていたね。それが世の常！　私はあの家は高三の一年だけ。何の感傷もない。私には村の家！　良くも悪くも、色々とね。今の家は、私には関係ない」

「お祖母ちゃんさ、結局、叔父さんが可愛くて、可愛くて仕方ないのよね。それで甘やかしてばかりでさー」

「まーね。子供の時からよ。長男、長男、明けても暮れても長男よ。跡継ぎ息子が口癖。貴女はどうせ、他人にくれてやる子、可愛がっても何の得にもならない。次男は婿に出す子と言われ続けた。中三で親元を離れるまでね。千葉がね、兄貴が一番、二番、三番。貴女が四番、ツーちゃんが五番。六、七番が無くて、俺達は八番か、九番か、何番だ?って、ゲラゲラ笑っていたわ」

平成二十二年九月十三日（月曜日）雨

七時に起きたら小雨になっていた。母に食べさせながら、自分も食べる。煽てたり、怒ったり、頼んだり、で、食べさせるのに時間の掛かる事はなはだしい。が、少しでも食べてくれればいい。母が眠ったので、親友の娘に手紙を書いて、出してこようと玄関に出たら呼ばれた。昔のことを言う。越の兄、平の兄、相模原の兄、翔チャ、麗子チャ、橋のトウチャ（弟）に子供達が集まって家の事を決めた。どういう風に決まったね？　分からない。分からないとは、どういうことだ。私には教えないのか？　と、言われても分からないのだ。一時間ほど、押し問答をして局へと出る。途中、左向かいさんを追い越しそうになって、気が付き声を掛ける。一時間近くおしゃべりをしてしまった。

帰りに何でも屋に様子を見による。どんな物が置いているのか？　花を三ポット買って来てすぐ地に下ろした。

二時近くなって、二人で昼。さっぱり分からず。黙って聞く。眠ったので二階を少し片付ける。ふた物が幾つも出て来た。買うンじゃなかった。ポータブルをもって降りたら、廊下が水浸し。またやられた。トイレの蛇口がいっぱいに開きっ放しだ。拭いたついでに掃除。買い物に行こうとしたら呼ばれた。

「次男を呼んでくんないね」

「なんで?」

「……ん?……」

「私じゃあ、用が足りないの?」

「だって、葬式の手配をしないと駄目ダデネ。そういうのは男のするものと決まっているわね。次男夫婦なら、ちゃんとするわね。だから、呼んでくンないねー」

「誰の葬式?」黙って自分を指差した。

「へっ。お母さん死んだの？　何時？　知らなかったぁ～。それじゃ～私は幽霊とおしゃべりしているンだ～。へ～、びっくら、こいたぁ～、おどろいたぁ～。桃の木はないけど山椒の木は裏にあったよね～。私は毎日、死人と話しているのね？」

「ふぅん」

「ふ～ん。近頃の幽霊は起きて話すことが出来るのね～。足もあるのね～。普通、幽霊ってさ、足が無くて宙に浮いているンじゃなかったっけー？　どこへでも行くでしょ。宙を飛べるンでしょ。自分で宙を飛んで迎えに行って来てよ。あたしゃ、飛べないがね～」

「……？……」首を傾げて不思議そうな顔をしている。

「わかんない？　お母さんの葬式を出すってのは、死んだからよね？　でも、生きているから脚が有るンでしょ？　違うの？　死んでいるなら、ドロドロ、ドローン……て、やって見せてよ。見たいわ～」

「ふ、う、ん？」

「何で葬式なんて言うの？　なんで今、葬式の手配をしなければいけないの？」

「……だって、東京がするわけ無いわ。葬式も出さんわ～」

「そんなことない。東京は正直で礼儀正しくて、一番いい子でしょ？　大事な、大事なお母さんの総領息子でしょ。日本一の息子でしょ。ちゃんと立派な葬式を出すわよ。心配ない」

「ううん、出さんよ。あの子は、出したくてボトボトしているわ。でも、あの嫁に押し切られて出さんわ……」

「バカ言わないで。そんなことない。自分の大事な総領息子を信じなさいよ」

「ううん。出さんわ……」と、幼児の様に泣き出した。

「分かった。その時は私が出す。だから安心して。責任を持つわよ」

「ウウン。駄目だわ～」

「どうして？」

「貴女は女でねえかね。女がするものじゃないわ。それに貴女は婚家の人間だよ。間違うナネ」

「まだそんな事を言うの。冗談じゃないわ。男も女もない。私が責任持つ。だから心配しないで……」

「女は駄目だわ。法事の事も頼まないと……」

「それも私がする。三年は責任持つ。その後は知らん！」

「知らんテ、墓参りにも来ない気カァ～。あ、あ、あな……」

「生きていて、動けるうちは来る。でも、私が居なくなった後なんか知らん」

で、また、皆が集まって、家のことを相談したから結果を教えろと言う。そんなことより、今の健康の事を考えなさい、と言ったら、この家を弟と半分にしろときた。

「いやよ。騒動の元。私はいらない。口も手も足も金も出さない。が、私の口癖でしょ。この家は長男の物。子供の頃から、お母さんはそう言って来た。それでいいじゃない。お母さんにもしもの事があったら、その時点で私はここと関係が無くなる。ヨメさんと皐月ちゃん、じゃなかった、さんが、好きにすればいい。それが、お母さんの考えていた、正統の道でしょ。それでいいじゃない」

「でも、次男はそう言わないよ。あの子は承知しないよ」

「それは、千葉とヨメさんや皐月さん達との問題。私の知ったことじゃない」

「そうはいかンワネ。三人で決めないと墓守が……」

「嫌よ。私は入らない。ここが欲しくて来ているわけじゃない。親だから来ている。死んだ後の事なんて知ったことじゃない。墓は一代限り。昔のように代々じゃない。そこに脈々と血が続いてこそ、代々の墓！　一代で子孫は世界中に散らばって、おじいさんになれば、どこの誰かも分からなくなる時代！　無縁になるの。弟も私も入らない」

そんな事を繰り返して、越の祖父の葬式の事を話し出した。知らン！　二歳だか三歳の初めだ。覚えているわけない。それを昨日の事の様に言う。それは分かる。私も昨日のように思い出す事があるけれど数えてみると。もう四十数年だと驚くことがある。里郡の祖母とツー子ちゃんが喧嘩してどうのこうの。冗談でしょ！　祖母が亡くなったとき、ツー子さんは一、二歳だし、我が家に来たことはない。しょっちゅう来ていたと言うが、そんなわけない。へ〜へ〜、そうそう、と、相槌。出て来た蓋物を使っていいか？

「駄目。それは長男に渡すもの。しまっておきなさい。色々とあちこち開けるンじゃない。嫁に叱られるデネ。また、叩かれて痣だらけになるのは嫌だよ。叱られるよ〜」

あれも駄目、これも駄目、長男が使う。嫁さんに叱られる。錆の出た、お菓子の空き缶なんか誰が使うか。胡麻油と酢を買って来ていい？

「買わなくていい。この間、集まったとき、皆で持って来てくれていっぱいある。義兄さんの指図でね。帰られたンかね？　義弟さんは長岡だから遠いし、泊まンなさるね……ちゃんとした料理をとってておもてなしをしてね」

「何を言っているの？　二人とも四十年も前に亡くなっているじゃない」

「う、う、うん――今、ここにいなさったわね」

そんな話を繰り返すのを打ち切って隣の部屋へ行き、本を開く。

呼ばれたような気がして母の所へ。母の様子がおかしい。変だ！　呼吸がものすごく荒い。手を握り、片手で胸を撫でてあげる。十分ほどする。が、益々酷くなる。病院に行く？　嫌々をする。やがて痙攣が始まった。これは！　全身を突っ張る！　の、繰り返し。

先生に電話をする。三本目の携帯にやっと繋がる。状態を話す。今、出先でどんなに急いでも四十分は掛かる。それでは間に合わないから、救急車を呼んで中央へ行きなさい。中央は私から連絡しておきます、とおっしゃってくださった。一一九番へ。近所の人達が一家で飛び出していた。待つこと三時間半。異常なし！　全て正常と言われてタクシーで帰った。四本目の電話で繋がったタクシーだ。ドライバーが母を抱いてベッドまで運ンでくれたので千三百円を二千円払う。タクシーを見送って入ったら、トイレに入っていた。なんと！　自分で歩いて行ったのだ。随分と元気になったものだ。声も別人だ。全部、着替えさせる。点滴が効いたのか。あの痙攣や発作は何だったの？

取りとめの無い昔話が続く。一時半過ぎ？　二時近くまで。外は土砂降りだった。

自分の葬式や四十年も六十年も前に亡くなった人を、呼び出したようなことを言っていたので、駄目かと思ってビクビクしたが、何事も無くホッとする。救急車で出るときは近所の方達が総出で出ていられた。明日はあいさつ回りだ。

平成二十二年九月二十五日（土曜日）晴れ

敷かれるだけ屋根に布団を干す。掃除——埃の山。細かい虫もいるようだ。

桃が一人で来た。旦那が子供は置いて行けと言ったから……自分のお父さんの所は必ず連れて行くくせに、と仏長面！　三時過ぎ母が目を覚ました。桃はまだ幼稚園。違うと言う。で、やっと認めたら、長い間、来なかったから、小さいときの顔しか、分からン。何言っている。毎年来ている。五月にも来ているじゃない——

五時近く、桃は土産を持って百合さんへ。留守で玄関に置いて来た。

スーパーから帰って来たら百合さんがお向かいさんから出て来たのに会う。あとでお母さんの顔を見に行きます、だった。六時過ぎに来られたが沢山持って来てくださった。

夕食後は母のことを話す。桃の舅のこと、婚家の祖母の事、ヨメさんの話、などで十二時。

久し振りに風呂に入る。ダニらしき物に刺されたところが風呂の方が痒いから、ぬるめのシャワーだったのだ。十二時半から二時半まで母の相手。一時半に桃を寝かせる。またウドンを取れと言い出した。一昨日、冷凍室から出したので我慢させるのに一苦労。やっと解放されたのが二時半だった。それから母の食べた後片付け。

干していた布団は桃がしまってくれていた。

平成二十二年九月二十七日（月曜日）　晴れ↓雨

八時近くなって起きた。はっきりしない。何となく気分が悪い。いやだな〜、メニエルが出てきたらどうしよう……不安だが寝てもいられない。昨日、纏めておいた、切り落とした枝類を出してと色々やって九時、朝食を始めたら、マネージャーの来訪。

家政婦さんからの電話のことを話す。三日の夕方六時から七日朝まで付いてくれる。三十日朝から三日の朝まで如月が付く。三日の日中から七日までの日中はお願いします。七日の夜に私が来ます。私は三十日に那須へ直行、三日ないし四日の夕方まで那須に居ます。国勢調査がありますでしょ。後は夏の片付けをして冬支度をしてきます。冬物は那須からここに送ります。四日の夜と思いますが……四日から七日朝までは埼玉にいます。母のこの四、五日のことを話す。十時近く帰られた。

片付け物をして朝市へ。母は眠っている。長い付き合いの果物を扱っているおじさんがおねえちゃん、おかあさんどうした？　最近来ないよ。で母のことを話す。

「大変だね〜。でもさ、親だからしてやらんとね。何がどうってことないけど、死なれるとがっかりするよ。寂しいもンだよ。お袋もさ、死ぬ二、三年は呆けておらの顔も分からンヨウになったケモ……な〜ンか、自分のサ、体が半分無くなったようでさ……」

「そうなのよね〜。私も父が亡くなったときそうだった。何かをしてもらうとか頼むわけじゃないのよね。ただ生きていてくれるだけで、安心するのよ。精神的なものでしようね〜」

「俺は親父を知らンさ。この前の戦争でな、おらがお袋の腹ン中にいるときだ。親父もおらを知らンさ。上に三人いる。だから、おらはいなくてもどうってことない。初めからいないから……でも、お袋は四人育てるのに苦労したよ。東京にいたけど、それをきにここへ帰ってきた」

「大変だったわね。お母さんの苦労は並の苦労じゃなかったと想像はつくわ。あの時代を四人も抱えて生き抜いて来たンだもの。農家でこの辺にずっといたのなら、まだしも東京から帰ってではね〜。でも、よく生き抜いて来たわ〜。お母さん、立派ね」

「きついお袋だったけどさ。どのくらい、ひっぱたかれたか分からンよー」

「そりゃ〜、当たり前。きつくなきゃ生き抜いて来られなかった。生き抜くためにきつくなった。あの時代の人は多かれ少なかれ、みな苦労して強くなって生き残って来たのよ。今の人達には想像も出来ない苦労をして来ているのよね！」

「そうだね。み〜な、苦労をして、俺達悪ガキを育ててくれたンだよね。お母さん大事にしてやってよ。また、顔見たいしよ」

「有難う。元気になったら連れて来るわ。青山へトマト送ってくれる？」

「住所、あそこでいいンだよね」

桃へのトマトを頼んで帰る。荷物を置いてスーパーへ。

帰って来たら、持つのも大変な大きな篭に高い果物が山に入ったのが、テーブルの上に鎮座していた。お見舞いと書いて、二人の従姉の名があった。母に聞いたら、キユさんはどこへ行った？と言うから知らないと言った。それだけ？早く良くなってね、と言って帰った。腹が立った。こんな仰々しい事すること無い。母が食べてないのを知っているはず。だから来たンでしょ。死なないうちに顔だけだそうで。手ぶらでいい。来たら十分でも五分でもいい。いて母の相手をしてくれてもいいじゃない。周りへの自分の誇示でしかない。見せ掛けの。荷物を置いて出て、十五分とは経っていない。せいぜい十二、三分だ。母は、

「私が義兄さんの看病を散々してあげた。姉が死んでいたから……だから、私の看病に来てくれたンだわ〜。貴女がいないから、すぐに帰ったけど、有り難いね〜。こんなに立派な見舞いを持って来てくれて……」

「そうね」

だったら、何でもっといない。キユが帰らないうちに帰ろう、で帰ったンでしょ。

そんな品物が何の看病よ。冗談！

店の方へ礼の電話を入れたら留守。伝言を残してもう一人に。二人ともいた。礼を言う。

「沢山のお見舞い、有難う御座います。留守して申し訳ありませんでした。スーパーへ洗剤を買いに行ったものですから……」

「ううん。多分そうだろうと、今、慶子ちゃんと話していたところよ。頑張ってね。じゃ〜」それだけだった。叔母さん、どんな調子？　の一言もなし。何なの？　二人とも……

百合さんが五時過ぎに、五百子さんが、うどんを好きだから……と、煮て持って来てくださった。一時間ほどしてお帰りになるときに、もらった見舞いの品を半分近く持って送って行く。戻って籠を整理。下の段の中心のマスクメロンと周りの果物のお尻は溶け始めていて水がたまっていた。あげた物は外から見ては何でも無かったが味は？　と、心配。

母は頂いたウドンを三分の一、デラウエアを半房、あとはいつものジュースやプリン等を食べたのでびっくり。話し相手をし、と言っても聞き役。一時、夜食を食べさせてシャワーを浴び、二時半に布団へ——

平成二十二年十月八日（金曜日）　薄曇

母の家に入ったのは、四時半少し前だった。母はよく眠っていた。荷を解いて、百合さんへ来た事を報告に。その前に外で携帯からヘルパーさんの事務所にも報告を入れた。

百合さんのところで二十分ほどお邪魔してお茶をご馳走になって、帰ったら母は目覚めていた。

「ご飯シの人、今日は遅いね」

「来ないわよー」

「何でね？」

「私が来たからよ。今朝までの契約だったの」

「長男はそんなこと言わなかったよ」

「あの子が頼んだわけじゃない。私が頼んで契約したの。あの子は関係ない」

「ううん。長男が頼んでくれたって言ったよ。お母さんの為って言った……」

「来て行ったンだってね？　大事な可愛い息子が帰って来て良かったわね。手を引いてもらって、木犀を見に出たンだってね。良かったわね」

「ふぅん！」と嬉しそうに、にっこりー。ばかっ。一銭も出さずに自分がしてやっただぁ～。勝手なこと言うな！　してやったと言うなら家政婦の金くらい払えよ。皆私じゃない。してやったなんて言うなー。

　百合さんからの頂き物で夕食。

　出来たかね？　スタスタ起きて来て、テーブルに座った。これもビックリ。東京が来たことにより、嬉しくて回復した？

「財布も通帳も無くて、少しやろうと思ったが出来なくて、後で送ってやると言ったら、百合さんが奥から出て来て、どうぞって、握らせてくれた。私の気持ちを察してくれて、さすがと思って有難かったよ～。長男は素直に有難うって受け取ったよ。貴女みたいに文句は言わないよ。素直だよ～」

「そうですか。文句たれで悪かったわね」だったら、取っただの盗られただの言うなー。

「ふぅん。貴女みたいに性悪じゃないよ。優しいいい子だよぉ……」

「そりゃ〜どうも……へ〜、町会から長寿の祝いが来たンだ。これは誰？」

仏壇の前の饅頭とお茶をさす。

「誰かや〜、北のかや〜」

「お義従姉さんは、メモして行く」とメモ帳をふって見せる。

「病院勤めが長かったからね」

「それも有るけど、私がいらっしゃった方はメモをお願いしますって、書いて玄関に置いているからね……」

「ふ〜ん。桔梗さんは勤めていたから、そんな事をするンかね？」

「作業日誌みたいなものよ。私も書いていたからね。家政婦さんも書いているでしょ。ヘルパーさんも介護士さんもよ」

「そうかね。感心なものだね」

「仕事だからねー」

「今朝、帰るとき、ご飯シの人に少し包もうとしたけど、財布も通帳も無くて、おろしに行けなくて、出せなかった。だから、そこに（仏壇に顎をしゃくって）あるのをもって行けって言ったけど、持って行かなかったね。気に入らない物だったンだね。後で貴女、包んでやってね」

「分かっている。十万近い金を振り込んだわよ！」

「ま〜、そんなにすること無いでね。二、三千円包めばいいンダデネ」

「お母さん、昔のおひねりとは違うのよ。給料よ。システムが違うの」

「貴女だね。ヘルパーさんに文句を言って受け取らせなくしたンだね」

「ヘルパーさんに文句なんか言ってないわよ」

「じゃ～、何で受け取らンね？」

「行政。市役所で禁止したの。分かれば今の仕事を取り上げられる」

「前だってそうだったわね。でも、内緒で持って行きなさったわね」

「お母さんが追いかけて行くから、仕方なく受け取ったけど、それで色んな支払いをしたのよ。お母さんに転ばれても、向こうの責任になるからね。その支払いがちゃんと、記入してあるわよ。見せようか？　迷惑なのよ」

「貴女が文句を言って受け取らなくしたから、通り一遍で親切じゃなくなったわね。昔は何でもしてくンなさったわね。内緒の物を受け取ったからだわ。そんな物、内緒にしていたら分からンワ～。余計な事をしてくれたお陰で不親切になって、あれもこれも駄目だって言いなさる。私が困る事がわからンのかね。姉ちゃんが悪い。姉ちゃんの責任だ。姉ちゃんが全ての元凶だって、ヨメさんが言っていたデネ。その通りだわ～。息子も嫁の言う通りだ。お姉ちゃんが悪いンだって言ったわ。嫁をも苛めて困る。嫁が泣いて……」

「いい加減にして！　ヘルパーさんに文句なんか言ってないって言っているでしょ」

「じゃ～、誰が言うね？　貴女以外にないわね。長男が嘘を言うわけないよ」

「そんなこと、私の知ったことですかー」

「財布も通帳もどこへ……」

「財布は知らン。通帳は私が持っているって言ったじゃない。何回言ったらいいの？　他人が寝泊りするのよ。会ったことも無い人よ。お母さんが寝ている間に家捜ししないとも限らない。家政婦の中にはそういう人だっている。事故が起こってからでは遅いの。疑うわけではないけど用心した方がいい。だから、持って行くって言ったじゃない」

「そうしてみな、好きにすればいいわ。好きな物を何でも持って行けばいいわ。泥棒と同じだわ。性悪な子に育てた覚えは無いのに。東京はやっぱり長男だわ。優しい……」

「この家で欲しい物なんて何も無い。欲しい物はお父さんから貰っている。お母さんは長男が可愛くて仕方ないンでしょ。だから、お金をやるンでしょ。向こうがくれって言ったわけじゃない。可愛くて、可愛くてやるンなら、持っていっただの、取っただの言うのはやめなさい。お母さんが押し付けるンでしょ。そうすれば、もらって行くのは当たり前。お金、お金ってばら撒いているのはお母さんよ」

「あの子は素直で正直で優しいいい子だわね！　貴女の様に文句ばかり言わないわね。何でも私の言う通りにする優しいいい子だわね。貴女みたいに意地悪……」

「あっ、そう〜へ〜、じゃ、何で大喧嘩して追い出したの？」

「喧嘩なんか一度もしてないわね。あの子は一生懸命、心配して命掛けで看病して行ったわね。貴女とは違うわね。貴女みたいに私を苛めないわね！」

「お母さんが変なことばかり言うからよ。それに苛めてなんかいない。私の話はろくに聞いていないじゃないの」

「気に入らンことは聞いている振りだけだわ。聞く必要ないわっ」

「あっ、そう。分かった。じゃ〜、長男夫婦を呼んで頂戴。優しくていい子で、お母さんの言うとおりの子なンでしょ。意地悪で文句垂れの私は明日帰るわね。自分の家に……待っていてくれるのもいるしね。そしたら、東京が来て優しくお母さんの言うとおりに、してくれるよ！　明日、私の冬物が来るけど、そのまま送り返して私も帰る。あっ。一つ、確かめておくけど、百合さんが本当にお金を出して来て渡したのね？」

「ふうん……」

「本当ね？　確かね？　嘘じゃないわね？」

「他に誰がいるね？　私の気持ちを察してくれる優しい人がどこにいるね？」

「確かにお母さんの気持ちを察してくれたンでしょうけど、人のタンスや引き出しを勝手に、開けた事になるのよ。百合さんは絶対にそんな法に触れるようなことは、しない人だと思う。法もちゃんと分かっている人だからね」

「いいねえかね。そんなことはどうだって。よく私の気持ちを察してくンなさった、と有難かったもの。貴女みたいに長男は理屈を捏ねないでありがとう、で持って行くよ。いい子だわ」

「理屈と文句ばかりで悪いけどね。これは、はっきりさせておかなければならないのよ。いいわ。明日、百合さんに確かめておくわ。明日の夕方帰るね。そうと決まったら、片付けておかなきゃ……」と、立って片付け始めた。母は暫く黙っていたがトイレに行った。中々出て来ない。心配になって覗く。便が出ない。出せ、と言うが、長男に頼めば？　優しいンでしょ。私は意地悪だからね。と、居間に戻ってネルの着物を二部にしたのを仕上げに掛かる。水が飲みたいと居間に出て来たので、黙って持って来て渡した。横で母が話しているが聞いていず。その着物、誰のだと言う。母のではないとのこと。しまった！　ヨメさんのものか？　でも、あの人の物だろうか？　前が合わないと思うし、こういう着物式は着ないと思うが確認はしていない。ヨメさんの物なら謝って弁償しなければ。同じ物は無いだろう。母を寝せて台所の片付けを終わったら二時半を過ぎていた。

平成二十二年十月十日（日曜日）　晴れ↓雨

「外から見ている？　駅のホームですれ違ったのと違うの？　何時のことを言っているの？」

「二、三日前だわね。あの子が来たのは……」

「冗談でしょ。六月二十三日から寝込んでいて駅に行けるわけがない。外から見るわけない」

「ううん。ちゃんと見たわね。貴女はそうして私を呆けにしてホームに入れるンかね？」

「色々と混乱しているのよ。ベッドから出ていないじゃない。絶対にない。弟は八月二十三日から二十七日までいた。その後も先も来ていない。夢でしょ」

「じゃ～如月かね？」

「あの子は車。駅には行かない」

「何言っているね。あの子は今年も去年も来てないでね」

「そんなこと言ったら如が可哀相よ。二月から三月にかけて、三月のお彼岸、四月の花見、五月に桃、六月に温泉に連れて行ってもらった。お盆に四人で来て行った。九月の敬老の日、九月の三十日から三日までいた。毎月お母さんの為に来ているのよ。何回、言ったらいいの？　私の話を全然、聞いていないものね！」

「当たり前だわね。私に関係ない話は聞きたくないもの。私が聞くのは長男の言うことだけだわね。関係無い事は聞き流すだけだわね……」

「関係なくない。お母さんのことを一番心配して休みまで取って来ているのに、その言い方はないでしょ。婿にも申しわけない。私の言うことは聞いてないものねー」

「どこまでいっても、私にたてつくンか。やっぱり死ぬべきだったわ。それを、生き返ったから、貴女は気に入らないから文句ばかり言うンだね。言うことを聞いていないって言うけど、私の気に入らンことを言うから聞いてヤランのだわ。長男は私の気に入らンことは一言も言わないよ。素直でいい子だわね。貴女が私の気にイランことばかりの文句だから、聞いてヤランのだわ。自分で自分を守らンキャならンからね。だから、自分を守るために何だって言うわね。おっか……」

「お祖母ちゃんに育てられたでしょ。分かった。そんなに私が気に入らなければいないほうがいいよね。明日帰る」

「好き勝手しなさい。今までも誰の世話にもならずに一人でやって来た。一人でやれるわ。早く帰んなさイ。さっさと帰れぇ～、今直ぐに帰れ！　帰れぇ～」

「よく、そんなこと言えるわね。百合さんやお向かいさんや北にどれだけ迷惑掛けたか分かっているの？」

「迷惑なんか一度として掛けてないわ。嫁の嘘を……」

「ヨメさんは四、五年会ってないから知らン。百合さんが一日置きに来てくださった。色々とお母さんの好きな物を作って……お母さんが裸で飛び出したとき、左向かいさんが追い掛けて連れ戻してくださった。それが迷惑って言うものよ」

「百合に迷惑なんか掛けてない。そんな嘘を貴女に告げ口するンだね。やっぱり、嫁が言うように百合はろくなモンじゃない……」と、際限なく続く。

「分かった。もういい。明日帰る。どうも、お邪魔しました。よい子の東京に面倒を見てもらいなさい。文句垂れの意地悪が居なくなって静かで幸せになるわよ！」

立って片付ける。台所を片付けてシャワーを浴びて、ポットに水を足しておこうと居間に行ったら姿が見えない。トイレにも居ない。ドキッとして近所？　北？　と、慌てて玄関へ。

コンクリートの上に引っ繰り返っていた。転んで起きられないと言う。

「何で玄関に出たのよ。明日帰るって言ったでしょ。お母さんが出ることない」

「貴女の為に、新聞を取って来てやろうと思ったのに、そんないい草無いでね。コンクリートが意地悪でぶつかって来て、私を転ばしたンダデネ。起こさないのかね？」

怒鳴り付けたかった。けど、さっき、喧嘩したばかり……

「有難う。優しいね。でも、迷惑。余計な事しないで。何でも一人でやっているンでしょ。起きれば……何時まで引っ繰り返っているの？　私は大いに迷惑」

「起こしてくれないンかね。貴女の為にしたのにそんな言い草無いでね。私は……」

放って置こうかと思ったが……母を抱えて居間へ。

「私の為なんかなっていない。迷惑よ。私はギックリ腰を抱えているって、何回も言っているわよね。こうしてお母さんを抱えているのが、正直、怖いのよ。もう何回もやっている。ここで、動けなくなったら目も当てられない。如月も桃も言っていたでしょ。お祖母ちゃんを抱えてトイレに連れて行くのは止めなよ。ぎっくりが出てきたら、一ヶ月は動けなくなる。そうなったら看護どころじゃないって心配していたでしょ？」

「知らンワネ。分からンワネ。そんな屁理屈。私は親ダデネ。ギックリだかなんだか知らないけど、そうなっても親に尽くすのが道ダデネ。それも分からンのかぁ～。だから、おい……」

「とにかく、私には迷惑なの。何でも無かったから、よかったけど、骨折はするわ、ぎっくりは出るわ、になったらどうするの？　余計な事はしないでよ」

「貴女の為にしてやっているのに、人の親切な心を逆なでスルンカ。そんなだから、婚家のお姑さんに叩き出されるンダァ〜」

「出されたンじゃない。私が出たの。勝手ナこと言わないで……」

「ヨメさんは、そうは言わなかった。嘘を言うものじゃないッ。嘘つきに育てた覚えはないわっ」

「……」嫁とあんなに喧嘩しても向こうの嘘を信じて、私の事実を信じようとはしない。昔からそうだ。子供のときからだ。祖母達に可愛がられた。それが気に入らなかった。全てはそこに行き着く。私のすることは全て気に入らなくなっている。自然、こっちも素直にはなれなくなっているところもある。強制的にベッドに連れて行って、トイレに行く。出てきたら、電話が鳴っていたという。そうだろうか？

「お昼に何か取って食べなさい。蕎麦屋からうどんでもいいし、寿司でもいいよ。お金……」

朝遅いから、私はまだ、食べたくないが、十一時半、お昼にする。また、昔語り。ダンマリを決め込む。二時、宅急便が来たのを機に立って片付け。近所へお土産を……

その後は繕い物。八時、眠っていた母を起こして夕食。先に食べようかとも思ったが……

途中で二回もトイレ。戻っては、椅子の上で食べながら力む。

「おむつ、してあげようか？　でないと、そこでうなって、中身が出たらどうするの？」

「出ないわね。出ないからうなるンだわ。オムツなんか嫌だよ。まだそれほど歳とっていないよ。私を年寄り扱いする気かぁ〜。年寄りになってない……」

へ〜、九十一は年寄りじゃないンだぁ〜。昔語り。返事せず。トイレとベッドを往復していたがテレビを見ていて気付かぬふり。

十一時近くまた、起きて来て、私が死んでもこの家を嫁に売らせないように、が始まった。

「知らない。売ろうが捨てようがヨメさんの勝手。関係ない。私はここの人間じゃない。姓が戻っても一度出たら生涯婚家の人間でしょ? ヨメさんの好きにすればいい。私の知ったことじゃない」

一時半、何かまだ言っているのを無視して寝る。

平成二十二年十月十三日(水曜日) 晴れ、午後は雨
七時五十分、降りたら、百合さんが母のベッドのところで母の額に何かを塗っていた。
「どうなさったンですか?」
「おばあちゃまがね、焼酎を持って直ぐ来てって電話をくださったのよ。焼酎ってたってありませんよ。どうしたンですって聞きましたらね、転んで額を割ったって言うじゃぁありませんか。びっくりして吹っ飛んで来ましたよ。娘を呼んだけど降りて来ないから起こしてください、でしょ。私も足がこのとおりでしょ。もう、やっと起こしてここまでよ。これはオロナイン。何にでもいいですからね。男の子、長男でなければ役に立たない。長男はいい子で一生懸命に何でもしてくれる。キユじゃ駄目。何の役にも立たない。私を苛めに来ているって。だから、今、そんなこと言うものじゃありません。男の子に五百子さんの看病は出来ない。キユさんのお陰で生き返ったンでしょ。皆で喪服の心配をし

なくてよくなったンですよって、話したところ。ワンカップは置いてゆく？」

「あっ、あります。申し訳有りません。ご迷惑をお掛けしました。有難う御座いました。

本当に申し訳有りません。この一週間だか十日ばかりの間に三回です。二日ばかりまえにも落ちて起きられなくて喧嘩したンです。今まで、起きて直ぐ新聞を取っていたからといいますけど、読まない新聞は取る事無いンですよね。朝早くからご迷惑をお掛けしました。有難うございました」

「ううん。いいの、いいの。これが病気だからね。分かっていますよ。私もね、これから出かけるの。フラとハーモニカよ。足がこうだから手だけね」

「お気をつけて……楽しんでいらっしゃってください」

「じゃ～、また顔見にきます。これから支度しないと……」

ノーメイクでウィッグも付けてなかった。本当に申しわけないことこの上なし。ご自宅の門まで送って詫びと礼をいって帰ったら、ご飯を何時まで待たせると叱られた。色々な穀類からウドンを選んだ。インスタントである。

「美味しいね。やっぱり蕎麦屋のだわ……何時取っても美味しいね……」

の話をダンマリで聞いてテーブルを片付けて庭に出る。

二ヶ所から父に電話？　十六年前に亡くなっております。で、切る。何？　今頃……

訪問看護師さんから、明日十一時に来ると電話あり。

昼もインスタントのうどんを、母は蕎麦屋から取ったものと思い込んで美味しいと食べていた。三時まで母の話の聞き役をして片付け、放っておけと言うがそうは行かない。掃除をする。居間の窓の下の袋棚を開けて、昭和四十年頃使っていた壊れたトースターを引っ張り出したら、ムカデのようなげじげじのような、二センチ位の虫と二ミリ位の蛾のようなのが数匹出て来た。慌ててクリーナーで吸い取る。ついでに中の物を引っ張り出す。変色した埃だらけの空き箱、キンチョールの空の大缶、折れた編み針、欠けた茶碗、が出るわ、出るわ――。捨てると言ったら、取っておけ。何で？　長男が帰って来たら使う、だそうだ。じゃ～、洗ってきれいにしておくで台所に持って行き、ゴミ袋に入れて外の縁の下におく。

母の部屋の押入れの上段は如月と婿がきれいに片付けてくれたから、下段をしようと開けた。空の大きなダンボールが三個。潰そうとしたら、駄目だと叱られた。

「何にするの？　私と桃の娘が入れるわよ。文句垂れの私を入れて宅急便で如の所へ送り返す積もり？　こんな大きな空箱邪魔よ。見てー、箱を出したらこんなに空間が出来たでしょ。何でも入る」

「……」

「その顔は納得してないね？」

「長男が使う。潰していいと許可したのかぁ～　嫁が許可シタかっ」

「居ないのに許可なんか取れるわけない。じゃ～、しょうがない。廊下に出しておくから、来たら聞いてみたら……何で捨てないって言われるわよ」

「また、屁理屈かぁ。あの子は優しいよ。貴女とは違うよ。私が取っておいてやったと言えば有難うって感謝して使うわ」

「分かった」

と廊下に出して掃除をしてから、潰してしまった。見ているところではまずいが死角だ。

二階の押入れをする時間はない。普通の掃除をして降りたら六時に近い。

夕食の支度を始めたら百合さんからで、怪我の具合は？　と。

先生、介護士、家政婦の支払いを封筒にそれぞれ入れていたら三百円足りない。スーパーへ、電球を買って細かくしようと出る。帰って、それぞれの袋にぴったり入れる。釣りの無いようにと言われている。

携帯の呼び出し。如から……母の状態を話す。病院からで、チョビは大分、元に戻っているが、水の袋は益々大きくなって、水の量が増えている。

先週の十一、十二で白川郷に婿と二人で行って来たそうだ。

平成二十二年十月二十八日（木曜日）　雨

今朝起きてびっくり！

二時半、寝付かれなくてトイレに行きマイスリーを飲んだ。そのときは、母の肌着は篭の中に無かった。七時半に起きたら、洗濯機の前に母の肌気が上下三枚、タオルが三枚放ってあった。洗濯機に放り込もうとして気が付いた。便が付いていた。さっと汚れを落としてから洗濯機にと思って、風呂場に入ったら湯船に便がプッカプカ。汚した物を湯船で洗ったのかな？　くらいにしか考えなかった。汚れだけ落として漂白剤に漬けて、自分の食事をした。九時に母を起こして食事をさせた。半には介護士さんが来る。

「頭が痛い、風邪を引いたみたいだから、もう少し寝してもらいます」

「どうぞ。お好きなように……ただ、半には介護士さんがお見えになるから、お昼までは食べられない事は承知していてね」

「ま～、看護婦が来るンかね。じゃあ、食ってやるかヤ～」と起きたのだ。

「風邪引いたって、掛け布団、合いでなく羽毛に変えようか？　寒いンでしょ」

「ううん。貴女が早く、早く風呂に入れって怒ったから、入ってやったら水風呂だった。びっくりして、洗うのもそこそこに、飛び上がったわね。だから、風邪を引いて寒気がするわ～」

「何を寝ぼけているの？　そんなこと言ってないわよ」

「言って急がせたわね」

「言ってない！　私が入ったのは昨日の午前中、今朝になれば水になるのは当たり前。それに、私が起きたのは七時半。お母さんの肌着が置いてあった。私が眠ったままで、二階から、お風呂に入れって怒鳴ったわけ？　私は知らないわよ。眠っていたのよ」

「言ったわね」もうｰ。

「なんで水風呂に入るのよ？　引っ繰り返って心臓麻痺でも起こしたらどうするの？」

「そんなことないわね。起こりっこないわね。引っ繰り返ったことなんて一度としてないわね」よく言うよ。のぼせて何回も引っ繰り返っているじゃない。常習者でしょ。

「……貴女、また文句言ってごねるンかね？　喧嘩を吹っかけるンかね。貴女が入れって言わなきゃ、水風呂になんか入るわけないわね。私は病人ダデネ。その病人をもっと酷くさせて起きられなくして、ここを取ろうってノカね。そうはさせないよ。ここは長男の物に決まっているよ」

「……」

「図星を指されて、今度はダンマリかね。貴女はどこまで行っても、私の気に入らンことばかりしてたてつくンだね。こんなに尽くして、尽くして、お使えしているのに未だ足りないンかっ。病気をおしてお使えしているのに。私がどんなに辛い思いをして尽くしているか分からンのかっ。どんなに必死で……」怒鳴り続けているがダンマリを決め込む。

言わしておいて片付けて洗い、塵を出して、外を掃きだしたところです。と、介護士さんに話した。二回ほど隣をうかがわれた。と、襖の敷居の上に母が両手を付いて座って挨拶。

「お早う御座います。ご苦労様で御座います。私はここで結構でございます。年寄りの家や病院には行きませんわ。ここで死にます。近いうちにおじいちゃんが迎えに来てクンなさると思います。私がここにいなかったらおじいちゃんがあちこち探さなければなりませんから、ここから動きません。連れて行くのは止めて下さい。お願い致します」と、深々と頭を下げて襖を閉めた。

「里郁さん、私は訪問看護婦です。分かりますか？　お熱や血圧を測りに来ました。ベッドへお戻りになった方が楽でしょう？　ベッドへ行きましょうね。風邪を引かれたンですってね。水風呂じゃあ、寒かったでしょう？　大変でしたね……」と、襖を開けて話しかけながらベッドへ連れて行っていつもの作業。終わって支払い。前回から昨日までをかいつまんで話す（連絡の一環）。

「ショート・ステイも利用出来ますが……」

「ええ、それは、今月に入ってヘルパーさんと何回も話しましたがここにいる、一時間でも二時間でも留守には出来ない。長男が帰って来たときに私がいないわけにいかないです。風呂は貴女が入れればいいと言いますが、私はぎっくりを抱えています。そうなったら、一ヶ月動けません。親のためだから、ギックリ腰になってもかまわないと言いますけど……

何回か説明しましたら、いいねえかね。親子揃って逝ったら貴女は親孝行な娘になるからその方がいい。嫁もそう言ったって、言われました」

「それは！　ちょっと。ね～。夜だけでも家政婦さんを頼まれてはいかがです？」

「経済的に私には出せません。千葉も大きな病を抱えています。二人とも……長男の方は分かりません。ご存知のように連絡の方法も知りません」

「そうですね～。一応、先生には連絡をしておきます」

「今の先生、帰ンなさったかね？」と起きて来た。

帰られるときに覗いたらもう眠っていた。送ってスーパーへ。帰ったら、

「あの先生も次男の友達かね？」

「先生じゃなくて、介護士さん。友達じゃない」

「何だか知らないけど、次々に来るね。金が掛かるね。その為に私の年金を持って行ったンだね。次男も人の物を黙って持って行くような子になったンだね～」

「お母さん！　千葉がそんな子だと思うの？　調子が悪いのをおして来て色々としてくれたというのに。そんな風に言ったら泣くわよ！」

「あの子はそういう子だよ。長男に会えば長男に合わせて、貴女に会えば貴女に合わせていいことばっかり言っているンだわね。嫁がそう言ったわ。何を言い付けているやら、知らンけどー」

「いい加減にして。どうしてそんな風にしか受け取らないの？　止めてよ」

「親娘ダデネ。母と娘の話ダデネ」

「母と娘の話でも、そんな話は聞きたくない」

「自分の娘に内緒話も出来ンのかね？」

「そうよ！　昔から内緒話は嫌いだった。止めて……」

「貴女って娘はやっぱり、オッカ……」とやりだしたが無視して台所に入って昼の支度。用意して母に食べないか聞いたが返事なし。それじゃあ、と先に食べ出したら起きてきて、持っていた箸を取り上げられた。どうするのかと見ていたら、持たれるだけ持って下げ始めた。勝手にさせてスーパーへ。

平成二十二年十月三十一日（日曜日）　晴れ↓雨

「如月が私の財布に手を付けるとは言語同断。幾ら孫だって人の物を盗る……」

「いい加減にして。どうしてそうなるの？　如はお母さんのためにあんなに一生懸命でしょ。仕事を休んでまでお母さんの看護に来てくれたのに、そんな言い草はないでしょ。九月に桃だって子供を旦那にまかせて二日来たじゃない。なんで、そんな風に被害妄想的に物を曲げて言うの？　どうしたら分かってくれるの？」

「分からンわっ。分かるわけ無いわっ。人の物に手を出すとは……貴女に二十万やった。如月に十万やった。まだ、足りないンかっ。返せっ、返せっ、今すぐ返セッ〜。耳を揃えて返セッ。この泥棒猫！　何処まで親を苛めたら気が済むンだ。何で、婚家で死ななかったぁ〜。何で嫁を苛める。嫁を苛めるから、長男が嫁に苛められるンだ。薄情で意地悪をして、大事な息子に会社を潰させたンだぁ〜。みんな貴女のせいだわ〜。嫁の言うとおりだ。薄情で根性悪の性悪だって言われるンだっぁ。姑に叩き出されて出戻りになって、息子に肩身の狭い思いをさせるンダッ。嫁は恥ずかしくて町も歩けないって言ったわ〜。何で、向こうで首括らンかったぁ〜。何で戻ってきたァ。帰って死んで来い。帰れぇ〜帰レェ。返セッ。今直ぐ返セッ。耳を揃えて返せぇ〜、三十万返せっ、今返せぇっ〜。嫁に両手を付いて謝レェ　嫁を何で苛めたァ？　何で会社を潰させたァ〜。死ねぇ〜、死んで嫁に謝れぇ〜、早く返せぇ〜、耳をそろえて返せぇ〜。死ねぇ〜死ねぇ〜。一千万や二千万は大事な弟にくれてやるのが筋だって嫁が言った。それを意地悪して見殺しにしたって、嫁に言われた私がどれだけ切なかったか、泣いたかわかっているんかぁ～。婚家に戻って死ね～。死んで嫁に詫びろ～。返せ～返せ～。耳を揃えて返せ～。帰って首くれぇ～」

「あぁ返すワヨ。いらないと置いて行ったのを、送り付けて来て、私の気持ちだから取ってオケって、押し付けたのはそっちじゃない。金が欲しくて来ているわけじゃないっ。東京にも、そうして押し付けているンでしょ」

「じゃ～何でいる。さっさと帰レェ。早く帰れぇ！　何をぐずぐずしている。帰れ！　帰れ！　さっさと帰れ。長男が居ていいと、何時、許可したぁ～。許可取ったンかっ。嫁の許可を取ったンか～……嫁は許可するはずがない。キユは薄情で意地悪だから、顔も見たくないって、言った。だから許可するはず無いわ～。帰れぇ。今帰れ。帰って死ねぇ……」

「六日に先生がいらっしゃる。その後帰る。何があろうと来ないからねー」

「あぁぁ、来るな。二度と来るなぁ～。帰レェ、さっさと帰れ。帰って死ねぇ～。死んで骨になれぇ～。何時まで嫁を苛めて、恥をかかせたら気が済むんだぁ～。嫁に手を付いて謝れぇ！　あ、謝らないから息子が嫁に苛められて肩身の狭い思いをするっ。息子の許可を何時取ったァ。嫁がここに居座っていいと言ったかっ？　許可したかっ。三十万返せっ、今、返せっ。婚家に帰って、死ね！　死ねぇ～、死ね～。死んで嫁に詫びろっ。早く帰れ！　さっさと帰って死ねぇ～。キユは出るなら死んで出るべき。それを生きて出て私に恥を掻かせた。死んで出るべきだって、私はあんな恥掻きのバカはしない。私は世間を知っているし常識が有るって、嫁は言った。恥さらし……」際限なく続いた。

真っ青な顔になって、全身を震わせていた。まずい！　ニトロをぶら下げている。これ以上、ここにいてはまずい！　が、こっちも腹の虫が治まらない！　それほどまでに私が悪いのか？　憎いのか！　それにしてもヨメさんにも無償に腹が立つ！　私があの人に何をした？　どんな意地悪をした？　向こうが私を馬鹿扱いしているだけじゃない！　ツー子さんを妹と思えと言ったから？　百合さんをカラス城下で黒塀を許された家柄と言ったから？　ヨメさんの親に香典を七万と言ったのを私が一万と言ったから？　こっちは義父も二人の義弟の時も一万しかもらってない。あの人は、悪意の塊だ！　意地悪して金を貸さなかったわけじゃない。東京の二人にも母にも腹が立って治まらない！

まだ、何か怒鳴っていたが、襖を閉めてかけ上がった。ヘルパーさんや近所にはまた迷惑を掛けるが、本当に帰らないと駄目だ。元気になったのだ。居ない方がいい。

腹立ちまぎれに怒鳴りあったが、二階でレシートの整理をしているうちに落ち着いたら無性に哀しくなった。子供のときと違って、口答えしてしまうのは私も歳ということだが……

三、四十分して、外に飛び出されはしまいかと心配になり、そっと下りて見る。箪笥の前に蹲って泣いていた。その後姿のあまりの小ささに胸をつかれて、後ろから抱きしめてやろうと足を踏み出したが、二歩目がどうしても出なかった。ここにいては又、怒鳴られるとそっと二階に戻った。私に気付いたらしく、また、三十万返せ。嫁に謝れ。帰れ。死ねぇ～の声が響き渡った。世の中にはこれが五年も十年も続く人が沢山いる！　私は帰るべき所がある。まだまだ、幸せなのである。我慢！　我慢！　我慢！　五時六分まで眠れず。

一日。昨夜と同じ喧嘩！　本当に帰らないとダメだ。私は東京にも婚家にも、謝らなければならない事は一つも無い。婚家の方は裁判所でも私を認めてくれている。あれが、ご主人の常識なンですな。我々や貴女の常識は法を柱に動きませんわな！　と、言ったのだ。

無性に腹が立って情けなく、千葉に愚痴の手紙を書いて夜中に投函して来た。幾らか落ち着いたが……（本局が側にあるから書いてすぐに投函した。今朝になってしまった。あの子に愚痴っても解決はしない。心配させるだけだ、と気が付いたが、もう、遅い！）

平成二十二年十一月四日（木曜日）　晴れ

母は例によって例の如し——

一時過ぎ、古野電気がきた。

「どの電気ですか？」

「外灯です」外灯って半月も前に言ってある。トボケンナー

「私は小さいもので、椅子を台にしても届きません。で、ご足労願いました」

母が出て来て、ブレーカーが落ちた事を言う。

「この子が何かしたら、直ぐに付きましたけど、この子がいないときはどうしたらいいか、と思いまして……」

「あれはブレーカーが落ちただけ。アンペアを上げればいいの。今時、20じゃ～ね～」

「私、一人のとき、夜でも見に来て下さいますか？」

「来ますよ」来るわけ無いだろ。来るなら半月も放って置かん。

「東北電力さんにアンペアを上げてもらいますから……」

「うちがやります」

「それじゃ、お願い……」

「ちょ、ちょっと、待ってよ。お母さんはご飯を片付けちゃって。お願い。お願いします。ねっ、お、ね、が、い、私が話しておくから。さ、早く、お願いします」と奥へ追いやった。すると古野は「外ですが……」で付いて行く。

「これ、随分古いですね」メーターボックスだ。

「そうですね」

「これも、今年いっぱいで使えなくなりますから、十一月中に取り替えさせてもらえれば、赤字覚悟でサービスしますよ。何しろ先生の時からの古い付き合いですからね」

なに？　変なこと言うじゃ～ない。メーターは電力会社で期限が来たら取り替えるはず。なにも金を使って電気屋さんにさせること無い。

「そうナンですか？　知りませんでした」

「何しろ、古い付き合いですわ。ですから特別にサービスしときますわ」

「そうですね。考えさせてください」

「それから、電話もですね。これじゃ〜ね。これも半年後には使えなくなります」

「そうですか？」ふざけるなよ！

「今はボタンですよ」

「公衆電話がそうですね」

「そうです。そうです。よくご存知ですね。今はみなあれですよ」

「そうですか……」バカヤロウー、アタシャ、昭和五十八年から使っているわ。三十社からを短縮に打ち込んで、使っていたわー
「そうナンですよ。ですから、これも今のうちに、うちで……」

「ご親切、有難う御座います。ですが、母や私のような歳よりはこれで充分です。新しい物は覚えられません。難しくて……皆さんは簡単だっておっしゃいますけど……幼稚園の孫にさえ笑われます。新しくして、覚えられず電話の度に人を頼むのはね〜」

「しかしですね。半年で……」

「使えなくなったら、そのときに考えます。入れても使えませんから……ボタンを押せばそれでいいのでしょうけど、新しい機械には拒否反応をしてしまいます。これで結構です」

「それから、このメーター……」

「ボックスの取り替えとアンペアの変更ってどの位ですか？　大雑把で結構ですが……」

「そうですね。約十万ですね。なにしろ、先生の時からで、赤字覚悟のサービ……」

「それはどうも有難う御座います。じゃあ、するかしないか分かりませんが、一応見積もりを出していただけますか？　そんなあやふやなら出せないとおっしゃるなら、それはそれで結構ですが……」

「出しましょう。で、何時から工事を始めたらいいですか？」

「ですから、するかしないかは分かりませんと申し上げたと思いますけど、見積もりを見せていただいてからでないと、御代を出せるかどうか分かりませんので……」

「出しますよ。アンペアが入っている箱も古いですね……」

「ええ、古いです」

「それも、新しくしないと漏電になりますよ」

「新しくしましたら？」

「そうですね〜。特別に安くして二十七から八万てとこでしょうか——その工事……」

「それも一緒に見積もりを願います。東北さんにも、一応、相談しましてから……」

「東北さんはうちの倍はとりますよ。そんなに払うこと無いでしょう？」

ふざけんなよ。お前のとこの十分の一で済むよ！　アンペアの交換は無償だよ。

「そうナンですか？　東北さんは公共ですから、安いと思っていました。勉強不足ですよね。ま、一応、そういうことでお願いします」

「電球二つ取り替えてと、お婆ちゃんに言われたンですが、もう一つはどこですか？」

「ああ、私が取り替えました。玉はそこのスーパーで買って来まして……玄関内ですから、何時までも暗いままではね～。一週間ほど前に……外灯もね、届けばね～」

「アンタ、嫁さん？」

「いえ、娘です」

「娘さん？　違うでしょ。娘があるなんて今まで一度も聞いた事無いよ。男の子二人って聞いているよ。どっちの嫁？」

「そうですかー。じゃ～、どっかの娘か姪かも知れません。嫁でないことは確かです」

「あの、古いテレビも、今年いっぱいで使えなくなるよ。だから……」

「テレビは来年の七月一日からでしょ。切り替えは。私の娘婿が東芝の本社にいます。社内販売のときに買って来てくれる事になっています。年に一、二回ですから、お宅のように注文して直ぐとは行きませんけど、七月の一日までには有るはずです。折角、ご親切に言ってくださいますが、婿の方から来ますので結構です」

「……」

　母を散々鴨にして今度は私を鴨にする気かいな。メーターもアンペアも東北さんは無償でするはず。うちは東電との付き合いがあった。母のように何にも知らないわけじゃないよ。

「とりあえず、そういうことで、見積もりだけお願いします。そんなでは、見積もりは出せないとおっしゃるならそれも仕方ありません」

「早速、持ってきます。電話の方も見本と見積もり……」

「電話は結構です。私の所は昭和五十七年のうちにプッシュになっております。母に子機を使うようにしたのですが、どうしても覚えられません。ですからこのままにしておきます。この市にこの機種はここだけになっているかも知れません。でも、使えないわけではありません。電気釜を便利と私が持って来ました。母が使えるようになるまでに六年掛かりました。そういう状態ですから……孫達はパソコン電話を使っています。電話の見本はいりません。で、見積もりだけ、お願いします。くどいですが、するかしないかはわかりませんことを、もう一度申し上げます」

コイツ、今までに、母からどの位ボッタクッタンダ？　こんな小さな家の分電盤が家から出るときは七、八百円、手が込んでも九百か千円が限度だ。塗装に廻って、組み込まれて、取り付けられても二万から二万五千。大会社のコンベアから出て来たのはもっと安い。二十五、六万だと！　十倍も吹っかけて何がサービスだ。

二時、介護士さん。三時に送って出て外で現状を話す。

入ったら母がいない。長靴がなくなっている。門内にいたのだ。どこかに行くわけがない。風呂を掃除していた。

「掃除はしてあるわよ。二度も三度もすることない。止めてよ。中で転ばれたら私はあげられないから、そのままにしておくわよ」

「転んだことなんて一度も無いわね。せっかく、きれいにして、入れてやろうと思ってンノニ、また文句言うンかっ。文句言いに来たンかっ。遊びに来たンか、どっちだっ?」

「掃除はしてあるし、文句言いでも、遊びでもない。ひっくり返らない内に出て下さい」

「貴女の為に必死でお使えしているのにまだ足りないンかっ~」

「そうよ。文句言うわよ。しなくていい事をして引っ繰り返るでしょ。風呂は入らないからね。今、三時、お母さんが入りたければ入ればご勝手に。ちょっと、買いものに行って来る」と品物を列挙して告げて出た。お客さんは座っていなさい。これをしたら、私が買い物して来るとガタガタ言っていたが無視。


夕方、六時にマネージャーの紹介の電気屋が来た。聞いたことのある名だ。やっぱり、そうだった。建て替える前に使った電気屋だ。四十年も前の事だ。

何回か電話したが通じなかった。そんなはずがないと携帯から呼び出したが、なるほど通じない。母が三本どこかに掛けていた。もしやと思ったら、受話器がちゃんと戻してなかった。うちもやれといわれれば、やりますが、三千円ほど掛かりますから、東北さんの方がよいのでは……メーターですか?　期限がくれば東北さんが取り替えていきますよ。

「そうですよね。私は、東電さんは分かりますが、東北さんの方は分かりませんので確認の為にお聞きしました」

「名前が違うだけで同じと思いますよ」と、言いながら外へ出て懐中電灯で照らして見て、

「二十九年八月になっていますから、替える必要ありません。七月か八月に東北さんから、何時取り替えに来るか連絡があって取り替えていきます。こっちですることありません」

「ですよね。だから、全然、頭に無かったものですから……期限が書いてあるはずとみたンですけど、眼鏡を掛けても読めなかったンです」

「20じゃ足りませんか?」

「普通は充分ですけど、炬燵にエアコン、炊飯器にポット、瞬間湯沸しでしょ。冬はね〜」

「それ、一度に付けたら、完全にダウンですね」

「はい。母にはその調整が出来ません」

「警報がついていませんね? もしかしたら、言われるかもしれません。そのときは二、三千掛かるかも知れません」

「この小さな壁掛けですけど、お宅はどの位でなさいますか?」

「壁掛けって?」

「あっ、御免なさい。この分電盤です。今は漏電防止付きブレーカーが組み込まれた分電盤ですよね」

「そうです。これ、壁掛けって言うンですか?」

「俗語でね。分電盤でもこんな小さいのから大きいの、複雑なのと色々でしょ。ま〜、取り替えとなると、二万から二万五千。高くても三万と思いますけど……御宅は?」

変な顔をしながら……

「はあ〜、うちで遣りましたら二万四、五千ですが。メーターは黙っていても東北さんが来て取り替えます。三十万テ？　どんな計算をしたンですかね〜」と首を傾げていた。

平成二十二年十一月六日（土曜日）　晴れ

「少し、聞きたいことがあるデネ……」と通帳を持って来た。ヘルパーステーションの一万三千円を指差して……

「貴女が下ろしたンかね？　人の物を勝手に下ろすとはどういうことだね？　私に断りも無く下ろすのは、泥棒だ！」

「下ろしてない」

「ここにちゃんと証拠がある。泥棒。泥棒猫〜。返せ。三十万と一万三千円、返せ」

「証拠？　ちょっと見せて……これ？　これはね、ヘルパーさんに支払っているものよ。自動引き落としよ。不足分は保険から出ているのよ。自動よ。私は下ろしてない。日にちが来るとヘルパーさんの口座に行くのよ」

「私に断りも無く勝手するとは……黙って盗るとは油断も隙もないね。そんなだから、夫さんに嫌われるンだわ〜。お姑さんに叩き出されるンだわ。当たり前だ〜」

「お母さん！　これはお母さんが十年前に契約したのよ。今じゃない。自分がしたのを忘れて人のせいにしないで……」

「誰が下ろした？　私に断りも無く。ここにちゃんと証拠がある。誰に払った？　何で下ろした？　返せ。返せ。泥棒ー何で盗った？　ドロボウ猫～」

「だから自動だって……もういい。……分かった。御免なさい。申し訳有りません。お返しします。ごめんなさい。私が落としました。はい。これ、一万三千円、お返しいたします」

「そうだろうね。そうだと思った。そういう勝手をするから、叩き出されるンだ。長男夫婦だけだ。私に本当のことを教えてくれるのは……いいね。もうするンじゃないでね。分かったね。今度したら許さないよ。分かったね？　自分の娘だから今回だけは許してやるよ。分かったね。もう二度とするンじゃないよ。黙って下ろすのは泥棒だよ。……」

くどいよ。何時まで続けるのよ。バカヤロウー　あ～あ。一万三千円ふんだくられて、叱られて、何だよ。情け無い！　これで同じことが三回目？　四回目？　日に日にエスカレートして来る。一日も早く、一度帰らなければ……早く見積もりを持って来いよ。でないと、払わなくていい金を四十万も五十万も払わせられる。二階に逃げていた。上がってきた、ここで飛び掛かられては危ないと下に誘導する。

「ヘルパーに給料払うンかね？」

「そうよ。当たり前でしょ。仕事をすれば給料が出るものよ」

「あの人達は給料を取るンかね？」

「ただであれだけの事をやってくれると思う？　冗談じゃない。自分の生活はどうなるのよ？　働いているのよ。仕事よ」

「知らなかった。ちっとも知らなかった。人の金を勝手に下ろして、給料にしているなんて油断も隙も無いね。もう、礼なんかすること無いね。止めたわ」

「それでヘルパーさんにお金を渡したの？」

「だって、毎日、来て色々してくれるもの、礼をしないと悪いと思って……」

「ヘルパーさんは迷惑していたわよ。ず～っと言っているよね」

「もうしないよ。苦労してやるンじゃなかった。二重取りするなんて酷いね～」

「お母さんが走り出した車を追い掛けてまで押し付けたンじゃない。向こうはお母さんが転んで怪我でもしたら、責任を問われるのが怖いのよ」

「貴女は人の物をかってなことするンだね。私の隙をねらって……」

「してない。私が婚家を出た頃にお母さんが契約したの。あの頃、月に二回位だったでしょ。さっきから、十年前にお母さんがしたって言っているでしょ」

「じゃ～、次男かヤ～」

「してない。お母さんがしたの。他に誰がする――」

「私に覚えがないから、私がするわけ無いわね」

「忘れたンでしょ」

「また私が忘れたって言のかっ。すぐそうして私を呆け扱いするっ。酷い話だ。この私が大事な事を忘れるわけが無い。それほど歳を取ってもいない。呆けても居ない。酷い話だ。酷い娘だ。こんな酷い事ってあるかっ。親切ないい人だと思っていたら、人の目を掠めて、金を二重取りするンかっ。も～う、やらない。給料取っている仕事だとは油断も隙もない。用心しなきゃ～、娘だって、安心していられない。人の物を掠めるとは……」と、くどくどと続く。何言っている。私がここに来ると、現金で出るものは皆、私の財布から出させているじゃない。出してと言えば、ドロボウ猫って喚きだすだろ。面倒くさい。ダンマリ。

「貴女の日当、幾らだね？」

「いらないー」

「だって、今まで、みんなそうしてきたでね。いらない、いらないと言うのは貴女と桃ちゃんだけだわ。きさ……」

「分かった。有難う。じゃ～一万三千円、頂戴」

「ま～、親から日当を一万三千円もふんだくるンかね？　酷い子だ」

「幾らだって言うから、言ったマデ。要らないわよ」

「貴女は年中文句ばっかり。もっと素直になれないのかね。そんなだから駄目なンだよ。オッカさまに育てられたから、ひねくれて薄情で、強情で大事な弟を見捨てた。だから夫さんに捨てられるンだ。それが当たり前だ。夫さんが我慢に我慢を重ねて……」

「人は人、お祖母ちゃんはお祖母ちゃん、私は私」

（ここを殴り書きの物からチャンとパソコンの日記に書いているときに、訃報が入った。百合さんが亡くなられた。今日は七月二十九日だ。八月二日が誕生日。九十三歳に五日前のことだった。明るく大らかで面倒見の良い人だった。母との争いの中でどれほど助けられたか！　お世話になったか。有難う御座いました。

おばさん！　あちらでも母をお願いします。安らかにお休み下さい。

御冥福を祈る！　二〇一四年七月二十九日）

平成二十二年十一月七日（日曜日）　曇り↓晴

「今夜、何作って食わしてやるね？」

「お腹、空いたの？」

「ううん。私は空いていないわね。貴女の為だわね。貴女の為を慮ってしてやろうってンだわね。何が食いたいね？　遠慮はいらないよ。何だね？」

聞くンじゃなかった。

「そう？　すごく空いた。せっかくだから、チンジャオロースを作って。食べたいわ」

と、言って買い物を片付けてさっさと居間に来た。仏壇にポーロを供える。父が晩年、毎日食べていたのを思い出して、久し振りに買って来たのだ。仏壇のお茶を替える振りをして様子を見に――

「あっ、それは使わないで。私が持って帰るの。別にしておいたでしょ。廊下に出して置くから持って来ないでね」

「貴女、豆や小豆を煮れるのかね？」

「以前は私が煮ていた。最近は婿殿が煮る」

「……？……婿さんは男ダデネ……」

「そうだっけ……」

黒豆やささげくらい私だって煮るわい。だてに三十五年も会社のおさんドンをしていたわけじゃない。婿殿だって上手に煮る。今は私より上手い！　うろうろして何もしてない。

「お母さん、洋梨を剥いたからお茶にしない？」来て座った。

お茶を入れている間に食べだして一口で私の方に。口の物はテーブルに吐きだした。

「これ、梨って言ったけど梨じゃない」

「洋梨って言ったでしょ。ラ・フランスって言うの……」

「私、今、お腹一杯だから後で食べるわ」と、私の前に寄こしてあっという間にチーズケーキを三つも食べた。あっけにとられる。嫌いなら嫌いって正直になれよ。お腹が一杯ならケーキを三個も何で食べられるのよ。そこへ百合さんからちょっと来ての電話。

「そうね。私としては貴女が居てくれたほうが安心だけど、一度帰ったほうがいいわね～。あの調子じゃ、なにするか分かりませんからね～。怖いですよ！　帰るまでに、まだ一度や二度は遊びに来てくれるでしょ？」

「如は二十二日頃、来る予定です。予定で決定ではありませんけど……もし、スピードを楽しみたくいらっしゃったら、如の車で松本までどうぞ。日帰りが出来ますよ。飛ばしますから……」

「二十二日ねー」色々と頂いて帰る。

「こんなに頂いたから、今夜はこれでいいでしょ？　鍋は明日にしようよ」

「鍋かね。鍋でいいわね」

「これはどうするの？　こんなに沢山あるでしょ」

「捨てなさい。そんなもの……」

「冗談――何考えているの？　せっかく、お母さんにって、一生懸命煮て下さった物を。馬鹿言わないで。お母さんが食べたくなきゃ、食べなくていい。私が食べる。でも、他は作らないからね。鍋は自分で作ってよ。お先に」

と食べ出したら、渋々、座って食べだした。

「腐っているー」と一品、一品、臭いをかぎだした。

「腐っている物なんてない。さっき作った物ばかりよ」

「ううん。腐っている」

「腐ってない」

「腐っているわね。捨ててくるわ」慌てて取る。鮫の煮付けだった。

「捨てて来るわね。百合さんも酷いね。腐った物を人に押し付けるとは……」

「冗談じゃない。鮫よ。わざわざ取り寄せて、煮て下さった物を……珍しいものよ。私が食べる。うちの方では手に入らないものよ。欲しくてもね。百合さんは煮物が上手。この前、棒鱈を煮てくださったのを二朗は天下一品だって喜んで食べた。あの時もお母さんはなんか変な事を言っていたよね」

「腹、壊すよ。親の言う事は……」

「分かっている。壊してもお母さんの責任にはしないから……」

「貴女、私より若いのに鼻も悪いね」

「これは鮫の匂い。美味しい！」と、二切れも食べてしまった。食べてしまってから、百合さんは砂糖で無く蜂蜜をお使いだ。カロリーが高いと気付いたがもう遅い。他のものも、美味しかった。

「ビールか酒が無い。どうしたね？」

「飲みたいなら買ってくるけど……」

「飲みたくなんかないわね。貴女が帰るって言うから、乾杯して、お祝いして送り出してやろうと思ってだわね！」

「私は飲めないって言っているでしょ」

「前はかなり、飲んだでしょ」

「前はそうでも、今はドクターストップ。前とは違うの……」で、また、医者なんかでひともめ。私が帰るのが祝うほど嬉しいのかと、情け無い事この上なし。黙ったと思ったら、料理を下げ始めた。

「ちょっと、私はまだ、食べているのよ。それ、置いといてよ。何で下げるの？　もう食べるなってこと？」

「貴女、片付けるでしょ。お客さんにさせるほど、私は礼儀知らずじゃないわね。私はちゃんとした家に育っているわね！　貴女とは身分が違うわね……」

「へー……」

笑いだしそう。貴女とは育ちが違う！　違うように育てたのは何処のドイツだ？　食べようと思っていた、三つ葉の和え物は下げられて、食べられず。翌朝と思ったが三角コーナーの中では……

「ちょっと。お茶まで持って行かないで……飲んでいるのよ」と離さず。

下げてきて、また、食べ出す。の繰り返しをしていたが、無視してテレビを眺めていた。かなりの時間、一人でしゃべっていたが、それも無視。母には分かりそうも無いニュース解説や3チャンネルを見る。十一時近く、おもしろくなさそうに、ベッドに入った。

しめしめ。台所に入って足の踏み場もなくチラけられたのを片付ける。冷蔵庫に入っていたものを出して放られ、入れる必要の無いものが入っていた。全部出してやり直し。

躓いて転び、骨折なんてことにならなかったのを喜んで、広げられた腹立ちを抑え込んだ。ヘルパーさんも言っていた。こっちの仕事を増やして下さいますと……

平成二十二年十一月二十日　晴れ

母の所に四時近く着いたら、待っていたようにケアマネージャーが来られた。同じ話を繰り返し、話が前後し、まるっきり反対を言っている母に……

「そいんですかぁ～、それは大変でしたね～」と感心して相槌を打ち、小声で、いつもこうなンですわ。みな、それぞれ一生懸命にやっているのに……

火が一番ね～。玄関の外へ送り出して……

「正月は何日から来なさいますかね？」

「今の状態では来ません。寝込めば別ですが……」

「如月さん……」

「あの娘の予定は聞いていません。この間、話しましたように高三がいます。普段は放っていましても、勤めがありますから仕方ないと思います。でも、高三の正月ぐらいはね～

私も那須の家を放りっ放しですから、桃の一家と一緒に四、五日行く積もりです。風を通すだけで掃除までは手が回らないと思いますけど……母を放って親不孝は分かっていますけど。母が私を受け入れてくれたら、少しは違った状態になったとは思います」

「そういんですかぁ～。じゃ～、決まったら電話をくんないね……」で、帰った。

決まったらって、決まっているでしょ。来ないと……

「貴女とは和気藹々と出来ないンだね。貴女なんか産むンじゃなかった。女の子なんてつまらん。産むンじゃなかった。親不孝者。たった一人の親をないがしろにするとは悲しいよ。姑に叩き出されるのは当たり前だ。長男を助けてもくれないで虐めて……」

「いい加減にして。何時まで下らんことを言っているの……」と、口論になりかけたところへ呼び出しのベル。百合さんだった。助かったぁ～

「はい、いただきに伺います。……百合さんのところへ行って来ます」飛び出した。

ひとしきりのおしゃべりのあと
「貴女、次男さんが持って来た羽根布団や時計、茶碗からお皿、いいものを次々に持って行ってしまうンですって？」

「いいえ。持って行きませんよ。ありますよ。干して圧縮袋に入れて、二階の押入れに入っていますよ。茶碗ね～。割れた茶碗やお皿は塵の日にそこに出しました。割れたカメやお皿、何に使うンですか？　そういうものが押入れにごっそりありましたから、皆、出しました。私が持って行っても邪魔に成るだけです。物は増やしたくありません。壊れたガラクタはそこに出しました」

「お母さんね、町会長や民生委員に言う必要ないのに言っています。私ね、貴女と付き合っているから、貴女に注意してくれって、民生委員がわざわざ来たンですよ。私は見てないから知らない。言うならご自分でどうぞって答えましたけどね。さっき、お向かいさんも、キユさんがいいものをみんな持って行ってしまうンですって、と言っていましたしね……」

「持って行っていません。何も。割れた物は塵の日に出しました。母は見ていたはずです。あ、それから、嫁がスプーンやフォーク、湯飲みを持って行ったと言っていましたよね。布団の間からごっそり出て来ました。年中、年金手帳、年金手帳って言って、騒いでますでしょう？　で、この前、帰る前日です。あんまり騒いで私を泥棒扱いにしますから、下のタンス、押入れを全部出して引っ繰り返して調べたンです。半日以上使いました。それで、スプーン等が出て来たわけです。それで、もう無い。紛失届けを出すしかないと思いましたら、階段にぶつけた足の指がずきずき痛くなりまして、何か湿布するものを、と、薬箱を明るい廊下に持って行きましたら、底に通帳も印鑑もありました。で喧嘩してしまいました。泥棒にされた挙句、半日以上狂わされて、今度は何でそんなところに私の物を隠したって、叱られて癇癪を破裂させました」

「へえ～、何で又、布団の間になんか？」

「分かりませんけど、誰かに取られないためでしょ。みんなありますよ。無くなったのは塵だけです」

「塵ね～。は、は、は、そんなもの取っていてどうする気かしらね～。その話しを聞いたとき、ペチャンコになる袋の中に入っているのと違いますかって言ったンです。でも、いいえ、キユが持って行ってしまって、無いから使えないって私にも言いましたよ」

「布団や座布団が多くて押入れに入らないで北側の部屋の隅に積み重ねてありましたから、邪魔でしょ。干して圧縮袋に入れて押入れにみな入れました。オフシーズンの物は使いませんでしょ。今、部屋の隅は片付いています。年金手帳って言っていました物は、私は母自身のものとばかり思っていましたが、父の遺族年金と郵便局の通帳の事でした。本当はこの二つはこちらで管理したいンですよね。毎回、一回毎におばさんや局に迷惑を掛けていますでしょ？」

「ええー。貴女が持っていたら？」

「マネージャーにも言われましたけど、でも、そんなことしたら殺されます。自分で置いた、いえ、隠した事を忘れてあれだけ騒いで、私を泥棒扱いして飛び掛かってくるンですから……」

「もう、キユが持って行った、の一点ばりですよー」

「行火《あんか》の焦げ穴だらけの布団なんかいりません。送料だけで新しいのが買えます。介護士さんが、バスタオルがいるって言われましたけど、探しても分からないので、あの沢山のバスタオルをどこへ仕舞ったのと聞きましたら、両向かいさんが全部断りもなく、持っていったって言うので馬鹿言うなって怒鳴り合いの喧嘩をしました。その後、私が五枚買って来ました。廊下の突き当たりにお菓子の空き箱やダンボール、ビニ袋が山になっていましたでしょ。その空き箱類も潰して片付けたンです。その中からバスタオルが七枚、千葉の嫁からのおかゆやスープなんかのインスタントの食品が手付かずで出てきました。二階の北側の部屋の押入れから茶色に変色した包装紙のままの大きな箱が出て来ました。何だろうと開けたら、おばさんの名で快気祝いとありました。うわ〜。素敵な柄、色もいい！デザインがすばらしい。これ、私に頂戴ってねだりましたら、見たこと無いから私のじゃない、持って行きなさい。で、有難うって、持って行きました。あとは何一つ持って行っていません。それどころか、私が義従妹からもらった山菜を来た人に上げたり、残ったのを一掴み、これ上げるから遠慮せずに持って行きなさいで、礼を言ってもらいましたけど、実質的にはピンハネですよね。私の為に、わざわざ山に入って取って来てくれたンです。橋の従弟夫婦が持って来てくれたとき母もそこにいたンですけど、家に有るから私の物だって言います。おばさんに頂いた物でも、時としてそういう事があります。バラしちゃますけど……」

「どうなっちゃったンでしょうね～。毎日、日に何回も何でも屋に行きます。あそこの旦那は商売人でしょ。手を握ったり、肩をポンポン叩いたりするンですけど、近所の人にボケババアがまた来て行ったよ。三回も四回も来て同じ物を買って行く。一人で食えるンかってゲラゲラ笑っています。お酒、何回も行ったでしょ？」

「はい。来ました。如が飲ンベエ～といっても限度がありますし、私としては、あまり飲ませたくありません。糖尿病が早く出ます。必ず。子供は酒なんかいりません。婿は好きですが呑むとアレルギーで医者通いして苦しむから飲みません。私はドクターストップ。桃のとこはワインしか飲みません。幾ら説明しても昔から一升ビン二本と決まっている。日本男児が酒を飲まないなんて聞いたことないって。幾ら決まりでも、嫌いな物を送っても仕方ないでしょって言いましたら、好き嫌いは関係ない。私の知ったことじゃない。こっちは送った事になればいい。嫌なら捨てろ。文句言うな。それを送るために私がどれだけ苦労していると思っているンだ。人から物をもらって文句言うンかって怒鳴られました。貴女の所は皆どうかしている。皐月の言うとおりだ。いらない。いらない。ばっかりだ——長男の所はもっと、もっとっていう。だから、やり甲斐があるンですって……だったら、取って行った、持って行ったなんて言わなきゃいいンです。こっちは、親子だから、正直に言います。やればそれでいいってものじゃないでしょ。好きな物を上げて喜んでもらいたいです。私は……」

「そりゃ～、そうですよ。他人なら嫌いだから要らないなんて言いませんよー」

そこへ、電話の呼び出し音。

「母でしょ。出たって言ってください。ご馳走様でした」

平成二十三年

平成二十三年四月三日（日曜日）　曇り

又同じ電話が来た。一日置きに、日に三回、四回というときもある。

テレビが付かない。古野に何回と電話しても来ない。姉ちゃんに言いなさい。ウチに断りも無く（何で断らなきゃ電気の球を替えられない？）勝手に、電球を替えたり、アンペアを変えたり（東北電力で、無償で変えた。古野は十万ちょっとにサービスしてくれる、と言った）、新しい液晶テレビに替え（婿が替えてくれた）たり、外の古い電気を変えたり（メーター、二十九年八月に電力会社が取り替えに来る。今は変えてない）したンだから、姉ちゃんは何でも出来るンでしょ。どんな修理も出来るンでしょ。姉ちゃんを呼んでしてもらえって言って、来てくれない。もう一ヶ月もテレビを見てない。何とかしてくれ、と言うのである。

「ヘルパーさんに言いなさい。ヘルパーさんが出来なければ、サイドボードの真ん中の引き出しに保証書が入っているから、それをヘルパーさんに渡せば処理してくれる。お母さん、私が今、言ったこと、分かっていないでしょ？」

「ふうん。だぁって、貴女は難しい事ばっか、言うもの。分かるわけ無いわね……」

「じゃ〜ね、ヘルパーさんが来たら、私に電話するように言って……私からヘルパーさんに言うから、あと二、三時間したら来るでしょ？」

「ふうん」

「近所にも挨拶しなきゃいけないけど、こっちも色々とあってね……」

「何の挨拶だね？」

「お母さんが世話になっているからよ」

「何の為の挨拶だね？　ちぃ〜っとも、私は世話になんかなっていないでね。私が世話をしてやっているンダデネ。私の悪口を言う為に来るンかね？　聞く為に来るンかね？　どっちだね？　来る必要ないわっ。挨拶周りなんかする金があったら、如月に残しなさい。それが親というもンダッ。少しは残すようにしないね。分かったね。長男夫婦が言っていたけど、パッパッと使って毎日遊び歩いていると言っていたけど、駄目ダデネ。年取ってから、困るよ〜。分かったね？　親の言う事は聞くものだ。もっと、素直に親や惣領息子夫婦の言う事は聞くものだ。屁理屈を言って口答えばかりしているから、追い出されるんだ」

「私は年寄りよ。七十をとっくに過ぎているわよ……」

「私より若いわねー」

「当たり前でしょ。母親より年取った娘は聞いたこと無いわ。私はお母さんの親じゃないわよ」

「また、屁理屈か〜」と長いお説教をくらった。

「地震、大変だったわね。落ち着いた？」

「地震？　何時の地震だね？……知らないよ」

「この間の地震よ。千葉の話では、頚城の方は大変だった。自衛隊のヘリまで出て、雪の重みで、ペチャンコに潰れた家からの救出騒ぎになっていたって……」

「嘘だわ。次男がそんな嘘を言うわけ無いわ〜。貴女、また人を嘘つき呼ばわりするンかね？　ここ、十年も地震なンか無いわね。私が知らンもの……有るわけ無いわね」

「有ったじゃない。福島の原発……」

「無いわね。貴女の間違いだわ〜」

「有った。地震でウチの、ブラウン管テレビの大きいのが吹っ飛んで、床にめり込んだ。男どもが床から抜いたけど、床に穴が開いてそこに板を載せている状態。ファックスも飛んでバラバラ。私の部屋の上が二朗の部屋、台の上に大きな水槽を置いて、金魚と川魚を飼っていた。水槽が落ちて砕けた。二朗の部屋はもちろん、私の部屋にも水が流れ落ちてきた。千葉の夫婦は病院の帰り、地下鉄に閉じ込められた。桃はエレベーターに閉じ込められた。如は会社の売り物のワインラックが引っ繰り返って、ビンが砕けてワインまみれで帰って来た。そこもすごかったたって、ヘルパーさんが言っていたわよ」

「私は知らんよ。ま〜酷い話だね〜。だ〜れも、ナ〜ンにも教えてくれないでね。私がタンスの下敷きにでも、なったらどうするや〜。人って不親切なものだね〜。意地悪だネ〜、薄情だね〜」

「何を馬鹿言っているの！　お母さんが忘れただけでしょ。百合さんと手を繋いで、一緒に小学校の校庭に行ったじゃない」

「だぁって、この辺の人は誰も地震の話なんかしないよぉ～」

「あ、そう。それはよかったわね。軽くて……」

「静かなモンだわ～。それよりね。長男の所へ行って見て来てね。住所も分からん。電話も通じない。元気かどうか見て来てね……」

「知らない」

「駄目かね？」

「私も千葉も知らないから行けない。調べる気もない。これから、病院に行くから切るね……」

「待ち……待ちなさい。病院テ、どこね？　心臓かね？　歳取って……」

「私じゃない。次男坊、脳腫瘍。近いうちに手術。大手術。だから当分行けない。切るわよ。ヘルパーさんに電話するように言ってねー」

五時、二分前になってヘルパーステーションに電話を入れておく……

翌日、担当者から電話が来た。電源が切ってあるのにリモコンを使ったり、コードが抜いてあったり、映らないチャンネルの番号を押していたり、で、どこも悪い所は無いとのことだった。古野に来てもらってコードを差し込んで五、六千円払っていたのだ。今まで。

平成二十三年五月九日（月曜日）晴れ

昨日の沢山の塵の山を集積所に出してシャワーを浴びて、母に断って出る。郵便局で支払いをしなければならない分を大雑把に見積もって下ろす。本当は母の方から出したいが、そんなことを言えば、また、大喧嘩である。先生の所へ。四月分の支払い、薬局の支払いをして墓へまわる。元のまま。当然である。

「お父さん。お母さんは苛めるって、怒るけど苛めているわけじゃないわよ。お父さんは最後まで正常だったもの、今の状態を分かってくれるわよね。お母さんを怒らせないように付き合えなくてゴメンネ。また、来ます。お母さんを頼みます……」声にならぬ声で言う。

裁判所の前でマネージャーに電話、請求書はまだ、回っていなかった。

直接シルバーに廻って支払う。網戸の張り替えを四月に頼んで帰ったら、今回、来たら張り替えてきれいになっていた。請求書は直接、母に届けた。と、言われたがそんな物は無かったことを言うと、パソコンを開いて調べてくれて支払いが出来た。

シルバー前のスーパーで母の好きな豆や南瓜の煮たのを買って、喫茶コーナーで紅茶をゆっくり飲んで時間を潰して帰る。母の昼？　朝食？　をテーブルに並べて庭に出る。暫くしてお茶飲もてね、が始まった。二年ほど前までは母の言うとおりに付き合っていたが、お腹はお茶でダブダブにはなる。食べ物に制限があるのにお構い無しに食べさせられて、血糖値が上がり、ふらふらになったときもあった。その頃は一番弱い薬を一日三回食事の度に飲んでいた。それを勝手に四回も飲んで、閉店したスーパーの入り口近くで我流の体操をしたこともある。足は痛くなる、背中は痛くなる、だったが二日か三日の辛抱と付き合ったのだ。そんなとき、母のお腹はどうなっているの？　と、不思議であった。最近は食後暫くと、午後一回と決めた。夜は食後から寝るまでの六時頃から一時二時まで付き合わされるだけにしようと……

「うるさい。飲まないって、言っているでしょ」

午後一回目の寿司屋への電話に気付いて、繋がらない前に受話器を引ったくってしまって一もめ。二回目は如から掛かって来て断る。三回目は気が付いたら繋がっていた。

「そうですよね。今朝、カラを取りに行ったばかりですものね。分かりました」

謝って礼を言って切る。庭に出てすぐ、電話ダデネ。百合さんだった。

「私の友達なのに貴女が来ると、貴女ばかりに来いって言うね。向かいさんも、貴女が来ると、出て来て長々と話をするね。みんなで私の告げ口を貴女にするンかね？」

「へえ〜。お母さん、告げ口されるような事をしているンだ？　それは知らなかったね〜。都会の色んな話を教えてって、言われて話すけど、今度は母がどんな悪い事をしていますかって、聞いて歩く事にするわねー」顔色の変わった母を置いて外へ……

「お母さんが変な事を言うから、忘れる所だったじゃない。百合さんね、煮物をしたから、後で持って行くから、夕食はその積もりで作って、って……」と庭に出た。

間もなく出て行って帰って来たら、缶ビールの大きいのを三本ずつ、両手にぶら下げて帰って来たのには、びっくり。すごい力。二回目は刺身、豆腐、塩鮭、煮豆を、三回目も同じ物。皆、何でも屋だ。好きにセイ。いずれはこれも、ゴミ箱行きかも知れないが、母の金だ。捨てる事になっても母の勝手だ。

呼ばれて振り向いたら百合さんだった。昼に私を探しに行った。お茶とお菓子を御馳走になった。娘が家を取りに来て困る。そうはさせない。この家は長男の物、喧嘩を吹っかけに私を苛めに来たって、泣いていました。ねっ（と母に……）「どこへ行って来たの？　行く先を言わないで出たの？」「言いましたよ。台所の黒板にも書いて置きましたけど、見なきゃ、それまで。聞いた事は一分で忘れるンです」今日の足取りを話す。

「でしょうね。貴女が来れば先生のところに最初に行くのは知っているのよ。そんなことだとは思ってましたけど、泣かれるとねっ……」とにやり。

外での立ち話である。母はお入りくださいとしつこい――

「今日は入らないで帰ります。私にもすることがあります」と、言われているのに、腕を引っ張って「遠慮なさらずにお入り下さい。どうぞ、お入り下さい。折角、ビールも用意しました。さ、遠慮はいりません」

「お母さん！　入っている時間が無いっておっしゃっているの。無理強いは駄目よ。百合さんは色々の奉仕の仕事をしていらっしゃる。私やお母さんみたいな閑人じゃないの。いい加減にして……」と言うと、急いで中に駆け込んだ。

さっきのビールを持って出て来た。私に渡して、送って行けだった。

「ビールなんて頂いたのが売るほどありますからいりません」で、私の方を向いてペロリとして、にやり。で、帰られた。

私はまた草取り。母はビールを下げてふくれて入った。

夕食は百合さんに頂いた煮物と向かいさんから、頂いた筍の炊き込みご飯。どれも美味しい。特にこの炊き込みは天下一品……

平成二十三年五月十一日（水曜日） 雨
母はいつもの調子で、午後一時過ぎてやっと起きて来た。

「分かっているわね。昔と時代が違うンダデネ。（おや、おやー）誰が継いでもいいけど、決めておかないとこの家が無くなるデネ。そうなったら、オッカさまに顔向けが出来ンでね。貴女でも仕方無いから、我慢するしかないと、思い始めているデネ」

「冗談でしょ。私はこんなボロ家いらない。おお〜ッと……取り消します。床の間のある、立派な日本家屋。いい家よ。私の家も如の所も桃の所も床の間もなければ、畳もない」

「どういう家ね？　床の間が無い？　畳が無いってそんな……」

「聞いたこと無い、でしょ。でも、そうなの。無いの。椅子だからヨ。畳で立ったり座ったりするより、椅子の方が早く動きやすい。膝にいいから。百合さんも椅子でしょ。畳替えすることもない。村の家の囲炉裏の間、二百年位、床を替えてないでしょ。朝晩の拭き掃除で銅の鏡のように光って硬くなっていた。今の床は一枚木じゃないから、あんなにはならないけど、私が生きている間は替えないでいい。床の間を開けて置くより、押入れや物置にした方が片付く。実用的だって事。だから、家へは人を呼ばない。何かあると、近くのレストランやホテルを使うの。来てもらっても一人か二人しか座れない。後の人は立ちんぼ。椅子は家族の人数分だけ。姉兄同士でも家族で来られたら、お手上げ――」

「まあ～、そんなことってあるかね。どうかしているわ～。一族が盆や正月に……」

「だから、それをするにはレストランやホテルを使うの。生活様式が昔と全然、違って来……」

「何言ってる。貴方のうちはあんなに広く……」

「婚家でしょ。建坪が五十五坪。広いわよ。でも、普通の家じゃない。一階が工場の一部、二階が事務所と寮、三階が自宅。四階は花畑と菜園。お姑さんのネ。如のところが、ごく平均的な普通の家よ」

「だって、東京の……」

「東京は、莫大な収入があった時に建てた家だから、豪邸の中にいたのよ。普通はそんなに収入がないの。みんな、一緒くたにしないで……」

「じゃあ、如月をこの家……」

「そんなことしたら騒動の元。家は駄目。桃は長男のとこだから論外。睦月は十年も連絡が無いから駄目。どうしているかも知らない。次男も親は兎に角。子供達は、ここは嫌だって言っている。深い雪の中は嫌だって。初めから長男が継ぐことになっているでしょ。お母さん。ずっとそう言っているじゃない。動かさないの。私がちょっと長くなると、長男の許可を得て居座っているのかって怒鳴り出すじゃない。長男から置いていいと連絡が無いから、置くわけにはいかない。出て行けって怒鳴るでしょ。だから継ぐのは長男に決まっているでしょ」

「そんなこと言ってないよ。貴女にこの私がそんなこと言うわけが無いわね。貴女の勘違いダデネ。貴女を怒鳴るナンテしたらオッカ……」年中言っているくせに……

「もらったってね、相続税で半分は持っていかれるの。私はお金を持っていないからここを売るしか払えないからね。直ぐに売るわよ」

「じゃ〜、次男の……」

「嫌だって言っているのと、国税局のお役人、どこへ転任になるか分からない。行った先が気に入ればそこに根を下ろす。お母さんは、本心は長男に決めているじゃない。それでいいでしょ。お母さんの葬式を出して、長男の葬式を出したあと、嫁さんや皐月さんがどうしようと知った事じゃない。売ろうと捨てようと勝手……日下先生も死んだ後の事なんか知ったことじゃないって、笑って帰られたじゃない。今はどこも無縁になるの。それでケリがついている。ハイ、終わり！」

「駄目だわ。許せないわ」

「どうして？」

「絶対に駄目だわ」

「いいじゃない。それがお母さんの言う筋でしょ？」

「長男の所へ行けば、嫁の所へ行くデネ。それから、皐月でしょ？」

「当たり前でしょ。ただ、皐月さんは長男のとこに嫁いでいるから、ここは売るでしょ。でも、いいんじゃない。知ったことじゃない」

「それバッカしゃ、駄目だわ。親の面倒は見ない。家屋敷だけ寄こせって、そんな嫁があるかね。皐月も長子も何年も、葉書一枚、電話一本よこさないよ。音信不通だよ。年賀さえよこさない。如月ちゃんも桃ちゃんも年に一、二回は来るし、盆暮れの心付けは送って来るし、年賀もよこす。その他にも時々、珍しい物を送ってくれる。元気かって電話もくれる。次男の子達も未だ一人者だから盆暮れは来ないけど、電話や手紙はしょっちゅうくれるよ。それに皐月も長子も嫁に行って姓も違う。家の人間じゃないでね。許せるわけが無い。嫁に行って一回来たきりで、それも喧嘩を吹っかけに来て私を泣かして金を持って行った。そんな子にこの家をやる事は絶対に出来ないよ。許すわけに行かないでね。あの子達は私が死んでも葬式も出さんでね。嫁は貰う事ばかりで、出すのは塵も出したくないンだわ。この家を直ぐに売って金だけ持って行く積もりだわ。墓だって今売れるって、誰か（私だ）が言っていたから、売るに決まっているわ。葬式も出さんから法事もしない気だね。そんなことになったら、里郁の恥曝しに成るわ。里郁が無くなるデネ。そんなこと許されないよ！」

「葬式は私が責任持って出させるから心配しないで……法事は三回までは約束する。その後は知らないし、私も年。動けるかも分からない。三回までは私が駄目なら、如月に頼む」

「次男がいるデネ」

「あの子の体調があるからね。頼めば無理をしてもするでしょ。でも無理はさせたくない。まだ、六十代。少なくとも、あと十年は頑張ってもらいたい。それに今まで、十二分にお母さんの面倒を見ている。里郁が何百年続いたか知らンけど、村を捨てたときに里郁は無くなったの。お父さんという影があったけど、その影もとうの昔に消えたのよ。無いの。許すも許さないも無い。とっくに無縁になっている。村で私に継げって、言うなら、考えるし欲しいとも思う。でも、老婆が一人で生活が出来ないのよね。スーパーも医者も無い。あの大きなくず（藁）屋を維持できない。ここより雪深い。その雪下ろし出来ない。村だって若い人は都会で、居るのはジジババで、自分の家の雪下ろしもままならない。それが現実よ。お母さんの考えは明治、大正の閑居のまま。現実を分かってよ。日下先生もそう言っていらっしゃったでしょ」

「あらま～、先生、来なさったンかね。ちーっとも知らンかったよ。来なさったなら、私に顔を見せたっていいでね～かね。散々……」

「ボケたこと言わないで。昨日、お母さんが応対したでしょ。玄関先じゃなんですから、お上がり下さいって言っていたじゃない」

「ふぅん？」

「ほら、東京の住所を……」と説明するが怪訝な顔をするばかり……

「分かんないでしょ。人の話は聞いていない。自分の思い込みで決めるものね」

「……？」

「その思い込みを勝手に人に押し付ける。もっと素直になったら？」

「分かったわね。よ～く、分かったわね。その方が楽だもの、そうするわね。勝手するわね。

人の事なんか気にしないわね。自分の好きなもの食べて、好きな事をして、好きな所へ出歩いて、好きに生活するわね。それでいいンだね？」

「だから、そう言っているでしょ」とっくの昔にそうしているくせに……

「そっかね。じゃ～、そうするわ。金谷のあっこらに、母と祖母が御殿を建てているって、野之さんが教えてくれたから、半月も遊びに行って来ていいンだね？」

「どうぞ、どうぞ！　半月でも一ヶ月でもどうぞ……」

半世紀以上も前に亡くなっているよ。でも、何で金谷になるの？　野乃さんは閑居を知らないよ。

「私が邪魔で追い出そうってのかぁ？　そうはさせるかぁ～」

バカバカしい。もう、相手せず。一人で怒らせて、しゃべらせておく……

暫く、怒って怒鳴ったりしていたが、本を読み出しているので諦めたのか、襖を勢いよくと言うか力いっぱい、ぴしゃりと閉めたので、滑り過ぎて襖と襖の間が二十センチ位開いた。笑い出しそうになった。ベッドに入って寝たのを確認して、スーパーへ保存食のインスタントものを買いに……

平成二十三年六月十一日（土曜日）　曇り、非常に蒸し暑い

十一時、先生の所へ支払いに……その後、父の墓へ。

皆、通り道だ。四、五日前に如月が来ているから、花は買わずに線香だけを持って……やはり、花はまだ生き生きとしていた。シルバーセンターへ……やはり閉まっていた。スーパーで買い物をして帰ったら、早速、お小言。

「どこへ行っていたね？　黙って出るから、あちこち探し……」

「探し回ったのは分かった。支払いにあちこち廻ってくるって、何回も断って出た。昼になったら、百合さんに頂いた寿司を食べて、とテーブルに置いて出たでしょ。メモも一緒に有ったはずヨ」

「そんなの聞いてないよ。いま、初めて聞いたよ。出かける時はちゃんと、どこどこへ行って、何時に帰ると断ってから出るのが筋ってもンだ。こっそり出るのは礼儀に反するデネ。だから、お姑さんに叩き出されたり、嫁さんに世間知らずの常識なしのバカって言われるンだ。私や長男に恥をかかせるンだ。貴女……」

「はい。御免なさい。この次は気を付けます。お許し下さい。申し訳ございません」

「ふぅん。ちゃんとしなさいね。いいね。分かったね」

「はい。気を付けます」ボケ！

暫くして、また言い出して繰り返す。

「アーラー、そうー。それは、それは……」

「聞けば覚えているデネ。この私が忘れるわけ無いでね。聞いていないンだわね。だから、知らないンだわね」

「そうよね。私の言うことなんて聞いてないものね。聞く耳持たないものね。ふうん、ふうんの返事だけよね」

「そういうことだね」バカヤロウー、勝手にしろ……

返事をせず、勝手にしゃべらせて置く。頂いた寿司を、全部食べられるわけがないと探したら、むき出しのまま冷凍室に入って凍っていた。

二時、庭に出た。三時過ぎ、バーを取り付ける業者が来て説明を受けた。見積もりは来週、マネージャーの方に提出。形と材質を決めた。中だけでなく、玄関に入る所の石段と風呂場を追加してもらう。寸法などを測って玄関先での話で終わった。庭に戻ったら……

「入ンなさい。お母さん。お茶飲もてね。草なんか生えたままでいいですわね。お母さん、入ンなさって下さいね。お茶飲ましょテネ」で、又、しまいに怒鳴ってしまって、喧嘩になる。

そろそろ入ろうかと思っていたのが、入るものかと続けて、入ったら八時二十分まえだった。申しわけないと謝って、手足だけ洗って夕食の支度。と、玄関で人の話し声。

母が電話をしていた。

「六時ですわ……はい、二人前です……」横から引ったくって切ってしまう。失礼は重々承知だが、とっさに切ってしまった。申し訳なし……

そのあと、三回買い物に出た。買い物はする必要ないと言っても、うん、うん、だけ。三回目は時間がかかった。帰って来て、

「お金が足りないから、五百円頂戴」あいにく、細かいのがなくて、五千円渡した。台所に母が買って来たものが山積み。これ、全部九十二の母が二回で持って来たの？　そのバカ力に唖然。それも皆同じ物。腹が立って、意地悪してやれと、「五百円でしょ。お釣を返して」と言ったら千円寄こして、五百円は利息だと来た。釣りは四千五百円で、また争う。本当に腹が立って来て、一円、五円、十円、五十円と掻き集めて……

「はい、五百円返すわよ。恩着せられて、これっポッチ、もらわない。返したからね」

「親子でねえかね。いいわね。やるわね……」

「親子でも、金は他人。私のやり方。返したから、恩は着せないで……」

何やってンだろう？……私は……

「これっポッチ、取っておけばいいのに……」と言いながらも満足気でニコニコしだした……結局、四千五百円ふんだくられた。

平成二十三年六月十三日（月曜日）　晴れ

十二時十五分、入って昼の支度をして食べようかとしたところへ帰って来た。かなりの量の袋を両手に持って。毎度のことながら、その力に驚く。二十代、三十代の頃より力があるようだ。食後、夕

べはあまり眠ってないので少し、と思って二階へ。横になったが眠れず。

一時半にはバーの取り付け業者が来る。睡眠薬は飲めない。この状態がこの時期に続くとメニエルが出て来る。怖い！　昨日から不安で仕方ない。この不安が余計にメニエルを呼ぶ。十五分に来た。

介護保険を使っての契約で、十万九千円の二割がこっちもちである。私の財布にあったかな？　二万位じゃないかな？　小銭を混ぜて何とか払う。母に言えばそんなもの付けなくていい、とごねるに決まっている。母が承知したわけではなく、私が契約したのでもあるし……取り付けの日と時間を決めて、立ち会いはマネージャーがすることになった。何かで費用がオーバーしたときは、マネージャーに請求書をと決めた。

茶を飲めとしつこい。営業先での飲み食いはしないンです。トイレが近くなりますから。が、聞かずに押し付けた。色々と聞き出した。

「お母さん。止めて……この間も言ったでしょ。個人の事は聞かないでって……止めてよ」

「いいですよ。答えられる範囲で答えますから……」と苦笑いしながら……

工業高校の出身だそうだ。

「女の子なのに工業ですか？　男の子みたいな女の子になるわ……やっぱ……」

「あのね。今は女の棟梁だっているわよ。一朗は建築科、女の子がいる。親父の後継いで棟梁になるって、家に遊びに来たときに言っていたわよ。二人の兄は東京でサラリーマン」

「ま～、男の子のとこへ遊びに来るンかね？」

「男も女も無い。今は一緒。工業と言われると、数学の＊＊＊先生を知っていらっしゃる？」

「はい。名前はよく聞いています。でも、私が入ったのと入れ替わりです」

「そうね～……七十過ぎのばあさんの親ですものね～」

「は～？」

「その先生の長女と同級なンです。彼女、先生の介護に……とても真似が出来ません」

「そうですか……知りませんでした。亡くなられたンですか……」

「御免なさい。仕事中の時間を取ってしまっての長話。アルツのばば二人と堪忍してねー」

「いえ。いいです。この一部はセンターのほうに出しておきます。それじゃ～」

送り出して、冷めた茶を一口飲んで、うっ。何？　これー。急須の中を見たら、朝の煎茶の上にほうじ茶が入っていた。申しわけない！　文句を言ったら、そういう茶だと澄ましていた。それでまた言い合い。彼女の時間を取った上にこんな不味い茶を飲ませて……

「またこの、私に口答えするンか……」と、怒り出していつもの喧嘩をして、謝って……再び庭に出る。お昼だ、何取る、お茶だ、お風呂だと出たり入ったり。

「お願いだから邪魔しないで……お茶もご飯もさっき食べたから、私はいらない。お腹が空いたなら、お菓子も果物も出ているでしょ。アレを食べていてよ！」

「私はちっとも空いていないよ。貴女の為だわ。それを口答えするンかぁっ」

プイッと家に入ったが又出て来た。

「どこへ行くの？」

「何でもやさん」

「遊びならいいけど、何かを買って来ないでね。お願いよー」

「ふんふん」もう、門の外だったのを追い掛けて、

「ちゃんと聞いて。お願い、お願いします」

「ふんふん……」

「聞いてないね？　何回も言っている。沢山あるのをどうする気？　また、ごっそりと捨てるの？　腐らせるために買うの？　買わないで……お願い。買わないでください。……お願いします」

「一回言えば分かるわね。何をごちゃごちゃ、言ってるね。貴女の為に……」

「私の為に買わないで……お願い。買わないのが私のためよ。買ったら、逆、迷惑よ。ちゃんと聞いてください。お願いします。買わないでください」

「くどくど言わなくたって聞こえているわ。私はつんぼじゃないわ。全ては貴女の為だわ。貴女にお使えしてるのが分かンないのか。親の言う事は素直に聞くものだ。私なら、何にも要らない。煮豆と梅干だけで我慢してるのが分からンのかっ。それをくどくど文句ばかりいいくさって……。私の気持ちを逆なでばかり、しくさって……」

「じゃ～、それでいいでしょ。みんなあるじゃない」

「貴女はお客さん、そんなことしたら、この辺の笑い者になる。私を近所の笑い者にする気かぁ～」

「私は客じゃない。私の為じゃない。お母さんの自己満足だけよ。捨ててても買ってやる。高見から見下ろしているだけじゃない。本当に私の為なら、買い物はしないでくださいって、お願いしているでしょ。頼んでも聞かないじゃない。私の為なんて恩の押し売り。押し売りは大嫌い」

「何を寝言言ってる。貴方の為を思えばこそダ。美味しい玉子酒を作って飲ませてヤロウという、親の気持ちを汲んで礼を言うのが筋ってモンだ。それを口答えかぁ～」

「アルコールも卵も医者に駄目だって言われて、何年も口にしてないでしょ。いい加減に分かってよ～。おねがいよぉ……」

「ンザン。医者なんか何言ったっていいわぁ～。親の言う事は聞くものだ。医者なんかの寝言は返事だけしておけばいいわ。私は好きな物を食べて、好きな物を飲んでいる。私の言う事は聞くものだ。私は間違ってない。口答えしないで素直に成りなさい。いいね。わかったね？」

「あ、そう～。じゃ、作って……大鍋に一杯、作って。その辺の小さい鍋に作ったら承知しないわよ。この間、蕎麦を茹でるって言って、中鍋に一杯の水を入れて、火に掛けようとしてひっくり返って、ぶちまけて、台所を水浸しにしたのは、どこの誰よ。中鍋じゃなく、大鍋に作りなさいよ。大鍋よー」

「そうだろうね。そうに決まっている。ちゃんと素直にいっぱい飲むから、沢山作って、下さいって言うものだよ。分かったね。素直に親に従うものダデネ」と、意気揚々と出て行った。

平成二十三年七月十七日（日曜日）　晴れ

母の家は路地の奥だ。百合さんは入り口だ。母の所に入ったら、うるさい。今日は日曜。百合さんのはす向かいの小学校の駐車場に車を入れて、百合さんの方に先に寄る。

「宅急便で〜ス。キユです。いらっしゃいますか？」

「入って。ね。こっちへ来て、散らかっているけど、来て。三十分あるから……」

ちょっと早いけどバースデイのケーキを渡す。喜んでくださった。表参道の有名な店のだ。睦月の事を話す。一週間後くらいには来る事も。

「そう！　五百子さんの言う事と全然違う。どっちが本当なのかしら？　睦月は全然来ないし、来れば喧嘩を吹っかけて、私を泣かして苛めて帰る。あんな娘の面倒を見ろって、言われても見れないって。だから、長男さんと同じに大喧嘩じゃないかって、皆で心配していますよ」

「母は多分、誰かと間違えています。睦月と喧嘩した事はありません。睦月がここに来ますのは、十五年振りです。父の三回忌の後に来たきりです。母の頭の中では幼稚園児のままです。この前、睦月もそろそろ小学校だね。祝いにランドセルかねって、言っていました。三人の中で一番優しいです。普段は無口で我慢しますが、怒ったらバーっとまくし立ててそれで終わりなのが桃です。如月はやられたら、やられた以上にやり返します。睦月は人と争う子じゃありません。苛められても苛める子じゃありません。二十年、幼児を相手にして来ましたから一般常識がありません。子供と同じです。常識を教えてやって下さい。あの歳では親が言っても駄目です。お願いします。もっとも、この十年、音信不通でしたから、どう変わっているかは分かりませんが……」

「四十って言ったかしら？」

「そうです。（玄関で沙耶の声）は～い。すみません、迎えが来ました。これから、朝市です。では、また……」

「今日はー」

「いつも、いつもお世話になっています」と、桃まで入って来た。

おや、ま～、沙耶は仕方ないとして、主の許可も無く桃まで入って来る事ないだろう……

「あら。可愛い。お名前はなんて言うの？」

「沙耶で～ス……」

帰って昼。二、三日前から寝込んでいたと言うが、起きて来て一緒に食事。

食後、桃はゴロッと横になって眠ってしまった。沙耶は車の中でずっと眠っていたから、眠らず、母の相手をしてくれていた。パンダの絵を描いて渡していた。

「額を買って来ないと駄目だね……」アルバムを出して来て……

「これ、誰だか分かるね？」

「知らないー」

「ま～、忘れたンかね？　ちゃんと覚えて……」横から覗いたら父だった。

「お母さん。それは無理よ。沙耶は六歳。お父さんが亡くなって十七年。十七回忌でしょ。分からなくて当然――」

「あらっ、ま～、おじいちゃん死になさったンかね？　何時だね？　今、初めて聞いたよ。葬式、どうしたンカヤ～。何で一言、言ってくれないンかね？　何で黙っているね？」

「お母さんが出したじゃない」

「ううん。出してないわ～。知らないもの。何で隠しておくね？　何でダァ？　私に知らせたら忘れるわけがない。私を除け者にして。なんで隠しておく？　そんなに私が邪魔か～。私に死ねってのかっ～」血相変えて怒鳴り出した。沙耶はびっくりして恐そう――

「御免なさい。悪う御座いました。長男に黙っていろって、言われたの。お母さんが、がっくり来るから、お母さんに何時までも元気でいて欲しいからって。お母さんの事を気使ってなのよ！」

「そうだろうね。そうに決まっているわ。あれは嫁が悪いからね。生まれの悪いのは……」

「そうよ。全て嫁が悪いの。生まれや育ちが悪いのはどうしようもない。お母さんみたいに大家に育ったお姫様とは月とスッポン。お母さんは教育があって、美人で礼儀正しく、教育勅語どおりに生きている立派なご婦人とは大違いよね。長男はどうしようもない嫁をもらったものね。だから、お母さんが苦労して、苦労するのよね。日本一苦労しているのよね。お祖母ちゃんに苛められて、嫁に苛め抜かれているのよね。可哀相、可哀相――可哀相な優しいお母さん！」

「やっと分かったかっ。私の苦労を！」

「うん、分かった。可哀相だったよね。日本一の悲劇のヒロインだものね……」

「ひ、ひ、ひ、なに？」

「苦労した偉い、可哀相な女性――」

「ふぅん！　分かったねー」

やっと納得したというか嬉しそうである。得意そうにツンと顎を上げている顔を見て、呆け茄子と悪態をつく内なる声。沙耶がキョトンとしていた。指で自分の後ろ頭をくるくる回して、パーっとして、その指を唇に持って来た！　ニコッとしてうなずいた。

平成二十三年七月十八日（月曜日）　晴れ

何時のか分からない、おかゆの親分のようなご飯に、焼き冷ましの固い鮭をほぐして、混ぜ、小さめのおにぎりを三個作って、一個ずつ、ラップに包んでテーブルに置く。母が起きて食べる頃は鮭がご飯の水分を吸って丁度いいだろう。釜を洗った所へ、母が顔を出した。あら、珍しいと思ったら、引っ込んで、財布を握って出て来た。

「どこへ行くの？」

「貴女が来ているなら、何にも無いから何か買って来ようと思って……」

「買わなくていい。これ、お母さん用。こうしておけば、食べたい時に食べられるでしょ」

「ふぅん？　でも、お客さんの……」

「私は客じゃない。お腹が空いたらサービ……じゃない、レストランで食べる。今はまだ、食べたくない」

「だって、雪だるまは遠いでね」

「もっとずっと遠い所に帰るの。雪だるまは三十分弱かそこらでしょ、六時間位で私を降ろして桃はその後、一時間位走るの。どこかに行っている時間は無い」

「今、来たばかしでね~かね。来て直ぐ帰るって方はねえがね……」

「昨日の朝来たのよ」

「昨日？　いなかったよ。誰も来なかったよ。ヘルパーも来ないわ……」

「来ていた。ヘルパーさん、初めて見る顔だったけど、三十前の若い子が来て行った。今日昼には来る。沙耶にお母さん。一日遊んでもらった」

「ふぅんン？……サヤって誰だね？……」

首を傾げて考え込んでいる。

「冷蔵庫の中の煮豆、漬物、鮭、カレーなどを半分土産に頂戴ね。いいでしょ？」

「そんなもの、土産にならンでね」

「あら、そう。じゃ、煮物も二パックずつ残してもらって行くわ。野菜も半分ずつね。いいでしょ？

優しいお母さん」

「ふうん！」

「有難う」

「どうしたンダヤ〜、こんなにいっぱい。食べ切れンよ〜」

「お母さんが買って来たのよ」

「私じゃないわ。食べきれンもの。誰が……」

「お母さんよ。お母さんが買って来たの。私は見ていたわよ。私に土産に買って来たンでしょ？　流石よね。やっぱりお母さんだわ。だから、発泡スチロールの箱に入れたの。有難う、有難う。お母さん何も言わないから土産って言ったの。催促してごめんねー」

起きて来た桃がニヤニヤしていた。

「ンザアン。土産にならんわ。そうして置きなさい。一人じゃ食べ切らんから、百合と向かいにやるわ。ンザン、やれば何でもいいンだわ。ヨメさんが言ってたわ」

「冗談でしょ。こんな古い物を人様に上げられると思っているのっ？　向こうへ行って」

押し退けて、口の開いた袋やパックをポンポン、ゴミ袋へ。日付の新しい物を母の好きな物から、一パック、二袋と戻して、後は持って帰る箱の中へ放り込む。

「もう、時間だよね。いい？」と、言っている所へズロースとランニングまがいの下着姿で外から入って来たのにびっくりする。

「なに？　どうしたの？」

「ここ、どこだと思って、グルっと一回りして来たンだわ。おじいちゃんの表札があったわ」

「何言っているの。お母さんの家でしょうが……」

「ふぅんー」と首を傾げて、

「あら、貴女、来たンかね？　知らなかったわ～。何時来たンかね？」

「昨日よ」

「そっかね。これから行けば、間に合うね」

「行けばって？　どこへ？」

「雪だるまに決まっているわね。急ゴテネ。連れて行ってやるからね。遠いよ」

「ありがと、アリガト。でも、この次ね。私は帰るの。起こされたね。サアーちゃんもここへ来て、お祖父ちゃんにさよならのご挨拶をしてくれない？」と、横に来させて手をあわせ、二階に駆け上がって、布団やその他を片付けて下り、母に手を付いての挨拶をした。

一緒に公園に行くと下駄を履きかけた母を……

「下着じゃ出たら駄目。ちゃんと服を着てください。お願いします」と、押し留めて、戸を閉めて沙耶と出る。桃は残りの荷物を持って先に車だ。

「お祖母ちゃんの相手をしていたら切りが無い。もう、一時間も遅れているわ。曾祖母ちゃんが出て来ないうちにママの車に乗ろうね」と、沙耶と手を繋いで駆け足。

「急ごう。お祖母ちゃんに掴まらない内に。掴まったら昼過ぎになる。早く出して……」

直ぐに発車。司令部通りへ曲がるときに振り返ったら、門柱を出て来る姿が目に入った。上は着ていたが、下はそのまま。可哀相だが仕方ない。御免ね。お母さん！

十一時過ぎ、家に着いたら、二人が憮然とした顔。六時に母から、そろそろ着くと電話が来た。どこを回っていた？　飛び起きて待っていたのに。あーあー、高速にも、乗っていない時間じゃない！

平成二十三年七月二十六日（火曜日）　晴れ

母の買い物、食べ物、私との喧嘩の話をする。

「近所に知れるじゃない」

「知れるも何も全て筒抜け。あそこじゃ〜、プライバシーは無いと思いなさい。承知で庭で怒鳴る。草取りしていて怒鳴る。でないと、お祖母ちゃんの言う事を人は信じる。呆けの言う事をね。かまわない。昔、昔の大昔から私は悪者。大お祖母ちゃんを笠に着て私を苛める、の一点張り。人は皆それを信じている。貴女のお祖母ちゃんって、何時亡くなったンですかって、何人もの人に聞かれた。昭和二十年九月十五日、私の小学校一年のときですって、答えるとびっくりされる。私の三十位まで生きていたと思っていたって。貴女は私の産んだ子だけど私の子じゃない、とか、どうせ他人にくれてやる子、大事にしても、可愛がってもつまらないって、三年生から言われ続けた。私はこの家には要らない子と思っている。私は悪者、何を言われても平気。これ以上悪くはならない。私とお祖母ちゃんの怒鳴り合いを聞いている近所の人は、お祖母ちゃんのボケを判断してくれる。まともな認識を持ってくれる。ただ、みっともないことこの上なしだけど……

内に篭ってウジウジしているより、カラッとしていいとも思っている。長男は大事な跡継ぎ……次男は……私が言うのはお祖母ちゃんが死んだ二年後から。そのずれがある。お祖母ちゃんは二年後からの事が全然頭に無い。私は貝になった。御免なさい、しか言わない。長男のいたずらで髪の毛を持って弟に引きずり回された。でも、仕返しもした。弟は仕返しをされた事しか覚えていないで今も言う。柿、桃、栗、無花果、ざくろ、杏と、色々の生り物の木に私は登って、熟した美味しいのを木の上で食べる。あの子は木登りが出来ない。下で取ってくれと言う。取って落としてあげる。熟していない渋いのを。貝になったら、一つか二つ叩かれて終わる。母はすーっとして忘れてしまう。叩かれた方は赤く腫れるから忘れない。私がお祖母ちゃんと喧嘩をするようになったのは婚家を出てから。小学校四年の冬からはお祖母ちゃんのことで………以来、お祖母ちゃんはばぁを目の敵のように嫌った。何かあるとばぁのところへ行った。中一、二は日曜の度に橋へ行くようになっていた。焼けた火バシで叩かれたときが一度ある。行儀が悪いって。今もその跡がある。お祖母ちゃんには記憶が無いでしょうけど……向こうはカ～ッとして叩くから、気持ちが落ち着けば忘れてしまう。こっちは忘れないけど恨んではいない。恨んでいたらここへは来ない。昔はそんなのが当たり前の時代。子供同士が話題にして笑い話だった。お祖母ちゃんに祖母の事を繰り返しで言われると……お祖母ちゃんは血相変えて怒り出す。しまいに、そうよ、苛めに来たのよ。苛めて、苛めてやろうかって、怒鳴って二階に上がる。暫くすると、呆け相手に何やっているンだろうと、自分に腹が立ってくる。お祖母ちゃんは明治を生きている。あの時代なら間違ってはいないと思う。けど、今は平成も二十三年、お祖母ちゃんの言う事は名誉毀損に成りかねない。大きいお祖母ちゃんは、ハネッ返りとか、ハイカラばあさんとか言われていたけど、時代を先取りして今に通じるところ、大よ。明治二年の生まれだけどね。時代を先取りした行動と考えを持っていた。財力と頭脳と地主という家を武器に人の上に立って、人を動かしていた。あの時代、お寺は村の最高位。そのお寺さえ怒鳴り付けて従わせていた。曲がった事が大嫌いで県の役人だって許さなかったって。一番叱られた坊主が言っていた」

「じゃ〜さ。お母さんはやっぱり、そのお祖母ちゃんの影響の考え?」

「さ〜、どうだろう? 分からない。三つ子の魂って言うなら、そうかも知れない。村のガキと遊んではならないって禁止されていた。遊んでいいのは寺の子と地主の子だけ。地主の子は学校で一緒だけど住まいは他村。同じ村では寺と社の子だけ。その二人がいつも遊べるとは限らない。自然、動物と本が相手になった。手当たり次第に読み漁った。そのせいかどうか分からないけど、今でも、本が側に無いとイライラする。乱読もいいとこ。前に読んだのは忘れている。ジャンルを問わずに読んだ。人間失格やどん底を中一で読んで全然分からなくて、国語の先生に聞いた。バ〜カ。俺にも全然分からないのに、お前に分かるわけね〜だろって、笑われて放った。そんな本何冊もある。だから、私の考え方は本の中から自然に作り出されたものだと、今は思っているけどね。だから、人の考え方と違う。私を変人と言う人が結構いる。人付き合いは下手。大勢の人が集まってワイワイするときほど孤独を感じる。動物と一緒のときは安心する。そういう事も親父は気に入らなかったンでしょうね。ま〜、私が行ったときにはすでに女がいた。女狐は八人目? 九人目だった。高円寺、五本木にゆくと犬が二匹、三匹といた。初対面で飼い主をそっちのけで私と遊んだ。帰って来てから親父が怒って大変だった。だったら、私を一人で行かせればいいでしょ。何で一緒に行くの？　と思いながら謝り続けた。親父にも恨みは無い。如月は何で？　私は恨んでいると言ったけど、無い！　当時は腹が立って、腹が立って仕方なかった。男の女遊びは仕方ない、と諦めたところもあった。でも、女房として公的の場所にも連れて行き出したのはどうしても許せなかった。出て三、四年したら、それも消えた。ただ、係わりたくない。会いたくないだけ。むしろ、良かったと思っている」

「えっ？　ええーっ何で？」

「桃に言われてそうだ、と思った。今までのお母さんは産みの苦しみをしてきた。産んでしまったら穏やかになる。これからは自分の為に生きなよ。楽しみなよって。確かにそう！　今は気まま――小さい、ちいさいことに有り難さ、幸せを感じる！　婚家の三十五年が無かったら、気付きもしなかったと思う。真面目に一本筋を通して揺るがずに生きたら、数は少ないけど、どこかで、誰かが、何時かは認めてくれる。信用してくれるってことも知った。信用の大切さは二人のお祖父ちゃんに教わった。人は生まれや学歴じゃない。その人自身だってことも知った。貴女が生まれる前くらいから、お祖父ちゃんが私を信用してくれた。そのときは分からなかったけど、事務所の帳簿を見るようになって、気が付いた。それは、社判とお祖父ちゃんの実印を何回も私に預けた事。そして、話は付いている。代筆で私の名を書いて判を押して来なさい、と契約にやらされた。お祖父ちゃんが生きていた間、親父に預けたことが一度も無かった。持たせなかった」

「それって、すごいことでしょ？」

「そう！　いつも、何かに気付くのが遅いけど気付く。お祖父ちゃんの悲しみもね。息子を信じられないから預けないんでしょ？　そういうわけでお祖母ちゃんに対して恨んではいないけど、素直に優しくはなれない。同じ事を繰り返し、繰り返し言われて恩に着せられると、腹が立って言わずもがなを、言ってしまう。貴女達は可愛がられた方だから、私のような溝は無いと思う。考え方の違いはしょうがない。時代の差だから。川の流れ出る源流と海に入る下流では、まるで違うのと一緒！　どうしようもない。向こうの生き方をそのままにして、自分をとおすだけしかない。難しいけど……そろそろ、お昼ね。どうする？」

「いらない。一日、おにぎり一個のときが随分有る。三ヶ月で十万の生活をした。昨日はバッチシお母さんに二食、食べさせられたからいらないー」

「食事だけはちゃんとしなさい。食事は全ての基本よ。贅沢は必要ない。質素なものでバランスよく、朝夕はちゃんと取りなさいよ。二人ともね。冬の寒さは、東京とは全然違うからね。お祖母ちゃんの面倒を見る給料と思って、冬の服を買っていいわよ。高級な物は無理だけど、普通の物なら遠慮はしなくていい。必要最小限は気兼ねなく買いなさい」

「そんな～、お祖母ちゃんに喚かれるじゃない」

「喚いても三分よ。三分で、知らない、私が知らないから、そんな事は無かった、になる」

「細長の六畳弱の部屋にロッカータンスとトイレと台所が付いていた。そこにラブが二匹、猫が三匹と住んでいた。お父さんが動物愛護協会の人に頼まれて引き取った。ときには女の旦那の大型犬も一ヶ月二ヶ月としょっちゅう預けられた。女の友達が旅行するからって、猫を置いていった。その世話も全部させられた。犬や猫が私のベッドを占領する。で、私は台所の床でごろねをさせられた。お父さんの世話は全てやった。病院から会社への送り迎え、食事、洗濯、掃除全てやった。彼女は何もしない。父娘仲良くやればいい。私はアンタに遠慮してやっているって言いながら、やり方が下手だ、悪いって叩かれた。離婚、復縁を一週間に三回繰り返した。四回目にお父さんが駄目だって言ったら、日赤病院内で喚いて暴れて、物を壊して結局いいなり。その挙句、お父さんは日赤を追い出されて、他へ移らざるを得なかった。私も保育園や歯科医院をそれで辞めざるを得なかった。それで、ちょっと文句を言った。その夜、ドアを叩かれたけど開けなかった。鍵を閉めていた。窓ガラスを割って入って来て暴れて、叩かれて仏壇をメチャメチャにぶっ壊した。叩かれて、怪我して、病院に駆け込んだ。その夜と次の夜入院した。仕事は辞めた。お父さんの世話で一日中潰れた。大型犬や猫の食事代も馬鹿にならなかった。私のお金は無くなった。どうにもならなくなって、お父さんに病院の支払いの助けを求めた。断られた。そこへ、彼女が帰ってきた。一日や二日の入院の費用も持ってないのか、今まで何をしていたって、叩かれた。お父さんも一緒になって叩いてまた怪我をした。もう、尽くすのもこれまでと見切りを付けた」

「何でそこまで、しなければならないの？　何でさっさと出ないの？　あれほど出なさいって言ったじゃない。貴女がその状態を招いたの……」

「だって、彼女がブチ切れたら恐いもン。何をするか分からないもン。病院であろうと、保育園であろうと、道路の真ん中であろうとお構いなしで暴れる。バーやスナックで暴れて物や酒瓶を叩き割って、お父さんに賠償金を持たされて謝りに行ったこと、何回もある。だから、恐い。周りに迷惑を掛けるもの。私、賠償金なんて持っていない。私の関係者に迷惑を掛けられない。幼児だから言いなりにならざるを得なかった」

「だから、一日も早く出て縁を断ち切れって、あれほど言ったでしょ。それを、貴女は身動きが出来なくなるまで居続けたわけだ。結局、姉妹に泣き付いた。この十年、音信不通にしていて。賀状一枚寄こさなかった。如月にしろ、桃にしろ、一人じゃない。相手がいる。旦那の手前もある――」

「それも、付き合っていない。分からない。知らないって、彼女に言えるように私が避けた。でないと、お姉ちゃんや桃ちゃんに迷惑が掛かるからよ。ちゃんと考えたのよ」

「それが可笑しいの。十代じゃない。三十、今は四十でしょ。貴女が何をしようと、誰と付き合おうと自分の責任において出来る。法に触れる事以外は、何をしようと貴女の勝手。ましてや、母親と姉妹。堂々としていればいい」

「それが、分かるような相手じゃない。ちょっと気に入らなければ、喚き暴れて物をぶっこわす。所構わず暴れる。お母さんは一緒に住まないから分からないのよ」

「分からないね！　何で一緒に住まなきゃいけないの？　何で出ないの？　一回目は私と。二回目は会社を売ったとき。三回目は女が入って来たとき。その出るべきときを出なかった。結局、貴女は親父と一緒に居たかった。親父の世話をしたかったのよ」

「違う、違う、違うってば」

「違わない。貴女は出なかったことによって、自分の首を絞めたの。さっさと出て縁を切るべきだったの」

「印旛沼の叔母さんにも言われた。会社を売ったとき、しかるべき物を貰って、どうしてでなかったって。でも、お父さん、お姉ちゃんにも桃ちゃんにも、お母さんにも一千万やった。お前には三千万やるからって言ったもの……」

「それを信じたわけだ。あの人がそれを実行すると思う？　私は親父から一円も、もらってないわよ。あれは会社の退職金。会社の台帳に載せて来た。月六万の投げ出しで、夜昼なく三十五年働いて来た退職金。私が決めて持ち出した。親父が知ったのは裁判が始まってから。如月のも桃のも、親父の名で私が銀行に借金した。式が終わって籍が入ってから、親父に言った。それまでは親父は知らなかった。親父に任せていたら、女には際限なく注ぎ込ンでも、あの子達には式の費用さえ出さなかった。親父の言う事なんて出たら目もいいとこ。周りの銀行でも信用しなかった。警察、税務署、裁判所に親父は信用ゼロ。お祖父ちゃんは絶対の信用があった。その信用という財産を親父は食い潰した」

「だって、彼女も……」

「女がどんな事実を知っているの？　二人の出たら目を、信じたのも貴女。全ては言い訳。親父には事後承諾で返せって、女に文句を言われたけど、裁判所でも呆れていた。そのときは使ってしまって無い。返せない。退職金は桃に預けた。それも私の名では入って来る年金しかない。月八万の年金では今の法では取り上げられないし、慰謝料をちゃんと払うのが先決だって言われるだけ。桃の旦那の名であっても私の名前では何も無い。無いものは取り返せない」

「でも、彼女が許したから……」

「許す？　何言っているの？……全てはこっちが終わった後に知ったこと。許すも許さないも無い。女には関係ない」

「でも、許してやって助言してやったのに、礼にも来ないって怒っていたから……」

「冗談！　如月の結婚のときはまだ付き合っていなかった。桃のときは付き合いがはじまったころ、あの一千万は私が出た後に知った。何の助言？　何の許し？」

「でも、彼女がそう言ったもの。それなのに彼女に礼一つ言って来ない、礼儀知らずの常識なしって言ったもの……」

「それを貴女は信じたわけだ」

「だって……」

「バカバカしい！」

「お父さんが入院したのに見舞いにも来ない。遊びにも来ない。でも、私は人間として、文句を言わない。我慢してやっているって。離婚届を出す度に、これでアンタのお母さん、帰ってこられるね。良かったね。元通りになるものね。許してあげるからって、言って頂戴って言った」

呆れて言葉無し。それを信じていた睦月に情けない。これほど幼稚だったとは！

私の育て方のどこが間違ったのだろう？……同じに育てた積もりが……十代のガキでもない。

「それから、お母さんの弁護士、弁護士のくせに法律は知らないは、礼儀は知らないは、世の中の常識は知らないはで、どうしようも無い奴。名誉毀損で訴えてやろうと思ったけど、アンタのお母さんがその弁護士のために、また弁護士を雇わなくちゃならないから、可哀相だから、許してやっているって……」

「ばかばかしい！　どうぞ、どうぞ、訴えてください。遠慮なく。結果は逆になる。法律の知識や普通の常識が丸で無い二人、百パーセント向こうが負ける。いつでも訴えればいいじゃない。それに、あの先生は法律や常識を知らないで一流企業の顧問は務まらない」

「だけど、ほら、創価学会の弁護士の愛人が彼女にいるじゃない。わからないわよ。自分が何をしているか、言っているかちっとも分かっていないもの……」

「メチャメチャに壊された仏壇、どうしたの？」

「印旛沼の叔母さんがお寺へ持って行って供養して、お経をあげて燃やした」

「親父、何て言っていた？」

「お前があいつの言う事を聞かないから、こういう結果になったって叩かれた」

「狂っている！　ま、今に始まった事じゃないけど……仏壇を叩き壊すって、自分のご先祖を足蹴にされたのに……自分の両親を足蹴にされたのに！　それに、あの仏壇は大きいのから小さいのに買い換えたけど、あれは紫檀の高級品で八百万円、払ったってお祖母ちゃんが言っていた代物。親父がそこまで狂わないうちに出て良かった。二人のお祖父ちゃんとチョビが守ってくれた。ありがとう。だわ！」

「ふう～ンー」

二時過ぎ、封筒を渡しながら……なに？　親父あて？

「お父さんが入院していたときに、見舞いを持って来た人達の住所と名前の一覧表。これが無いとお返しが出来ないでしょ。城下からでもいいけど、彼女に暴れ込まれるのは困るから、関係ない駅で出したい」

「乗り換えの駅でいいでしょうけど、放っときな。そこまですること無い」

「でも、やっぱり、ここまでは……」と、出て行った。

夕方、睦月が着きますので宜しくお願いします、と百合さんとマネージャーに電話……

マネージャーは言外に来る必要ないと拒絶の感があり……

六時半に着いたか電話したら、荷物を玄関に放り込んで直ぐに帰ってしまった。あんな礼儀知らずの面倒は見てやれないから引き取れだった。

「そんなはずない。着いているなら替わって……」

「ううん　帰ったわね。私の寝ている間に来て、顔も見ないで帰ったわね。こんな酷い話ってあるかね。何でこっそり来て帰るンだね？　私を馬鹿にして……」

「睦月がここを出たのは二時を過ぎていた。そこに着くのは今頃。お母さんが起きるのは一時か二時。お母さんが寝ているときはまだここに居た。私と話していたのよ」

「ううん、違うよ。朝、早く寝ている間にこっそり来てダワね。玄関にダンボールがあるもの……」

「あ～、それは私が送ったの。睦月が世話になるから、近所への手土産。そのままにしておいてね。開けないでよ。睦月に説明してあるからね。お願いよ。お願いします」

朝来てこっそり帰ったと言い張っているのを無視して切った。

七時、睦月から電話。七時少し前に着いた。

着いたらトイレットペーパーが無いと騒いでいたから、そこのスーパーへ買いに行って来たところ、睦月が来ていませんか？　と近所を廻っていたそうだ。

夜遅く、如月が帰って来て、その話をしたら、昨日の朝から何回もこっそり来て帰ったと言い続けた。まだここにいる、と言っても、違うと言っていたそうだ。


平成二十三年八月二十四日（水曜日）　曇り

一時、バーちゃんが居なくなった。どこを探しても居ない。どうしよう？　と電話が来た。三分位の間。

「北へ行くって言うから、ちょっと待って、着替えてくるって、二階から降りて来たらいない。金谷から下りて来たとこって言っているけど、住所は北。今、高校の門の前に居る。どう行ったらいいの？」

「そっちからの道は知らない。私は裏の青田川沿いの道を行って、スーパーの前を、旧十八号道を渡って、スーパーの左を入って二軒目かな？　畑に囲まれて、入り口にぶどう棚があって、その葡萄のトンネルの先が玄関よ。高校へ行く距離の半分。一度十八号に出たら？」

「お濠の真ん前でしょ？」

「近いけど違う。十八号線だって言ったでしょ」

「ええっ～、じゃあ、道が二本位、駅よりジャン」

「そうよ。スーパーから五十メートルと入っていない。真四角で箱みたいだけど、中はすごく素敵な家よ」切れた。北に電話をしてみる。行ってなかった。私達も探してみます。

又睦月から「お従伯母さんの名前は？」

「桔梗さん……」「あ、まってー」で切れた。三時過ぎに掛かってきた。

「すみません、桔梗さんですかって言ったら、そうだって。あの人が桔梗さんて人ね。何回も来ているから、道は分かると思う。来たら車で送るから、行き違いにならないように帰って、待っていてって言われて帰った。バーちゃんの歩きそうな道をタクシーでぐるぐるまわってしまった」

「迷ったンじゃない？」

「だって、何回も行っているでしょ？」

「そうだけど、三分もしないうちに忘れる、でしょ。麗子ちゃんー」

「やだ～……嫌な予感がしてきた」で、切れた。

四時半、掛かって来た。

「今、帰って来た。足がパンパンに腫れて痛い、痛いって。湿布して寝かせた。南へ行って奥座敷でお茶菓子御馳走になって、お昼まで御馳走になってきたの。店は覗いたけど、誰も居なかったから帰った。奥座敷とはね〜。分かるわけ無いわ。北の事はもう頭に無いのよね。ウチにあった三本入りの羊羹を土産にするって言って持って出たのを、南に置いて来た。酒を二本持って行くのが決まりだって……じゃ、何でも屋さんでいいでしょって言ったら、あそこはいい物が無いから一度も行ったことがない。南に決まっているって言っていた」

「よく言うよ。日に三回も四回も行くくせに……お祖父ちゃんが生きていた時はそうだったからね」

「着替えて直ぐ、下りたら居なかった。後を追い掛けたけど見付からなかった。足が速いのでびっくりよ」

「城南の前を行ったンでしょ。真っ直ぐよ」

「知らない。その道」

「教会と薬局の間の四メートルの道を真っ直ぐに行くと南に出る」

「ふうん。南ってすごく親しいのね。奥座敷に入ってって……」

「姉の家で、嫁さんは姪だもの、親しいわよ」

「そういう関係——姉って北も……」

「そう。お従伯父さんの姉が南の嫁さん。北も南もお祖母ちゃんの姉」

「ふ～ん。なんかややこしいね～。北へ行くなんて一言も言ってないって、言い張っている」

「いつもの事。北に電話入れた？」

「した。何回も帰ったかって電話来たもの。何かお礼しないとマジイ？」

「そうね～」

「行くとしたら？」

「仏壇にお花。蝋燭と線香は向こうが来る度に持って来てくれる。そこにあるのは、みな、北から来たもの。それと何かちょっとした物をね。あそこも二人だけ。沢山あっても困る。良い物を二人で一、二回分」

「今日？　明日？」

「急ぐ事無い。どうせまた、行くって騒ぐだろうから、そのときでいい。私からも色々とお世話を掛けます、と言っていたと宜しく……」

「百合さんとこへ、挨拶に行ったけど、留守。きゃは、は、は」

「閑を見つけて報告しておきなさい。笑い話としてね」

「南さんは？」

「羊羹を持って行ったのでしょ。それでいい。南は今、付き合いが無い。お祖父ちゃんが亡くなって三年後に、向こうから付き合いを止めましょうって来て、お祖母ちゃんが怒っていた。向こうの伯母さんが亡くなったのは昭和五十年代の初め頃だったと思う。それから二十年以上だから、まあ、そうなるでしょうね。今は孫だか曾孫の時代。曾孫が結婚して店に入ったって聞いた事があるような気もする。もう、他人に近い。何でまた、十年振りに行ったのかしら？」お迎えが近づいた？……

「分かった。お母さんが送ってくれた、ワンピーを着て歩いているよ。強引に着せたら、会う人毎に素敵とか可愛いとか言われてからね」

「へぇ〜珍しいね〜。私があげた物なんて着ないのに……どうせ、お使い物と思いながら送ったの。茄子やきゅうりを持って来た人に上げちゃうのに……」

「えっ？　二、三本の茄子やきゅうりのお返しにワンピー？　セーター？　だって、それ……」

「そうー、そんなの関係ない。お祖母ちゃんはお返しをしたことしか頭に無い。だから、馬鹿にして、と怒る人と、それを目当てに来る人がいる。だから、ずっと現金にしていたのよ。伯父さん達から私がもらった物でもお構いなし。中に何が入っていたかも分からないときがあった。お返しが出来た、という満足しかない」

「私が可愛い、可愛い、前がボタンでなくてYKKなのも、着やすくていいって褒めちぎったとこへ、ヘルパーさんが来て同じ事を言った。その後、百合さんにも、素敵なのを買ったわねって、言われたからね……」

「ま、その調子で宜しくネ。ご苦労様！」

南と付き合いが無くなって十二、三年。何でまた急に？　向こうは迷惑だったであろう。

北にも随分、色々と迷惑を掛けている！

それに、五月頃から、北、北、ツー子さん、ツー子さんと言い出している。橋が来ない、橋が来ないも口癖になっている！　橋が来ないならこっちから行ってやる、も口癖だ。北は今月の初めからお中元を自分で持ってゆく、とも。お迎えが近いのか？　熱中症になってそのまま、と思ったりもしたが、南への最後の挨拶だろうか？

向こうは迷惑だろうけれど、最後かもしれないから、行くと言う所へはなるたけ連れていってあげて、と電話をしようか、と迷っていた矢先の事だった！

今年は寝込まずに来た。睦月のお陰である。有難う。そうして、また、あちこちと歩き始めた。その元気は蝋燭の消える前の一瞬の輝きなのだろうか？　と思ったりもする。

休み、休み、お寺のお墓へ行って来たそうである。昨年の五月に桃が連れて行って以来だ。全ては……私も近いうちに何とか行って来なければ……

平成二十三年九月七日（水曜日）　晴れ

胃を壊して、痛くて痛くてどうしようも無かった。食べ終わるとすぐに何、食べる？　何取る？　食べろ、食べろ、で、一ヶ月に十キロ太った。挙句に胃を壊した。ドクタ～ストップだ。と言ったら、医者なんか何言っても、はいはいだけで聞く必要ないから、食べなさい。遠慮はいらないって、言われる。お母さんが送ってくれたロングのスカートは、まるめて押入れにはいっている。

「スカートなんか捨てても構わないけど、自分の体が第一。体を壊したら元も子もない。怒鳴りつけな。構わない。自分の体を壊してまで付き合うことない」

「私も初めは嫌々食べていたけど、医者の言う事は聞かなくていいから食べろって、言われて、ドクターストップだって言ったでしょって、怒鳴っちゃった」

「それでいいのよ！」買い物のぼやきを聞いて切る。

四時過ぎに百合さんから電話。母が来ている。貴女と話したいから掛けて、と頼まれた。

「何処かの子が下宿していると思ったら、百合さんが私の孫の睦月だと言いなさる。睦月は幼稚園か小学校のはず。だから、貴女に確かめようと思ったンだわね。本当に孫の睦月かね？」

「そう、言っているでしょ」

「まあ〜、今、初めて聞いたよ。そんならそうと、何で言わないンだね？　言わなきゃ……」

「初めから、何回も言っている。呆けた」

「今、初めて聞いたよ。呆け始めたかや〜」

「呆けもボケ。大ぼけよ。何で、百合さんに頼んで電話しなければならないの？　自分の電話があるじゃないー」

「有ったかや〜……最近、物忘れが……」

「いいや。最近じゃない。六、七年前からよ。変な事ばかり言っている。私は、お上手は言わない。本当の事を言うからね。睦月がそっちへ行ったとき、ショッパナに、ツー子ちゃん、暫くでした。元気でしたかねって言った。ツー子ちゃんが麗子ちゃんになって、和子様から和子さんになった。睦月だって言っても認めなかった。睦月は幼稚園と言い張ったじゃない。三十年経てば四十になるの。電話をして睦月に替わってと頼んでも、そんな人は居ないって言ったでしょ。私の知っている五人の和子さんはそこへ行く関係じゃない」

「じゃあ、初めから私が間違ってたンかヤ～」

「そうよ。何回説明しても、お母さんが認めなかったの。確かめたから切るわよ。人様の電話を長々と使ってしまった。ちゃんと礼を言ってよ。じゃー」

「百合さんが替わるってね」

「睦月ちゃんが来るって事を、次男さんと相談の上でそうなった事を、どうして五百子さんに言わなかったの？　どうして？」

「言いました。何十回も言っています。電話でも、七月に行った時は私だけでなく、桃も何回も説明しています。あのとき、おばさんにも周りの人にも説明していますよね？」

「全然聞いていなくて、いきなりでびっくりしているって、言っています。ご飯が出来たから一緒に食べようと言って、お菓子が有るから一緒にお茶を飲もうと言っても、下りて来ない。果物を苦労して剥いて持って行ってやっても要らないと言う。人の気持ちを踏みにじる礼儀知らず。こんな下宿人は置いてやって、面倒見切れないから、私に断ってくれって言うンですけど、どうしますか？　置いておきますか？」

「冗談でしょ！　一日に四回も五回も食事をさせられて、その間も、引っ切り無しのお茶とお菓子で、一ヶ月に十キロ以上太った挙句に胃を壊して医者通い。ドクターストップで断るようになったンです。私に言うのと同じく、医者なんか何言っても構わない。私の言う事は聞きなさい、で押し付けるから二階に逃げるようになったンです。母が食事を作る事は三、四年ありません。出来無いのです。ヘルパーさんが作っています。今は睦月です。作ると強情を張るから、じゃあ作って、と引いて見ていた事があります。冷蔵庫から生ものを出して、裸にして直接流しに置き、玉葱や馬鈴薯を入れたかと思ったら出して床下に入れたり、洗ってない食器をしまったり、しまってあった食器を流しに放ったり、ウロウロで台所が足の踏み場も無く散らかっただけです。その次の時は中鍋に水をいっぱいに入れて、火に掛けようとして引っ繰り返って水浸し、床下の収納庫の豆炭にまで掛かりました。慌てて母を着替えさせて片付けです。果物を剥く事も出来ませんから、包丁は持たせません。何で自分の体を壊すまで付き合う？　強制したら、怒鳴り付けて構わないから、自分の体のペースは崩すな、と言いました。三分もしないで忘れます。今朝も食べさせられて、胃が痛くて痛くて、と泣きそうな声で電話が入っています。はね付けなーって言いましたら一回は断る。二回断ったら、ひがんで私の所の物は食えないのかって騒いで大変、で食べて苦しむ。と情けない声でした。睦月も十代じゃありません。四十代です。朝から座って食べ続けるわけにいきません。ご存知のように私は怒鳴り付けます。機嫌取りして自分の体を壊しては元も子もありません。いらないものはいらない。うるさい。ダマレって怒鳴って構わないと言いました。睦月は、そんなこと言ったらお祖母ちゃんが可哀相よ、と言っていました。あの子は優しいから我慢して結局、自分の体を壊します。母に付き合っていましたら、こっちの体が持ちません」

「五百子さんの言う事とまるで逆ね。どっちが本当かしら？　どっちを信じたらいいの？」

「ご判断にお任せします。自分の思い込みと話しながら忘れて行きます。最近の母の言うことで本当の事は殆ど有りません。人様はポンポン言う私より、哀れっぽく言う年寄りの母の言う事を信じます。それもまた、自然の成り行きでしょう。全ては私の責任ということで睦月を責めないで下さい。自分の体を壊してまで母に尽くしているのですから……申し訳ありません。毎日、ご迷惑ばかりお掛けしています。お詫びします。母の言う事は聞き流してください。お願いします」

「ええ、ええ、私は何も言いませんよ。毎日、下宿の子は……と、同じ事ばかり言っているから、たまには優しく一緒に食べたり飲んだりしてあげなさいって、何度言おうかとしたンですけど、でも、人の家の事。口出しは不味いと止めたンです。止めて良かったわ。貴女の話を聞いてほっとしました」

「本当に申し訳有りません。お騒がせしました」


平成二十三年九月二十八日（水曜日）　晴れ

　昨日、畳屋さんが下調べに来て、母がこの家を売ったとパニックを起こして、半狂乱になって、畳替えを止めさせせた続き……

「この家を買った人が来た。下宿に置いてやって世話して、食わしてやって、高校にまで出してやっているのに勝手に、この家を売った。恩を仇で返して売った上に、私を無視している。主のような顔して威張っている。私は行く所がない。どうするね。首括るわね。和子さんに殺されたと思ってね」

「いい加減にしてよ！　ここ三日、毎日同じ説明を何十回もしているじゃない。いい加減に説明するのも嫌になったわ。なんですぐ、そうなるの？　千葉と相談して、ダニ対策だって説明しているじゃない。毎日、毎日、同じ事を繰り返さないでよ。弟や私の話をちゃんと聞いてよ。そこを売らない、売らせない。お母さんでも売らせないって、言っているでしょ。第一、そんなボロ家を買う人なんていない。周りを見てご覧なさいよ。裏だって、四軒も五軒もの跡が何年も草茫々じゃない。売れないから草藁になっているのよ。昔の川原と同じじゃない。町の真ん中での状態。売りたくても売れないの。分かっている？　聞いている？　分かってンの？　もしもし？」

「ううん。そんな難しい事をまくし立てられても分かるわけ無いわ。貴女はいつも難しい事を言うもの。次男は頭がいいから、いい加減なことを言って、自分に都合よく貴女を丸め込んだンだ。それを真に受けて私を騙そうってノカ？　何時、電話しても出て来ないで私を無視して……」

「寝惚けないで。弟はお母さんが楽に生活出来るように、自分の調子が悪いのを押して動いてくれているじゃない。昨日も今日もお母さんと電話で話している。何年も電話に出ないなんて、出たら目言わないで」

「そんな出たら目を、あの子、貴女に告げ口したンかっ」

「告げ口じゃない。事実を言っているの」

「嘘だわ。嘘を言っているンダ。頭がいいから、あちこちで調子のいいことを言って歩いているンだわ〜。人を丸め込むのはお手のものだわ。ヨメさんがそう言ったもの。本当だったわ。貴女も丸め込まれて……」

「何よ。その言い草は。何でも悪い方に決め込んでしまうなら、お母さんとは話をしない。したくない。話せば話すほどトンでもない方向へ行ってしまう。睦月に替わって」

「睦月なんて居ないわ。おじいちゃんが死になさってから、一度も来てないわ。墓参りにもこないわ。散々可愛がられたくせに……ヨメさんの子と一緒だわ。私を無視して馬鹿にして顔もみせな……」

「睦月に替わってー」

「いないわね。置いてやって、食わしてやって、高校を出してやっている恩を仇で返して、私の年金手帳まで、持っていっちゃって、お金が無いから、下ろそうと思っても、下ろせない。米を買おうと思っても買えない。米も野菜も何にも無いよ。今晩、何を食ったらいいンだね？　あんな子に居られたら私は本当にくび……」

「うるさい。黙りなさい。黙れ。聞きたくない。そこにいるのは、お母さんの孫。下宿人じゃない。百合さんをはじめ、皆さんに言い続けられている。何十回も。通帳やはんこを仕舞い忘れて大騒ぎして、皆さんに探してもらっているのは毎度の事。だから、睦月に渡して、管理してもらえって言われているけど、人に管理してもらうほど呆けてないって渡してないでしょ。自分で隠したなら隠した場所くらい覚えておきな。無くなっても盗られても知ったこっちゃない。いい気味よ」

「そんな話し……」

「聞いたことないでしょ。そのとおり。言うそばから忘れている」

「ううん。忘れるわけないよ。初めて……」

「忘れてないなら、人の話を聞いてないってことよ」

「そういう事だねー」

「アホ！　お母さんは九十三でしょ。その歳になって、自分で何でもして、人の世話をしている気で、人に迷惑を掛けるのはもう止めなさい。自分で人の世話をしようっていうのがそもそもの間違い。そんなに千葉や私を信じられないの？　睦月を信じられないの？　睦月は如月より優しい子よ。それなら睦月を連れ帰るわよ。信じられないで下宿人だ、勝手ナことをする、恩を仇で返すだの言われては、睦月が可哀相過ぎる。お母さんみたいな勝手ナ人の世話をさせるのは、私が嫌だから連れ帰るからね。明日からまた、一人ポッチ。ダ〜レも居なくなる。ご飯食べるのも、ヘルパーさんが置いて行った物を一人で食べるのね。御茶飲むのも一人、一人、一人、ひ、と、り。犬も猫も嫌い。ホントの一人ポッチ。連れ帰るからね。恩を仇で返すような子は信じられないものね」

「信じているわね。でも、今居る子は下宿人ダデネ」

「違う。お母さんの孫、孫、孫。孫の睦月。いい加減に認めてよ」

「居るかヤ〜」

「いるわよー、二階に」

「じゃ〜、呼ぶかヤ〜」

「そこで……」怒鳴れ、と言おうとしたが、もう遠ざかる足音。階段を登って行っている。随分待たされた。睦月が先に立って一歩一歩、下りているのだろう。

「お祖母ちゃん、この家を売ったってパニクッて、どうしようもなかった。幾ら説明しても話を聞かないで、喚いていた。チイ叔父さんとお母さんで決めて、畳を替えるだけだっていったら、次男は頭が良いから、お母さんを丸め込んだって、トンでもないことを言いだして、この家を売ったって言い張っている。違うって言っても、そうに決まっている。私を騙そうッたって、そうはいかないって、喚き続け。もういいわ、で断った。二日ばかり寒いから、虫の活動も減って来ている。あと、一週間か十日の我慢だからいい。畳屋さんも大変ですね〜って、気の毒そうにしていた。一応、見積りを出して来るって。これから下火になる時期に来ているから、今、すること無いンじゃないか、来年の六月下旬でいいンじゃないかって、言って帰った。お母さんが防虫シートって言ったでしょ。あれは効くけど人間にも効く。かなりきつい臭いを出すから参ってしまう。アレルギーを持っている人がいたら、駄目だってさ。するしないはお母さんの方から返事をして……お金も自分で下ろして来てやっている。二、三日すると金が無い。財布をどこへやった。通帳を盗ったと騒ぎだす。保険証や払い込み証、介護帳、記入がいっぱいの通帳を持って、百合さんのところへ行って、どれですか年金手帳は?って、聞きに行く。百合さんに申しわけない。二、三日おきだもの。お米も取り付けの所が決まっているとかで、そこから取っている。何でそんなに高いの?って、思う。十キロがいつも来る。

半分位で又来る。たっぷりある。冷蔵庫も満杯で入れ切れないで、台所に溢れている。いつも通りよ」

五時半、マネージャーから掛かって来た。

「心配になって見に行った。ここ数日は寒い日が続いたので、虫の活動も下火になった。里郁さんがパニックを起こしたのもあって、取り替えは止めた。帰る時、追い掛けて来て、お菓子を渡された。いつもの植木屋さんに庭の手入れを頼んだ。キユさんに、話されましたかって言ったら、承知しているって言いなったわ。睦月子さんは？って、聞いたら、下宿の子に言う必要は無いって言いなったわね。

「それでキユさんは承知してなさるンかね？」

「その話は知りませんけど、母が言い出したらお手上げです。人の言いなりが口癖ですけど、人の言う事を聞いたためしがありません。絶対に聞かないのが現実です。また九万、十万と取られるンでしょう。センターに頼めば二、三万ですよね？」

「ね～。仕方ないかヤ～。人の言いなり、人の為の人生でつまらなかったって、言いなさるけどそうじゃないもの。睦月子さん、可哀相！　あんなに腫れ上がって……辛かったでしょうね～」

「ええ……それで私だけではないンだって分かったンです。昨年九月の終わり頃、四日、五日、家に帰りましたでしょ。家政婦さんを紹介して頂いて。実は猫のこともあったのは事実ですが、本当はそれでした。七十何箇所ありまして、もう、頭が変になりそうでした。医院に行って注射して、飲み薬に塗り薬を頂いて来ました。庭と初めは思いましたけど、朝起きると増えていましたから……で、畳の入れ替えとなったンですがね。色々とご心配を頂いたり、動いて頂いたりしましたのに申し訳有りませんでした。来春というか、初夏には入れ替えるか、誰も二度と行かなくなるか、ホームに入るか選べ、と言っても承知するかどうかですね！」

「そういう事になるかヤ～。どうだろうね？……」


平成二十三年九月三十日（金曜日）　淡い曇り

睦月に電話したのだが、母がでた。今日は声からして明るいけれど、例によって調子が悪くて寝ていたと言う。嘘をつけ。寝ていたら二鈴で受話器が取れるか。次の間を通る。襖を二回開け閉めだ。耳が遠くなっているし、動さも緩慢だ。

「そうー、それは困ったわね」

「風邪というわけでも無いけれど……」

高円寺へ行って来た事を話す。児童心理学の本が五冊だか小テーブルにあった。

「頭が冴えているだけに辛いでしょうね。昔のままに頭は冴えているもの……あの、大きな自宅に一年も帰っていなくて閉めたままだから、カビになっていないか心配だって。お義従叔父さんは、今年の正月過ぎに亡くなったって。暮れに同じ病院に入って来たから臨終には、ベッドごと下の階に運んでもらって会えたけど、葬式には参列出来なかったって。葬式は義従叔父さんの妹が出してくれた。

何回か手術をして、やっと抱いて車椅子に乗せてもらって、車椅子で移動出来るようになったンだって。お従叔母さんに比べたら、お母さんは幸せよね。どこへでも一人でさっさと行けるンだから……お父さんの葬式だって人任せにしないで自分で出したものね。気の毒よね。孫が曾孫を連れて思い出したように、時折きてくれるのが唯一の楽しみ……」

「何言っている。高円寺のことなんか知らン。行った事も無い。聞いたことも無い。富貴子の世話はした。世話になった事など、ただの一度も無いわ。人をバカに……」

「ちょっと。何でそうなるの？　お母さんがお従叔母さんの世話になったなんて一言も言ってないでしょ」

「言った。今言った」

「言ってない。何を聞いているの？　人の話をちゃんと聞いてよ」

「言った。ちゃんとこの耳で聞いた。私は富貴子の世話になんか一度もなってない。この辺の人の世話はしているけど、世話になった事など一度も無い。貴女の世話をし続けているけど、世話になった事など一度もない。それをよりによって、人の世話になっているダア～、せ……」

「いい加減にして。誰もそんな……」

「言った。あの女は頭が良くて、人を丸め込むのがうまいンだ。一人娘で我が儘いっぱいに育てられて身勝手に大学の先生なんかして……」

「もう、どこまで捻くれているのよ。ひねくれ……」

「捻くれているのはそっちだぁ〜。私はこの家なんかに来るような家柄じゃないンだ。北の姉に騙されて来て、苦労のしどおしだったのも、貴女が悪いからだ。貴女に苦労をさせられどおしの詰まらない一生だった。わたし……」

「黙んなさいっ。バカバカしい！　はい、はい、お母さんほど、苦労した悲劇のお姫様はいません。日本一の苦労したお母さんです」

「富貴子は何で死なんね。国の世話になってまで生きる資格は無いでね。さっさと首つればいいんだわ。何時までも未練たらしく、生きていて国に迷惑を掛けるンかっ。大事に我が儘に育った者は……」

「黙れ！　黙ンなさい。お母さん。何て情けないことを言うの？　どうして、そういう風にしか考えられないの？　何で人の話をちゃんと聞けないの？　もういい。睦月に替わりなさい」

「睦月なんていないわっ」

「麗子さんだかツー子さんだか和子様だか、知らないけどいるでしょ。替わり……」

がちゃんときれた。携帯にかける。

「二階に迎えに行ったでしょ……」

「来た。階段の下で呼べって言うけど、駄目——下りるとき恐くてさ〜。私が先になって一段ずつ降りているの……」

「だと思った」

「お母さんがすごい剣幕で怒っている。あの子は訳も無くいきなり怒り出す。困った者だって……」

「あんまりトンチンカンを言うから怒鳴りつけた」

「ええーっ、何で？」今の話をする。睦月は笑い出した。

「見積もりは茣蓙だけで三十万、畳の洗浄も出来るが、それだと畳がちぢんで隙間が出来るって……防虫剤の茣蓙でもいいのではないか。アレルギーがなければばって。でも、いい。下火になった。寒いから……」

平成二十三年十月二日（日曜日）　曇り

二時過ぎ、睦月から電話。

「十二時頃、お祖母ちゃんが出て行った。どこへ行くのか聞いたけど返事しなかった。一時から探し廻っているけど分からない。どうしたらいい？　一昨日、お金を下ろして来ている。どうしよう？」

「放っとき……」

「事故ったらどうするの？」

「それはそれで仕方ない。人の言う事を聞く人じゃないから仕方ない。貴女の責任じゃない。学校へ行く時間になったら出かけなさい。放っていていい」

「百合さんにも同じことを言われた。でも、日曜だから今日は休み」

「どうせ、人の言う事を聞く人じゃなし、気にする事無い」

「どこの人か知りませんが、下宿させても面倒は見切れませんから、お帰り下さいって、言われちゃった」

「呆れた！　面倒を見てもらっているくせに、いつもそうなのよね！　昔から勝手に、そう決めている。見てやっている、見てやっているって。だから、周りが迷惑するのよ」

「そうナンだけど……ベッドはいらない。ここ二、三日刺されていないからいい。セーター等の冬物はどこに置いてあるの？　探したけど、分からない」

「無い。冬物の服は無い。冬は着物。お祖父ちゃんが死んだ後の冬に一揃え、贈ったけど、服は寒いから風邪を引くって、お返しに人に上げてしまった。以来、送ってないから無い。着物だけ。いい物だってしまってある着物、普段に着せていい。取っていても、誰も着る人無い。短か過ぎて、羽織か上張りにしかならない。介護用の寝巻きは絶対に着ない。買うって言っても年寄り向きは無い。作ると言っても材料の生地がない。桃のウエディングの生地を東京中探し回った。だから、いい物からどんどん着せて。安物は捨てても惜しくないでしょ？」

平成二十三年十月十一日（火曜日）　晴れ

八時に起きたとき、睦月は出た後。例によって例の如しー　十時半、

「治らンけど、起きるわ」

「なんで？　寝ていれば？　一時か二時には治るわよー」

「貴女の為だわ。寝ていたら、悪いでしょ。お客さんが来ているのに……」

「へえ〜、じゃ〜、起きれば?」食事をさせて、片付けて十二時過ぎ……

「スーパーへ行ってきます」

「じゃ〜連れて行ってやるかヤ〜」

「いい。お母さんとじゃあ、ゆっくり見られない。今は一人で行く。好きにさせて。お願いします。おねがいします」と、手をついて飛び出してシルバーセンターへ。


帰って母と昼。三時まで分からない愚痴を聞いて、夕食の事ばかり言うので、買って来たカットパインと北からもらった美味しい採りたてのきのこを三分の一持たせて、百合さんのところへ追いやった。おばさん。ごめんなさい。

「出たいンでしょ。行ってらっしゃい。お従兄さんが、昨日、山から採って来たばかりのきのこよ。美味しいって言ってね」とは言うものの、おそらく、忘れているだろう……

庭に出て、切り詰めや間引き。薄暗くなって来て気が付いた。母が帰って来ない。迎えに行こうかと入って手足を洗わなければ……白百合が二本、飾ってあった。帰ったのだ。裏の方をしているときだろう。トイレから出て来た。

「百合さんに頂いたのね」

「知らンよ」

「だって、百合さんの所へ行って来たンでしょ。あそこは常に百合があるじゃない」

「ううん。知らないよ。行ってないもの。貴女でしょ」

「この野良着で本町通りまで行ける？」

「じゃあ、下宿の子だわね」

「その下宿の子、帰って来た？」

「二階だわね」

「下宿の子、名前は何て言うの？」

「ふうぅん？　おじいちゃんの同僚の娘だわ～」

「何馬鹿言っているの。下宿の子が居たのは四十年以上も前でしょ。この家を建ててからは居ない。前より小さくなっている。部屋が無いでしょ。如よりずっと上でしょ。如月は四十六よー」

暫く首を傾げていたが……

「如ってどこの子だね？　次男とこかね？」

「私の子よ。お母さんの一番お気に入りでしょ。孫達の中で一番上よ」

「一番上って幾つになったね？」

「今、言ったじゃない。四十六に……」

「ま～、嫁にも行かないでどうするや～」

「二十一と十九の息子がいるわよ」

「あらま〜。嫁にも行かないで子供を二人も産んだのかね？　そん……」

「呆れた。お父さんと二人で出席したじゃない」

「ううん。知らンよ。今、初めて聞いたよ。何で隠しているね？　そんな不良に育てたンかね？　どうするや〜。そんなだから追い出されるンダデネ。ヨメサンの言うとおりだわ〜」

「婿を忘れたの？　お母さんの死んだ三番目のお兄さんと同じ名だって言っていたじゃない。一番優しい兄だったけど、早稲田の学生のときに結核で亡くなったって、婿に話したンでしょ。ここの庭の芝を刈ってくれたって言っていたのはだれよ」

「？……」

電話のベル。母が出たので、私は風呂場へ手足を洗いに……

「私の友達なのに、私でなく貴女だってね。いつも、いつも……」とふくれた顔で睨んだ。百合さんだった。

「おばさんでしょ。白百合！」

「ええ、ええ、大した物じゃなくて悪いけどね。ちょっと有ったら、華やかでしょ」

「とっても良い香り！　玄関に入ったトタンに匂いました。有難う御座います」

「五百子さん、何て言ったの？」

「百合さんからでしょって言いましたら、知らない。行ってないでした。行ってないから、知らないでした」

「がっかり！　で、貴女は何していたの？」

「植木の切り詰めや間引きです。でも、中々、はかどらなくて……帰るまでに終わりますかどうか。何しろ邪魔してくれる人が居ますでしょ」

「おお、大変だー。零さないで持って帰った？」

「はい？　今、入ったばかしで、まだ着替えもしていません。これから見ます。すみません。楽しみだわ〜。何でしょう？」

「楽しみなんて言われるほどのものじゃ〜、ありませんけどね。今晩のおかずに一品ね」で、切れた。一品ではなかった。三品もあって、今夜は作ること無い。冷蔵庫にも色々とある。睦月の帰って来るまでに、とシャワーを浴びる。

　帰って来ていると母は言ったが帰ってなかった。

平成二十三年十月十三日（木曜日）　晴れ

昨日、放りっぱなしの庭の片付けに六時から出た。母が出て来てお茶にショテネ、がはじまった。という事は、まさか昼？　八時半過ぎていた。睦月が作ったものがテーブルに並んでいた。

「お祖母ちゃん、ご飯、盛ってー」「……?……」

「いいの。あれで全てを自分で、やった気でいるのよ」

　成る程、成る程！　が、姑や他人様には出来ることも、母には素直になれない自分がいることも知っている。理詰めになってしまう。

お昼だと呼びに来られて、またあ～と、無視して続けて二回目に仕方なく入ったら、成る程、十二時を過ぎていた。睦月は今日、明日は休みだ。食後、睦月は片付けて二階に上がってしまった。母の話の聞き役。近所の人を見下してけなし始めて、止めさせようとして、口論となったところへ、人の声。訪看さんだった。睦月を呼び、私は庭へ出て植木屋になった。訪看さんと外で少し立ち話をして見送る。母が出て来て雪柳を刈り出した。それはそのままにして、ドクダミを抜いて、と言うのを無視された。早速、お返しですか。

「お茶にショテネ。放っときなさい。組にやらせるわ。お客がそんなことするものじゃないわ。ここは私の家だ。私が放っときなさいって、言ってるのが、分からンのかっ。私の言うことが聞ケナイのかぁ～」

「いいでしょ。私がやりたいの。こんなのを組にやらせて十万も払うの？　捨てるようなものでしょ。やりだしたことを途中で放り出して帰るのは嫌い。大嫌い。最後までやる。その為に一日延ばして、可哀相な事をしているの。好きにさせて。放っといて。うるさい！　あーしなさい、コ～しなさいと、命令ばかりしないで～。私が客ならなおのこと、命令しないで。引っ込んでいてよ～。でなかったら、このドクダミを抜いてよぉ」

すう～っと入って行った。十分か十五分してまた出て来て、の繰り返し。

「もう～分かった。分かったわよ～。入るわよ。入ればいいンでしょ。八万も九万も出して、この切り落としを片付けさせな。睦月は虫が嫌いで庭には絶対に出ないからね」

そのままで、片付けずに入る。五時前だった。六時までしたら終わるのに。明日、天気なら朝、出来るか？　シャワーから上がって来たら、二階から下りて来た。ええ？

「旗さんがね、五時だからご飯はまだ早いって、そう言ってるわ。四時だって、五時だって、いいね～かね。夕飯にするのが当たり前なのに、近頃の若い子は何を……」

「お腹空いたの？　空いたらお菓子や果物が沢山あるじゃない。食べれば？　私は食べないわよ」

「そーだぁ～」

「何？　どうしたの？」

「酒、買うのを忘れていた。買って……」

「買わなくていい。私は飲まないわよ。ドクタ～ストップ。日本酒が階段の下に二本ある。梅酒もある。ワインもある。それを飲めば？」

「ビールが無いでね。玉子酒を貴女の為に作るンだわ。一升瓶を開けても飲み切れないでね。貴女の為だわね。私は飲みたくないよ。でも、それじゃ、貴女が遠慮すると思って、一緒に飲んでやろうってンだわね。我慢して一緒に飲んでやるわ～」

「私は飲んではいけないって言っているじゃない」

「何でね？」

「医者に禁止されているって、何十回も言っている。十年も言い続けている」

「ンザァン、医者なんか……」

「分かってよ。お父さんは酒、煙草、ピーマン、トマトを禁止された。千葉は肉、卵。三人とも酒はだめ」

「いいわね。黙っていれば分からンワネ」

「いい加減にして。この前、弟と一緒になったとき、駄目なものは駄目だって、言ったじゃない」

「ううん。次男は一言もそんなこと言わンワ。私の言う通りにする素直な子だよ。食べろって、言ったら、はいって食べて、美味しいって言うよ。食べるのを止めてこっちにしなさいって言ったら、はいって言って、言う通りにするわね。いつも、いつも、私にたてついているのは貴女だけだわね。貴女とヨメさんだけだわ。母親にたてついてポンポン言って、嫁とグルになって嫁の味方ばかりしてるンだぁ〜」

「ポンポン言って悪うゴザンした。不出来の娘でね。もう、ゴチャゴチャ言うのは止めて。お茶は付き合ってあげるから、黙って飲ンでください。お願いします」

食べろ、食べろ、私の所のは食われんのか、と怒り出して仕方なく、固くなってガリガリのマズイ栗饅頭を一個食べた。

「旨いだろうね?」「うん……」

「そうだろうね。そうに決まっているわ。遠慮はいらないよ」

で、また一個、手の中に入れられて食べる。拷問ダア～

「五丁目の羊羹、切って来るわね」

「いらない」

「また、たてつくンかぁ」

「じゃ～、切って来て。それ食べたら、夕飯は食べないからね」

「何言ってるね。夕飯は夕飯ダデネ」

「じゃあ、切って来て。夕飯も用意して。捨ててくるから……」

「貴女という子は、人の気持ちを踏み躙《にじ》って平気なンかぁ～」と、また延々とお説教が続いて、羊羹を一切れ食べて貝になった。お説教しながら、デザートチーズ、スイートポテト、羊羹と饅頭を母は食べた。どうなっているの？　胃は！

そろそろ夕食の支度、と睦月を迎えに二階に行って、降りて来たら母はいなかった。探しに出ると言う睦月を止めた。暫くして四合瓶を抱えて帰ってきた。瓶を開けて二百ミリのコップに並々と注いで、私と自分の前に置いた。

「もっと大きいのにするかね？　和子さんはまだ高校生だから、いらないンだよ」

「どうぞ。お好きに……」

飲め、私は飲みたくないのを我慢して一緒に飲んでやる。と、いつものセリフ――

その間に睦月がチョコチョコと横から手を出しては飲み。で、無くなった。母の繰言を聞きながら睦月はクスクス……二杯も空けて――

「本当に私の為なら、私が飲むと言うのを、叱って止めさせるべきでしょ。結局、お母さんが飲みたいだけよ。だったら、飲みたいと言って、飲めばいいじゃない。飲めないのを強制しないで！」

「……」

不機嫌な顔をして飲んでいた。結局、半分以上飲んでしまった。私の空のコップを見て、

「美味しかったでしょ？」「そうね……」

「そうでしょ。そうに決まっている。もっと、素直になるもンだよ。私は飲みたくないのを我慢して、貴女の為に飲んでやってるんだよ。ちゃんと人の気持……」

「はい。そうでした。御免なさい。私の為に呑みたくないのを、我慢することないからね。止めなさい。残ったのは料理に使うからね。これはしまってきます」

と、瓶に蓋をして台所に置いて来た。睦月は笑い出すのを堪えていた。肩が小刻みに震えている。母はものすごい顔で私を睨んでいた。が、そ知らぬ振り。睦月は堪りかねて、空いた食器を持って台所へ。台所から睦月の大きな笑い声が響いて来た。

明日、何処へ連れて行ってやるね？　好きな所へ連れて行ってやる。だった。帰ると言うそばから繰り返す。ダンマリになっていた。

帰るなら仕出しを頼む、と電話帳を探し始めた。今、食べたばかりだからいらない。食べてない。の問答。電話帳は、寿司屋や蕎麦屋から次々に届けられた品に音《ね》を上げた睦月が隠してしまったのだ。

十一時過ぎて十二時になろうというのに、何十年振りかに来たのに、私に料理一つ取らせない、とブツブツ言っていた。

「まだ、言っているよ。何時まで言う気なンだろう？」と、睦月は笑い転げていた。


平成二十三年十一月二十五日（金曜日） 雨

薄暗い内に睦月は出て行った。二時間眠ったのだろうか？ 母は例によって例の如し……十時に強引に起こす……

「調子が悪いよね。昨夜もドキドキして苦しいって言ったから、心臓の裏になる背中をマッサージしたよね。そのとき、先生の所へ行くって約束したよね？」

「ううん。知らない。してない。何処も悪くないわ」

「だって、今、調子が悪いから起きられないって、言ったじゃない……」

「ううん。言ってない。そんな話、今、初めて聞いたよ。誰がそんな……」

「誰も告げ口なんかしてない。私とお母さんとの話だったの。先生と約束したの。今日午前中に行くって。先生が心臓の苦しいのを見てくれるって。優しい先生でよかったね。お母さんは素直で常に人の言う通りにしているものね。約束を破って先生を怒らせるようなことはしないものね。なにしろ、人の言いなりに動いている、優しいお母さんだものね。そうでしょ？ 約束はちゃんと守るよね。素直な優しいお母さんだものね……」

「ふぅん」やっと支度をし出したのを手伝う。食事をしてからと言うのを、レントゲンがあるから食べてはいけないの。と、食べさせず。食べさせている時間が無い。

「寝ていれば治るわね」

「あっそう。起きられないほど悪いなら入院だね？」

「私をホームに捨てようってのかっ～」

「だから、捨てられないように先生の所へ行ってレントゲンでしょ。それともこのまま、こうしていてホーム？　どっちにする？　私はどっちでも構わないのよ。決めるのはお母さん。早く決めて。どっち？」渋々、玄関へ。

「何処へ行くンだね？」

「だから、先生の所って言ったでしょ」

「じゃあ、着替えないと……」

「それでいい」

「こんな、寝巻きみたいな普段着……」

「いい。お見合いじゃない。ほら、早く。タクシーが来て待っているのよ」

やっと、運転手さんに手伝ってもらって乗せると、直ぐ走り出した。

「挨拶に行くのに手ぶらかヤ～。五丁目によるかヤ～」

「大丈夫。ちゃんと用意してある。ほら、ここ……」とバックをポン。

「こんな小さい形の変な……」

「あのね。大きい、小さいは関係無いの。小さくてもいい物は沢山あるの……そんな心配はお母さんのすることじゃない」

「それ、五千円位かね？」

「一万円だから、心配ない」

「コ～ンな物、一万もするンかね」

「そうよ」

「酒じゃないでしょ。軽いもの。挨拶は酒二本と決まったものダデネ。原さんはいつも三本ダデネ。三本で無いと機嫌悪いよ～。どっかへ寄って……」

「いいの。原さんじゃないから。ほら、着いた。ゴチャゴチャ言わないで降りて下さい」

ぼけ！　このハンドバックに、半額で二十五万も払ったって言ったら、なんて言うんだぁ。

シャークスキン、鮫である。二十年も使っている。

三十分くらい待ってアコーディオンドアの向こうに消えた。四十分位して、ワンピーだけで、他は看護師さんが抱えて、母を連れて診察室へ。婦長が私を見てニヤリとして、「よく連れて来られたね」と、一言で通り過ぎた。少しして診察室に呼ばれた。

今日の検査の結果は十日後に分かる。今分かった範囲では、まったく異常なし。健康そのもの。苦しいというのはどういうことか?……で、百合さんでのこと、昨夜の話をする。

「正常そのものですがね。その時で無いと分かりませんね～。悪いところが無いンですよ。気分の問題じゃないですか？　ニトロを出しますから、おかしくなったら、一錠飲ませてください。一日一錠です。それ以上は絶対に飲ませないこと。間違わないように気を付けてください。本人の手の届かない所においてください」と念を押してから。

「おばあちゃん。何処も悪いとこないよ。元気だよ。百まで生きるよ。大丈夫だよー」

「ま～、一日も早く、おじいちゃんに迎えに来てって、頼んでいるンですが、駄目ですか？」

「そういう人に限ってお迎えは来ないよ。生きたい、生きたいって人ほど早く迎えがくるよ。おばあちゃんは来ない、来ない」

横で看護師さんが口を押さえて笑っていた。母も嬉しそうにニコニコ笑っている！

そうだろう、そうだろう。生きたいだろうと、腹の虫も笑っていた。

帰って食事をおえたら二時を過ぎていた。

「局へ行ってきます」

「何でね？」

「本寺の永代供養分を振り込んでくる」

「何でね？」

「招待状も来ているけど、もう、間に合わない。もう、始まっている。これから行ったのでは、終わっている」

「本坊は何するンガァ～？」

「七百五十年祭だって。八百年かと思ったけど。子供の時に七百五十年経っているって、聞いた記憶があるけど……親鸞が来て逗留してからっていうのかも知れない。村の寺は放っておいてもいいけど、本寺は、お母さんの代まではちゃんとした方がいいと思う。今、私達がこうしてあるのは本寺のおばあちゃんのお陰の一面があると思う。代は違うけど。島津家から輿入れしたとかいう坊守さん？　奥さん？　が、お祖母ちゃんと仲が良くて月の半分位は遊びに行っていた。その縁で助けてくださった。そのおばあちゃんに、夜……だから、お母さんが生きている間はしようよ」

「そうだね。幾らだね？」

「八千五百円、で、ついでだけど先生と訪問看護婦さんの分も頂戴」

「そんなの、今まで、払ったことないわね。いいわね」

「そりゃ～、そうよ。私が払っていたもの。毎月、来る度に払いに行って来ていた……」

「知らんよ。私を騙そうって、のか？　何十年も来ないでいて、やっと来たと思ったら、そういう嘘を……」

「馬鹿言わないで。八、九は、孫の脳腫瘍の手術で来られなかったから、睦月に頼んで来てもらったンでしょ。毎月払っていたの。八月九月分は十月に来たとき一緒に払ったのよ」

「知らない。見たことも聞いたことも無いわ。二十年も来ないでいて、来たって嘘を言うンかっ。睦月なンか来てない。何処にいるンだ。何処にも居ないし、今まで、払った事なんてない。嘘を言っても私は騙されない」

「ほら、そう言って喚くから私が払っていたのよ。分かった！　もういい。お母さんの知らない事よ。私と先生の間のことよ。見たことも聞いた事もないわよね」

「そうだろう……」バッグを掴んで飛び出した。

夜、夕食後。

「知らない。何で？」

「だって、下宿代も払わんで、逃げたンかっ……」

「下宿代払ってあげるから、お母さんの面倒を見ている給料を頂戴」

「ふん？　誰からも面倒なんて見てもらってないわ。私がみんなの面倒を見てやっている。

この辺を皆見ているンダ～　見てやっている費用を払え～」

「へえ～そうぉ。化け物ダァ～　九十二にも三にもなって、皆の面倒を見ているとは驚き桃の木山椒の木ダ～。化け物だ。ば・け・も・の……」

「お、お、親に向かって……そ……そ……その利き方は……」

「親なの？　知らなかった。今、初めて聞いたわ。私の親はお祖母ちゃんじゃなかったの？　いつも、そう言っていたじゃない！　お母さんは七十二のばぁさんの親になるほど年取ってないよね。若いよね」

「あ、貴女は……貴女は何処まで私を苛めたら気が済むンだ。私に首括れってのかっ。私を殺したいンかっ。死ねってのかっ」と血相変えて喚き出した。しまった。

「御免なさい。悪かった。御免なさい。そんなに怒らないで……お願い。死ぬナンテ、言わないで、お願い。大事な、大事な、優しい日本一のお母さん。何時までも、何時までも長く生きてね。お願いします。優しい、美人のおかあさん！」

「ふぅうん。分かったね。親はちゃんと敬うものだよ。いいね。分かったね。礼儀を尽くすンだよ。従うものだ。いいね。それが親に対する道だよ。子の道だよ」

「はい。分かりました。教えてくれて、ありがとう御座いました」

バカ。ボケ。大ボケ〜。いい加減にしろ。声にならない声が悪態をつく。

暫くして七百五十年祭の招待状を持って来て、また同じ事の繰り返し。睦月の事も、繰り返し、繰り返し。広告のチラシの整理を始める。自分の大事なものをなにすると怒り出した。

「そうよ。私のものじゃない。お母さんの物よ。けど、こんなものを一抱え持って、百合さんとこへ、どれが手帳ですか？　どれで下ろせますか？って、持って行くンでしょ。塵、塵、塵よ。なんでこんな物を持って行かなきゃならないの？」

「当たり前だわね。分からないから行くンだわね」

「町会の知らせや広告で下ろせると思っているの？　だから、睦月に管理してもらいなって言っているのよ。三、四日おきに大騒ぎじゃない、近所まで巻き込んで……」

「そんなことしたら、私の生活はどうなるね？　貴女が見るンか。私の金を目当てにここへ来るンか。

取ろうったってそうはいかン」

「誰がそんなこと言った。すぐにそう言うから、今まで出していたのよ。私もお金がなくなった。この二、三年で結構使った。ここの分だけくれって言ったけど、取ろうなんて、思ってない。言ってない。こんなものじゃ、下ロセナイノ」

「だって、それしかないわね」

「毎回そうして大騒ぎするから、預けろって、言っただけ。箪笥開けるわよ。旧年と同じく全部、引っ繰り返すわよ」

子ダンスのバスタオルの間から出て来た。あっちの箪笥、こっちの引き出し、衣装ケースの中からと、一万、五千、千円と四万五千円出て来た。もうとっくに十時を過ぎていた。年中この調子でヘルパーさんや百合さんはじめ、皆さんに迷惑を掛けている。皆さん良い人達だから、事故が起こっていないけれど、もし、下心がある人がいたなら、とっくの昔に何もかも無くなっていた。

平成二十三年十一月二十六日（土曜日）　曇り↓晴れ↓曇り

七時に庭に出た。先月、放った草や枝の片付けをして、エニシダや雪柳や牡丹などの低い物を三本の支柱を立てて、コモが無いので45リッターのゴミ袋を上半分に巻き付けて簡単に囲う。もう少しと思ったが、起きて出て来た母が出たり入ったりで「お茶のもてね」がうるさくて何回目かに一緒に入った。

「何作ったら良いか分からなくて、これ（人参）何に使うンだろうね？　使った事の無いものばかり、ミナトさん買って来るンだわ。寿司屋から一通り取ロテネ」

「いいわよ。どうぞ。でも、私は食べ終わっているからいいわよ」

「ま〜、先に食べたンかね？」と、恨みがましい目……

「食べて出た。そのお焼き、私が一昨日買って来た物で、冷凍になっていたから、また冷凍にしたら不味くなる。蒸かしたらベタッとしてしまう。食べるでしょ。トースターで焼くのが一番よ。……いいから、かして……」取って、オーブントースターに入れた。

「あらまー、それ、パン焼き器ダデネ。出しなさい。焦げるデネ」

「焦げるまでは焼かないわよ」無視してしゃべらせておく。が、腹の立つことばかり言っている。温まったお焼きを母の前に黙っておく……

「あらま〜、作りたてみたいだね。パンだけで無いンだね？」

「何でも焼ける。でも、水のジュジュウ出る物は止めた方がいいわよ」

母に付き合って三時。四時間も座っていたのだ。膝が痛くなるわけだ。腰も痛い。

「あっ、三時だ。百合さんとこへ行ってくるね」

「なんでね？　何しに行くね？」

「三時にいらっしゃい、待ってますって、言われているのよ」

「なんでね？　行く必要ないわ。百合なんか放っときなさい。長男も嫁も、あんな下品な柄の悪い奴と付き合うなって言っているわね。いいわね。放っときなさい」

「馬鹿言わないで。その話を聞いたとき、私がお母さんになんて言った？　付き合うのはあの二人じゃない。二人がどう思おうと、どう見ようと関係ない。付き合うのはお母さん。お母さんが誰と付き合おうと人に左右されるな。自分の判断で付き合えって言ったよね。言った本人が自分の判断で付き合う。私は百合さんが大好きよ。話がおもしろいし、色々な事を知っていらっしゃる。私のかってを受けてくださる。今日はお水を下さい、後は結構ですと言うと、それでいいの？　だけ。だから、嬉しいの。こっちの我が儘を聞いて下さる。お母さんみたいに押し付けたり要求したりはなさらないからね。柄の悪いのはそっちじゃない」と、言いながら出て、最後の言葉は玄関の外。早く雪が降ってくれないかしら？　積もったら、買い物も下火になって、あんなに食品が溢れないのでは、と思いながら歩く。

門まで行かないうちに飛び出してきた。

「何処へ行くね？」

「百合さん所。言ったでしょ」

「聞いてないよ。何処だね？」

「百合さん所」

「うん。分かっているわね。何処へダネ？」

「百合さん所、さっきから言っているでしょ。今、お母さんがあんな柄の悪いで、喧嘩したでしょ」

「何処かへ行くンかね？　今度は何時来るね？　何年先だね？」

「帰るンじゃない。百合さん所へ行くの……」

「ソッかね……」

玄関まで引っぱって、戻っていた母が草履に履き替えた。

「何処へ行くの？」

「駅へ送って行ってやるわ」

「いいー」

「いいわね。連れて行ってやるわ」

「家に入りなさい。駅へは行かない。早く入って。入ンなさい。入って……三時って言われたのに七分も過ぎている！　入ってー」

強引に引っ張って、テレビの前に座らせて襖を閉めて、玄関の戸を閉めて出て来た。

可哀相という言葉が何処かを掠めて行った。また、探して歩くのだろう……

出してくださった生チョコを一個頂く。

「このチョコには温度が寒過ぎましたね。固くなっています。御免なさい。頂きながら勝手を言います。良いチョコだから……十五度から二十度の間を保たないといけないのだそうです。十五度以下になると風邪を引く、二十一度以上になると熱を出してばてる。二十五度になると溶ける。そうでないのは本物のチョコじゃないそうです。ベルギーでゴディバのチョコ職人が話していた、受け売りです。ですから今の時期、ストーブのない部屋の常温でいいと思います。常温でも朝晩は寒いかも……御免なさい。勝手な御託並べて」

「あっそう！　冷蔵庫新しくしたのよ！」

「ですね」

「何度かしら？　何処に書いてあるの？」

「普通、五度です。見ていいですか？」

「見てみて……」

「この冷蔵庫は何処かしら？　大抵はここですけど……あっ、上のあそこ。ランプが付いていますでしょ。あそこです。後で見てください。踏み台から落ちないように気を付けて見てください」

本当にかってを言わせてくださる。だから、つい、甘えてしまう。カロリー制限があるから、一個頂いて、後は断ってお茶を頂く。カロリーで、母と喧嘩ばかり繰り返す話をする。出がけのことも……

「私のとこへ来ても、その調子で同じ事の繰り返しですよ。どうなっちゃったのかしら……」

「それから、全然関係の無い、とんでもない事に飛躍しますから、ついね〜」

「この間ね。五百子さんが寒いからって、ベッドに潜って出て来ないからって、睦月ちゃん、上着の下に隠してボジョレーを二本持って来てくれたンです。こんなおばあちゃんを相手にしなきゃと思ったら、可哀相で涙が出ましたよ！　私の方は若い子が一緒に飲んでくれたと思うと嬉しくて、嬉しくてー」

「そうですね～。あっ、御免なさい。変な言い方しました。父親と女の暴力から逃げ出して、母の世話をせざるを得なくなったことです。自分で選んだことですけど……我が儘を言わずに私と出ていましたら虐待も受けず、東京を出て身を隠す必要も無かったことです。今頃は東京で保育園か幼稚園に居たと思います。東京で生まれ育って四十年です」

　睦月のこの十年のことを話した。

「義妹から、睦月が駄目なら私に夫の面倒を見てくれ、義妹一人では面倒を見切れない。私にも家庭があるって言われましたけど、関係無いと断りました。女が籍を抜いたのは、私とは関係有りません。籍を抜いたから見ないと言ったそうですけど。でしたら、荷物を纏めて出て行くべきでしょう。でも、今までどおり娘と大型犬二匹と猫三匹とで、一間だけあけて、三間だか四間だかを使っているそうです、全部で五部屋と睦月が言っていましたから、四間を使っているってことですよね。冗談でしょ。お門違いと思いました」

「変な人達ね～。まともじゃありませんね～」

「うわ～。大変。五時半過ぎちゃった～、御免なさい。愚痴まで聞かせてしまって、申し訳ありません。黙って出たって大騒ぎしていますでしょ。迎えに来ないうちに帰ります。親子揃って嫌ですよね～。おばさんの顔を見るとつい甘えちゃいます。御免なさい」

「いいの、いいの。分かっているから……こんな顔でよかったらいつでも見にいらっしゃい」

礼を言って慌てて帰った。

平成二十四年

平成二十四年元日（日曜日）　薄曇

昼近く、新年の挨拶の電話を入れる。

年始の客があると思って、具合が悪いのを我慢して起きてやっているのに、誰も来ない。待っているのにツー子さんも来ない。具合でも悪いンじゃないかと見に行ってやろうと和子さんを起こしたけど起きない。正月料理も、いつもは私がちゃんと作って客を待っているけど、今年は和子さんに任せたら何も作ってない。冷蔵庫に有る物で何かを作ろうと思ったけど何も入っていない。空っぽだ。食べる物が無い。客が来ても格好が付かない。困った、という。

「何言っているの。作ってないわけない。北の義従姉さん所へ、そっちの正月料理と雑煮の作り方を教わりに行っているのよ。その材料は何処で買った方がいいかまで、聞いてきているの。そこまでして、作ってないわけが無い。三人の中で一番料理が上手よ。好きだしね」

「嘘ばっかり言いなさい。何にも無い。食べるものが無いよ」

「無いわけ無い。ちゃんと作ってある。お母さんが気に入る、入らないは別だけど……」

「ううん。無いよ。任せるンじゃなかった。和子さん、嘘ばっかり言って告げ口……」

「和子さんて、誰？　私の友達の和子さん？」

「ううん。タカネザワさんだわね。タカネザワ先生の娘だわねー」

「私知らない。先生もお嬢さんも……」

「下宿している子だわ……」

「へ～そう。でも、今、そこに居るのは、睦月、お母さんの孫の睦月、む・つ・きよー」

「分かっているわね。そんなにクドクドと念を押さなくたっていいでね。私そんなに呆けてないでね。睦月が嘘八百並べ立てているンだわね」

「そりゃ～どうも。じゃ～、北の二人も嘘を言っているンダア～」

「北は関係無いわね。北……」

「正月早々、ゴチャゴチャ言わないで。嫌いよ。止めて」

「だって、この時間に成ると客が来るデネ。それなの……」

「いいじゃない。来たら起きるわよ。一々、睦月が出ること無い。お母さんがそこの主でしょ。昨年は色々とお世話に成りました。逆だけどね。（ふうん？）いいや、こっちのこと。今年も宜しくお願いします。睦月も宜しくご指導願います。具合が悪いンでしょ。寝てください。客が来たら起きればいい。無理しないでね。何時までも元気でいて欲しいから、寝てください。じゃあねー」で返事を待たずに切って睦月の携帯に……

「おめでとう御座います。話し終わった？」

「おめでとう。終わった。寝ているの？」

「あ、ははは。うん。は、は、け、け、けぇ。だってさ～五時半、六時前だよ。起こしに来たの……常時ならこっちが起こしても午後一時二時にならないと、風邪引いたって起きないのにさ。何だって、今日に限って五時半に起きるのよ。私が寝たのは四時よー」

「四時？　何していたの？」「うっー」

「呑み歩いていたの？」

「昨夜さあ～あのさ～除夜の鐘、聞くまでは下に居た。鐘聞いて、お社へ行かないか誘ったら、寒いから行かないって。でさ～一人で行って、初詣をして、帰りに仲町でちょっと飲んで来た」

「あ～、お正月の料理が無いって騒いでいた。馬鹿、言うな。北まで行って、聞いて来ている。作って有るって言ったら、嘘八百だってさ。冷蔵庫も空っぽだって。だから、嘘八百はお母さんでしょ。忘れたンでしょ。正月早々、ゴチャゴチャ言うな。で、切った」

「わぉ～、作ったわよ。私が作って、お祖母ちゃんがお重に詰めて、これはお客様用、これは、二人で食べようって、別のお重に入れた。何処かへ仕舞って忘れたンでしょ。なますも煮豆も金団も作った。お祖母ちゃんの味見だから、甘い、甘い、甘い。げぇ～よ。雑煮も作った。餅二個の雑煮を食べて寝てしまった。夕方ね。十一時に北へ遊びに行くって言い出して、すったモンダでやっと留めた。真夜中の十一時だよ。向こうが迷惑するって言ったら、迷惑ってことあるか、この私が行ってやるンだって怒り出してさ。もっと暖かくなって、春に行きましょう。お願いしますって、頭下げてやっとよ。そしたら今度は、ミーちゃんとこへ行くって言い出してさ。ミーちゃんはホームに入っていて居ない。まだ、帰っていない。正月終わったらねって、納得させるのに時間が掛かった。玄関ですったモンだよ。寒かった。ツー子従叔母さん、飯田さん、私この人知らない……」

「お祖母ちゃんの小学校二年のときからの親友、私も可愛がってもらった。ほら、造り酒屋の。五丁目のお姉さん、一番上」

「ああー、越後の社長？」

「そうー」

「飯田さんから、調子が悪いから行けないって電話が有ったから、私が行って見てやるって言い出して、また、ヒトもめ。叔父さんからも行けないって、電話が有ったから行って見てやるっていうのよ、夜中よ。電車も無いよー」

一時間程してメール。トイレから出たら居なくなっていた。探して来る。

暫くしてメール。正月料理を買いに行ったら店が閉まっていた、と怒って帰って来た。あは、は、は。三十分ほどしてメール。ドキドキして苦しいってハアハア。ニトロを飲ませようとしたら、飲みたくないって言うので、押し問答。何これって、臭いと思って、見たら背中が焦げていた。着物が焦げ落ちて、下着から煙が出ていた。これで三回目。ガスストーブに背中をくっ付けている。電気にしてって頼んだけど、電気は恐いから嫌って聞かない。その度に私は青くなる！　本人は平気な顔して澄ましている。背中、丸出しで買い物に出る。そりゅあ、寒いわなー。あは、は、は……暫くして電話。

「おせち食べて、薬飲んで落ち着いた。背中焦げて熱くないのかしら？」

「感覚が無くなっているンでしょ。飲まなきゃ飲まないでいい。何かあっても、貴女の責任じゃない。一人では大変よ。それをよくやってくれている。本当に苦しけりゃ飲む。病院も行く。嫌ってことは大丈夫よー」

　今年も母に振り回される。

平成二十四年二月六日　雨
　民生委員に頼んで雪下ろしの手配をしてもらって今日した。私立病院に職が内定した。保証はちゃんとしているけど、ハードな感じ。三ヶ月の研修後、本採用——

「保証はちゃんとしているわよ。中央と二分する大病院。私が生まれる前、明治からあった。職員にしっかりした保証が無くてはそんなに続かない。よかった。一安心——」

「お祖母ちゃんは二十七日から、寝ている。起きたらミーちゃんとこへ行って来るって……」

「替わって……起きて来られるなら大丈夫だ。

駄目、行っちゃ駄目。三回も四回も来ないでくれって言われたでしょ」

「いつも行っているよー」

「何言っているの。もう、二、三年前から、来ないでくれって言われて、怒っていたじゃない」

「若い人はね。アンナン、何言ったっていいわね。ミーちゃん家《ち》でねえかね」

「でも、駄目……もしもし……も～し、もーし、かめよぉ～」

「聞こえているわね。つんぼじゃないわね」

「年寄りがミーおばさんチで倒れたら、若い人が責任を問われるのよ。だから、駄目」

「この私が人の所で倒れたりなんか絶対に無いわね。百合さんより、お向かいさんより、ずっと元気だわね」嘘をつけー。何回も倒れて救急車騒ぎをしているだろう……

「かもしれない。お母さんは元気。誰よりも元気で若い。でも、絶対は絶対に無い！　駄目。駄目、駄目よ。駄目なものは駄目って言う。十一月に若奥さんが来て、寄こさないでくださいって、言われたでしょ。困るンです、とも言われた」

「ま～、和子さんがそんな出たら目を告げ口……」

「そうじゃないでしょ。お母さんが怒って、すぐに電話して来たの。それで睦月に確かめたの。自分で言っていて、人のせいにしないで……昔からのお母さんの悪い癖よね。それが私の文句の原因よ。それと生まれや育ちで人を見下すの、私は大嫌い。後は文句言わないでしょ。食事中に便が出ないって、うんうん、うなってても中身を出さないようにね、とは言うけど、他は言わないでしょ。起きて写真でも見たら？　楽しい思い出もあるでしょ」

「写真は重いねえかね。嫌だよ」

「本は嫌い。写真は重い。あ～あ。歌は房総さん（従兄）が出して、送ってくれた短歌集が十冊位あるじゃない。歌ならお母さんも、あんなにいいのを詠むじゃない。房総さんは新聞の選者にもなっている。また、素敵な歌を詠んで、房総さんに送ったら？　喜んで助言してくれるわよ。叔母さんは俺を頼りにしてくれているって」

「そうだね。そうするかヤ～」

「でないと、若見平（村の我が家の墓のあった場所）へ行けないよ。寝込んだら行けないよ。行くンでしょ。昼間は起きるのよ。夜は行けないからね。頑張ってね。じゃ」

平成二十四年二月二十日（月曜日）　小雨
八時半、睦月出勤。九時五分、ケアマネから電話——

「来て下さっても、私が伺っても、どちらでも結構です」来ると言う。

「何年から、ヘルパーが来ていますいね？　私になって七年だわ～」

「十四年位と思いますが、メモを取っていたわけではありませんので、はっきりした事は分かりません」

睦月が勤め始めたから、日中、母一人でどうするか？

「勤めなんかしないで、全面的に母の面倒を見なさい、と言う人も何人かいらっしゃるようですが、今はそれでもいいです。ですが、この先、母が居なくなったあと、睦月の生活はどうなるンでしょう？　あの子はまだ、半分の人生が残っています。私は正直言って、母より睦月のこれからの四十年が大事です。あの子が、私にもっと近い歳でしたら見させます。六十に手が届く位でしたらね。でも、まだ四十二になったばかりです。五十までの生活でその先が決まります。じゃ〜お前が帰って面倒を見ればいい、と、おっしゃる方もおられます。でも、一昨年の事がありますでしょ。この家は長男の物。誰に断って居座っている。長男夫婦の許可を得たか？　出戻り娘をここに置いては御先祖さまに顔向けが出来ない。第一、長男夫婦に恥をかかせて、肩身の狭い思いをさせる気かと、半狂乱でしたでしょ。月一位で来ます。孫の脳腫瘍の事も有りますから確約は出来ません。睦月には、構わないから勤めに出なさいと言いました。留守に階段から落ちても、何か有ってもそれはそれ。貴女の責任ではない。ただ、ガスが恐いから、出るときは元栓を閉めて出なさい。ご近所にも話して開けないように、協力をお願いしなさい、と言ってあります。階段から落ちたり、手を切ったり、玄関で転んだりは誰が居ても起こりうる事ですから……それに、お祖母ちゃんも私も終わった人間。貴女は終わっていない。途中、真ん中。自分のこれからを第一に考えなさい。自分で生きて行くのが第一のこと、だって言いました。お祖母ちゃんの歳までは五十二、三年はありますから……その時の為に今、働いておかなければどうする事も出来ません。母にとっては薄情な言い方です。睦月には、自分第一と言います。如月には自分も大事だけど、もっと、旦那や子供を大事にしろ、と言います。睦月にとって母の事は仕事の線上でもありますが、昼の他人と夜の祖母では気持ちの上で違いますから、息抜きにもなると思います。私の考え方にも色々な意見や批判がありますでしょう。ですが自分を駄目にして、人の世話になったのでは何にもなりません」

「そうです、そうです。睦月子さんはまだまだ先が長いンですよねえ～」

「二時から四時の間に起きますが、ああして寝ています。夜も午前二時、三時まで起きています。それはそれとして……火の事と、何をやりだすか分かりません。電気の炬燵とストーブを付けて出ます。背中を焦がしたことは、ご存知ですよね。背中が火傷とまでは行きませんが、色が変わっています。着替えさせるとき、理解出来ず、誰が着物をこんなにしたと怒ったそうです。母が火傷をするのは仕方ありません。でも、火事が恐いです。ご近所に火事の類焼がと思うと、ぞっとします。寝ている間は放っておいて構いません。起きる頃、二時から四時の間を見計らって、様子を見に来ていただければ、有り難いです」

「毎日でしょうか？」

「それは様子を見ながら、そちらで判断していただけないでしょうか？」

「お昼頃来て、お昼を作りましょうか？」

「あの子が作って、ここ、炬燵の上に置いて行きますから、薬をお願いしたいです。起きて何かを食べた後に飲ませるそうです。食事をしてなければ食事、してあればお菓子か果物でも食べさせて、飲ませてくださればいいです。細かい事は睦月と相談願いませんか？　睦月の来週の予定は今週末に出るそうです」

「分かりました」

　この辺の職員の給料は安いです。でないと、やっていけません。私立さんは安いですから、長く続いています。私が生まれるずっと前からですわね。との事。当然だ。私が生まれる前からだ。三時頃来て、薬を飲ませる事と火の事、で毎日来る。睦月の休みの日はヘルパーも休むと決めて帰った。

茶道具を片付けてトイレから出てきたら、母が炬燵に座っていた。

「あら、早いじゃない。早起きだねー」

「ふうん。いつも早いわね。誰が来たがや〜。話し声がしたような気がした。宏さんかね？」

「ケアマネージャー」

「誰だね？　知らないよ」

「分からなくても、いいわ」

「その人、何しに来たね？」

「色んな契約の更新」

「……分かんないわ。何のことだね？　この家を取りに来たンかね？」

「馬鹿言わないで！　家には関係ない。分からなくていい。約束したから、これからも来て世話してくれるって……よかったね」

「誰の世話だね？」

「お母さんよ」

「私は誰の世話にも成っていないでね。それどころか人の世話をしているデネ（二階を指差した）。

私はまだ人の世話をしても人の世話にはならンでね。世話をしに来るって言うなら断りなさい。ちゃんとやれるわ。下宿の子の世話は大変だけど……」

「下宿の子って誰？」

「畠さん。お祖父ちゃんの同級生の子だわね」

「へぇ〜、今、ここにいるの？」

「ふぅん。二階にいるわね。食事も作って持って行って、食わしてやってから持って下りて来てるわね」

「ふうん。そりゃあ、すごいー。ハタさんという名は聞いたような気がするけど、会ったことはない。じゃぁ、今夜、会えるわね？　旗校長とは違うのね？　ま、どっちも私は会っていないのか忘れたのか覚えてない。名前は聞いていているかな〜」

「ふうんー」

「お母さんは人様の面倒をよく見るものね。大したものよ。その歳で……で、睦月は何処にいるの？」

「睦月？」

「そうよ。お母さんの孫の睦月」

「何言ってるね。睦月ちゃんは、幼稚園ダデネ。もう、そろそろ、小学校と思うけど、何年も来ていないから、小学校何年かは知ないよぉ〜」

「あら、そう、来ないンだ〜」

「ふぅん。宏さん、貴女に何を話しなすったね？　何の話だね？」

「知らない。会ってないもの……」

「ま～酷い話だね。私に顔も見せない。貴女と話もしないで帰りなさるとは……どういう根性しているンダヤ～。ま～、引越しで忙しいのかも知らンけど……」

「引越し？　宏さん何処へ引っ越したの？」

「上を引き払って、虫谷に出なさったンだわ。虫谷で会ってね。こんなトコで、どうしなすったね？って、言ったら、そういう事だって言いなさったわね。叔母さん。寄って行ってくださいって、言いなさったけど、長男が、女房が首を長くして待っているから駄目だって言うもンで、帰ってしまったンだわね。寄りたかったよ。最後かも知れないしね」

「東京と虫谷なんかに何しに行ったの？　我が家の関係の人は一人もいないでしょ？」

「……ふぅん？……」

「宏さんは四十年も前に、長岡に家を建てて住んでいる。上は四十年前に跡取り夫婦が相次いで病に倒れて亡くなっている。今は田圃だけ。長岡さんが年一回農協へ行くだけよ」

「ううん。宏さんが住んでなさるよ」

「いない」

「貴女の勘違いが始まったね。虫谷にいなさるよ。この間、本人から聞いたンだもの……」

「この間って何時？」

「この春だわね。畑仕事してなさったわ。桜も咲いていたわね」

「そりゃ〜すごいね。今年は冬と春が逆になったンだぁ〜」

「ふぅん。そんな年もあるわね。本家も千葉に家を造ンなさって出なさったよ。針郁を継ぐ御次男さんも千葉に家を造ンなさって、次男の直ぐ側で次男に使われていなさるわ〜次男も本家の坊ちゃんでは使いづらいと思うけど、あの子は何にも言わないわ〜」

「御次男さんが弟に使われているってどうして分かったの？　あの子は一言もそんなこと言っていないでしょ？」

「ふん、頚城から出て来て、金谷のあっこらに居るもンに聞いたよ。本家はどっかの娘さんが来て住んでなさるわ。次男は一言もいわないよ。そこが長男と違うとこだわ〜」

「お母さんの頭、どうなってしまったのよ〜」

「……ン？　何？……」

「今は二月。雪がこんなにあるでしょ。この辺では畑仕事は四月の十日頃からよ。宏さんは長岡に住んでいるの。本家のご次男さんは世界的企業の本社の重役。千葉じゃない。ご長男さんは今の当主、あそこに住んでいる。家に入ったのはお嬢さん夫婦。国税局の人。坊主が言っていたじゃない。御当主の御長男は、ナショナル本社の社員。次男に使われるわけが無い。何処からそんな発想が出て来るの？」

「……ん？　貴女の言う事はちっとも分かンないよ。ちゃんと説明してくれないと……」

「あっ、ごめん、ごめん。へ〜そうだったの？　教えてくれて有難う」

「それからね。橋ンショも千葉に出て次男の家の前の道を挟んで家を建てて、住んで次男に毎日使われているデネ。みんな千葉に出て行ったわ。次男が呼び寄せたンだね。次男は私に言わなくても、貴女や長男には話しているでしょうね？」

「……」

馬鹿らしくなって、父の本箱から本を出して読み始めた。暫く一人でしゃべっていたが、静かになったと思ったら眠っていた。

「ベッドへ行ったら？　風邪引くわよ」

「そうさせてもらいます。失礼致しました。お先に休ませてもらいます」と、両手をついてベッドに潜りこんだ。布団を直してやったら……「ありがとう御座いました」

「どういたしまして……」少しして、声が聞こえたような気がして、母の枕元へ。

何かつぶやいている。

「何？　寝言？　独り言？　でなかったら、はっきり言って……」

「……この家、誰が継ぐね？　墓守は誰がするね？」

「また、その話？　東京に決まっているでしょ。もう、そんな心配をすることないでしょ。安心していなさい。眠ったら？」

「私が死んだら葬式を誰が出すね？」

「それも東京が出すわよ」

「ううん。出さないよ。嫁が出させないよ。一銭も出すのが嫌だから出させんワネ。葬式もしないで、塵にされて捨てられるンかね～」

「そんなことない。出すわよ。心配ない」

「ううん。出さんわね。あの嫁は……」

「分かった。じゃ～、私が出す。ちゃんと出す。法事も三年は責任を持つ。それ以後は知らン。墓参りも来ない！　三年は約束する」

「あ、貴女、貴女という子は親の墓参りをしな……」

「お墓へ来るだけが墓参りじゃないでしょ。幾らでもやりかたがある。私なりにする。大事なお母さんを忘れるわけが無いでしょ」

「きっと、だね？　約束だよ」

「分かったから、少し寝なさい」

この話、これで四回目？　三回目？

夕食の下準備をして、掃除をする。拭いても拭いても、雑巾が真っ黒。ヤ～メター。

六時近く、茶にしようと座ったら、母が起きて来た。朝飯まだか？

「さっき食べたでしょ」

「……?……食べたかや～」

「お腹空いたらこれ食べて」

「私は空いてないわね。貴女のため……」

「分かった、有難う。空いた。でも、まだ早いから、もうちょっと待ってね。その間、これ食べよう」と、押入れから出て来たパウンドケーキを母の前に置いた。仕方ないから一切れ付き合う。母はあっという間に四切れ食べた。ありゃ、そんなに空いていたの？　ごめんと思いながら見ていた。

帰ってきた睦月がにやにやしながら、珈琲を入れて荷物と一緒に持って上がって行った。

「何処へ行くね？」

「トイレ。一緒に入る？」

「トイレは一人と決まったものだわ～」

出てそっと二階へ。冬で襖が二箇所閉まっている。母には見えない――

今日のケアマネの話をする。この辺に出来た新しい所の話も……

トイレから出て来た振りで炬燵に座ったら、食べろ、食べろ。貴女の為に買いに行って来てやったンだから、素直に、でまた一切れ食べざるを得なくなる。暫くして酸っぱい胃液が上がって来て、うっ、となって、慌てて薬を飲むはめになった。

「お母さん。今、薬を飲んだでしょ。薬の後は食べられないから食べろって、言わないでね。お母さんのは、美味しいけど薬があるからね」

「んざん、いいわね。薬なんか」

「駄目なの。お父さんも食事後に飲んだり、先に飲んだりと決まっていたでしょ」

「おじいちゃん。薬なんか飲んでいなさランかったわね」

「いたの……」

「……？……明日、二人で鎌倉八幡にお参りに行って来ようね」

「ええ～っ、鎌倉八幡？　行くの？」

「ふぅん。何年振りかヤ～。奥方様（牧野）と和子様（麻生）のお供で行ってからだもの……」

「あっ、そう！　じゃ～、早く寝ないとね。でないと、早く起きられないわよ」

「そんなに早く起きなくたっていいわね。すぐそこだよ。隣町だわね」

「そう。じゃあ、寝坊してもいいわね」

「ふぅん。ゆっくりでいいよ」

何をかいわんや……ここから鎌倉までは、日本を横断するンだぞ～。また、意味不明を――


平成二十四年四月二十八日（土曜日）　曇り

三時、電話が来た。仕事が休みで家にいた。十二時過ぎ、見たときはベッドにまだ、寝ていた。一時半に起さなきゃ、また、夜寝てくれない。と、起こしに下りたらベッドが空っぽ。トイレを見たら、倒れていた。

「何？　心臓麻痺？」

「親子揃ってよくやるよー」

「なに？　揃って、って？」

「転んで大腿骨折！　おぶって、ベッドに寝かせて、今、救急車を呼ぶって言ったら、金が掛かるから、嫌だって。救急車は掛からないって言っても納得しない。で、先生に電話したら、今、往診中、後で連絡します。だったが、途中で回ってくれた。間もなく来てくれた」先生は……

「病院に行っても、このおばあちゃんはリハビリしないだろう。しなさいと言えば、怒りくるうだろうから、そのままになる。寝付いてしまう。本人が嫌って言うンだからこのまま、ここに置いてなるたけ、手足を動かしてやってください、だって……」

「じゃあ、骨折かどうか分からないじゃない。レントゲン撮ったわけじゃないでしょ？」

「うん。分かんない。でも、あの先生は触診して九十パーセント以上、折れていると思うって。あの先生だって五十代半ばでしょ。今までの経験があるでしょ」

「ふ～んー」

「ケアマネに電話したら外出中で、帰って来たら来るって。私も勤めがあるから、一日中ベッドの脇に居るわけにいかない。これから、どうするか？　ケアマネと訪看さんとで、対応策を決めなきゃいけない。私に決定権が無いからどうしたらいい？」

「だから、貴女にお祖母ちゃんの事は一任するって、弟も私も言っているでしょ」

「それはさ、口頭であって、契約書を役所に出したわけじゃない。法的に出来ないンだよね。契約書が無いと、親子でも兄弟でも出来ないンだよね」

「決定権て言ったたって、お祖母ちゃんがそこにいるわけだし、介護士が入って来て住むわけでもない。日常の細かい事でしょ。じゃ～ケアマネに私からでも、叔父さんからでも、電話してもいいわよ。私は、今動けないじゃない。近所への買い物さえ、許可が出ていない」

「医者はさ。責任逃れで、絶対に、いいとは言わないよ。それにさ～、まだ、二ヶ月にもなっていないじゃない。三ヶ月は駄目よ。歳から考えたら四ヶ月掛かるかも……」

「先生もそう言っていた」

「叔父さんに話す？」

「私から？　貴女の方が直接になるから、向こうの質問にも答えられると、思うけど……」

「私からしておく。訪看さん達との話の後にする。その方が話の結果も言えるから……」

「その方がいい。お願い。宜しく」

「分かった」

「私が婚家を出てから、次々と病人の世話ばかりね。お祖母ちゃんの世話が終わったと思ったら、親父の世話を散々やらされて放り出したら、今度はまた母方のお祖母ちゃんでしょ。次は私？」

「止めてよ。嫌な事言わないで……」

「今更、言っても詮無いことだけどね、私と一緒にあそこを出ていたら、こんな結果にならなかったと思うわよ。お祖母ちゃんの世話を良くしてくれるし、私は助かっているし、ありがたいと思っているけどね」

「しょうがないわよ。そういう巡り合わせでしょ」

「じゃ～、宜しくネ」

切ってから思い出した。父が生きていたときから、よく転んだ。炬燵の掛け布団に躓いて転び、腕の骨折。二回目は膝をやって、父がご飯、掃除、洗濯をしていた事があった。玄関の上がり端で転び、額を腫れ上がらせていた。次男と墓参りに行って、山門につまずいて転びお岩さん。私に新聞を取ってくれると、玄関を下り損なって転び、起き上がれず、抱き上げたときもお岩さんだった。この間は玄関で転び、足に内出血をして、血を抜いてもらっている。こう年中じゃあ～

平成二十四年五月二日（水曜日）　雨風
お祖母ちゃん、動けないので、トイレに連れて行けって喚いている。怒鳴りっとおし。何の為にここに居るンだと怒っている。動いちゃ駄目って先生に言われたでしょって、言ったら、先生なんか、あんなん、何を言おうと関係ない。私の言う事を聞けって、怒鳴っている。ベッドをリクライニングに買い換えたら、あのベッドは次男に買ってもらった物だ。あれを元に戻せって怒鳴っている。何処へやったって探す積もりでしょ。起きようとして悲鳴を上げてまた、怒り出した。ケアマネに預けてある。早く治して前のを使おうねってやっと納得させた。百合さんにも、ケアマネにも預けてあるって言ってくださいと、頼んである。テレビが見られるように、向きを変えたけど……テレビが移動出来るようにキャスターを探して来ようと思っていた。北の従伯母さんが来て、その話をしたら、キャスターくらい、従伯父さんが探して来て付けてくれるって。だから、甘える事にした。もう、北の従伯父さんと従伯母さんには甘えっ放し。すごく良くしてくれる。百合さんにはお母さんの骨折、三月の十日頃、話したはずだけど、どうして言ってくれなかったって、怒られた。さっき、百合さんが、煮物と漬物を作って、お祖母ちゃんの好きな物ばかりよって、見舞いに来てくれた。百合さんが居るうちに北の従伯母さんが来てくれた。叔父さん、病院に入っていなかった。お祖母ちゃんを病院に入れちゃえって、言ったから、先生が言ったことを話したら、叔父さん、笑い出していた。

「そうね。骨折はすること無いよね。安静にして寝ているだけ——暫くしたら、リハビリ。先生が言われるようにお祖母ちゃんはしないね。北の伯母とは性格が違う。伯母はそれをしなければ、治らないって理解していた。お祖母ちゃんは理解出来ないから、しない」

平成二十四年五月十一日（金曜日）　薄曇（強風）

三時頃、睦月から電話が来た。入れ歯を何処へやったかで探しまわった。二度は見付かった。布団の中とベッドと本箱の間から……。今度は見付からない。見付からないって母は動けないはず。ベッドの周りしか無いと思うが、見つからないそうだ。何処に隠したか見当が付かないか、と言われてもね〜

暫く話して母に替わった。例によって例の話を聞く。五分位、話させて遮る。

「ごめんね。お母さん。今年は花見の約束をしたけど駄目だったよね。でも、睦月と行って、屋台で飲んだンだってね？　良かったじゃない。私とじゃ飲むなんて出来ないものねー。お母さんが一人で飲んでくれたら側にいるけど、そうじゃないでしょ。それに夜桜じゃなく昼間になるもの。そこは夜桜の方がいいもの……」

「誰がそんなことを告げ口したね？」

「告げ口とは違うわよ。飲めるっていいことよ。それだけ元気ってこと……」

「誰だね？　そんなことを告げ口したのは？　誰だね？」

「睦月よ。夜遅く、誰がお母さんに付いて行くって言うのよ」

「ま～、睦月って幼稚園ダデネ！　飲めるわけ無いわ」

「そうだったね。幼稚園だったよね。誰だっけ？　言ったのは。忘れた」

「人って油断も隙も……」

「今、桜の木が若くなって色が鮮やかにきれいになったよね。私の学生の頃は老木で白ッぽかったけどね。江戸の中頃？　いや初めよね。家康の八男忠照だったかな？　そ……」

「違うわね。上杉だわね。他に無いわね」

「そうだった。お母さん、よく覚えているわね～。すごい。今年は私、腰骨折ったでしょ。だから、行けなかった。まだ寝ているの。毎日、ベッドの上で本を読んでいる。お母さんは腿を折ったンでしょ。早く歩けるように頑張ろうね」

「ふうん。神様って意地悪だね～」

「神様？　神様が何で意地悪なの？」

「だって、貴女も私も骨を折っているデネえかね。親子二人を一緒に痛い思いをさせて意地悪だわ〜」

「違うわよ。神様は関係ない！　お母さんも私もドジッタのヨ」

「ふぅン？　ド……ドジって何だね？」

「失敗したの。お母さんはトイレで便器か何かにぶつかって転んだ。私は毛糸の靴下を履いていて座卓の端に乗って、高い所に背伸びして滑って落ちたの。靴下を脱ぐべきだったの。誰の意地悪でも、誰のせいでもない。自分の責任。誰かのせいや意地悪にしない！　分かった？」

「貴女はいつもそうやって、私の分からンことを言って苛めるンかね？　何の事を言っているか分からンよ。ちゃんと説明しなさいね」

「御免、ごめんね。そうだよね。神様って優しくて人を助けてくれるものなのにね」

「ふぅん。今年の花見に弟が来なかったよ。待っていたのに！　どうしたンダヤラ……継子さんの調子が悪いんかね〜。心配だよぉ〜」

「今年は終わったけど、私も義叔母さんに会いたいし、来年は四人で、いや五人で花見しようよー楽しみにしていようよ」

「五人テ？　二人だろうね。私と弟と……」

「あら、二人だけでする積もり？　義叔母さんも私も睦月も仲間に入れてくれないの？　入れてよ。

その方が賑やかで楽しいでしょ?」

「ふぅん。そうだね。賑やかでいいね。来年だね? きっとダネ? 約束ダデネ!」


これが母との最後の会話になってしまった!

平成二十四年六月十一日(月曜日) 曇り

昨夜、十一時七分、八分位に睦月から、お祖母ちゃんが息をしていない。先生に電話した。これから来るって……七時にご飯にしようと言ったら食べたくないから、もっと後でって言った。九時近くも同じだった。幾らなんでも、と十一時に行ったら息が無かった。あ、先生が来た。で切れた。

今朝、六時、睦月に電話を入れた。

「先生、何ておっしゃった?」

「亡くなっていますね。明日、死亡診断書を取りに来てください。だけだった」

「叔父さんには?」

「これからする。話は後にして……」で切れた。

八時過ぎ、また私から電話を入れる。

「叔父さんは喪服だけ持って今日のうちに行くよって言っていた。兄貴の携帯に入れておくって……他に誰と誰に知らせたらいいの?」

「近所と北だけでいい。北に知らせればやってくれる。お祖母ちゃんが死んだだけでいい。あの人は色んな決まり事をよく知っている。村の寺よりもずっと、知っているわよ」

「わかった」で切れた。程なく桃から電話が来た。

「十一時過ぎに行ったら息が無かった。まだ温かかったって電話が来た。決まったら教えて……こっちも行く段取りがあるから……とりあえず、旦那の所へはメールを打っといた。お姉ちゃんは知っている？」

「知っている。婿は朝、五時に……」

「分かった。宜しく」

二朗を起こして送り出して、台所だけ片付けて、持って行く物を用意する。ギブスが取れてからと思っていた美容室に電話。山姥みたいな髪では母が悲しむだろう。予約を入れていた翌日に骨折したのだ。十五分か二十分でカットだけ頼む。シャンプーも仕上げもいらない。お化けのようなのだから。着替えて百メートル位先のタクシーをたのんで……

直江津からタクシーを飛ばして着いたら二時過ぎていた。死んでからでは、二十分や三十分遅くてもどうってことはない。

北と千葉が話していた。挨拶をして母の顔を見る。

〝お母さん。なんで眠っているの？　喧嘩吹っかけてきなさいよ。黙っていないで……でも、きれいね！　お母さんはこんなに美人だっけ！　気が付かなかったわ〜。そうかぁ〜お父さんの所へ二度目の嫁入りダモンね！　向こうでお父さんをあまり困らせないでね〃と、声にならない声で言う。それから、三時間半ほどして東京が来た。二人とも北に碌な挨拶をしない。お従兄さんの様子が変わった！　後に睦月が、北の従伯父さん、引いたね！　あれじゃ～そうなるよね～、と。

平成二十四年六月十二日（火曜日）　晴れ

朝起きたら、嫁さんが流しを磨いていた。漂白もしていた。汚いから仕方なくやっているという態度。確かに汚い。以前から気にはなっていた。そこまで手が回らなかった。

お客がするものじゃないと怒り出すので、中の事は必要最小限で母の相手をしていた。汚くたって死にはしない、と片付けていた。睦月も勤めから、帰ると母に付きっ切りになる。

汚いのを掃除してくれるのは有り難いが、それを人様に何と話すかと思うと有難味も薄れる。挨拶のみで仏間へ。これもまた、この人には気に入らなくてたまらないだろうと思いながら……

仏壇の茶と水を取り替え、蝋燭と線香を点けて手を合わせる。村にいたときから、起きて顔を洗って第一にする私の仕事でもあった。今もここに来るとする……

母の顔の白布を取り、手を合わせる。きれいな仏様だ。生きていたときより、艶やかで穏やかな美しいとさえ言える顔であった。肌のきめが細かくシミ一つ無い。十代の娘のような顔であった。若い娘のような赤みがなく、青白いというだけである。

お母さん、よかったね。やっとお父さんが迎えに来てくれたね。九十過ぎるまで待ってって言ったら、九十になったら、すぐに死ねってのかって言って喧嘩になったよね。母親に向かって九十になったらすぐ死ね、なんて言う娘は鬼だって言ったよね。首括ると言うから言葉の綾で九十まで待てと言ったにすぎないのに……でも、私の言ったとおりでしょ。眠るように逝ったじゃない。誰にも息を引き取るのは見られなかったけど……それをお母さんらしい奥ゆかしさと違う？　直後は先生と睦月に見てもらえたでしょ。いい先生だったよね。お母さんの希望をみんな聞いてくださったよね。この先生は千葉が探してくれたのよ。千葉のお陰よ。睦月は優しくしてくれたよね。夜中の二時、三時まで付き合って、お花見や月見、菊見、雪見までしてくれた。睦月でなければ出来ない事よ！　お社に一緒に行ってくれた。真夜中に玄関の外に座ってビールを飲みながら唱歌を一緒に歌ってくれたよね。私じゃ～出来なかった。歌えない、飲めないもの……優しい孫が一緒でよかったね。幸せと認めないし、孫とも認めなかったけど、お母さんは幸せな人なのよ！

今時、夜中に往診してくれる医師なんていないのよ。お母さんみたいなことを言っていたら、息を引き取って半月、一ヶ月と分からないのよ。それを近所の人達がよく見てくれた。北もよく面倒を見てくれたでしょ。今時、珍しい甥や姪よ。感謝してよ。そっちに行ったら、正気になって正確にものが見えるでしょ。お父さんにちゃんとそう言ってよ。

日本一苦労した私は日本一不幸、が口癖だったけど違うわよ。あの時代、みんなが苦労している。みんなが不幸だったのよ。天地が引っ繰り返ったンだもの……それはそうと、ごめんね。花見の約束破って。コルセットは七月に取れる予定だった。そのあとと思っていたら間に合わなかった。取れてなくても来ればよかったね。二月以来来てないもの……

ごめんね。もう一度、喧嘩出来たらね～。目を覚まして怒鳴って来たら？

二時過ぎ如月が来て百合さんへ挨拶に……三時には帰りなさいと出す。出棺前に桃が着いて母の顔を見る。間に合った、とほっとした顔。

通夜の後、式場に泊る人数の確認を東京が……

「俺達とアンタ（次男）、姉さんとキサと桃か？」

「俺はホテルへ帰る。体の具合がある、四、五十分おきにトイレだ。人が一緒は嫌だ。うちでも、別居だ……」

「私も帰るわ。ここが空くのよね。だったら、如月も桃も宿を取ること無い。そこの学生宿と思ったけど止めて、ここで雑魚寝でいい。次男さん、御免。折角、私の分を取ってくれたけどキャンセルしていい？　今日の今日では無理かな？」

「いいけど……」

「布団も穴だらけだけど数はある。大丈夫よ」

「じゃ～数を確認させて……如月ちゃんと桃ちゃん達とそれだけだね？」

「その四人と睦月と私の六人」

「姉さんと睦ちゃんは別だよ！　御斎《おとき》もそれでいいね？」

「いや、御斎に移る前に帰らせる。明日は仕事だし、往復の車の運転だから遅くならないうちに帰れと言った。桃も子供達は、明日は学校。夜行で帰っての登校は一年にはきつい。三人一緒に経が終わったら直ぐ帰れと言った。だから、御斎はいらない。夕食は電車の中でしなさいと言ってある。来る前に止めるべきだったけどね。呼んではいけないって知らなかった」

「分かった……」

次男と私が話している間、二人は時々顔を見合わせて変な顔をしていた。怒るなら怒れ。お前達のお陰でこうなったンだ！

東京の二人と次男は棺と一緒、私と睦月は近所の人と一緒のバス。なんで？　息子達二人が一緒なら納得する！　私だけが近所の人とはどういうことだ？　乗るスペースがないと言うなら別だが違う……バスへ行けと言われたのだ。そのときはヨメさんもバスに来ると思っていた。が、違った。

次々と久し振りの挨拶――長子ちゃんに「久し振りね、元気だった？」

「はい。伯母さんも」

その後で、皐月ちゃんに「しば……」そっぽを向かれてしまった。腹の中はどうあれ、挨拶くらい返せよ！

通夜の経の後は、次男一家はホテルへ……受付をやってくれた次男坊に有難う、の声を掛けて別れる。

「忌引きで仕事が堂々と休めると言って来た。参った、参った」

笑っていたが、それが本当かどうか分からない！　桃達が来るから呼んだのだと思うが……

家に帰って如月と睦月が今夜の物を買って来ると言ったら桃達も付いて行った。一人になったので、さっと片付けて仏壇の前に座り、代々の位牌を出して眺める——

眺めるだけで何も頭に入らない。浮かばない。こうして見るのも最後か……この位牌はどうなるの？　誰も受け継ぐ人が居ない。塵として集積所に持って行かれるの？　完全に里郁の家は終わった！　姓はあちこちに散って残ってもそれはまた別の里郁だ！　祖母の兄の子孫は何人かいたはずだ。本宅（長男）の孫だけで四、五人いたと思う。寂寥！

睦月達の帰りが遅いと思ったら、イオン（直江津）まで行って来たとかで大量に買い込んで来た。それぞれ、仏壇に手を合わせて飲みだした。十七年振り？　お祖父ちゃんが死んで以来じゃない？

「いや、十四年振りよ。私の結婚式以来よ」と桃！

「あの時は皆が集まったけど、貴女と飲んだわけじゃない。貴女は雛壇の上だったじゃない」

「この次に会うのは、いや、一緒に飲むのは私が死んだときね。きっと！　十年先？　いや、もっとずっと早いかな〜？」

嫌な事を言わないで。三人が一緒に……

一応、東京とのゴタゴタを話しておく。子供達を十時に寝せて、十二時前にはマイスリーを飲んで先に寝た。娘達が何時寝たかは知らない——

平成二十四年六月十三日（水曜日）

村の寺が親子で来ていた。二人とも何と下手な経。北の方がこれより数倍上手だ！

これでも、坊主かと思ってしまった告別式であった。

斎場で待っている間の広間に後から入って行ったら、奥の上座に寺が座っていた。窓を背に東京の二人が座っていたがあさってを見ている。千葉は手前のテーブルで従兄弟達と話していた。東京の前の席、寺の隣が二つ空いていたので、嫁の正面の席に座って寺に挨拶して寺の話し相手を始めたら、二人ともすーっと立って行った。喪主でもないのに喪主面してでしゃばってというのであろうが、だったら、坊主の相手をしろよ。今日の主客は寺だぞ！　ダンマリであさってを向いているな！

平成二十四年六月十四日（木曜日）　晴れ

「お義姉さんだけに言っておくね。覚えておいて。いい！　チャンと覚えて置いてよ。忘れないでよ。私達三人だけの……」と、この間と同じ話を繰り返された。

「皐月さんや旦那さん、長子さんにこんなに迷惑を掛けてしまって申し訳なくて、申し訳なくて……皐月さん達にこんな迷惑をお掛けする積もりは無かったのに……来てみたらこんな大げさな事になっているじゃない。私と秀さんのことで他は関係ないのに。私の知らない間に勝手に、ドンドン決められちゃって……皐月さん達にまで、あんなに迷惑をお掛けしてしまったのよ。分かっている？　分かってンの？　喪主を差し置いて勝手に手配されたら、どうしょうもないじゃない。呆れ返ってあっけに取られていたわよ。時代錯誤もいいとこよ……呆れかえっちゃって……」とまだ続いた。

「そう〜、私は時代遅れよ。昭和の人間。今は平成だものね。平成は私の隠遁生活の時、時代錯誤でも時代先端でも隠遁生活には関係ない。遅れようと進もうと関係無い。今の常識も隠遁者には必要無いから知らない！」

「私は全部知っているわ。伊達にNHKにいなかったもの。今の常識を全部知っているわよ。キユは何にも知りゃしないの。常識が無いの。バカ。大馬鹿よ。時代錯誤の大馬鹿よ！」

「そうね。知らないわ。知る必要もない。私が知っているのは時代によって、国によって、地域によって、家々によって、階級によって違うという事くらいかな！　常識は一つじゃない。私は世捨て人！　常識も無い。礼儀も知らない。知識も無い。真夜中に警察からの呼び出しで飛び起きて行くことも無くなった。夜中に五、六人の来客の酒の相手で夜を明かすことも無くなった。未成年の社員に付き添って裁判所に行くこともない。社長の不始末を謝り歩く必要もなくなった。社員の病気や怪我に夜付き添う必要も無くなった。正月のハゼの甘露煮三百匹、膾《なます》は三浦大根十本、白菜漬け一斗樽二本、煮豆を作って義妹達や夫の友達や愛人の家に届けることもない。社員の健康状態を確認する必要もない。

出張の日の天候を気にする必要もない。明日のオマンマの心配もない。無い、無い、無いづくし！世捨て人には関係無い。それでも生きているのよ！　今の生活を人は惨めと言うでしょうね。好きだったカラスミ、キャビア、トビコ、カニコ、カサゴ、今は食べたいとも思わない。青野菜が無いと思えば向かいの藪に入って、甘草、オオバコや雪ノ下、つくしを取ってくる。時季には、うどやゼンマイ。秋には毎日ヌカゴ飯。ああ、『今日も庫裡にヌカゴの香たゆたい　奢ることなき夕餉に向こう』って、山さんが歌ったよね。山さん、貴方の中一の担任だったよね？」

「しらん——そんなバカヤロウは……」

「そんなバカヤロウかぁ……気が合わなかったみたいね。先生の口から秀はどうしている？って、言葉を聞いた事無いなぁ〜。庭の草花と話し、こずえの小鳥に返事をして、横で庭石に座るチョビと、どくだみ茶を飲みながら（庭で摘んだ）お喋り。那須岳おろしの微風が頬を愛撫して下りて行く。何時に風呂に入っても出る時間を気にすることもない。昭和五十年代に千石の従伯母様からヨーロッパ土産で何回も戴いた生地やTシャツを今も着ている。もう二十年も下着以外は買ってない。流行？関係無い。それでも不自由なく生きているのよ。この穏やかで平和で自由な、幸せな生活、捨てる気はないわ！　最高に幸福な時間を持ったと思っている。人それぞれよ。流行を追って毎日着飾って高級店で食事して華やかな生活を幸福と思う人。なりふり構わず研究に没頭出来るのを幸せと思う人。秘境を苦労しながら旅をする写真家や文筆家は目的を達成する時、幸せと思うでしょう。人の思いや感じ方はそれぞれ違う。一緒じゃない。一緒の思いにしたい人は、その人達でグループを作ればいい。隠遁生活の私には関係無い。無いないづくし。無い事は身軽で自由で最高よ！　あ〜あ〜眠くなった。睡眠薬飲んで寝るね。お先に……お休みー」

平成二十四年六月十五日（金曜日）　晴

「仁さんテ、一おにいちゃんのお兄さん？　なんか他の人より親しいみたい！」

「そう、子供のときにね。他はあまり付き合いが無かった。北だってそう。子供の時に顔を合わせた記憶も無い。北は私が東京を出てからよ。私が一番親しくて仲良くしていたのはお従姉ちゃん！　麗子ちゃん、後は従姉妹で記憶が無い。伯父さん伯母さんたちの仲でも橋だけ。後は皆一線を引いて遠い存在で緊張した付き合い——先生方の方がずっと近くて若い先生はおにいさん、おねえさんっていう感じだった。三、四年頃からお祖母ちゃんに随分と叩かれた。火吹気竹や火箸で叩かれた。行儀が悪いと火を持ったばかりの火箸で太ももを叩かれて、今もそのときの火傷の跡が残っている。当時、医者なんか町まで出ないと無かった。子供のせっかんは当たり前。何処の家でも、直ぐに手が飛んで来た。

背負い荷の仕事は私の仕事——米、炭、大根、芋類、胡麻、豆みんな山から背負い下ろした。武士は食わねど高楊枝、その辺のガキどもとは違うって怒鳴られた。言わなくなった。猫とジイサン鳥を連れて山歩き。山では何でもある。今と違って山のものは誰が採っても怒られる事は無かった。苔桃、山葡萄、アケビ、桑の実、山りんご、山梨、豆柿、オオバコ、すっぱ……」

「すっぱ？　なにそれ？」

「食べるとすごく酸っぱい葉っぱ。スイバ。四、五センチから大木まである、つくし、甘草、片栗は下剤だから、二、三枚で止める。おひたしや酢の物にすると美味しいじゃない。野苺、木苺、何でも食べた。お腹は満たされる。その代わり、回虫が湧いて来る。トイレに行く度にニョロニョロー、時として口から出るときもあった」

「げぇ〜」

「お祖父ちゃんが、下剤を手に入れて来て飲ませてくれてごっそり出た。何回もある。葉の裏を見てから食えって言われた。あの頃は農地改革があって、世の中引っ繰り返ったから、お祖母ちゃんも動転していたと思う。そんなことでお祖母ちゃんには、返事とごめんなさいしか言わなくなった」

「チイ叔父さんは？」

「あの子は小学校にも入っていなかった。お前はオッカ様の子、他人にやる子と、死ぬまで言い続けた。そんなときに、橋の叔父が仁の子守に来てくれって言った。五年の田植え休みから行った。それからは、休みの度に行った。日曜も……橋のおばあちゃんと義叔母さんに可愛がられた。イカの皮むき、煮付けを義叔母さんに習った。おばあちゃんと義叔母さんで作る粽《ちまき》や御萩が美味しかった。何時の間にか、うちに居るときよりも安心していられた。楽しかった。畑や田圃はおばあちゃんと義叔母さんでした。叔父さんは押入れを改造して写真の現像や引き伸ばし、焼き増しなんかを日曜にやっていた。学校は月曜から土曜まであったし、朝八時から始まるからその前には着いていないといけないし、夕方は六時位までは先生方はいた。当直も日直もあった」

「なに？　日直？　当直？　どう違うの？」

「日直は昼間の学校の留守番。日曜日の。当直は男の先生だけで順番に毎夜、泊まり込ンでの留守番。

月四日の日曜も半分は学校。子供達の遊び場でもあり、遊び相手にもなる。

家にいるより仕事はあったけど楽しかった。お米のご飯をお腹いっぱい、食べさせてもらった。叔父さんは旧制中学を一番で卒業して師範へ。その後、学徒動員でひっぱられた。師範が教育学部になったところへ、戦地から帰って来て戻った。叔父さんが橋へ婿に行くとき、お祖母ちゃんが持って来た、桐ダンス二竿とモーニング一着を作って持たせた。後は空っぽの箪笥。だから、叔父さんはお祖父ちゃんを父親未満、義兄以上の位置に置いた。色んな事を相談していた。私が東京に出る前、駄目だって言われていた。叔父さんに相談した。自分の考えを話した。行け。姉さん達は俺が説得する。駄目なら俺が出す。その振込み証をお祖父ちゃんに見せたら、暫くして許可が出た。橋とうちはそういう関係だったのよ。だから、私が生きている間は私は削れない。橋は私にとって大事な家なのよ。日頃は御無沙汰しているけどね。でも、いつも頭の隅にはある」

「だったら、なんで私に連絡させなかったの？　私はここに住んでいるのよ。叔父さん義叔母さんはここに住んでいるわけじゃない。あの人達はここへは帰らないでしょ。どうでもいいのよ。それにさ……三人だけで火葬？　納骨？　それが主流？　常識？　嘘よ。私は十一ヶ月前まで東京に住んでいて、色んな葬儀に出ている。でも、子供だけで三人や四人でなんていうのは一件も無かった。あるけど主流でも常識でも何でもない。北の従伯父さんに連絡したのは、正に正解！　でなかったら、トンでもない事になっていたわよ！　お母さん、従伯父さんのお陰で何とか葬式を出せたって言ったよね。

正にその通りよ。義叔母さん、皐月ちゃん、じゃなかった、サンの機嫌取り、すごかったね。あれって、歯が浮いてきちゃった。私に盛んに自慢していた。ものすごい自慢。びっくりー。仕方ないから、忙しいのに仕事休んで来てくれて、有難う御座いますって頭下げた。ここに住むことを許してくれて有難う御座いますって、また頭を下げた。これからも、宜しくお願いしますって、何度も、何度も頭を下げた。皐月さんと義叔母さんに頭を下げ続けた。持ち上げておいた。だから、帰るときご機嫌で、連絡先をメモして貴女となら付き合えるって置いて行った。連絡する気は全然ない。威張らしてオケってねー、あは、は、は、お母さんとお祖母ちゃんの世界ってリア王ね」

「リア王かぁ……でも、それを私はありがたいと思っているわ……」

「え？　何で？　何で？」

「そうでしょ。そのお陰で三十五年も婚家でバカにされながら我慢できた。九人目の女が私を叩かせるまでね……」

「九人も居たの？　それ皆、知っていたの？」

「知っていた。女達の身元もね」

「調べたの？」

「てない。でも、皆、周りにいる顔見知り。貴方達も名を言えば、ああ……よ。バーの女が半分。普通の奥さんが半分。旅先のつまみ食いなんかは数え切れない」

「ええー、不倫ジャン……」

「あの人達にはそんなの関係無い。大っぴらにやっていたわよ。あっちでもこっちでもごっちゃゴチャ。相手の家庭が壊れたとこもある。家裁でも言われた。ここまで追いつめられる前に、何で出なかったんですか？　普通三人目で出ていますよって。でも、叩かれて脳震盪起こすまでは出ることは頭になかった。どんなに叩かれても蹴られても、私は絶対に手は出さないと決めていた。口答えはした。手は出さなかった。だから出て勝った、と思ったわ。貴方だっけ？　もも？　そう決めていても咄嗟に突き飛ばしたりして、怪我をさせたり、死なせる事だってある。そうなる前に出ろって、言ったよね？」

「そうだっけ……」

「千葉はどう思っているか知らないけど、私は母に感謝しているわ。東京みたいにべったりで可愛がられていたら、鼻持ちならない我儘の甘ったれになっていたと思う。つきはなされたお陰で自分を持てるようになったと思っている。オヤジの事もそう。よくぞ、やってくれた。有りがとうヨ。でなかったら、今もあそこで苦しんでいた。暴力の毎日になったから飛び出せた。飛び出しておばあちゃんの世話をすることが出来た。それから娘達をありがとうよ。喧嘩はしたけど、それが本当の親子になったからだと思う。実の親子だけど、二歩も三歩も引いておばあちゃんの顔色を見ていた。本当の親子なら、そんなのは関係なく喧嘩出来たでしょ？」

随分大人になった。この十五年で変わった。姉と妹よりずるくなった。安心する面と同時に哀しかった。それだけ父親のところで苦労して、虐待で大変な思いをして来ているのだと、たまらなく、可哀相でもあった。これからは自分を大事に生きて欲しいと願うのみ！

平成二十四年六月十七日（日曜日）　晴れ

十時、如月に頼まれた土産を持って向こう三軒へ。そして百合さんへ。

「葬儀の前に如ちゃんが来て泣いて行きましたよ。如ちゃんに聞きましたけど、三人だけの葬儀なんて通りませんよ。ＮＨＫがそうでも、ここは違います。ああいうのって、その土地や家によって違いますでしょ。ヨメさんの実家がそうナンでしょうけど、ここでは通りません。あれだけ、気位の高かった五百子さんが泣いていますよ。屋根から落ちて死んだ弟さんの息子さんどうして来なかったンです？　五百子さんは弟、弟って毎日言っていたのに、どうして？　貴女、後でって言ったでしょ？どうして？」

「知らせませんでした。毎日新聞を取っていて、朝出勤前には必ず訃報欄を見て出るそうですが載ったのはこの地の瓦版でしょう？　新潟市内には出ませんでした。電話をしようとしましたら、日本全国津々浦々まで知らせろってのか、何様の気になっているンだ。お前が喪主か？　スッ込んでろって、怒鳴り付けられ、受話器をひったくられましたから、黙りました。何様でもない。私は私。以下でも以上でもありません。ヨメさんには、ん、しっしっって手で追い払われました。私は犬じゃありません。私達が来る前に北が手配をしてくれました。そのお陰で何とか葬儀をすることが出来ました。それで無かったら、葬儀は出せなかったと思います。今は長男夫婦と他の兄弟だけで、その連れ合いも外すのが常識だそうです。それが主流。それを知らないアンタは常識のないバカ、大馬鹿者ってヨメサンに怒鳴られました」

「呆れた！　そんなことが通ると思っているの！　先生の所に挨拶に行って来たの？　秀さんとヨメさん」

「いいえ。夜中にも何回か往診してくださった、一昨年の救急車手配、骨折のときは出先から廻ってくださった。今時、そこまでしてくださる先生はいません。先生には何かと随分世話になりました。それも言いました。主治医？　そんなバカ野郎は知らン。挨拶なんかいらん。俺に指図するのかってまた怒鳴られ、ヨメさんには犬扱いされ、でした。それからは黙っていました。多分、俺が一喝して黙らせてやった。私がでしゃばりを押さえてやったといい気になっていると思います。あそこで反論したら、母と同じく叩かれたでしょう……」

「そんなことここでは通りませんよ」

「はい。通りません。あの子達が帰るのを待っていて睦月と先生の所へ挨拶に行ってきました。ヨメさんが知ったら、でしゃばりの図々しい女がまたでしゃばったと言うでしょうけれど……私なりのケジメです。先生が睦月に、立派だったよ、よく、あそこまで見たねっておしゃってくださいました。頑張ったねとも……嬉しかったです。北や南は帰る前に行って来ます。ツー子さんや野乃さんも行かなければいけないンですが、時間が無くて……」

「それがいいわ。それが本当です。挨拶というケジメの上に人の付き合いがあります。言っちゃ〜なんですけど、秀さんやヨメさんのやり方、ここでは通りません。それで、一周忌は?」

「しないンですって……」

「えぇーっ、そんな馬鹿なぁ~。一周忌をしないなんて……馬鹿な……五百子さんが可哀相過ぎる……そんなことって……」と、目を押さえられた。

「形を変えて何かを私がする積もりです」

「北さん、ツー子さん、橋の息子さん、それから次男さん……」

「いえ、誰も……私個人です。野乃さん達を呼んだら、里帰になります」

「でも北とツー子さんと弟さんの息子さんは……」

「はい。母が今年になって毎日、口にしていた人だけにします。血縁も義理も欠きます。私のお金で私が勝手をする。一周忌ではありません。喪主じゃありませんから……単なる会食です。お寺さんにも声は掛けません。ですから、人に文句を言われる筋合いは無いと思います……」

「千葉……」

「次男に言えば無理しても来ると思います。あの子が来た事により東京に知れたら、私だけの個人では無くなります。大騒動になります。次男に言えばあの子が自分の責任としてするかもしれません。この間も寺から駅へ行く間も息切れがして、青い顔で汗を掻いて途中の喫茶に入って一休みしました。歩けなくなったンじゃない?って睦月が言っていましたから、来年となりますとね……ここで倒れさせたくありません。だから、黙っています。それに背骨の手術、何時はいるか分かりません。葬儀に薬を余計に飲みながら無理して来てくれた、それで充分と思っています。後は私個人が何をしようと私の勝手、でしょ？」

「そうね！　それがいいわ。全然何もしないのでは……五百子さんが可哀相！　あんなに墓やお寺のことを言っていたのに……なんにもしないのではね〜。泣いていますよ。先生もね。私もね、今日は忙しいのにと思った事が随分有りますよ。日に何回も来てね。その五百子さんが来ないとなると、寂しくて、寂しくて……」と、テッシュで目を押さえられた。

睦月が帰ってきた。五丁目に寄って来た。社長にお茶とお菓子を御馳走になって一時間半もしゃべった。キユちゃん来ているだろ。帰りに寄るだろ。待っているってさ。お祖母ちゃんが家賃を払いに行くって言った話をしたら、びっくりして目を丸くしていた。村から出て来て半年、もっと短かったと思う。その後は買ってもらった。こっちは売りたかったンだから、助かったンだって……もう五十年以上も前の事だって……」

「そうね〜。私の高二の終わりのときだから、五十六年前の話。お祖母ちゃん、あの頭でよく覚えていたね〜」

「うえぇ〜すごいー。よく覚えていたわね〜」

食品類の整理はいつもと同じ……来る度に沢山捨てる。帰って来た睦月に言ったら……

「嘘。お母さんに言われてから気を付けているよ。無いでしょ？」

「有った。沢山――」

「何処に？」

「土間」

「土間って？」

「お祖母ちゃんの部屋の前の縁側の所。ダンボールに幾つもあった。二月に整理したのに、そのときより多くなっていた。皆捨てた」

「あそこは私見てない。お祖母ちゃん、時々、電話で頼ンでたみたい。そっちに置いたンだぁ～。手を出していない。わ、っか、り、ま、せ～ん」

「腐っている大根だけで、十七？　八本？　も有った。山積みで……のように巻いたビニール——皆別々でしょ——取ってそれぞれに纏めたけど、臭いし気持ち悪いしで参ったぁ～」

「土間の方は全然見なかった」

「それから、食器や置物、二朗にバイト先で引き取らないか聞いたら駄目だって……安物でも箱がきれいなら引き取る。でも、バ～ちゃんのは、どんなに高級でも、誰々から、何の記念、何代目がどうのと箱に書いてあるから駄目だって……」

平成二十四年六月十八日（月曜日）　晴れ

野乃さんが来て、

「……平さんは……来てなさいましたよね……橋の仁さんの姿……来てなさらん……かったような

……気が……」

「来ていませんでした」

「……は？……」

「昨日、朝早く来て行きました」

「……ですが……橋は……」

「仁の責任ではありません。私の手落ちです」

「……しか……」

「仁には申しわけない事をしてしまいました。地下の叔父にも済まないと思っています。色々と見苦しい事も有ったと思いますが、許してください」

「……」

「みな、すっかり東京っ子になりましてね〜」

「ここは東京ではありませんっ」

その間、黙って仏壇を見ていた人が強い口調でぽつんと言った。

「ですよね。東京の、いえ、ＮＨＫのやり方は通りませんよね」

「……」

「……」

「……一周忌は何時ですか？」

「さあ～？……どうでしょう？　私は喪主じゃ有りませんので……」

「……」

仏壇に向いたまま、……腹立ちを抑えているようだ。

「アッ、そうだー。ちょっと教えてください」

「はい？」

「今、押入れを整理していたら出て来たンですよ……これ、もらってくれません？」

桐箱に入った、金メッキの二個組みの杯を出した。

「これは……金メッキの盃です。喜んで……大事に使わせてもらいます」

色々な物の説明を受ける。

セレモニーが帰って、野乃さんが来て送り出して、家に入らない内に電話の呼び出し……ツー子さんだった。三十分後に行っていいか？

御明料に果物、手作りの筍の水煮など、沢山頂いた。

葬式を出してまだ一週間も経ってないのに、壇引きどころかお骨さえない。暑いから窓を開けたら、蝋燭がひっくり返って畳に落ちたので、以来、蝋燭も立ててない。雪洞も出してない。さぞやびっくりされたことだろう……

母がツー子さん、ツー子さんで自分の娘のように思っていた事など……

「平さんが来てなさいましたね。平の家にいなさるンですか？」

「いえ。城北に家を建ててそこに住んでいます。平は空き家になっています」

多分、野乃サンと同じく、橋の仁が来ていないのは何故かと言っているのと思いながら、あえてそれには触れず……みんな仲間同士、県の職員だ。母には私より近しく付き合っていた人達である。大勢の中でも顔は直ぐに分かる。電話で一時間ばかりと言っていた。一時間で三時五分前に帰った。流石である。

スーパーの駐車場に車を止めて来たと言うので睦月と二人でスーパーまで送る。帰るのと一緒にヘルパーのマネージャーと担当者の二人が来た。事務手続きを終わらせてから、婚家の方の事情を聞かれた。里郁さんも亡くなられたことだし、本当の事を話してくれませんか？　と……

東京が何を言っているか分からないし、母は母で姑に追い出されたとずっと言っていた。まったく違うのである。東京は週二回この人と連絡を取っているから、皆知っている。姉さんは勝手過ぎる。勝手なことばかり言っていると、怒ったこともあり、婚家での事実を話した。

「そんなわけで、母はお門違いを言っていましたが、これが事実です。私の言う事を否定して全て私が悪いと言う人もいます。家の中の事は当事者しか事実は分かりません。でも、これは東京家庭裁判所に記録が残っている事実です。平成十年八月二十七日に始まって十三年十一月一日に結審しています。私が逃げ出したあと、暫くして、暴力が睦月に行きました。何回か友達の所や妹の所に逃げ出していますが、帰れ、と言われて帰っています。そのまま、何で出ない、と姉や妹に言われながら十年も居ました。保育園や歯科医院に怒鳴り込まれて暴れられたから、それが恐くて言いなりになるより仕方なかったと言いました。怪我をさせられて二日、三日ですか中一日いましたから……帰って父親に病院の費用を払ってくれと言ったら、そのくらいの金を持っていないのかって、また二人に殴る蹴るされて飛び出して助けを求めて来ましたから、ここに隠しました。…………何で警察に行かなかった。何でもっと早い時期に逃げ出さなかったと姉や妹に責められたようですが、仕返しが恐くて出来なかったと言っています。三月の中頃から、日に引っ切り無しに帰って来て父親の世話をしろと電話が有りました。二、三回出ただけであとは無視したようです。睦月がここにいる事は、多分、東京からの知らせと思います。東京は夫や妹夫婦と以前、飲み歩いた仲ですから……これが事実です。人には話していませんでした。裁判所に記録がある以上、隠す必要も無いのですが、吹聴して歩く事でもありませんし。昨日、百合さんに話しました。夫は言う事がコロコロ変わります。人様には良くします。断る事はしません。帰って来て、あいつは何だってンだと口から泡を飛ばして私を怒鳴ったり突き飛ばしたりです。隣町の町会長が肝っ玉の小さい、情けない奴って、よく言っていました。気に入らない事があると家に帰って私や子供に当たりました。人様を年中、食事や飲みに連れて歩いていましたから、向こうの言う事を鵜呑みにします。ただ、結審した後の雑談で、裁判官上がりの調停委員の方が、彼の常識は可笑しい！　あれが彼の常識なンでしょう？　一時間の間に言う事が二回も三回もころころ変わる。法律も何も無いですわな～。貴女や我々は国家公務員と同じく、法を中心にした常識ですから初めと終わりとで変わりませんわな。ま～、誰が誰の言う事をどう信じるかは知りませんがね、と言われました。私の言動は、裁判所では通じる確信を得ました。今話しました事は、家裁の記録にあるということです」

「どういう事かね……どういンガア～、自分の子、可愛くないンかね？　それに、一週間に三回も籍を出し入れ？　病院で暴れる？　自分の娘が暴力受けているのを黙って見ている？　一緒に殴る？　分かんないわ～。アタシには分からンがね～……」

「うん、本当かねって思う。想像が付かんがぁ～……」

「そうでしょうね！　当然です。それが無かったら出ませんでした。その女の前に七人、八人の女がありました。男の遊びは仕方ないと思っていました。周りの社長達も皆ありました。だからこそ、家に帰ると奥さんや子供を大事にしました。言いなりです。でも、うちは外の女の方を大事にしました。私や子供が小さくなっていました。女を女房として親睦会や役所の忘年会、新年会といった色んな会合に連れて行っていました。それが許せなかった。私は会社の奥さんで、家の嫁だ。会社を見、社員の面倒を見、お袋の世話をするのがお前の義務であり、責任だ。あいつは俺の恋女房だ。その常識も分からン馬鹿か～が口癖でした。女房だから、会社の事をし、姑の世話をするのだと私は思っています。女房でなければすることありません。だから、出ました。その女の一言で私を殴る、蹴るでした。人の話ですと、個人会社の親父さんの子を産んで、何時の間にか息子の嫁になって家に入り、子供を産んで、親父さんの弟の子を産んだのだそうです。で、動物家族と言うそうです。夫の所に籍を入れても、常に五人や六人の男と付き合っていました。近所の個人会社の親父さんが彼奴は公衆便所だよ、と笑っていました」

「びっくりだわ～……」

「と、思います。それが東京の恐さです。私の所だけではありません。こんな話はゴロゴロしています。夫の様な事をした息子を追い出して、禁治産者の手続きをしたお母さんがいます。ヨメサンを社長にして、財産は嫁さんと孫たちと嫁に出た娘たちに少々ダッタそうです。娘たちには嫁の手助けをしろ。それが条件だったそうです。普通そこまでは、親はしないンですけど……（禁治産者の説明）家庭内の事は中の者しか分かりません。親でも兄弟姉妹でも当事者じゃないのですから……」

四時を廻って帰った。お世話になりました！


五丁目へ。

「や～キユちゃん。待っていたよ。まぁ～掛けなさい」挨拶後少し雑談して……

「言い訳になるけどね、姉に知らせて迎えに行くって言ったンだわ。来なくていい。行かない。直ぐにアッチで一緒になる。行く事無いって……息子が代わりに行くって言いましたわ。それも姉は駄目だって言うンですわ。行かなくていい。行ったら直ぐに秀さんが……こっちに来なければならない。行かなければ来なくてもいいって言って聞かンでね～。どうしても駄目だって……」

声が出なかった！

おばさんは何もかも承知している。おばさん。お気遣い有難う御座います。そして、御免なさい。会いたい！　こんなときでなく。もう一度会いたい！　返事する事を忘れてしまってぼんやり……

（半年後に、後を追うように逝かれた！）

平成二十四年六月十九日（火曜日）　強雨

朝、睦月と連絡事項を話して、仏壇のお守を宜しく……出勤した。

九時から近所の挨拶回り……百合さんがタクシーで出て行かれた。昨夜十時過ぎに来て、と電話があったが……私もタクシーを呼んで南へ。百合さんは後だ。南の従姉は旅行に出ていて居なかった。義従兄が店に居て昼を食べて行け、と言ってくれたが、この雨でタクシーを待たせてあるし、他へも廻るのでと断って、待たせてあるタクシーへ。タクシーのドライバーが傘を差して、道路を渡ってこちら側の店の外まで迎えに来ていて、傘を差しかけてくれた。なんと親切な……父の死の前後と比べると雲泥の差だ——

北では入った。百合さんから行っていないかと電話が入ったそうだ。電話をする？

「分かっていますからいいです。行こうとしましたら、タクシーでお出かけでしたから、私も、予定通りの行動をさせてもらいました。近所と南は挨拶して来ました」

「そう？　主治医は行って来た？」

「はい。十四日でしたか五でしたかに、睦月と二人で行って来ました」

「良かった……」

「睦月ちゃんを連れて蛍の里へ行って来ようと思いましてね……」

「蛍の里?」

「上ですわ~。あすこ、蛍の里になりましてね。養殖してルンですわ~」

「上が、ですか?」蛍の話をひとしきりして……座布団を下りて……

「あっ、ごめんなさい。ご挨拶が遅れました。お従兄さんには本当にお世話になりました。母の面倒をお二人で色々と見て下さいました。また、今回はお陰さまで形なりにも何とか、葬儀を出すことが出来ました。有難う御座いました。お従兄さんが手配して下さらなければ、葬儀さえ出せませんでした。母を悲しませたでしょうし、地下の父も悲しんだことと思います。弟達三人だけで斎場に運び、骨にして、その足で納骨を済ませて終わりにするそうだったようです。私はその話を十一日の夜、十時頃になって知りました。いわゆる姉弟葬だそうです。それが今の主流で常識だそうです。私は埼玉の田舎に引っ込んで十年を過ぎました世捨て人。その常識を知りませんでした。家を出ます前に睦月から電話が有りまして、誰と誰に知らせたらいいかと問われまして、お従兄さんだけでいい。お従兄さんは全てを心得ている人。少し揉めました。余計な事をして出しゃばって、引っ掻き回し、喪主を差し置いて勝手をしました。お従兄さんにも色々と失礼が有りました事、お詫びいたします。ですが、私としましては、お従兄さんのお陰で出せた式と思っています。もし、その、今の常識でやりましたら、村の里郁の最後の女主としてはあまりにも惨め過ぎると思います。母も喜んでいると思います。半年ほど前から自分の葬式を随分、心配していましたから……。今思えば虫の知らせだったかもしれません。向こうへ行きましたら、認知症も無いでしょうから。助かりました。

有難う御座いました。お従姉さんにも大変、お世話を掛けました。有難う御座いました」

「いえー、何も……」

「姉弟葬ったって！　東京で通ってもここじゃ通りません。ここは東京じゃない。城下町。長い、長い、歴史と仕来りがある！　簡素化されて来てはいる。自宅からってのは、広い金持ちの家になったがね。式もしないでは通らン！」

「NHKにいて、現代ジャーナリズムの先端に身を置く人に、私は時代錯誤もいいとこ、常識を知らない無知。礼儀も知らないで喪主を差し置いて引っ掻き回すバカ、大馬鹿者、と怒鳴られました。確かに私は古い人間です。母と同じく現在に取り残されています。母は大正という時代に、私は昭和という時代に……昭和の私は現在、平成二十四年ですので何も言えません。過去の遺物と言われれば、その通りですから……言えば母と同じく怒鳴り合いになり、気違い扱いされて終わりです。葬儀を前にそれは出来ませんでした」

「……」

「ねー、お昼何にしましょ？　キユさん、嫌いなものは？」

「有難う御座います。百合さんの電話は、炊き込みご飯が出来たって事だと思います。百合さんも、今年になって気が短くなりました。三時の電車に遅れたくありませんので……」

「もう一泊延ばしたら？」

「出来ないンです。明日は整形です。やはり中央総合病院でここの中央とどっこいの大病院です。

キャンセルしましたら、一ヶ月位先になります。それに、ドクターは御自分の指示が最優先でしょ？」

「そうね！」とニヤニヤ……

辞して、百合さんの所へ。沢山頂いて、三十分程で帰る。睦月にメモを置いて、タクシーで駅へ。

東京が置いて行った新しい住所のメモは待たず。

猛烈な土砂降り……

終わった！　全てが終わった！　何も無くなった。豪雨と共に流れ去った！

過去という底なしの闇の中へ流れ去った……

母逝きてホッとする　我は何者ゾ

追記

十月一日に東京から呼び出しを受けて千葉と三人で会う。

「四人と言ってなかった？」

「ウチの奴は優しくて、気が付くから、姉さんに遠慮したンだ。その方が姉さんが話しやすいだろうって……姉さんの為を思ってやってだ。そこまで気を使ってやってンだー」

「……」

千葉は無表情で私を見ただけ――

七月十五日に母の四十九日をした。嫁さんと経をあげてもらっただけ。これがお返しの名簿でお茶を送った、と渡されて請求された。私も千葉も知らなかった。私達を除外した。

「じゃ〜、このお茶代と寺の費用を兄さんに払えばいいンだね？」

「ああ……」

「姉さん。ムーちゃんに言って残っていたら送ってくれって言ってよ。足りなかったら連絡くれ。不足分を払うよ。今年の冬囲いはムーちゃんに頼むよ」

「分かった」

その名簿の中に北、橋、春日山、ツー子、南、近所は入ってなかった。嫁さんの虫唾が走るほど嫌いな人達だ。が、母が世話になった人達でもある。名簿の中に聞いた事も無い人が三名あった。住所で想像だが東京が住んでいた住所であるから、母は会ったこともない東京の近所の他人だ。

完

著者プロフィール
郷郵 清湖（さとむら　すがこ）
昭和14年生まれ。
新潟県生まれ。
栃木県在住。

母と娘の十五年の争い　まわりを巻き込んで

2024年10月15日　初版第１刷発行

著　者　郷郵 清湖
発行者　瓜谷 綱延
発行所　株式会社文芸社
〒160-0022 東京都新宿区新宿1－10－1
電話 03-5369-3060（代表）
03-5369-2299（販売）

印刷所　株式会社晃陽社

ISBN978-4-286-25249-0